富豪俱乐部

大结局 翻天覆地

天佑※著

凤凰出版社

图书在版编目（CIP）数据

富豪俱乐部大结局 / 天佑著. —南京：凤凰出版社，2013.5
ISBN 978-7-5506-1763-6

Ⅰ. ①富… Ⅱ. ①天… Ⅲ. ①长篇小说 – 中国 – 当代 Ⅳ. ①I247.5

中国版本图书馆CIP数据核字（2013）第074943号

书　　名	富豪俱乐部大结局
著　　者	天　佑
责任编辑	刘晓燕
出版发行	凤凰出版传媒股份有限公司 凤凰出版社 北京凤凰天下文化发展有限公司
出版社地址	南京市中央路165号，邮编：210009
公司网址	北京凤凰天下网　http://www.bookfh.cn
印　　刷	北京慧美印刷有限公司 北京市昌平区沙河镇七里渠南村530号，邮编：102208
开　　本	760mm × 1050mm　1/16
印　　张	17.5
字　　数	320千字
版　　次	2013年5月第1版　　2013年5月第1次印刷
标准书号	ISBN 978-7-5506-1763-6
定　　价	36.00元

目录
contents

◉ 第一章　卷土重来

生活不像麦当劳，无论你进哪个店，口味都是一样的，标准都是相同的；生活就是中餐，你永远都不知道下一道菜的厨师是不是会多放一勺盐。

在医药器械新贵——库珀公司总经理伊涛与影视红星晏雯晓的订婚仪式上，俱乐部副总经理郑逸群忽然被总经理尹诗双叫到一号别墅的观景平台上，说她接到俱乐部管理委员会主席冷鸿海的电话，升达地产董事长欧升达和他的好朋友楚之洋已经将他们所持有的俱乐部股份全部转给了互联网新贵——奔马网的董事长李子夜。

这个消息让郑逸群有些不安，李子夜自从因为他的同母异父哥哥古梦柏与升达地产董事长欧升达的那场争斗而辞职以后一直没怎么来俱乐部，郑逸群也只是在媒体上知道，这两年他发展得很好，成为互联网行业数一数二的人物，自然是赚了大钱。

“我不明白，欧升达怎么会把股份转给他？他们关系不是很差吗？”郑逸群有点儿不解地问。

观景平台上的灯光有些昏暗，加之今晚的天气不是很好，阴沉而闷热，尹诗双的脸色看起来有些发青，她回答：“具体情况我也不知道，冷董只是跟我说这是他们之间的交易，管理委员会也无权干涉。”

的确，按照俱乐部的规则，股东会员们之间的股权交易是不需要管理委员会批准的，这点冷鸿海没有说错。按照规则，欧升达、楚之洋与李子夜之间的交易只须告知管理委员会就行，不需要事先得到许可。

“这样说起来，欧升达和楚之洋的股份都转让给李子夜之后，他岂不是直接超越林晓伟，成了俱乐部的第二大股东会员？”郑逸群皱着眉头问。

尹诗双长长地吁了一口气，回答：“不仅如此，林晓伟也把自己的股份转给了他，他现在已经超越冷鸿海成为了第一大股东会员。”

这个消息更让郑逸群吃惊了，他自己就是中海信的股东，怎么对林晓伟把自己俱乐部股份转让这件事一点儿都不知道？就在前两天，林晓伟还在俱乐部宴请他在中央党校和黄河工商学院的一群同学，还叫郑逸群作陪。那天林晓伟谈笑风生，神色如常，一点儿都没有透露这个消息，这也太突兀了。

“李子夜想干什么？”郑逸群望着自己面前这个美丽的女人问。他一直把尹诗双当哥们儿，当然，偶尔也会在梦里想些坏事，但一见到尹诗双他就会产生一种无形的压力，不敢更深一步想什么。现在，由于这个消息，他心里像这天气一样，忽然变得阴郁而焦躁。

“想干什么？我想，可能是古梦柏要回来了。”尹诗双心情沉重地看着海面，海面有些混沌，能见度也不是很高，隐隐约约地有些灯火，忽明忽暗。

“古梦柏？他不是去欧洲担任一家国际连锁酒店的总经理了吗？要回来？”郑逸群问。在古梦柏做总经理的时候，尹诗双是会员部经理，郑逸群是客房部经理，一直不受重用，像他这样的人，在新加坡读了酒店管理硕士，又在国际知名酒店工作过，只是管理客房的确有些屈才。要不是后来尹诗双做了总经理，把他调到会员部，郑逸群恐怕早就离开了。当然，也就没有后来他与刘岳平的相识，更不会成为中海信的股东。

“目前还不清楚，我只是有这种感觉。很多人闯进你的生活，只是为了给你上一课，然后转身离开。他不同，他不仅仅是给你上课，还会叫你受伤。”尹诗双忧郁地回答。海风不大，空气有些发稠，尹诗双的声音有些发涩。

“你有什么打算吗？”郑逸群试探着问，此时他忽然发现，自己其实一直关心着这个女人，只是以前不敢靠近而已。

“前些天，我哥唐志波对我说盛唐公司目前有一个人力资源总监的位置，他问我有没有兴趣。我一直在犹豫，我不是人力资源专业的，怕做不好。”尹诗双似乎有些走神。

郑逸群想了想问：“管理是一门通过别人来完成任务的艺术，而上级就是下级的教练。你既然不熟悉那个行当，有没有想到自己独立？”

尹诗双幽幽地看了郑逸群一眼：“有想过，以我的人脉和经验，自己搞个酒楼应该没问题，可是，又怕有风险。你呢？如果他回来，你怎么打算？”

“如果他回来，我只好专心经营我的公司去了。你要知道，我虽然不像你参与了他与欧升达、楚之洋的战争，但是，因为我跟你一直走得很近，他也不会给我好果子吃的。”郑逸群觉得胸口有点儿闷，呼吸不是很顺畅，顿了一下，“要不，我们一起做？”

尹诗双摇摇头，有些木然地回答：“我对你们那些风投的事情不熟悉，将来恐怕还是要做一些我熟悉的事情。唉，别搞得跟生离死别似的，事情恐怕也没那么严重。”

“冷董就没说别的？”郑逸群问。他知道尹诗双与冷鸿海的关系不一般，他相信，冷鸿海对尹诗双的问题一定是有考量的，所以，他才问了一句。

尹诗双目光复杂地看看他，欲言又止，迟疑了一下道：“我们还是照顾客人去吧，有些话回头再说。如果我放弃，不是因为我输了，而是因为我懂了。人生是一座迷宫，出口入口找对了，上天堂；出口入口找错了，下地狱。”

郑逸群点点头，两个人转身要走，尹诗双伸手在自己的脸上捂了一下，等她松开手时，脸上已经是阳光灿烂。这是一种职业素质，无论自己心情如何，面对客人，都要如沐春风。

俱乐部自从古梦柏离开以后一直处于良好的运作状态，尽管经历过关门风波，但是，一切都还算顺利，如果古梦柏回来，恐怕会有很大的变故。

郑逸群很希望自己能够有选择的自由，可是，自由不是你想干什么就干什么，而是你不想干什么就不干什么。看来自己真的要作个抉择了。

一号别墅里面人头攒动，正式会员除了冷鸿海、欧升达、楚之洋、林晓伟等少数几个人外大部分都到了。不过，跟以往一样，这里的人明显地分成了若干的圈子。郭正余周围明显是一群港台商人，那些人低调内敛；马公子周围是一群京城来的人，貌似都很有背景，一个个自命不凡；李前林身边那群孩子似乎还是一副对一切都很漠然的样子，谈话很少，似乎是这个世界的旁观者；而欧升达太太乐枫身边那群女人则又是一副大度从容地谈论着什么的样子，一般女人很难融进去；至于陈光定身边那群人，大声喧哗，旁若无人，令人侧目。圈子，这就是圈子。人是一种喜欢群居的动物，每个人都有自己的人际圈子。大家的区别只是在于：有的人圈子小，有的人圈子大；有的人圈子能量高，有的人圈子能量低；有的人会经营圈子，有的人不会经营圈子。

郑逸群在一旁看着这些人，有种看黑白默片电影的感觉。这是一个他司空见惯的场景，熟悉却又陌生，他属于这里，似乎又跟这里无关。

“郑总。”有人跟他打招呼，这一下子把他拉回了现实。他定睛一看，原来是互联网新贵卢宇，以前一直纠缠他的那个卢顺娟的老爸，他最近刚刚新婚，脸上洋溢着掩饰不住的快乐。

“卢总，你把康乾盛的视频网站优秀网给收购了？可喜可贺啊。”郑逸群微笑着跟卢宇握手。

“哪里，不是收购，是合并。”卢宇笑呵呵地回答。

郑逸群知道，他这是谦虚。根据双方签订的协议，合并后，卢宇的股东及美国存托凭证持有者拥有新公司 83.5% 的股份，康乾盛的股东及美国存托凭证持有者拥有新公司 16.5% 的股份，优秀网将继续保留品牌和平台的独立性。实际上，卢宇是消灭了自己最大的对手，一跃成为视频行业的龙头老大。当年卢宇是给了郑逸群一些股份，虽然不多，但是，通过这次合并，郑逸群还是颇有斩获，这令他很是感激卢宇。

“收购也好，合并也好，总之，都要祝贺你。”郑逸群笑道。

“哎，我怎么听说了个事情？”卢宇忽然变得很神秘，低声道。

郑逸群看着卢宇，他今天穿得很隆重，一身 Zegna，打着漂亮的领结，这一定是他新婚妻子的杰作。郑逸群问："什么事？"

"我可是听说李子夜收购了欧升达、楚之洋和林晓伟的股份啊。"卢宇低声说，眼睛却盯着不远处欧升达的妻子——鹏城大学教授乐枫。乐枫穿着简单，正跟几个贵妇聊天，脸色相当平静，透出一种难以形容的优雅。不过，他这样一问倒让郑逸群很是警觉，自己刚刚听到这个消息，卢宇是怎么知道的？

"你在哪儿听说的？"郑逸群严肃地问。

卢宇鼻翼动了一下，反问："你是不是要给我点儿咨询费啊？"

"我给你五毛。"郑逸群道。五毛是网上愤青的别称，卢宇是微博上著名的民主人士，最痛恨五毛了。郑逸群这样称呼他只是调侃而已。

"哎，我说的是真的，我的消息来源绝对可靠。"卢宇见郑逸群的表情，赶紧解释，似乎是想急于证实自己消息的准确性。

郑逸群给了他一个眼色，卢宇会意地跟他走到一个僻静的地方，卢宇说："我这个消息绝对准确，来自北京。"

"来自北京？哼，北京是个神秘的地方，尤其是个消息灵通的地方，就连一个远在南国的私人俱乐部发生了股权变动，他们那里也都会有最权威的消息，真是很神奇。"郑逸群哼了一声，悻悻地说。

卢宇见怪不怪地回答："不神奇，因为这是有人操作。欧升达、楚之洋何许人也，他们都乖乖出让股份，这里面的事情就很耐人寻味了。"

"他们有把柄在别人手里？"郑逸群问。

卢宇脸色渐渐严肃起来，回答："不清楚，我们只是看戏的，谁写的剧本，谁导演的，根本不关我们的事情。"

郑逸群轻轻叹口气道："别人打鬼架的事情，我们有什么办法？"

"这貌似不像你的性格，怎么感觉有点儿无奈的意思？"卢宇似笑非笑地看着郑逸群。

郑逸群微微摇着头，叹道："我是忽然有点儿看破红尘，世上的人们争争斗斗，到底是为了什么？死后还不是为了一缕青烟？！"

卢宇耸耸肩，正要说话，忽然，他们发现罗蒙投资驻华首席代表罗小可穿着一件样式简单但绝对华贵的晚礼服款款地向他们走来。罗小可的公司对卢宇有投资，而且收获颇丰。现在，她满面笑容——一脸夸张的笑容。

"罗总，怎么这么高兴？"郑逸群寒暄着。

罗小可开朗地说："看到两位在这里窃窃私语，我想过来分享点儿快乐。"

"你看我们快乐吗？"郑逸群问。

"难道晏雯晓和伊涛订婚，你俩心里泛酸？"罗小可开着玩笑。

两个男人异口同声地切了一声。卢宇不怀好意地看了看罗小可，揶揄道:“不对吧，是伊涛订婚，有人心里不舒服吧？”

罗小可的脸忽然红了一下，但马上就恢复了正常，她哼了一声说：“我有什么不舒服的？”

卢宇看了一眼郑逸群，语气不无讥讽地道：“舒不舒服自己心里才知道。”

郑逸群赶紧打圆场说：“得了，你别饱汉子不知饿汉子饥，你公司有没有合适的，给罗总介绍个男朋友？”

卢宇瞟了一眼罗小可,回答:“我可不敢介绍,我公司的男孩子都配不上罗总。要不,我介绍你去林晓伟读过书的那个黄河工商学院，钓个凯子？”

罗小可瞪着卢宇问：“你什么意思？你的意思是我没人要，必须做‘齐天大剩’了吗？你以为我像那些女明星，去那个黄河工商学院说是读书，其实是四处给人家送房卡？”

郑逸群不知道女明星四处给人家送房卡的事情是不是真的，不过，俱乐部里有几个离婚的会员倒是在那里读过书。有个以前在俱乐部出席过饭局后来在那里读过书的女明星倒是说过：知识不一定改变命运，姿势肯定改变命运。

卢宇嘿嘿地坏笑着，一脸得意。罗小可平素比较厉害，能让她尴尬一下那是不大容易的。

郑逸群问罗小可：“小可，前一阵子貌似你跟伊涛来往不少，怎么被人家晏雯晓摘了桃子？”

罗小可狠狠地看着他，就像八路军看小日本似的，眼睛里充满鄙视，道：“你什么意思？意思是我败给晏雯晓了是不是？”

“怎么会？你这是让给她了。”卢宇又在旁边插了一句。

罗小可反唇相讥说：“小心我跟你翻脸啊，当初是你把伊涛介绍给别人的。”

郑逸群发现罗小可的脸色这会儿是真的变了，看来她真生气了，于是赶紧说:“逗你玩儿呢。”然后他给卢宇使了个眼色，卢宇会意地对罗小可吐了一下舌头，道:“千万别生气，逗你玩儿呢。”

罗小可哼了一声，没说话，眼睛却看着不远处。两个男人顺着她的目光看去，只见欧升达太太乐枫正在跟苏南市市委书记薛冰夫人安妮在角落里窃窃私语。卢宇问郑逸群：“那个薛太太跟乐教授很熟吗？”

郑逸群摇摇头，回答：“我跟她不熟，罗总很熟，小可，你知道她们的关系吗？”

罗小可有些茫然地回答：“我和安妮也是在美国认识的，关于她的交际圈我不是很熟。”

“我们这样议论别人是不是有些八卦？”郑逸群看着卢宇。

“就是，你们俩就是八卦。”罗小可终于找到了反击的机会，不失时机地打了一枪。

“也是。”卢宇咧咧嘴，颇有些尴尬。

“对了，我刚才在郭正余他们那边怎么听说俱乐部的股权有了变化？”罗小可看着郑逸群问。

郑逸群心情沉重地点点头，罗小可也知道这个消息了，看来俱乐部里很多人也都知道了。这种事情就是这样，传播的速度是你无法想象的。

“这么说，古梦柏会卷土重来了？”罗小可盯着郑逸群，眼睛里有种很复杂的东西。

郑逸群有点儿奇怪，按理说罗小可并不熟悉古梦柏，于是他问：“你怎么这么关心这件事情？你跟他熟吗？”

罗小可颇有点儿不屑地回答：“我跟他不熟，可是，我跟周浩熟啊。周浩那可是不甘寂寞的人，听说他现在又不断地有动作，我怀疑，这次李子夜收购这么多股份跟他也有关系。”

卢宇却有些不以为然地说：“不一定吧，李子夜这几年赚了大钱，收购股份也是正常的。”

罗小可哼了一声道：“你太不了解周浩这个人了。”

罗小可这句话提醒了郑逸群，他想起了两年前周浩与欧升达那一战，当时周浩虽然受到了损失，但是元气还在。这两年他没怎么在俱乐部出现，现在想起来，他那是在养精蓄锐，以利再战。不过，欧升达、楚之洋、林晓伟怎么会突然把股份转给李子夜？这事听起来确实有点儿不可思议。这其中有什么样的台面下的交易？具体事情又是怎么操作的？

“怎么？他还能再搞一次之洋股份？”卢宇耸耸肩，不以为然地说。

郑逸群本想说点儿什么，但是又忍住了。聪明的人，借助经验说话；而更聪明的人，根据经验不说话。

罗小可撇撇嘴道：“他想干什么我不知道，但是，他肯定会弄出点儿动静的。”

郑逸群相信罗小可的判断，周浩是个不甘寂寞的人，上次自断一臂，他一定不服气，这次卷土重来，必定会大干一场。可是，他的目标是什么？

正说着，宣萱走过来，低声对郑逸群说：“去 201，有客人找。”

郑逸群跟卢宇和罗小可说了一声：“请稍候，我去去就来。”然后，穿过大厅，走上了二楼。

201 是一个大厅，里面铺着厚厚的波斯地毯，地毯上摆了一圈沙发，墙上有一幅巨大的山水画，是著名画家关山月的作品。

一个头发斑白的人正在跟一个美女在一张沙发上坐着，他们面前摆着一堆资料，两个人在低头研究着什么。郑逸群一眼就认出了那正是俱乐部的大股东之一，香港人郭正余，著名的红顶商人，俱乐部的二期工程他投资的份额最大。女的他不认识，看样子同郭正余很熟。听见声音，郭正余抬起头，跟郑逸群打了个招呼，示意郑逸群坐下，然后跟那个看起来很精干的女人继续谈话。

谈话的内容大致是关于俱乐部二期工程的一些资金调度的问题，郑逸群明白了，那女人应该是郭正余公司的人。果然，他们谈了一会儿，女人站起来，对郭正余说："郭董，那我去安排。"郭正余点点头，然后站起来，对郑逸群道："郑总，跟你介绍一下，这是我的新助理，李敏阁小姐。"

李敏阁是个三十多岁的女人，皮肤有些黑，但是很有光泽，整个人看起来很利落、很阳光。她穿了一身黑色裙装，看不出牌子，质地很好，一派低调的高贵。李敏阁伸出手，礼貌地说："郑总，久仰。"李敏阁的口音有些奇怪，她的手很干燥、很热。

郑逸群微笑道："李小姐好。"

郭正余在一旁道："郑总，最近我要去英国一阵子，俱乐部里的事情你跟李小姐联系就好了。"

郑逸群脑子里忽然有个疑问：郭正余去英国，为什么不带着自己的助理？但是，他还是非常有分寸地点点头，回答："收到。"

李敏阁微微向前鞠了一下躬道："郑总，你们聊，我出去了。"郑逸群点点头，李敏阁转身离去，脚步轻快。望着李敏阁的背影，郑逸群若有所思地说："我怎么觉得李小姐有点儿眼熟？"

郭正余笑笑说："你认识他哥哥。"

"他哥哥？"郑逸群有点儿不解地看着郭正余。

"李铁牛。"郭正余简单地说。

郑逸群明白了，她哥哥原来是宝山区新任书记李铁牛。这个李铁牛原来是省政协副秘书长，是原省政法委书记王汉荣的心腹，在上次俱乐部被封事件中起了很重要的作用。郭正余怎么用了他的妹妹做助理？郭正余是个商人，一定有商业上的考虑。

商业就是政治，不懂政治的人无法成为一个真正的商人。郭正余是个典型的红顶商人，他对政治的熟稔是炉火纯青的。他平时都跟上层来往，按理说不应该用李铁牛这样低层官员的人做助理，这次的动作的确耐人寻味。

郭正余指指沙发道："坐吧。"

郑逸群半坐在沙发上，显得非常谦恭。在郭正余这样的人面前，你会被他的气场所笼罩，不得不肃然起敬。

"请郑总来有两件事情。第一件事，那就是李铁牛将来可能会有一些私人的接待，这些开销都记在我的账上。"郭正余慢慢地说，显得很悠闲。

"明白。"郑逸群认真地点着头。

郭正余语气平和，但是显得很郑重地说："只要是他需要，无论在哪里都要极力配合。"

"一定。"郑逸群也严肃起来。

"第二件事，欧升达、楚之洋、林晓伟的股份都转给了李子夜，俱乐部的经营班子可能会有大的变化，你要有个心理准备。"郭正余语气已经变得平和，却让郑逸群感到有些忧郁。

"嗯，我明白。"郑逸群看着郭正余，心里忽然有一种不好的感觉。连郭正余都这样提醒自己，看来幕后的事情不那么简单。有些话郭正余没有明说，但是，郑逸群能够感受得到。

"正事说完了，有个私人的事情想跟你探讨一下。"郭正余身体向前倾，显得很谦和。

郑逸群觉得郭正余的态度很是奇怪："郭董但说无妨。"

"听说乌梅男朋友能量很大？"郭正余问。

郭正余没有提郑逸群与乌梅的婚姻问题，这一点郑逸群并不奇怪，他知道郭正余跟冷鸿海的关系，乌梅和冷鸿海以前有些暧昧，郭正余不会不清楚。他之所以这么直截了当地问，说明他很清楚一切。明白人有时候不需要绕弯子，直截了当反而容易解决问题。

郑逸群低调地回答："是的，郭董。需要见面吗？我来想办法安排。"

"方便吗？"郭正余问。

郑逸群回答："这样，等下我跟乌梅商量一下，争取就在香港见面吧。"

郭正余摇摇头说："不，还是在他方便的时候吧，我什么时候都可以。"

郑逸群脑子里忽然像一根弦被弹了一下，发出铮的一声，他忽然明白了，郭正余刚才说要去英国，那一定是想避避什么事，或者什么人。郭正余这样的人还有不能处理的问题吗？

"好的，请郭董稍等，我去去就来。"郑逸群站起身，向郭正余微微鞠了一躬。郭正余赶紧站起来，紧握住他的手，连声说："拜托，拜托。"郭正余的态度现在已经是谦卑了，对于自己这样一个身份的人，郭正余能如此，说明他遇到的麻烦绝对不小。

郑逸群在二楼向大厅里望了一下，寻找乌梅的影子，很快，他就发现了她。乌梅此时正跟罗小可在低声地谈着什么。说来也巧，乌梅正好抬起头，郑逸群向她招招手，示意她到观景平台上去，乌梅会意地点点头，回头跟罗小可说了句什么，转身向外面走去。

观景平台上此时更加闷热，海面上混沌不清，天空也是一片混沌。郑逸群走到乌梅旁边，她问："有事吗？"

郑逸群低声地把郭正余的请求跟乌梅简单说了一下，乌梅皱皱眉头，疑惑地问："按理说，他应该通过冷董啊，冷董跟我男朋友关系也很近啊？他为什么要舍近求远？”

“也许，他觉得不方便吧。”

“你觉得我应该安排吗？”

“我不能替你拿主意，这个需要你自己权衡。这件事你办了，也许是好事，也许会让你男朋友反感，一切你自己把握。”

乌梅沉默了，她把头转向海面，无言地眺望着，郑逸群站在她的身后，不知道她在想什么，也看不清她的表情。半晌，她转过头道：“正巧，今天他在岛上，我要跟他商量一下。”乌梅所说的岛就是她刚从李佳薇手中买下的那个岛，上面有一栋很漂亮的别墅，现在那里已经成了她跟男朋友幽会的好去处。

“那好，我等你消息。”郑逸群转身就要走。

“逸群，你不用走，我打个电话。”乌梅叫住了他，顿了一下，她又补充了一句，“对你，我没有什么可隐瞒的。”

乌梅这句话让郑逸群很感动，他跟乌梅在名义上做了一场夫妻，乌梅的孩子还是姓郑，但是，在某种意义上讲，他们只能算是普通朋友，因为平时他们很少有思想的交流。今天乌梅能这样说话，说明她跟她妹妹尹诗双一样，开始把他当哥们儿了。男女之间能把对方当哥们儿，说明关系已经超越了性别。

郑逸群虽然站住了，但他还是主动地跟乌梅保持了一点儿距离，他不想听她与男朋友的电话。给人留有空间，也是给自己空间。

乌梅温柔地打着电话，听不清她说了什么，也看不出喜怒哀乐，郑逸群心里有些空空荡荡的，脑子里也是一片空白。郑逸群很少有这种状态，他自己也不明白为什么会这样。人总是有自己都不明白自己的时候，因为，很多时候，自己其实并不了解自己。

乌梅的电话并没有打多长时间，她收了电话，走过来说：“他答应了。不过，今天是晏雯晓的订婚仪式，我不好先离开，这样，你安排一艘船，送他过去，那边码头上有人接。”

郑逸群心里忽然一阵轻松：“好，我去安排。”

“可靠吗？”乌梅问。

“可靠，就是宣萱自己那条船。”郑逸群回答。郑逸群送了宣萱一艘游艇作为礼物，虽然不大，但是设备很先进，船员也非常可靠。

“嗯，你去安排吧。”乌梅点点头，看不出有任何表情。

郑逸群明白，这次的会面必须非常秘密，不仅是乌梅的男朋友不想与别人接触，就是郭正余本身也希望知道的人范围越小越好。

站在海边的游艇码头上，郭正余无言地握了握郑逸群的手，什么也没说，转身上了船。望着他的背影，乌梅叹息一声：“都不容易啊。”

“还有他摆不平的事情吗？”郑逸群问。那边，船员正在关舱门。

“在这个社会，每个人都是弱者。”乌梅显得很感慨。

“走吧，那边还有许多人。”郑逸群转身要走。

乌梅却没动，她忽然问：“逸群，我想问一下，你周围有合适的朋友能介绍给诗双做男朋友吗？”

郑逸群停下了脚步，他明白乌梅这句话的意思，她应该也知道了俱乐部股权变更的事情，她这样跟他说话，显得特别沧桑。尹诗双这么多年一直专注于工作，个人问题一直没有解决。如果未来俱乐部里出现重大变化，她失去工作，届时连个男朋友都没有，那未免也太亏了。

“这个问题很难。”郑逸群回答道，顿了一下，又说，“尹总太优秀，一般的男人很难入她的法眼。”

“你跟她在一起工作这么长时间，难道就没发现她喜欢谁？”乌梅问。

郑逸群忽然有点儿感到愧疚，他脸上一热，不好意思地回答:“乌梅，在这点儿上，我没有做好，没有多关心咱们这位妹妹。”

“我又何尝不是如此，这么多年，太忽视她了。没有爱情的生活，就像没有谋杀的侦探小说。”乌梅长叹一声，颇有些遗憾。

看到乌梅这个表情，郑逸群有些为难地说：“其实，我觉得这事急不得，有空的话你最好好好跟她谈谈，看看她是不是心中已经有人了。”

乌梅摇摇头，有些怅然地回答：“你知道，我跟我这个妹妹在一起的很多时候，她倒像我姐姐，有很多事情都是她来做主，我什么都听她的。关于她个人的问题，我以前也问过她，她总是说还没有遇到合适的。”

“是啊，每个人心中都有一块神秘的领地，包括自己的朋友、亲人都不能进入。”郑逸群感慨道。

“她看起来很能干、很开朗，实际上，她把自己封闭得太严了。从某种程度上讲，她的外表有一层透明的壳，别人看不见，但是，却是真实存在的。”乌梅又叹了一口气。

“走吧，那边还有那么多人，我们出来时间太长不好。”郑逸群道。

乌梅温柔地点点头，坐上了等在一边的电瓶车。在车上，她忽然问了一句:“逸群，你跟诗双都是有些管理股份的，是吧？”

郑逸群点点头，回答：“其实，那些股份是没什么用的，就像旧时候山西票号掌柜的所谓身股一样，你在这个位置上有这些股份，也就是年底的分红；你不在了，自然也就没有了。”

“是这样啊。”乌梅若有所思地点着头，没再说话。

电瓶车在俱乐部幽静的林荫道上掠过，就像一条舢板。空气愈加闷热，让人感到难以呼吸。郑逸群脑子里忽然蹦出一句话：命，乃失败者的借口；运，乃成功者的谦词。谁说的？他一时想不起来，也不明白自己为什么会想到这句话。

郑逸群和乌梅刚走上一号别墅的观景平台，就看见刘岳平和升达地产董事长欧升达的太太乐枫在一起低声地谈着什么，看样子很是神秘。见郑逸群上来，刘岳平跟郑逸群招招手，示意他过去。郑逸群跟乌梅说了一句："失陪。"

乌梅嫣然一笑，回答："你忙吧，我去陪陪晏雯晓。"

郑逸群走到刘岳平和乐枫面前，对乐枫礼貌地一笑说："乐教授好！"

乐枫优雅地回答："郑总好。"

郑逸群问："欧董今天没来？"

乐枫典雅地回答："不好意思，他去北京出差了。对了，他马上要去英国，回头你叫宣萱小姐安排一下他的行程。"

英国？又是英国。郭正余要去英国，欧升达也要去，难道是约好的？一个念头像蝙蝠一样在郑逸群的脑子深处盘旋起来。但是，职业的习惯让他还是显得很随意，他回答："没问题，回头我叫宣萱跟欧董助理联系。"

"你叫宣萱跟升达直接联系吧，这次他不带助理。"乐枫平淡地说。

去英国，不带助理。这事有点儿奇怪。

"好的，乐教授，那我这就去安排。"郑逸群道。

郑逸群正想走，乐枫忽然叫住了他说："等一下，郑总，还有个事情需要你安排一下。广群现在在哈佛读书，你安排人在哈佛附近帮他找个公寓，他原来是租的房子。"

"是买吗？"郑逸群问。他这样问是有道理的，因为目前国内很多富豪送子女去国外，都在当地买了房子，像欧升达这样的顶级富豪，给唯一的孩子欧广群买房子是很正常的。

"嗯，不必太大，只要安全一些就行。"乐枫回答道，表情一如既往地波澜不惊。

"为什么不给孩子买套别墅？美国的房子可是比中国的便宜啊。"刘岳平在一旁忽然插了一句。

乐枫平和地回答："男孩子要穷养，不能让他对物质有太多的兴趣。广群现在最重要的是树立正确的人生观，学会安身立命，物质方面给得太多不好。我和他爸爸都不希望他成为那种没有远大志向的纨绔子弟。"

"乐教授和欧董真是教子有方啊。"刘岳平在一边插话道，听得出来，他这话绝对是发自内心的。

"过奖，没什么，我们只是想让他成为一个男人，一个有能力养活自己的男人而已。"乐枫道。

刘岳平忽然笑起来，半开玩笑地说："他还用自己养活自己，你们家那么大的资产？”

乐枫忽然严肃起来说：“我跟升达有个想法，到了一定时候，我们会把这些资产捐出去。比尔·盖茨不是这样做的吗？我们也想学一下，我们不会给广群留太多的资产。钱太多对他没有好处，他应该学会自己赚钱养活自己。”

乐枫的一番话令郑逸群很有感触，欧升达和乐枫平时为人低调，却热衷于公益，经常向凉山孩子捐款捐物，但是，他们对自己的孩子却严格得近乎苛刻。于是，郑逸群暗自叹息一声，转身向大厅走去。

刚一进大厅，就遇到了宣萱，她问：“你刚才跟乌梅干什么去了，那么神秘？”

郑逸群看着她，反问：“怎么？吃醋啦？她可是我的前妻啊。”

宣萱切了一声，不屑地说：“人家也得看得上你呀，刚才是尹总在找她，有人说她跟你走了。尹总看起来很着急。”

“哦，怎么？现在她们谈话去了吗？”郑逸群一边问，一边四处寻找。整个大厅里一片欢声笑语，并不见尹诗双和乌梅的影子。

“她们一起上楼了，好像是蹇君博在楼上。”宣萱低声说。

“蹇君博在楼上？”郑逸群皱皱眉头问。蹇君博是台湾微电子制造业的头把交椅，在大陆有好多厂，跟代工大王冷鸿海是好朋友，爱好名表，经常带着他那个年轻的老婆在俱乐部里举办名表鉴赏会。他把尹诗双和乌梅叫去谈话，会有什么事呢？

宣萱看着他，不满地说：“你还是关心一下自己吧。我问你，如果古梦柏真的回来，你打算怎么办？”

郑逸群满不在乎地回答：“能怎么样？兵来将挡，水来土掩。”话虽这么说，他心里还是有些不安，古梦柏一旦真的回来，他会采取一些什么手段？至少他会把尹诗双当成敌人，而自己也免不了被视为异己。

宣萱狠狠地瞪了他一眼，怒道：“你就贫吧，到时候有你的好果子吃。”

郑逸群正想回答，忽然看到顾云飞从一群年轻人那边端着酒杯走过来，离得很远就跟他打招呼：“郑总好！”

郑逸群从旁边路过的一个服务员手上的托盘里拿了一杯酒，笑着寒暄道：“顾总，听说你那个旅游网站要上了，提前祝贺一下啊。”

顾云飞哈哈大笑着说：“那还不是要感谢你，要是你不介绍罗蒙投资给我，我的融资哪能进展得那么顺利？”

顾云飞说的融资问题还是一年前的事情，他的那个旅游网站进行第二次融资，他父亲顾拉格想让他回百货公司子承父业，坚决不支持他，而顾云飞不肯放弃，所以来找郑逸群，于是郑逸群介绍了罗小可给他。他们见面后一拍即合，很快签署了融资协议，这不，网站很快就要上市了。

郑逸群跟顾云飞碰了一下杯说："不客气，怎么？今天没看见你跟小可在一起，我告诉你，她还是单身，你再不下手可就晚了。"

顾云飞摇摇头说："我对女强人没兴趣，我只想找个温柔持家型的做老婆。"

"刘芳不正是这样的类型吗？你们两家又是世交，娶了她算了。"郑逸群笑着，向顾云飞刚刚离开的那群年轻人那里努努嘴。红酒大王刘一晨的女儿刘芳正站在那里跟刘岳平的未婚妻——家私大亨许荣杰的女儿许赛雁聊天，她今天穿了一身黑色的晚礼服，显得很清瘦。

顾云飞摇摇头道："我们太熟了，没激情了。"

郑逸群知道，顾云飞这么说只是借口，其实，他就是嫌刘芳相貌过于平常。男人哪有不喜欢美女的呢？

宣萱不失时机地说："你们聊，我去招呼一下客人。"

望着宣萱的背影，顾云飞叹口气说："太羡慕你了。宣萱多好，善解人意，美丽，不物质。"

"怎么？你还贼心不死？"郑逸群调侃道。以前，顾云飞是追过宣萱的，他曾经送了许多蓝色妖姬给宣萱。

顾云飞瞪着郑逸群说："你可要好好地珍惜宣萱，不然，我可不是吃素的。"

郑逸群做了个很怕的动作，说："有你这样的阶级敌人亡我之心不死，我还敢大意？"

顾云飞嘿嘿地坏笑起来，一副胜利者的姿态，得意地说："宣萱跟了你我真放心，要是跟了我，我就不放心了，天天有你惦记着，还真危险。"

顾云飞的话是有道理的，你要是手里有一件宝贝，贼人老惦记，你会很紧张的。

郑逸群挥挥拳，顾云飞灵巧地躲开了。突然，顾云飞收拢笑容，很严肃地对郑逸群说："刚才晓伟打电话给我，说你电话打不通。他让我转告你，万事要小心，他说他转让股份也是迫不得已。"

郑逸群一愣，拿出电话一看，不知道什么时候自己的 iPhone 4S 自动关机了。他皱皱眉头说："昨天喝酒喝得太晚了，忘了充电，难怪这么久没有电话。晓伟还说什么啦？"

顾云飞犹豫了一下，回答："他没说太多，只是叫我转告你这句话。你们是股东，有些话你们见面再说吧。"

郑逸群心里明白，以林晓伟和顾云飞的关系，林晓伟一定是跟顾云飞说了很多，顾云飞之所以犹豫，可能是因为顾虑郑逸群跟刘岳平的关系特殊，他不想让某些话传到刘岳平的耳朵里吧。

郑逸群表示理解地说："行，我以后跟他谈，对了，他在鹏城吗？"

“不，他在北京。”

北京？郑逸群脑子里的弦又铮地响了一声。林晓伟在北京，难道他和李子夜的股权转让协议是在北京签的？这事有点儿怪啊，是周浩在操盘？不像啊。林晓伟不一定会听周浩的，何况连欧升达和楚之洋都转让了股份。

“他什么时候回来？”郑逸群随意地问了一句。

顾云飞摇摇头：“他暂时不回来，准备去英国。”

英国？郑逸群这回更凌乱了，郭正余要去英国，欧升达要去英国，这林晓伟也要去英国，这里面有什么必然的联系吗？他脑子里的继电器开始噼噼啪啪地响起来，胡乱搭着线。他忽然意识到，这是有人在下一盘很大的棋。可是，谁在下棋？棋局已经开始，对方落子了，这是武宫流还是小林流？（注：棋局的两种流派，小林流的基本思路是实地第一，不管棋型是否好，只要达到目的，在领先的时候迅速定型缩小棋盘，冒险的棋不走，保证胜利；武宫流则是大模大样作战，整体布局。）郑逸群一时还摸不清情况，总之，他感觉到了战况的激烈。

“你怎么啦？”顾云飞的声音似乎从很遥远的地方传来。

“没什么，不好意思。”郑逸群连声道歉说，“对不起，我走神了。”

“你走神不是怕我跟你竞争吧？”顾云飞阴阴地看着郑逸群。

郑逸群狠狠地骂道：“滚！”

顾云飞不无讥讽地说：“没文化，你应该说，请你以圆润的姿态离开。”郑逸群抬腿要踢他，顾云飞踩着华尔兹的节奏，倏地溜了。

郑逸群正想追过去，宣萱走了过来，她看着郑逸群，又看看已经融入那群年轻人里的顾云飞，然后问：“你俩说什么呢？”

郑逸群轻描淡写地回答：“没什么，说笑。怎么？跟欧董联系了吗？”

宣萱点点头说：“联系了，不过，他指名要尹总过去陪他协调一些事，这个我做不了主，你看？”

郑逸群思忖了一下说：“等下我跟尹总汇报一下，看看她的意思。”

“行，我去安排欧董的大致行程，尹总如果同意去英国，你打电话给我。”宣萱道。

“嗯，你去忙吧。”郑逸群看着自己的恋人忽然有了一种说不出来的感觉，很复杂，连他自己也说不清是什么滋味。

大厅里人来人往，粉妆玉砌，富贵逼人，可是，郑逸群忽然觉得有些冷，一种寒彻透骨的凉意从脚跟升起，直到头顶。

正发着呆，有人在后面拍了一下他的肩膀，他回头一看，正是刘岳平。刘岳平今天穿得很简单，白衬衫，灰裤子，看样子是从单位直接赶过来的。“怎么有点儿神不守舍？”刘岳平问。

郑逸群叹口气问："俱乐部的事情听说了吧？！"

刘岳平点点头道："看起来你的情绪受到了很大的影响，要不我们去观景平台上聊聊？"

郑逸群摇摇头，心情沉重地说："今晚是伊涛与晏雯晓的订婚仪式，客人很多，我不能脱岗啊。要不等宴会结束后我们聊聊？"

刘岳平向顾云飞那边看看道："许赛雁在，等下要陪她回家。"

"你现在还真孝顺。"郑逸群讥讽道。

刘岳平白了郑逸群一眼，马上反唇相讥道："我再孝顺也没给人家买游艇。"

"哎，你分析一下这次俱乐部的股份转让怎么这么突然。"郑逸群用眼睛在大厅里巡视着。刘岳平啧了一下，回答："我刚才试探着问了一下乐教授，她只是说欧升达对俱乐部厌倦了。"

"厌倦了？借口。这样的平台一般人能放弃？"郑逸群道。

刘岳平扭头看了一眼郑逸群说："你应该了解乐教授，她是一个很有城府的女人，知道怎么样保护自己的老公。"

"事情有点儿异乎寻常，刚才郭正余也在，去见人了。"郑逸群低声道。

刘岳平见怪不怪地回答："我看到你跟乌梅陪他出去了，他低着头，不跟别人打招呼，看样子是有事。"

郑逸群皱着眉头说："有个事情很奇怪，郭正余要去英国，欧升达也要去英国，刚才我听顾云飞说林晓伟也要去英国，你觉得是不是很巧合？"

"你在俱乐部，据你所知，他们之间有业务吗？"刘岳平问。

郑逸群费力地想了半天，挠挠头回答："郭正余和冷鸿海、欧升达原来是有过一些生意的，至于晓伟那边好像是没有什么来往的，至少和中海信这边应该没有业务往来。"

"晓伟跟你解释转让股份的原因了吗？"刘岳平又问。

郑逸群忧心忡忡地回答："没有，我电话没电了，他没打通，他只是叫顾云飞转告我，万事要小心。"

"只说了这么多？"刘岳平似乎有些诧异。

郑逸群肯定地点点头："是的，不过，我猜想，他可能有些话不方便明说吧，他毕竟是商人，保护自己还是第一要务。另外，你也不要怪罪他没有打电话给你。我想这件事可能很敏感，他不想叫你知道也是不想你参与其中吧。"

"你真这么认为？"刘岳平看着郑逸群，表情淡然，看不出心里有什么波澜。

郑逸群觉得刘岳平的话里有话，于是反问："怎么？你有别的想法？是不是认为林晓伟有意瞒着你？"

刘岳平叹息一声："世界上最难以捉摸的就是人心。"

郑逸群心里忽然一动，他明白，林晓伟和刘岳平之间一定是有了嫌隙。信任就像一张纸，皱了，即使抚平，也恢复不了原样了。于是，他问："怎么？你有从中海信科技园撤资的想法？"

刘岳平摇摇头说："我们现在的主要合作伙伴是章艾，晓伟那边再观察一下吧。"

郑逸群不知道刘岳平和林晓伟之间发生了什么，但是，他能从刘岳平貌似平淡的口气里体会出某种不平淡来。也是，刘岳平给林晓伟铺就了一条康庄大道，他现在也许走顺了，要走更高等级的高速公路了，刘岳平的心里能舒服吗？

郑逸群不想继续这个话题，毕竟这个话题对两个人来说都很沉重，于是说："中海信的总经理毛英华目前在帮库珀的伊涛做拿地的方案，可能过些天就差不多了，你看我们介入的程度应该有多深？"

刘岳平思忖了片刻，回答："毛英华和伊涛都是值得信任的人，你跟他们好好商量吧。上上策就是他们出名，我们出钱，这样，项目我们好控制。"

"明白。"郑逸群知道刘岳平在想什么。

刘岳平看起来是个什么事情都不在乎的公子哥，实际上，算盘却是打得啪啪响。如果跟库珀的合作能按他的方式进行，这块地有一部分是可以出售的，按目前的市场行情，即使只出售百分之四十，所有成本就都回来了，剩下的百分之六十就是利润，可以作为公司资产长期出租获利。如果库珀能上市，还可以作为股份先套现一部分。

"现在你要注意的是林晓伟的动向，我怀疑他是不是要把中海信也卖了。"刘岳平看着对面那群年轻人，几个年轻人在跟许赛雁和刘芳说笑，许赛雁不时地向这边看，一副羞涩状。

"不会吧？中海信这样优质的财产他会出手？他疯了吧？"郑逸群注意到，刘岳平脸上稍微有点儿变化，想必是那边那群年轻人在开许赛雁的玩笑。许赛雁在那群年轻人中颇有大姐风范，但某些时候，这些年轻人开玩笑也是没遮没拦的。

刘岳平不无担心地回答："我有这种预感，林晓伟这人有点儿野心，一直想从政，如果有人承诺他什么，他会的。"

"有人给他承诺？"郑逸群一怔。

"最近他总往北京跑，你以为都是为了业务？"刘岳平冷笑一声。

郑逸群相信刘岳平这话是有根据的，他的好朋友张安钊和姚平原都在北京，家世都很显赫，又担任要职，有些消息自然是灵通的。林晓伟的确有点儿忘乎所以了，忘了领路人可不明智。

郑逸群忽然觉得脊背有点儿发冷："会这么严重？"

刘岳平警觉地四下看看，低声道："我现在有点儿怀疑，有人项庄舞剑意在沛公。

你要知道，老爷子在这个位置上太久了，有人不高兴了。像欧升达、楚之洋跟老爷子的关系都很微妙，别人是不是在清扫外围？这需要观察，要未雨绸缪啊。”

刘岳平生在那样的家庭里，政治敏感度很强是可以理解的，只是郑逸群觉得他有点儿杯弓蛇影，太敏感了。他有点儿不大相信：“不会吧？”

刘岳平看着他说：“徐中方当年怎么出的事？还不是他周围的一些人先落马，他为了自保没有关注，结果到后来，却发现那就是人家在清理障碍，准备材料。”

“你打算怎么办？”郑逸群问。

刘岳平想了想，有些不确定地说:“有些事情我也没想明白，这样吧，我先走一步，先送许赛雁回家，然后直接到老爷子办公室，我把情况跟他汇报一下。”

“老爷子不回家吗？”刘岳平说要去市长刘力刚办公室，这让郑逸群有些意外。

刘岳平摇摇头，叹口气说：“最近市里面有些大事，老爷子已经五六天没回家了。特别是那个李铁牛，工作上总有些小动作，企图进常委，让老爷子很头疼。”

“那好，你去吧，我在这里招呼客人，有什么事情你给我打电话。”郑逸群伸手在刘岳平的臂弯处拍拍，刘岳平也做了个同样的动作。

刘岳平走向许赛雁所在的那群年轻人，跟他们嘻嘻哈哈地打着招呼，表情轻松，完全没了刚才的凝重。每一个官员都是一个优秀的演员，总是能做到表演起来了无痕迹，自然大方。

聊了一阵子，刘岳平当着那群年轻人的面揽住许赛雁，跟他们挥手告别。他并没有过来跟郑逸群告辞，只是向他这边似有似无地瞥了一眼。

郑逸群抬头看了看二楼，二楼的走廊上没有人，几个能看到的房门都紧闭着，乌梅和尹诗双在哪个房间，蹇君博在跟她们谈什么？欧升达的要求还没有转达给尹诗双，郑逸群一时有点儿急躁起来。本来，像欧升达要求尹诗双去英国协调的事情早一点儿晚一点儿都没关系，但是，今天的情况似乎与往日不同，这个事情应该越快转达给尹诗双越好。不过，他还是告诫自己，要稳住神儿，事情可能没有自己想象的那么严重。

直到郑逸群在大厅里走了一圈，跟一些熟悉的朋友共饮，寒暄了好一阵子，他的电话才响起来。尹诗双在电话里简单地说了一句：“到 203 来。”郑逸群马上走到 203 门外，他敲敲门，门很快就开了，尹诗双简单地说了句：“进来。”

房间里并无他人，这让郑逸群很意外，他不由得问了一句：“乌梅呢？”

尹诗双并没有直接回答他的问题，只是简单地说：“坐吧。”

郑逸群在沙发上坐下来，看看尹诗双，发现她脸上并没什么特殊的表情，他不免有些佩服：这个比自己还小几岁的漂亮女孩子，泰山崩于前而不惊，能做到这一点，不经过一些历练是不行的，当然，还要有一定的悟性。

尹诗双在郑逸群对面坐下，很自然地把双腿偏向一边，这是一种很有修养的体现。

“先跟你汇报个事情，欧董要去英国，想要你去英国亲自协调一些问题。”郑逸群首先开口道。

“这个？”尹诗双皱皱眉头，想了想问，“他要在那里待多长时间？”

“按照他给宣萱的计划，至少要一周吧。”

尹诗双沉默了片刻问：“你觉得欧董一定要我去有什么深意吗？”

郑逸群很意外，尹诗双跟欧升达的关系很近，她为什么要这样问自己？于是，他谨慎地回答：“我想，一是欧董的行程比较隐秘，他不放心别人帮他安排；二是，也许他想趁机跟你谈点儿什么事，比如这次转让俱乐部股份的原因，或许还有其他。”

“就这些？”

“怎么，你还有别的想法？”

尹诗双微微摇着头：“我是拿不准，觉得没那么简单。”

“你要是觉得不方便，我可以叫宣萱回了他。”郑逸群试探着问。

尹诗双低下头，半响没作声，郑逸群看不清她的表情，但是能感觉到她的呼吸有些沉重。的确，在这样的时候，作为总经理的尹诗双作任何决定都是艰难的。

良久，尹诗双抬起头，看着郑逸群说：“逸群哥，我想我还是去吧，不过，俱乐部的事情就拜托你了。”

“尹总，你放心，我会努力的。”郑逸群忽然感到有点儿悲壮。

尹诗双伸出手，跟郑逸群无言地握了握手，郑逸群感觉到她的手很凉。

“逸群哥，刚才蹇董找我谈了一些事情，是关于古梦柏的。”

“方便跟我透露一点儿吗？”

尹诗双嗯了一声：“我叫你上来单独谈话也是这个意思。”

“你说。”郑逸群严肃起来。

尹诗双声音低柔地说：“首先是古梦柏结婚了，但新娘并不是周惜雪，而是一个红三代，钱穆里的孙女钱小小。”

“啊？那周惜雪呢？”这个消息着实叫郑逸群大吃一惊，“周惜雪对古梦柏爱得那么深，怎么居然没有走到一起？也就是说，这次李子夜收购欧董、楚总以及林晓伟的股份，周惜雪的哥哥周浩并没有参与？”郑逸群问。

“这个还不好说，他们两家是世交，不结婚不等于交情不在。”尹诗双微蹙双眉回答道。

“也许吧，不过我还是觉得这种可能性不大。你这次到英国侧面问问欧董吧，貌似这两年他跟周浩还是有来往的。”

“嗯，我会的。还有，听蹇董介绍，这个钱小小也是一个隐形富豪，手里掌握的资产非常庞大。”尹诗双脸上依旧没有什么波澜，但是郑逸群凭着这么多年对这位上司的了解，知道她的内心一定不会很平静。

“你的意思是，这次李子夜收购俱乐部股份实际只是一个幌子，真正的收购者是古梦柏本人？”郑逸群一听这话，觉得问题愈加严重。

尹诗双摇摇头：“现在还没有直接证据，但凭我对古梦柏的了解，上次的铩羽对他来说是不可忍受的，他是一个内心充满仇恨的人，睚眦必报。我想既然钱小小那么有实力，古梦柏不可能不说服自己的太太参与此事。只是钱小小是隐形富豪，不会高调行事，所以通过李子夜来做事不是没有可能的。”

“我有点儿担心，在这种敏感的时候，你去英国，回来可能一切都不可收拾了。”郑逸群觉得心头像压了什么，呼吸有些困难。

“谢谢逸群哥，我刚才权衡了一下，不去可能更糟。现在的情况就像那出京剧《三岔口》，谁也看不见谁，谁先看见了谁就占了主动。要是我在俱乐部待着，看似可以把握全局，也许就失去了把握全局的机会。”尹诗双平静地看着郑逸群。

“原来你是有这种考虑啊？”郑逸群有些感慨，尹诗双考虑问题的角度的确与自己有些不同。

尹诗双像忽然想起了什么，向前倾斜一下身体说：“对了，还有件事必须知会你。古梦柏这两年在欧洲国际级的酒店管理公司工作，接触到了许多国内的显赫人物，有些据说关系还不错。”

“也就是说，他利用特殊的职位建立了新的人脉，能量比以前大了？”郑逸群问。

尹诗双严肃地点点头：“可以这样理解。我是担心，他可能会利用俱乐部这个平台做些别的事情。”

“做什么？就是搞清洗呗，先清洗俱乐部的中层，再清洗高层。”郑逸群耸耸肩，满不在乎地回答。

尹诗双的眉头紧锁：“没那么简单，他这个人是不会轻易地动俱乐部高层管理人员的。按俱乐部的章程，动高层管理者是需要管理委员会批准的，他熟稔这些，怎么会上来就搞清洗？我相信他会采取别的方法。”

“兵来将挡，水来土掩，怕什么？”郑逸群有些不屑地回答。

尹诗双叹口气说：“你这是无奈的说法。其实，我也很无奈，突然间发现古梦柏要回来了，觉得一时有点儿无法接受。可是，不能接受也要接受，有些事情你必须面对，因为这是生活的本质。”

“就这些？如果没别的事情，我去叫宣萱安排你和欧董的机票去了。”郑逸群看着尹诗双，试探着问。

尹诗双点点头：“嗯，先这样吧。不过我跟蹇董还有些事情要商量，待会儿才能下去，你要把大厅里的客人招呼好。”

"我明白。"郑逸群站起身来道。

"逸群哥。"尹诗双忽然叫了一句。

"有事吗？"郑逸群感觉到她的声音里有种疲惫感。

尹诗双的嘴角动了两下，欲言又止，眼神里有种让郑逸群心里有些不安的东西，但最后她还是说："没什么，我走后，俱乐部的事务就拜托了。"郑逸群不知道她想表达什么，但看到她这样，心里顿时涌上了某种怜爱。那一刻，他很想给她一个拥抱，不是因为情欲，而是需要给她些支持，但是，他终究没有那样做。

走在二楼的走廊上，郑逸群随便向下面望了一眼，下面人头攒动，从这个角度看，圈子更明显，下面的人聚集成了大大小小的圈子，聚在一起高谈阔论。人就是一种群居动物，都喜欢和同类在一起。郑逸群站在走廊上给宣萱打了个电话，尽管他没有回头，但是他感觉到，尹诗双从 203 出来，进了走廊尽头的一个房间。那个房间里是蹇君博和乌梅，他们三个在一起研究什么呢？

郑逸群沿着楼梯向下走，忽然有人在叫他，扭头一看，原来是许久不见的腾大股份的董事长章艾，自从富有集团的丁思妍因为受刘副省长牵连出事以后，她很少来俱乐部，今天能在这里出现，让郑逸群感觉有点儿意外。

"咦，章董，怎么只有你一个人，没看见吴总？"郑逸群所说的吴总就是山本控股的吴茵茹，原来章艾、丁思妍、吴茵茹在俱乐部号称三女杰，自从丁思妍出事以后，这里只剩下她和吴茵茹一对姐妹花。

章艾典雅地微笑道："她跟曾柔开飞机逛去了。"

曾柔是章艾的秘书，两个人情同姐妹，根本不像是上下级。她跟吴茵茹一起出去，估计还是因为吴茵茹的感情问题。吴茵茹的老公方亮因为那个晒富的顾梅梅跟吴茵茹离了婚，不久以后又与那个女人分了手，但是，现在他们两个人也没有复婚，不知道是什么原因。

"这种天气还敢飞，胆子够大的。"郑逸群随手从身边路过的一个服务员手里取了两杯果汁，递了一杯给章艾。

"她把李佳薇那架直升机买下来了，黑飞，她说自己有把握。对了，刚才看见你跟郭董出去了，怎么他没回来？"章艾似乎漫不经心地问。

郑逸群不知道章艾为什么要关心郭正余，他们在俱乐部虽然经常接触，但是，似乎并没有经济上的往来。"哦，他去办事了。"郑逸群随意地回答，也是一副轻描淡写的样子。

章艾忽然转了话题，问："最近怎么没看见冷董？"章艾跟冷鸿海还是有些生意上的来往的，腾大股份是冷鸿海的设备供应商，不过量并不是很大。她问到冷鸿海倒可以理解，于是，郑逸群回答："可能是比较忙吧，我也很久没见到他了。"

一个身材火爆的女人从他们面前经过，郑逸群不禁多看了一眼，章艾冷笑一声:“这就叫胸有大志。”

“怎么，章董也会嫉妒别人？”郑逸群打趣道。

章艾鼻翼动了一下，目光转向不远处，郑逸群顺着她的目光望去，那边章艾的老公徐欣然正跟几个花枝招展的女演员在说着什么。有个女演员居然像小鸟一样依偎在他的身边，徐欣然似乎很受用，得意地跟几个女孩子谈着什么，那些女孩子无一不是露出崇拜的目光。郑逸群理解地笑笑。

“最近听说了件事情，不知道该问不该问？”章艾忽然变得迟疑起来。

“章董但说无妨。”郑逸群平和地笑着，不知道章艾想问什么。

章艾盯着郑逸群的眼睛问：“乌梅怎么会突然跟你离婚了？是你的问题还是她的问题？”

郑逸群不知道她问这话的真正含义，平淡地回答：“主要是两个人工作上的问题，总不见面感情上会有一些疏远，有了疏远就会有隔阂，隔阂多了，有些事情就不容易沟通了。”

章艾笑笑，表情诡异：“你这个解释完全没有涉及本质，我怎么听说她现在跟一个大人物在一起？”

“是吗？我不大清楚啊。”郑逸群回答。

章艾冷笑一声：“嘿嘿，郑总不必装糊涂，有些事情，恐怕你比我更清楚。”

“章董貌似不是跟我来探讨我前妻的感情归宿问题吧？有什么话最好直言。”郑逸群礼貌地回答。

“呵呵，郑总真是快言快语，那好，我就直说了。我有个事情想麻烦你一下，能不能帮我引荐一下，让我见见乌梅的男朋友？”

郑逸群沉吟了片刻：“这个你应该跟乌梅直接说嘛，你又不是跟她不熟悉。”

“这个我想过，不好，她这事情肯定不想让外人知道，我如果直接跟她讲，她很有可能直接拒绝，所以，我想来想去，还是通过你比较合适。”

“我可以问问大概是什么事情吗？不然我不好跟乌梅说。”

“是关于腾大股份上次跟富有集团、山本控股在省城地铁项目上联合投标的事情。自从丁思妍出事以后，有关部门一直在调查我们，但一直不能给出结论，这已经严重地影响了腾大股份的生产经营。所以，我想通过某些渠道催促有关部门尽快给出结论。”

“明白了，我尽量争取吧。不过，不一定能如你所愿。”

“事在人为吧，成与不成我都会记得欠你一个人情。”章艾真诚地说。

郑逸群很理解章艾，即使自己和她不是合作伙伴，即使是一般的俱乐部会员遇到困难，他也会全力以赴地帮着解决的。只是这件事有些难度，需要想个好的说辞说通乌梅。乌梅不是人家老婆，有些事情她插手太多恐怕也会影响她在人家眼里的地位的。凡事要从对方的角度考虑问题，只有这样，做事成功的概率才会大一些。

“那好，回头成与不成我都给你个电话。”郑逸群看着章艾认真地说。

“那就拜托了。”章艾浅笑一下，转身向乐枫那群人走去。

今天的主角伊涛向他走来，他穿得很正式，一身白色的晚礼服，还化了妆，有点儿像某个明星，英气逼人。

“祝贺你，伊总。”郑逸群向伊涛伸出手。

伊涛似乎并不快乐，只是无言地握握郑逸群的手。

“怎么搞得这么仓促，从我们接到通知到举办这个派对，时间不过三十六个小时。本来我们是按照欢迎你正式成为会员的程序安排的，忽然加了一个订婚的环节，让我们有点儿手忙脚乱。”郑逸群很抱歉地跟伊涛说。

伊涛淡淡地回答：“没什么，别说你们，连我事先都不知道，都是安妮小姐一手安排的。”

郑逸群向晏雯晓那边看了看，她正跟安妮、罗小可以及一群女演员在一起谈笑。晏雯晓今天穿得很扎眼，一身亮晶晶的晚礼服，上面嵌满珍珠。这样的一件晚礼服一定价值连城，这真是个有钱的女人。相比安妮穿的就明显低调很多，但那件橘黄色带着一些镂空的晚礼服却也将她衬托得雍容华贵。

“你的这个合作伙伴真的是不错，知道吗？除了俱乐部欢迎你的部分，其余的费用都是她通过罗小可出的，真是大方。”郑逸群道。

伊涛淡淡地回答：“刚听说。”

伊涛的这个回答让郑逸群有些意外，按理说今天他订婚，应该很高兴，为什么有些心事重重呢？

“你在苏南那边进展还算顺利吧？”郑逸群问。

“一切还好。”伊涛似乎有心事，回答得有些勉强。不过，他顿了一下，接着说：“关于我们合作的事情，我想了一下，应该可以启动了。至于怎么做，回头我们细谈。我就不参与具体的事情了，你办事，我放心。”

“按照你跟安妮的合作模式吗？”郑逸群问。

伊涛没有直接回答，目光看着安妮那边，似乎是在出神，良久，他才回答：“我不想浪费太多的精力，对了，我想叫我妹妹伊波在新公司担任一定的职务。”

“你妹妹不是在美国吗？”郑逸群问。

伊涛向自己父母那边望望，伊涛的父母正跟伊波在谈什么，他感慨地回答：“这么多年，我对父母一直没怎么尽一个做儿子的义务，做企业又随时可能有风险，所以我想如果给伊波一份事业，或许她比我更能保证父母的晚年幸福。”

郑逸群一听就明白了伊涛的意思，他可能是觉得自己跟安妮在一起做生意有一定的风险，或者是因为跟晏雯晓订婚会使自己处于风口浪尖上。“明白了，我会按你的意思去办。”伊涛一定是发现了什么危险，不然他不会想到给自己的妹妹留一份资产，实际上这也是给自己留一条退路，留一份安全。

“还有，你熟人多，帮我买套好一点儿的房子，我现在住的那套太小，既然我跟晏雯晓订婚了，也不能太委屈她是不是？”伊涛接着说，眼睛里有种不明的东西。

“你们这次订婚我怎么觉得你似乎什么也没准备啊？”

伊涛摇摇头：“也许是她们想给我一个惊喜吧。”

“哈哈，找到这样的女朋友，什么事也不让你操心，你就偷着乐吧，还装傻。”郑逸群开着伊涛的玩笑，哪知道，伊涛的脸突然腾地红了，这让郑逸群有点儿意外，心里想：他怎么啦？

“你忙，我去照顾一下客人。”伊涛转身走了，郑逸群有点儿不安，生怕自己话说得不得体，得罪了他。

在俱乐部做管理者难啊，俱乐部就好比一部电视机，它天线很长，因为太多人能通天；频道很多，很多人都来这里，哪个庙都惹不起；图像模糊，太多官二代在从政经商，身份难以确认，所以在这里得罪人是件不得了的事情。不过，他并不太担心伊涛，他不是爱记仇的人，何况自己与他还是要好的朋友。

伊涛走到晏雯晓身边，低声说了两句，晏雯晓向他嫣然一笑，挽着他的手开始向别的地方走，一个服务员跟在他们后面，手里托着五颜六色的酒水。这是一对璧人，在任何人看来都是幸福的一对，可是，他们真的会幸福吗？

正当郑逸群在那里胡思乱想的时候，他手里的电话响了，原来是宣萱，她告诉郑逸群，欧升达和尹诗双的英国之行已经安排好了，安排他们在迪拜会合，然后一起飞往伦敦，住在海德公园旁边。

郑逸群脑子里忽然又铮的一声，弦又响了：“林晓伟有叫你安排行程吗？”

“没有。不过，我可以问一下，如果需要我可以安排。”宣萱回答。

“那好，你把行程发给他们，叫他们确认一下。”郑逸群收了线，然后找到保安主任交代他注意一下那些派对串子。今天的派对串子来得不少，也不知道是通过谁进来的。保安主任回答：“已经交代下去了，既然郑总这么重视，我再去交代一遍。”保安主任走了。郑逸群又巡视了一下各个部门，今晚的客人都是俱乐部的重要会员，马虎不得。

俱乐部目前在安保问题上的主要任务就是两个：一、防派对串子；二、防记者。派对串子是不会出去乱说的，因为这是他们赖以生存的方式，但顺点儿东西的情况还是时有发生的。至于记者，发现了就谈话，给点儿钱，删除照片，保证不发文字；当然，也有不听话的，那就用他的上级压他，或者干脆吓唬吓唬他，总之叫他就范。不过，经过几年的经营，很多媒体都知道俱乐部的能量，也没谁敢在太岁头上动土，因此，这里一直也没出什么大事。

今天本来是伊涛成为正式会员的欢迎晚会，这是所有会员入会都有的一个待遇，只是在这个晚会上加上了伊涛的订婚仪式，这就显得有点儿不同。关于这个订婚仪式的具体细节，郑逸群事先还真不大清楚，因为那两天他一直忙着俱乐部二期的几个收尾工程的结算问题。关于这次婚礼，只是听宣萱说，费用是那个安妮通过罗小可的账户出的，具体的预算郑逸群并不知道，按照今天这样的饮食和酒水标准，一定不是一个小数字。

提到安妮，她来俱乐部的时间并不多，但郑逸群对她可是如雷贯耳，她在美国华人投资界里非常有名气，这不仅仅是因为她是苏南市市委书记薛冰的太太，最主要的是她在国内参与投资的一些项目都是赚大钱的。有人说她是金手指，更有人说她是铁算盘，但是，无论别人怎么评价，那都是别人的评价。据说，她非常低调，在美国也很少参加什么公开的活动，仅仅参加一些私人聚会而已，次数也是屈指可数的。据说她老公去美国考察，公开的活动她也不参加。

她为什么对伊涛的这次婚礼下这么大的本钱？仅仅是因为她与晏雯晓是好朋友？郑逸群在晏雯晓发生危机的时候听说了一些事情，不过都很矛盾。有人说安妮在北京为晏雯晓做了很多工作；还有人说安妮可能参与了破坏晏雯晓的形象，是幕后黑手之一；甚至还有人说，安妮喜欢上了伊涛，要从晏雯晓的手里将伊涛夺过来，林林总总的信息让郑逸群也难以判断。

郑逸群跟伊涛尽管很熟，但关于安妮，他们并无多少交流，因为这个问题很敏感。在敏感的问题上，即使是再好的朋友也要回避。不过，关于安妮的财富问题一直是个谜，她除了利用她老公薛冰的特殊地位通过替大企业打官司赚钱以外，据说还有其他一些门道，通过海外一些公司投资了国内很多赚钱的买卖。总之，这是个谜一样的女人。

就在郑逸群脑子里的CPU不断运算着的时候，他忽然看见安妮带着晏雯晓走向伊涛和他的父母，安妮在雍容地说着什么，伊涛的父母似乎很感激，但伊涛似乎并不高兴，只是没什么表情地站在一旁听她们说话。

说来也巧，郑逸群站的位置离洗手间不远，有两个演员模样的女宾正从郑逸群身边走过，她们的谈话恰巧飘入郑逸群的耳中。

“雯晓的那个朋友真够意思，送了套别墅给雯晓做订婚礼物。”

“什么朋友啊？我跟你讲，她们是拉拉！”

“你别扯了，拉拉还能允许别人找男朋友？”

“也许是掩人耳目呗。”

两个女宾走远了，郑逸群在那里有些发怔，他倒不相信晏雯晓跟安妮真的是拉拉，而是他觉得安妮一下子送了一套别墅给晏雯晓，事情显得有点儿不寻常。鹏城现在随便一栋别墅都要两三千万，安妮怎么这么大方？

郑逸群远远地看着伊涛那边，忽然有人在身后说：“看什么呢？”

郑逸群一回头，发现居然是做高速公路投资的林娜，林娜现在还不是正式会员，以前她来俱乐部一般都是因为马公子的邀请，后来通过马公子和彭公主的推荐，成为俱乐部的外卡会员。俱乐部的外卡持有者类似预备会员，这样的外卡持有者一般商业信誉良好，有合格推荐人，只是在某些硬性指标上还有些欠缺，遴选委员会给出的意见是：待定。如果是不合格，直接就 pass 了，一点儿机会也没有了。持有外卡者的考查时间有长有短，短的可能几个月就可以转为正式会员，长的三四年恐怕还在考查中。像伊涛这样的外卡会员就属于正常的转正，他经历了差不多一年多的时间。至于林娜这样的人，会经过多长时间转正郑逸群也说不准，马公子和彭公主的地位不低，人脉又广，将来遴选委员会怎么决定那就是他们的事了。

“林小姐，你好！”郑逸群礼貌地打着招呼。

“郑总好，您越来越帅了。”林娜今天穿了件杏黄色的晚礼服，上面嵌满碎钻，应该很昂贵，可是，穿在她的身上总是有点儿不搭调。林娜长得其实并不难看，可总给人一种粗鲁的感觉，不知道是怎么回事。而且，这个招呼也让郑逸群感到有些轻佻，不是很舒服。

“林小姐过奖。”

“郑总，怎么显得有点儿心事重重啊？”林娜向前逼近一步，郑逸群向后退一步。

“没有啊，这么大的场面，我必须重视，工作状态而已。”郑逸群回答。

林娜意味深长地说：“是吗，我怎么觉得你一直在盯着伊涛看啊？怎么，羡慕嫉妒恨？”

郑逸群严肃地回答：“林小姐这话就有些不靠谱了，羡慕肯定是有的，伊总能抱得美人归，谁不羡慕？这恨就谈不上了，没有理由嘛。”

“没理由？你就装吧。”林娜带着鄙夷的目光看了郑逸群一眼。郑逸群耸耸肩，没作声。林娜接着说：“听说了吗？安妮可是送了套别墅给他们做礼物呢。”

“送就送呗，人家是好朋友，交情在嘛。”郑逸群淡淡地回答。

“郑总真是个老实人。”林娜斜睨着郑逸群，话里有话地说。

郑逸群皱皱眉头问：“你什么意思？”

“听说过没有？伊涛跟安妮去坐游轮，两个人可是住一个房间的。”林娜忽然压低声音道。

“我可不想八卦啊。”郑逸群撇撇嘴。

“真的，这事不是八卦。”

郑逸群看着她，她的嘴唇涂了一种带珠光的唇膏，看起来油光光的。郑逸群问:“应该是那种套间吧？这不能说明什么。”

“你这人真是单纯，一男一女在一个船舱里会什么也不干？除非是生理有问题。”林娜带着一丝不屑的表情看着郑逸群。

“林小姐有点儿阴谋论的意思啊。”郑逸群微笑着回答，希望能停止这个话题。

林娜的身体又向他这边倾了一下，声音更低道：“据我所知，他们在新加坡的时候也是住在一起的。”

“哦？会是这样？”郑逸群有点儿震惊，难道伊涛真的跟安妮有什么？他想了想，拿起手机，发了个信息给宣萱，叫她查一下伊涛在新加坡的时候住在什么地方。宣萱很快就有了回复，伊涛跟安妮住在一起，不过是主席套房。

看到这个信息，伊涛无言地笑起来。

林娜问：“你笑什么？”

“林小姐多虑了，他们在新加坡住的是主席套房，据我所知，那种套房有很多房间，六百多平方米，住在一起是正常的。”

“你呀，真是心地善良。”林娜叹息一声。

郑逸群切了一声，回答：“反正我不能随意揣测。”

“好了，不说这个话题了，我想问你一下，听说俱乐部股权变了？”林娜看着郑逸群，表情很是严肃。林娜这样问郑逸群一点儿都不惊讶，他相信，这个消息在这个大厅里至少应该有十几二十个人知道了。有些人就是这样，喜欢传播小道消息。他不露声色地点点头。

“听没听说股东会员里还有谁要出让股权？”

郑逸群一惊，反问：“林小姐什么意思？你还不是正式会员，成为正式会员离成为股东会员还有很长的距离，现在问这个问题有点儿太早了吧？”

林娜笑了：“郑总有点儿敏感了，我不是这个意思，我是想提醒你一下，还有没有类似情况，要作个准备，未雨绸缪嘛。”

“原来是这样，谢谢林小姐的提醒。”郑逸群有点儿不好意思地说。

林娜笑了一下，忽然又问：“不知道郑总这两天有没有别的安排？”

“有事吗？”

“我想组织一个小型的聚会，都是我在黄河工商学院的同学，但是又不想在俱乐部，因为这里人多嘴杂。我正好在广西北海有栋房子，我想安排在那里。但是，那里的服务上有些欠缺，所以俱乐部能不能给我做些安排？”

郑逸群点点头说："没问题，回头你把参加的人员、预算大致跟宣萱说一下，我叫她安排。"

"不过，郑总要亲自到北海，因为有个人想跟你谈谈。"林娜补充道。

"谁啊？"

林娜一副欲言又止的样子："见面你就知道了。放心，不是坏事。"

"那好吧，我听林小姐的安排。"

林娜给了他一个意味深长的微笑，郑逸群感觉到这个微笑有些做作，令他很不舒服，但他还是还以微笑。林娜的这个聚会是什么性质的郑逸群并不知道，但是，她提出去北海，那么，这些人应该是她的好朋友或者是重要的公关对象。

跟林娜分手后，郑逸群又在大厅里巡视一番，发现一切正常，正想跟几个熟人打打招呼，忽然发现五洲影视公司的董事长云落正在跟晏雯晓说着什么。云落现在是俱乐部的外卡会员。说到她的这个外卡，来得很不容易，云落自己成立了影视公司，拍了两部在国内很有影响力的电视剧，据说赚了不少钱。但在申请会员的问题上却一直不顺利，遴选委员会一直不同意。最后，还是在招财证券的董事长徐瑞林和盛唐公司董事长唐志波的担保下，才勉强给了她一张特别外卡。这种外卡持有者虽然也可以参加俱乐部的一些活动，但很多权利是没有的。

也巧了，云落的目光此时正好跟郑逸群的目光对上，只见她跟晏雯晓低声说了几句什么，然后款款地向郑逸群走来。

现在的云落比以前成熟不少，也更有魅力了。她今天穿了一件银灰色的晚礼服，露出玉色的肩膀，显得性感却不暧昧。女人穿衣服很有学问，正所谓添一分保守，减一分放荡。云落今天穿的这件衣服就恰到好处，尤其是她的开领，既露出一段浅浅的乳沟，让你有些遐想，却又不至于让你思想淫荡。

云落远远地就对郑逸群报以甜甜的微笑，就像是一杯冻咖啡，甜蜜中带着清凉。

"云小姐，你好！"郑逸群首先打招呼。

"郑大哥好。"云落的眼睛里透露出一种无邪。

"云落，怎么好长时间没看见你，忙什么呢？"郑逸群问。

云落大大方方地回答："郑大哥，我生了个儿子。"

"哦！怎么回事，没听说你结婚啊？"郑逸群感到很意外。

"不结婚就不能生儿子？"云落的大眼睛显得很无辜，反问道。

"这个，这个……"郑逸群有点儿语塞，他四处看看，发现没什么人，于是低声问，"是那个人的吗？"

"哪个人啊？"云落笑着反问。

"徐总啊。"前一段时间徐瑞林经常跟云落在俱乐部里出出入入，不是他又能是谁？

云落笑了道："你就别问是谁了，反正孩子有父亲。"

"哈哈！"郑逸群会心地笑起来。云落能告诉自己她有儿子了，这充分说明她对自己是信任的。

"咦，怎么一直没看见诗双姐？刚才我进来的时候她还在呢。"云落四处看着。

"哦，她有点儿重要的事情在处理，找她有事？"郑逸群问。

云落似乎有点儿失望："也没什么，就是好久不见，想跟她说说话。"她脸上的笑容明显有点儿暗淡。

郑逸群看看楼上，二楼的走廊上空无一人，他说："可能要很晚，尹总现在在会见一个比较重要的客人。"

"可惜，我不能太晚，保姆一个人在家我不放心。"云落有点儿怅然。

"哦，有什么事需要我向尹总转达的吗？有话你就直说，她明天就要出差了。"郑逸群说。

"是这样啊，那就不烦她了。我就直接跟你说吧，最近我父母要来鹏城看看孩子，正好小孩也要过百天，我想搞个派对。范围不要大，但是要温馨。"云落道。

郑逸群点点头说："明白，你把你要请的人列个名单给宣萱，别的我来办。"

"嗯，回头我叫徐总跟宣萱联系吧。"云落淡淡地说。郑逸群忽然发现，她此时已经完全没有了笑容。为什么？他顺着云落的目光望去，看见乐枫和一个身材纤瘦的女人在聊天，那正是王建辉的太太熊黛娜。

郑逸群心里忽然一动，但想想又不大可能，于是放弃了自己的念头。

"请云总放心，我们尽量叫你满意，叫你父母高兴。"

云落像忽然想起什么，补充道："有个问题需要郑总跟下面的人交代一下，我父母都是很节俭的人，不要跟他们说这里的收费标准，他们要是问，就少说一个零。"

"明白。"郑逸群回答。

"还有，这次他们来，我不想让他们住我那里，以免他们知道我的情况为我担心。我想，就让他们住这里吧，不过也要跟下面的人交代好，说这是朋友安排的，免费。"

"嗯，一定安排好。"郑逸群打开手机，在备忘录里面记下了云落的要求。

"那就谢谢郑总啦。"云落客客气气地说，眼睛却一直不时地往熊黛娜那边看，郑逸群很奇怪，她跟熊黛娜有什么过节吗？这眼神里怎么有些仇恨？

在郑逸群的印象里，云落跟徐瑞林的关系密切，云落后来拍摄了两部电视剧，据说徐瑞林跑前跑后没少帮着拉投资。云落为什么看王建辉的太太会用如此目光？难道她跟王建辉当时的仇恨还没有解？或者——郑逸群心里某个念头像小虫子一样，在隐秘的地方露了一下头，但马上又缩了回去。不可能，绝对不可能。

"不客气，有什么事情你吩咐就好了。"虽然以前他跟云落就很熟悉，而且对云落以前的出身了如指掌，但他对云落从来都是客客气气的。在俱乐部里行走的这些小明星、小演员说不上哪天就会一步登天，得罪她们可不是件好事。何况云落和她们还有些差别，她更纯真一些，心地更善良一些。

“我回头打个电话给尹总，还有些女人之间的话我要跟她说说。”云落平淡地说。

看着逐渐又显得恬淡起来的云落，郑逸群嗯了一声，表示理解。

云落忽然说：“郑大哥，我想问你一个私人问题。”

“怎么？”郑逸群有点儿奇怪，她怎么突然换了话题。

云落用一种很奇怪的眼神看着郑逸群，又向另一群人那边看看，说：“你跟乌梅分手，是她先变心的还是你先变心的？”

这个问题有点儿不好回答，郑逸群跟乌梅之间只是哥们儿，没有什么变心不变心之说。但是，在云落面前，这个问题又不得不回答。于是，他显得很随意地说道：“怎么说呢，可能是我们之间离多聚少，有些生活习惯总不能适应吧。”

“郑大哥就别跟我绕弯子了，我需要你的正面回答。”

郑逸群略微思索一下，回答：“一切的责任都在我，是我忽视了她。”

“不对吧？我怎么觉得事情不应该是你所说的这样呢？”云落一副不相信的样子。

“你需要我怎么回答？我怎么回答你都不会满意，都会有疑问。所以，有些问题还是不要直接回答的好。”郑逸群微笑着。

云落叹口气道:“其实，我也不是一定要你回答什么，只是，有些事我想证实一下。”

“你想证实什么？”郑逸群问。

云落目光复杂地看着郑逸群，幽幽地说：“你应该知道我想证实什么。”

郑逸群浅浅一笑说：“云总，有些事情可能不是你想的那样。”

“我想什么啦？”云落歪着头问。

郑逸群忽然意识到自己落入了云落的圈套，一时有点儿尴尬，不知道怎么回答才好。还好，保安主任走过来，给他解了围。保安主任低声告诉郑逸群:“郑总，有情况。”

“怎么？”郑逸群问。

“借一步说话。”保安主任显得很神秘。

郑逸群对云落说：“云总，不好意思，我有点儿事。”云落微笑着点点头表示理解。

“怎么啦？那些派对串子又顺东西啦？”

保安主任摇摇头说：“他们看我们防守严密，不敢轻举妄动。只是，今晚有几个客人很奇怪，他们分散在各处，也不喝酒，也不跟别人说话，看起来不认识，但举止又是惊人的相似。”

“哦？”郑逸群有点儿惊讶。

保安主任说：“我们到监控室看看。”

走到地下室，这里是一号别墅到五号别墅的监控室，里面有许多大大小小的屏幕，几个身穿制服的保安在值班，整个房间就像是美国中央情报局的某个指挥中心。保安主任对值班保安道："把那几个人都调到大屏幕上来。"

马上有几个人的图像被调到了大屏幕上，都是男人，穿着严谨，表情严肃，似乎是在很专注地听别人的谈话。

"拉近一点儿。"保安主任说。

几个人的图像变得更大，图像显示，每个人的耳朵里都有微型耳机。

"你觉得像什么人？"郑逸群皱着眉头问。

保安主任不无忧虑地回答："我就怕是有关部门的侦查员。"

郑逸群环视四周，几个值班保安都在看着他俩，他问："你们觉得呢？"

几个保安都不说话，郑逸群明白他们不敢说，于是，他问保安主任："查了他们是怎么进来的吗？"

保安主任递给郑逸群一张纸，上面有这些人的邀请者的名单。很分散，看不出有什么异常。

保安主任问："要不要把这些人请到这里来？"

郑逸群摇摇头说："不要去惊动他们，叫人盯死他们，看看他们最后都去哪里。"

"我怎么感觉有点儿不对劲？如果是有关部门来调查某个案子的，他们怎么这么分散？"保安主任面色严肃。

"是的，你的感觉跟我一样。这样，你稍等一下，我跟尹总汇报一下。"郑逸群冷静地回答，然后，走到值班室的角落，拨通了尹诗双的电话。

尹诗双很快就接了电话，她听了郑逸群的简单介绍以后马上说："我马上下来。"

少顷，尹诗双急匆匆地走了进来，保安主任指着大屏幕简单给她介绍了一下情况。尹诗双神色严峻，眉头紧锁，半晌，她问保安主任："以前有过这种情况吗？"

保安主任回答："从来没有。以前发现过有关部门来办案，都是一两个人，只盯一个人。这回不同，人多，而且关注的目标分散。"

尹诗双点点头，低头沉思一阵，对郑逸群说："先按你的方案办吧，记住，一定不要打草惊蛇。"

"明白。"郑逸群回答。

"你来一下，我有话跟你说。"尹诗双低声说了一句，转身就向外走。走到监控室外面，她转过身，低声说，"你马上安排人，想办法通过这些会员调查一下这些人的来历，不过要低调，不要让对方察觉到什么。"尹诗双的脸色愈加阴郁。

"明白，我马上安排。我叫徐新阳去办。"郑逸群回答。

"我姐最近演出不多，会在岛上住一段时间，你要经常去陪陪她，她现在一个人处于这种状况，挺不容易的。”尹诗双忽然换了话题，而且显得很感性。

“你们姐俩有点儿意思。”郑逸群呵呵地笑起来。

“你什么意思？”尹诗双问，她平时睿智的大眼睛里此时充满疑问。

郑逸群感慨地回答：“你们啊，平时不怎么在一起交流，性格也很不相同，但关键时候，心还是在一起的。这不，刚才她听说李子夜收购了俱乐部一些人的股份，担心你未来的生活可能会出现变故，叫我给你介绍男朋友来着。”

“让你给我介绍男朋友？亏她想得出来。”尹诗双耸耸肩，显得对乌梅的话有些不认同。

“你有男朋友了？”

尹诗双摇摇头，有些无奈地说：“男朋友倒是还没有，只是她说叫你给我介绍就太可笑了，现在找男朋友还用别人介绍？我现在是没有合适的，用不着介绍。”

“怎么，你有目标了？”郑逸群半开玩笑地问。

“我的目标多了，可惜都是名花有主。”尹诗双冷笑着。两人说话间，已经沿着雕花的铁艺楼梯走到了大厅的侧门。望着大厅里熙熙攘攘的绿女红男，尹诗双忽然问：“你觉得我找个什么样子的合适？”

“你是白智美，当然找高帅富喽。”郑逸群嘻嘻哈哈地打趣道。

“切，你以为生活是韩剧吗？”尹诗双撇撇嘴，表示不屑。

“生活像韩剧不好吗？”

“我不喜欢韩剧。”

郑逸群坏笑着说：“我知道，你喜欢日剧。”

尹诗双随口回答：“我也不喜欢日……”然而，她一看郑逸群一脸的坏笑，马上明白了，伸手就打郑逸群，骂道，“你这哪像哥哥，坏人。”

郑逸群躲开了，气氛一下子轻松起来了。一个晚上的压抑似乎一下子不见了，气压也似乎不那么低了。

“对了，刚才云落找你，说要跟你谈谈。”

“哦，我知道了，我去找她。”尹诗双说完，起身就走，郑逸群一放松警惕，尹诗双挥拳在他身上打了几拳，嚷道：“叫你耍流氓。”郑逸群猝不及防，身上结结实实地挨了几下子。

尹诗双打完人，一阵风地走了，郑逸群正在那里发呆，忽然觉得背后一阵发凉，他回头一看，不知道什么时候，宣萱站在了身后，正冷冷地看着他。

郑逸群咧咧嘴，有些尴尬地说：“你来啦？”

“有点儿不合时宜是吧？”宣萱冷冷地说。

“你别误会。”郑逸群赶紧解释。

“我没误会。”宣萱板着脸，把一叠文件摔到郑逸群手上，转身走了。

郑逸群很想追上去，但宣萱径直走到顾云飞那圈年轻人那里。她从服务员那里拿了一杯酒，主动跟顾云飞喝起来。顾云飞自然是非常高兴，脸上就像盛开的洛阳牡丹。

郑逸群摇摇头，开始翻看手里的资料，这正是欧升达和尹诗双去英国的行程，安排得很粗略，有很多地方都是会客，待定。为什么会这样？郑逸群稍微一想就明白了，这些需要尹诗双亲自去安排，欧升达希望保密。

最下面是林晓伟的行程，看来宣萱跟他沟通过了，林晓伟的行程简单，来回机票，在伦敦住帕克路的万豪酒店，总共五天的时间，除了第三天晚上有个宴会，要求俱乐部订餐厅，甚至没有用俱乐部安排的车子。他这个行程更是让郑逸群百思不得其解，这么简单的事情，他通过顾云飞那个旅游网站就可以安排了，为什么要用俱乐部的资源？林晓伟虽然是富二代，但他不是那种过惯奢华生活的人，他这样安排确实令郑逸群稍微感觉到一点儿意外。

郑逸群在宣萱给他的资料上签了字，正要走进大厅，忽然身后有人跟他打招呼：“郑总。”

他回头一看，来人正是他很不喜欢的慈善家陈光定。

“陈总，你好啊。”郑逸群不卑不亢地跟陈光定打着招呼。陈光定满面红光，嘴巴油光光的，看样子没少喝也没少吃。他很缺油水吗？每次看见他在餐台旁边饕餮，郑逸群总有些疑惑。

陈光定看样子是刚从厕所出来，跟郑逸群握手的时候，郑逸群感觉到他的手潮乎乎的，这让他更不舒服，你刚洗完手，干吗要跟别人握手？明显的没礼貌嘛。

“郑总，我今儿很不满意。”陈光定声音尖锐，给郑逸群的感觉就像一个凿子在一块生锈的钢板上划过，非常刺耳。

“怎么啦？陈总。”

“我问你，今天这样的场合为什么没有安排慈善环节？为什么不叫这些酒囊饭袋出点儿钱给山区孩子建所学校？”陈光定眼睛发红，满嘴酒气。

“哦，是这样，今天没有安排这个环节是因为伊涛和晏雯晓这个订婚仪式是保密的，没有告诉来宾是什么活动，所以怕很多人没有准备。”郑逸群不温不火地解释着。

“没准备认捐也行，签单嘛。”陈光定往前走，不依不饶地说。

郑逸群冷静地说：“今天有很多人都是晏雯晓演艺界的朋友，人家经济能力并不一定好，再说，人家也不是会员，怎么签单？”

“演艺界的会没钱？他们赚钱太容易了，你们临时加个环节行不行？”陈光定见郑逸群这样说，以为有戏，就继续要求着。

“不好意思，俱乐部的所有活动一旦经过总经理签字以后就不能擅自变动程序，下次吧。”郑逸群冷冷地说。

“真没有爱心。”陈光定嘟囔着，明显有些失望。不过，他似乎并不死心，问，“要不，我自己去宣布？我要给贫困山区的孩子捐一百万。”

“不好意思，陈总，有机会你还是在自己的派对上宣布吧，再说你今天没有现金，效果不够震撼啊。”

“也是，也是。那你忙，我去了。”陈光定迈着四方步进了大厅。这个人没有现金是不会捐助的，这一点郑逸群很了解他。

他转眼看了一眼顾云飞那边，发现宣萱和顾云飞不见了，这让郑逸群有点儿紧张，这宣萱不是要跟顾云飞来真的吧？

正当郑逸群在那里纠结着是不是要去找宣萱的时候，大厅里忽然一阵骚动，原来是云落和晏雯晓走上了台，云落宣布，由她的五洲影视公司投资的一部生活轻喜剧电影即将开拍，主演就是晏雯晓。大厅里顿时一片掌声，郑逸群一时有点儿缓不过神儿来。云落的这个发布是早计划好的还是临时跟晏雯晓商议的？

云落的五洲影视公司不大，却是影视公司里的后起之秀，现在能联手晏雯晓，应该会有一个新的突破。没想到，这个看起来还有些天真笑容的女孩子还有这么大的后劲，真是海水不可斗量。

有人问她们的编剧是谁，云落笑而不答，说保密，但是说了一个作家的微博账号，郑逸群打开看看，发现那人就是以前自己关注过的账号经常被封的一个人。有人从那人的作品里嗅出点儿味道，猜测他是欧升达，但郑逸群明白，欧升达那么忙，怎么会有时间写作呢？

有人又问戏什么时候开拍，云落又说保密。今晚总是保密，不过郑逸群很理解，影视圈的保密实际上也就是营销的一种手段。热闹了一阵，郑逸群四处看看，并没有发现尹诗双，她刚才不是说要跟云落谈谈吗？怎么没有见到她？

他正在那里想着，忽然看见云落走下台，跟周围的几个人说了几句话，径直向他走来，脸上带着一种说不出来的表情。

“郑大哥！”云落远远地就打招呼。

郑逸群友好地说：“恭喜云总能跟晏小姐合作。你见到尹总了吗？”

云落点点头：“见到了，事情说完了。”郑逸群注意到她的锁骨很纤细，皮肤特别好，很有一番韵味。

“这么快？”

云落嘴角掀起一种很甜美的笑，回答：“重要的事情不一定要长篇大论，你以为是写小说啊！是这样，我跟雯晓不是要拍戏吗？编剧需要一个安静的地方，你看有没有什么好的选择？”

“云总有什么特殊的要求吗？”

云落思忖了一下，说:“我们这个编剧平时很忙，只有一周的档期来完善这个剧本，他又是鹏城人，不想留在鹏城，因为他在鹏城就会有应酬，所以要给他找个能让他静下心来的地方。”

“其实，就是在鹏城，也有安静的地方，只要他自己对别人说自己在外地不就行了？”

“你觉得什么地方好呢？”云落双目一眨不眨地看着郑逸群。

“你知道富有集团和腾大股份合资建设的那个影视基地吧？”

云落点点头：“我知道，那里安静？不可能吧？那里不是经常有一些剧组在拍摄吗？”

郑逸群呵呵地笑起来，说：“闹中取静，这个你可能就不知道了吧？”

云落茫然地摇摇头：“我还真的不知道，你说说看。”

郑逸群解释道：“是这样，那里我们设立了一个俱乐部的分部，主要接待一些高端客人，而就在分部里面，有一个小院，是男主角生活过的，环境非常优雅。一般人也进不去，你看怎么样？”

“这建议听上去不错，嗯，你安排吧，我得走了。”

“你走这么急干吗？”

云落嘴角向上一弯说：“我得赶紧回家，要不然一会儿孩子该找我了。”脸上漾出的分明是一个母亲的温和。望着这个看起来还是孩子一样的母亲，郑逸群忽然有些感触，心情复杂地站在那里发了好一阵子呆。生活就像大厅里的音乐，在宾客的嘈杂中时隐时现，时而不靠谱，时而不着调。

◉ 第二章　乌云盖顶

第二天下午，当郑逸群把尹诗双送上飞机后，坐在俱乐部那辆接送客人的宾利车上往鹏城方向走的时候，他忽然接到郭正余的助理李敏阁的电话，她在电话里告诉郑逸群，宝山区书记李铁牛今晚要接待两个客人，需要俱乐部安排一下。

郑逸群问："需要哪方面的安排？"

李敏阁回答："全方位。"

"明白。"郑逸群收了线。

所谓的全方位安排就意味着除了正常的饮食，住宿要一流，还要有美女。恰好，昨晚晏雯晓和伊涛的订婚仪式来了一些美女，俱乐部外围的经纪公司已经跟她们进行了交流，有些今天就可以派上用场。

俱乐部二期工程里面有一座按照潮州许驸马府的建筑格局修建的院落，那里比较僻静，如果安排李铁牛和他的客人在那里应该会让他满意。那里停车场也是独立的，司机把车开到地下停车场，客人从专用的电梯上楼，司机由保安引导到一个偏院，吃的都是最一流的东西。除了不能喝酒，不能有美女，一切随意，甚至还可以去娱乐厅那边玩几把。

郑逸群把李铁牛他们安排到许驸马府是有一定深意的，不是因为李铁牛的身份问题，而是因为他知道，上次俱乐部被封李铁牛在里面起的作用是负面的。因此，叫他到这里，也有将他与其他客人分隔开来的意图。

同时，他也要求今晚的服务一定要做到微笑亲切但不卑不亢；有一定距离却无微不至；有文化底蕴但毫不张扬。

一个电话进来，是保安主任，他告诉郑逸群，昨晚他派人跟踪那几个人，发现他们是分开走的，住处也在不同的地方，没发现什么异常。

郑逸群问："你觉得那仅仅是偶然？"

保安主任回答："凭我的感觉那绝对不是偶然，这种没有异常就代表着异常。你放心，我叫人在那几个人住的地方盯着呢，一有情况马上向你汇报。”

“好，我知道了。”郑逸群收了线。

昨晚的那几个人一定是什么人派来的，目的到底是什么呢？

他又打了个电话给餐饮部经理，问问今天都有什么好的食材，餐饮部经理说除了一些澳洲海鲜，今天还从日本空运过来一些稀有的海鲜。郑逸群想想，告诉餐饮部经理，叫他安排俱乐部里最好的潮州大厨今天主厨，设计出一桌在外面难得吃到的菜，给客人留下深刻的印象。李铁牛对俱乐部有成见，如果能在第一印象上让他感觉良好，也许他会逐渐改变想法吧。

窗外的天还是阴阴的，气温甚至比昨晚还要热，气压也很低，令人呼吸困难。

车子很快就过了关，进入了鹏城，郑逸群不断地跟宣萱交代着今晚的一些活动，俱乐部今晚活动不少，除了一个小型的雪茄鉴赏会，一个珠宝展示会，一个高端经济沙龙以外，还有一个心理学讲座。现在的富豪们压力都不小，心理或多或少都有些问题，俱乐部给会员配备了心理咨询师，也是为了能让大家及时调整心态。这样的心理讲座是定期的，参加的人一直比较踊跃。

宣萱把笔记本放在膝盖上，打字很快，几乎是郑逸群说完，她就已经全部记下了。但是，她却不跟郑逸群有更多的交流，郑逸群明白，她还在生自己的气。昨晚，她很晚才回宿舍，郑逸群问她为什么回来这么晚，她居然说跟顾云飞、李前林他们去海边吃夜宵了。郑逸群要跟她谈谈，她砰地把门关了。

郑逸群知道她对自己和尹诗双有些防范，也难怪，一个总经理一个副总经理，平时接触比较多，难免别人会有些闲言碎语。自己跟宣萱解释过很多次，但她还是视尹诗双为情敌。上午郑逸群因为要陪一个客人出海没来得及跟她谈，而在送尹诗双的路上，郑逸群又不好让尹诗双看出什么，也没跟宣萱谈。不过，现在也不好谈，因为前面还有司机。

他用手碰了碰宣萱，宣萱没反应，继续完善着计划，再碰，她忽然坐到了旁边座位上。郑逸群明白她是真生气了，生自己跟尹诗双的气，以前也有这种事情，一阵子就过去了，这回她怎么啦？

郑逸群讪讪地跟过去，宣萱躲无可躲，把笔记本合上，闭上眼睛假寐。他轻吻一下宣萱，她开始没反应，他又亲了一下，宣萱睁开眼睛，低声骂道：“滚。”郑逸群嘻嘻地笑着，涎着脸儿回答：“就不滚。”

宣萱生气地道：“我喊人啦！”

郑逸群嬉皮笑脸地说：“你喊啊，你喊啊。”

宣萱摇摇头，黑着脸道：“无赖。”

“我就是无赖。”郑逸群把宣萱往窗边挤，宣萱实在没有办法，只好放弃抵抗说：“行了，别闹了，我问你，你昨天跟她说什么啦，她对你那样？”

解释的机会来了，郑逸群焉能放过，于是他赶紧说：“没什么，我就是逗她玩儿，占了她点儿便宜，她恼羞成怒。”

“你又在哄我，我怎么看她的眼神有点儿不对？你不是勾引人家了吧？”宣萱瞪着郑逸群，眼睛里充满怒火。

“怎么会，你也太敏感了。”郑逸群辩解道。

就在这时，他的电话响了，是刘岳平。刘岳平问：“你在哪里？”

郑逸群回答：“我刚从香港回来，正在回俱乐部的路上。”

刘岳平嗯了一声：“晚上安钊和平原来，我有个会走不开，你招待一下。”

“明白。”郑逸群回答。

“你安排艘船吧，他俩都带了女朋友，在船上方便一些。”刘岳平思忖了一下道。

“行，咱们就用自己的船吧。不过，晚上我这边的活动也很多，恐怕不能陪他们出海，你看要不要叫别人陪？”

“没事，都是自己兄弟，无所谓啦。”

“那好，你放心吧，我会安排好。”郑逸群准备收线。谁知道，刘岳平忽然叹口气说：“我昨晚去找老爷子，你猜怎么着？”

“他说什么？”

刘岳平语气有点儿沉闷地回答：“老爷子希望我能退下来。”

“退下来，什么意思？”刘岳平这句话让郑逸群颇感意外。

“他的意思是让我辞职，马上移民。”刘岳平的语气低沉，似乎心情不是很好。

郑逸群似乎也被他感染了：“你什么意思？”

刘岳平顿了一下：“老爷子这么多年经历的风浪太多了，这次一定是感觉到了什么，所以，我准备按照老爷子的指示办，马上辞职，办理移民。”

“准备去哪里？”

“本来想去美国，但美国的移民审批周期太长，最快的是美国EB-5类投资移民，当前的审理周期为十八个月左右，不过存在一定风险，因为所有EB-5类投资移民项目都是非政府项目，有可能花了钱但最终拿不到绿卡。澳洲的移民目前也是十八个月，时间也比较长，所以，我准备去加拿大，安钊说那里申请条件宽松，免面试概率高，弄好了十二个月就差不多了。”

“嗯，我知道了。对了，库珀那事还要继续吗？”郑逸群看了看前面的司机，他正专心地开车，郑逸群压低声音问。

“当然，在我正式辞职之前我会把这件事处理好。伊涛那边没问题，你就抓紧时间推进吧。”

“我明白。”

“还有，前些日子我通过许家在香港收购了一家壳公司，本来是想做点儿别的事的，现在看来恐怕要交给你来做。”刘岳平严肃地说。

“做什么？”

“收购中海信。”

“啊？为什么？”郑逸群扭头看了一眼宣萱，她似乎没有什么表情，正低头用笔记本电脑做什么工作。前面的司机也没什么异样，继续开着车。车子已经下了高速，正在往山上开。

刘岳平回答：“回头我再跟你细说这件事，明天香港有个律师会去找你，有些必要的手续你要签字。”

“嗯，我知道了。”郑逸群回答。咔嗒一声，刘岳平那边收了线。

刘岳平要收购中海信，这是一个不寻常的举动。中海信是个业绩良好的公司，是未来产业的方向，刘岳平自然不会放弃这个行业，收购中海信证明他已经不相信林晓伟了。他们之间发生了什么，怎么连自己都没发觉。在郑逸群的印象当中，林晓伟、顾云飞和刘岳平的关系一直很好，刘岳平不仅安排了他们去党校学习，而且还在政治上给他们极大的荣誉，按理说林晓伟应该不会背叛刘岳平啊，现在怎么啦？

世界上很多事情是不以人的意志为转移的，未来的特点就是不确定性，你永远不能知道未来会发生什么。或许，这一切都和林晓伟后来在黄河工商学院念 EMBA 时建立的那个圈子有关系。放下电话，郑逸群看了一眼宣萱，她也正好抬起头，宣萱很随意地问：“刘主任啊？”

“嗯！”郑逸群点点头。

关于自己跟刘岳平的合作，宣萱只知道一点点，关于这一点，不是郑逸群有意要跟宣萱隐瞒什么，而是有些事情不让她知道反而是一种爱护，毕竟自己与刘岳平的合作是无法见光的。等刘岳平辞职以后，这一切在恰当的时机都要跟宣萱挑明的，既然是恋人，就不能总有秘密。

“事情很重要吗？”宣萱问。

郑逸群想了想回答：“说重要也重要，说不重要也不重要，就是岳平要辞职了。”

“辞职？他不是挺有上升空间的吗，为什么要辞职？”宣萱显得很困惑。

“我也不大清楚，可能是对官场上的尔虞我诈厌倦了吧。”郑逸群轻描淡写地回答。

“他辞职后，会马上跟许赛雁结婚，然后接手许家的产业吗？”宣萱问。

郑逸群没有想到，宣萱会从这个角度提问，他想了片刻：“也许吧。”

实际上，郑逸群心里清楚，刘岳平是不会介入许家的生意的，原因很简单，刘岳平本身就是个隐形富豪，他光是在郑逸群这里的财富就不输于许家，何况他在外面肯定还有别的类似郑逸群这种合作伙伴呢。如果刘岳平参与许家的生意，会给人一种巧取豪夺的印象，刘岳平应该清楚地知道这个利害关系。不过，也不是没可能，也许，他需要许家这个招牌呢？不然，他一辞职就拥有巨大的财富，别人会怎么看？怎么做都有利有弊，郑逸群相信刘岳平经过权衡会作出一个恰当的选择的。

“我很奇怪，他们年轻都不小了，怎么订婚这么长时间，一直没有结婚呢？”宣萱问。

其实，这个问题不光宣萱有疑问，就连顾云飞他们也不时地有这个疑问，郑逸群只是推说不知道，其实，郑逸群心里明白，刘岳平心里一直有一个人，那就是尤乐梅——那个已经嫁了人的尤乐梅。说到尤乐梅，郑逸群忽然想起她的老公，龙海股份的总经理陈瑾，他很久没来了，不知道在忙什么。

陈瑾这个人有点儿纨绔子弟的做派，喜欢跟一些女明星搞在一起，经常闹出一些绯闻，前两年跟那个大明星甄妮妮闹得满城风雨，前一阵子听说又跟周洁搞到一起，听说周洁和甄妮妮还为此闹僵了，一直到现在都不怎么来往。

想到周洁，他忽然想打个电话给她，问问昨天晏雯晓订婚她为什么没来，因为当时安妮给宣萱的邀请名单里是有她和甄妮妮的名字的。但是，碍于宣萱在场，怕她误会，他还是打消了这个念头。宣萱现在对自己跟女人来往很警觉，还是不要让她不高兴了。

车子刚进俱乐部，在办公室前面停下来，正好遇到徐新阳。徐新阳神神秘秘地走过来，对郑逸群说：“郑总，我有事向你汇报。”

郑逸群看了一眼宣萱，对她说：“你先上去吧，我跟徐经理有话说。”

宣萱嗯了一声：“你赶紧上来，我有话跟你说。”郑逸群心里轻松不少，宣萱既然说要跟自己谈谈，证明她已经原谅自己了。于是，他向她挥挥手，表示很快就上去。

徐新阳把郑逸群拉到一边，悄声说：“有个事情很重要，我不知道该怎么跟你汇报。”

“是那几个客人的事情吗？”昨晚，他安排了徐新阳去调查那几个不速之客。

徐新阳摆摆手说:“不是那事，那事你不是叫我秘密调查，不要打草惊蛇吗？所以，没有这么快。我要跟你说的是林晓伟的事情。”

“哦，林晓伟？”郑逸群一愣。

徐新阳压低声音说：“这件事情我开始也不相信，但我后来问我的好朋友，答案是肯定的。你猜怎么着？林晓伟现在在跟周惜雪谈恋爱。”

“什么！他们在谈恋爱，怎么可能？！周惜雪大林晓伟那么多，而且平时他们的生活并没有交集啊。”郑逸群大吃一惊，这太不可思议了。在郑逸群看来，世界上最有想象力的编剧也写不出这样离奇的故事。

徐新阳摇着头，摊开双手说：“是啊，一开始我也不相信，你想啊，林晓伟平时多么骄傲，那么多优秀的女孩子对他情有独钟他都不理不睬。听说他在黄河工商管理学院读书时，好多女孩子给他递房卡他都不赴约，怎么会跟周惜雪搞到一起？但是，这的确是事实。”

“你打听到他们是怎么认识的了吗？”郑逸群简直不敢相信，这事太令人震惊了，至少刘岳平不知道，否则他早跟自己说了。

徐新阳摇摇头：“具体怎么认识的不清楚。据说，他们在巴黎一个高档住宅区有套公寓，有段时间，一到早晨人们都会看见，女的在厨房里做饭，男的伏在阁楼窗子边抽烟，样子就像一对真正的夫妻。”

“这么说，你知道古梦柏已经结婚的事情了？”郑逸群表情阴晴不定地看着徐新阳。

徐新阳点点头：“听说了。”

“你朋友有没有说林晓伟和周惜雪认识是在古梦柏结婚之后还是之前？”郑逸群心里乱得不行，他努力地想把那团乱麻理出个头绪。

“这个我问了，是在古梦柏结婚以后。”徐新阳回答。不过，他马上顿了一下，有点儿迟疑地说，“郑总，古梦柏跟周惜雪没走到一起真的很令人意外。你我都知道，周惜雪为了古梦柏什么牺牲都肯做，这回貌似不像是牺牲啊。”

“是啊，世界上有很多事情不是我们能预料的。谁能想到他们最后会走不到一起。”

徐新阳皱着眉头思索了一会儿，问：“你觉得这次会不会又是他们俩的一个局？”

“你觉得有这个可能吗？”

徐新阳愣了一下，沉默片刻回答：“我觉得可能性不大，古梦柏的妻子钱小小家世深厚，个人能力很强，身价据说是天文数字，古梦柏应该不敢在她面前玩火吧。”

不得不说，郑逸群是赞同徐新阳这个判断的，但他还是有很多疑问。不过，他现在一时还理不清，总觉得哪里有些不对。

徐新阳看看他说:“郑总,要是没事我去准备晚上的活动了。”郑逸群茫然地点点头，感觉脑子里像是正在开一场摇滚演唱会，轰轰隆隆地响个不停。

郑逸群走上楼，径直走回了自己的办公室，坐在那里发呆。林晓伟跟周惜雪在谈恋爱，这也太狗血了，怎么发生的？有人敲门，他喊了声：“进！”

进来的是宣萱，郑逸群茫然地看着她，感觉她离自己很远。

“你怎么啦？”宣萱问，声音似乎很远。

“你坐。”郑逸群无力地指了指对面。

宣萱在他对面坐下，关切地看着他问：“徐经理跟你说什么啦？”

郑逸群脑子里还是轰隆隆的，他努力了半天才结束了那场音乐会，喝了口宣萱递过来的水，有点无力地说：“刚才，徐经理告诉我，林晓伟在跟周惜雪谈恋爱。”

“啊？”宣萱那性感的嘴唇立刻成了“O”型，半晌都保持着那个形态。

“你也觉得不可想象吧？”

宣萱眉头紧蹙："徐经理不是开玩笑吧？"

郑逸群慢慢地摇摇头，叹口气："你应该知道徐经理的性格，没有十足的把握他是不会乱说的。"

"是啊，我知道。这事儿也太离奇了，他们俩怎么会搞到一起？怎么回事儿？我们事先一点儿风声都没听到啊？"宣萱不自觉地站了起来。

郑逸群伸出手，做了一个下压的手势，冷静地说："坐下，别激动。你回头通过林晓伟周围的人侧面了解一下，看看他们是怎么看的。"

"嗯，我会的。"

"对了，你刚才说要跟我谈谈，谈什么？"

谁知，宣萱却摇了摇头："算了，跟这件事比起来，我要跟你谈的已经不重要了。"

郑逸群心里顿时感到滚过一阵热流，他的鼻子有点儿酸，他说："宣萱，我知道，你是在乎我的。其实，我也在乎你。诗双对于你是好姐妹，对于我来说是哥们儿，你放心，我们不会有什么的。"

"我知道。可我看你们那样我心里就是不舒服。而且，你们的眼神总是让我难受，你从来没有那样看过我。"宣萱看着郑逸群，眼圈忽然有点儿红。

"宣萱，你别这样，真的，我们没有你想的那种想法，不然的话在你之前我们就会走到一起。要记住每一个对你好的人，因为他们本可以不这么做的。"郑逸群道。然后，他隔着桌子伸过手去，握住宣萱的手，深情地说："相信我，我发誓。"

宣萱没说什么，只是攥紧了郑逸群的手，眼泪扑簌簌地落了下来。郑逸群无言地看着她，此时不需要语言，任何语言都显得过于苍白。

电话在响，郑逸群接起来，是保安主任。保安主任告诉郑逸群，那几个人中有两个人的身份查明了，分别是一个游戏公司的技术总监和一个团购网站的老板。郑逸群很奇怪地问："这些人怎么会来俱乐部？"

保安主任回答："我已经查明，他们所在的公司都与奔马网有密切合作。"

"明白了，另外几个人估计也是一样的。"

"是的，估计也是一样的，看来来者不善啊，要不要继续查他们的目的？"

郑逸群摇摇头说："不用了，那样太费人力物力，你把人都撤回来吧。"然后收了线。

放下电话，郑逸群沉思起来。问题现在已经很明显了，这是李子夜，不，估计是古梦柏提前行动了。他的目的显然不是专门针对俱乐部的，对于古梦柏来说，俱乐部的一切应该不值得他这样动用资源，那么他的目的是什么？

古梦柏应该是在布局，他这次绝对不是想报复欧升达和楚之洋，因为这两个人已经把股份卖给李子夜了，这在某种程度上就是示弱。在这个层次上，示弱就是求和。对方已经求和，继续纠缠肯定不是一个最好的选择。古梦柏是聪明人，他不会不知道欧升达和楚之洋的能量，他不会继续穷追不舍的。那问题就来了，他这样布局，要追求怎样的局面？

宣萱坐在对面默默地看着他，什么话也不说。聪明的女人知道什么时候应该沉默，什么时候应该给男人以思考的空间。

郑逸群终于拿起电话，拨通了刘岳平的号码，刘岳平很快就接了，郑逸群简单地跟他汇报了一下林晓伟和周惜雪的事情，刘岳平一直没有插话，以至于郑逸群以为断线了，他问：“岳平，你在听吗？”

“在！”刘岳平干巴巴地回答。

“你怎么看这件事？”

过了好久，刘岳平那边才说：“他怎么会找这么个女人？有点儿不像他的处事风格啊。”

“你觉得他应该找个什么样的女人？”

“他以前跟我说过，想找个能在政治上对他有所帮助的女人。他觉得只有政治才能让九方科技和中海信的发展有保证。实际上，他也是一直这么努力的，不然，他后来不会读那个黄河工商学院，他之所以去那里，实际上就是要建立一个圈子。怎么搞的，他突然找了周惜雪这样的女人？周家的事情我有所耳闻，势力早已经不再，全靠他哥哥撑局面，对于林晓伟在政治上应该没有什么太大的帮助啊。”

“原来在个人问题上林晓伟曾经有过这么多的想法，难怪他到现在还不结婚呢，是想搞政商联姻啊。”郑逸群道。

刘岳平忽然压低声音道：“他的这个行为很不寻常，最近他的行踪很少有人知道，接触的人我们也不大清楚，所以，这件事我要调查一下。对了，关于香港那间公司的事情你千万要保密，就是包括你女朋友都不能透露。这件事涉及的问题我怕不仅仅是林晓伟，他一个鹏城的小老板，哪会有这么多的招数？明白吗？”

“明白。不过，我有个疑问，他这样做事会对我们不利吗？”郑逸群问。

刘岳平严肃地回答：“只要是我们掌控不了的，一定就会有别人在掌控，至于对方是敌是友那是后话，但是，我们一定不能失去主动。一旦失控，一切就不是我们能左右的了。”

“好的，我知道该怎么做了。”郑逸群看了一眼对面的宣萱，她正低头旋转着手里的茶杯，似乎并没有在意郑逸群的电话。他顿了一下问：“直接过户到我公司的名下吗？”

刘岳平很果断地说：“是的。具体怎么操作由律师直接跟你谈。”

“好的。”郑逸群回答。

“关于林晓伟的事情，你这两天最好侧面试探一下顾云飞。我昨天有见到他，没发现他有什么异常，他应该也不清楚，你要知道林晓伟有些话也不一定跟他说。不过，我有些担心，如果他知道，却又一直瞒着我们，那问题就严重了。”刘岳平不无忧虑地说。

郑逸群理解他的心情，于是说："我一定搞清楚。"

结束通话，郑逸群的心情也沉重起来。林晓伟这么大的事情都没有向刘岳平透露，这已经摆明了他要改弦更张另择明主了，这对于刘岳平来说是不可忍受的。他不仅无法忍受林晓伟的背离，最重要的是他恐惧有人利用林晓伟来做些不利于他自己乃至他父亲刘力刚的事情。

有部电视剧叫《绝对控制》，那里面的唐局长为什么要控制一切，因为如果失控，一切将是毁灭性的。

刘岳平在政界浸润这么多年，又在市长父亲身边受到了那么多的耳濡目染，还有跟张安钊和姚平原那群朋友的交流，在政治上他不仅是成熟的而且也是敏感的。任何危险他都能比别人更先感觉到，而这正是他安身立命之所在。所谓春江水暖鸭先知，说的就是这个道理。

"怎么啦？"宣萱问。

"没什么，一点儿小事。"郑逸群强作笑脸，他不想让宣萱看出什么来。

"我刚才听你跟刘岳平提到林晓伟，怎么？他对林晓伟谈恋爱怎么那么紧张？"

郑逸群故意轻描淡写地说："都是朋友，谁也不想看着他往火坑里跳。他这样的男人为什么要跟周惜雪谈恋爱？"

谁知，宣萱眉毛一竖，怒道："往火坑里跳？你们男人真是自我感觉良好，人家周惜雪怎么啦？人家可是国际性大公司的高管，嫁给林晓伟也没什么吧？至少对他公司的管理有好处。"

"好了，我们不要为林晓伟争吵了，我们去食堂吃点儿东西吧！"郑逸群想尽快息事宁人。

宣萱瞪了他一眼说："你自己去吃吧。"说完，站起身来，拉开门乒乒乓乓地走了。

郑逸群有些莫名其妙，嘟囔着："这个女人，刚才还泪眼婆娑，怎么一眨眼就成了疯婆子？"

他其实一点儿都不怪宣萱，她之所以这样，说明她在乎自己，只是最近她有点儿过于疑神疑鬼，这让郑逸群有些不安，总在想是不是她心态出了问题，要不要叫俱乐部的心理医生帮她看一下？

一个电话打进来，是张安钊的，他告诉郑逸群，他现在正在北京机场，刚刚登机，四个人，希望郑逸群能派车到机场去接。郑逸群回答："张司长放心吧，刚才岳平有交代，我已经安排下去了。不过，今晚活动多，我不能亲自去接，还请你跟姚公子见谅。"

张安钊平和地说："无所谓了，咱们是好兄弟，别那么见外。你就把船安排好，我们今晚在海上住，叫船长开远点儿。”

“我跟船长商量一下，要是气候允许，你去哪里都行，只要你们带着护照。”郑逸群回答。

张安钊嗯了一声：“那就劳驾了。回头有时间我跟你聊点儿我在北京听到的闲事，可能对你有些用处。”张安钊客气地说。郑逸群明白，所谓的闲事一定是很重要的事情，张安钊可能旁边有人，故意这样说吧。在张安钊这个层面上是不会谈什么闲事的，所谓的闲事，最多是对他无所谓，但是对郑逸群却是非常重要的信息。

“那好，等你出海回来提前给我电话，我这里有好茶。”

张安钊笑呵呵地回答：“好啊，我喜欢跟郑总这样的朋友聊天，有营养。”张安钊在某种程度上没有那么大架子，尽管他的背景在众多高干子弟中最为深厚。这可能来源于家庭教育，也可能来自于个人的修养。

郑逸群浅浅地笑着说：“张司长过奖了，那好，我就备好茶叶，等着跟您畅谈。”

放下电话，郑逸群马上打开电脑迅速写下一个茶叙方案。在俱乐部里有一句话，招待是门学问，细节里面见功夫。郑逸群查了一下张安钊以前喜欢喝的茶，发现他还真不是特别喜欢什么茶，一般都是别人安排什么他喝什么。郑逸群皱起眉头，分析了一会儿电脑上的信息，他选了两种茶：一种是“文革”装的安化黑茶；一种是台湾高山茶。他选了一些精美的茶点，也选了一位俱乐部里面茶艺表演最好的茶艺员。茶艺员的选择很重要，因为她的仪容仪表会直接影响到客人的观感，言谈举止会让客人对茶有更深的理解。当然，喝茶的地点也是有讲究的，郑逸群选择了俱乐部二期工程里的一处潮汕民居。安排完这一切，他在计划上标注了五颗星，说明这是俱乐部里除了特殊服务程序以外的最高服务等级。

一旦标注了五颗星，俱乐部对这单服务就会全力投入，各部门也都会无条件配合。而服务完之后，质监部门也会要求参与服务的每个环节的工作人员填写服务记录，然后他们核实打分。

郑逸群将茶叙方案发给相关部门，看看表，快到晚饭时间了。于是，他在电脑上检查了一下各个部门的准备情况，一切正常，他对几个重点问题进行了强调，个别的还打了电话给那个部门的经理特别强调了一下。

一切安排妥当，郑逸群走出办公室，开始巡视准备工作。他走到会员部的办公室，发现除了一个文员，其余人都出去了，想必是今天活动多，他们不敢掉以轻心。其实，郑逸群是想跟宣萱聊聊，毕竟刚才自己在忙着的时候不知怎么又惹她不高兴了。

既然她不在，那就找机会再说了。郑逸群看看表，尹诗双已经飞行了两个多小时，她会在迪拜与欧升达会合。一个女孩子，在这个纷繁复杂的社会里面生存，真是不容易啊。

说来也巧，他正想着尹诗双，乌梅忽然来电，他接起来，乌梅问："她起飞啦？"

"已经起飞很久了。"郑逸群回答。

"本来我想去送她的，可你知道，他在，我不好去。"乌梅语气里透露出万分的遗憾。

郑逸群轻轻地笑笑说："没什么，诗双也理解你，毕竟你跟他一个月也见不上一次，有机会自然要享受二人空间。"

"不不，他一般是不会那么自私的，只是今天下午他要见你们市的朱书记，需要我在场。"乌梅解释道。

听到乌梅的解释，郑逸群有些困惑："朱书记？他见朱书记要你在场，怎么觉得有点儿不大对头，他想公开你们的关系吗？"

"是这样，朱书记是他的老同学，有些事他们之间是不隐瞒的。"乌梅温柔地回答。

原来如此。郑逸群心里忽然一动，上次俱乐部被封的时候，乌梅男朋友有出手吗？他不大清楚当时尹诗双是怎么运作的，只知道唐志波的父亲、岭南省原省委书记唐本强起了很大的作用，现在看来，乌梅的男朋友也可能起到了某种作用，并且是很重要的作用。

"哦，那你得陪。怎么，有事情吗？"

"哦，是这样，他想吃点儿新鲜的东西，问你们那里有没有安康鱼？"乌梅回答，声音柔和，显得特别淑女。

安康鱼是一种深海鱼，无鳞，头和体的边缘有许多皮质突起，样子丑陋，但是味道却十分鲜美，尤其是安康鱼的肝，非常肥嫩。乌梅男朋友点这种鱼，显然是个美食家。

"你稍等一下，我问问。"

郑逸群打电话询问后得知，俱乐部里还真有。于是，他叫餐厅经理选一只上好的安康鱼马上乘船送到岛上去，并且嘱咐经理派一个最好的厨师上去，一定把这条鱼做好。餐厅经理说，他派的这个厨师做安康鱼一流，尤其是去皮的技术在日本东京湾地区都是出名的，这次他选了一条上好的雌安康，肉质鲜美，口感滑嫩，一定会叫客人满意。

郑逸群回了电话给乌梅，告诉她鱼会很快送达。乌梅淡淡地道了声谢，然后收了线。她的做法很自然，就像涓涓流水。郑逸群忽然想起章艾所托，就发了个信息给乌梅。乌梅很快答复：你的合作伙伴，我择机安排。

郑逸群走下楼，想去员工食堂吃点儿东西。这是他的习惯，每天晚上都要喝很多的酒，不吃点儿东西垫垫肚子还真不行。他向员工食堂走去，这里二十四小时营业，因为俱乐部的员工上下班的时间不同，休息时间也不同。这个食堂的菜品质量非常好，据在这里吃过饭的前宝山区书记、现市委常委组织部部长张梦阁说，就连市委食堂的菜品也不能跟这里相提并论。

员工食堂既有自助餐也有点餐，郑逸群点了份酸汤水饺，特地叫厨师在里面放了大量的红油，他觉得口里没味，想刺激一下自己的味蕾。

厨师边做水饺边跟郑逸群有一搭没一搭地说着话，郑逸群也想听听基层员工的声音，不过，聊了几句，他听得出厨师貌似也知道了李子夜收购俱乐部股份的事情，只是不敢直接问而已。

郑逸群心里明白，古梦柏的回归对于员工来说绝对是个重要的话题，只不过，他们是欢迎还是抵触，恐怕要看过去谁跟古梦柏走得近了。俱乐部里还有不少过去古梦柏时期的人，跟古梦柏有感情也是正常的。

水饺很快煮好了，郑逸群端着水饺正在找座位，忽然电话响了，声音大得吓了他一跳，差点儿把水饺丢掉。他放下水饺，接起电话，一个陌生的声音，有些粗鲁："你好，我是李书记的司机，我们十分钟到。"

郑逸群回答："那好，我在门口恭候大驾。"

郑逸群顾不得吃东西，马上就冲出食堂，招呼了一辆电瓶车，迅速赶往俱乐部门口。李铁牛的到来比预定时间早了一小时，这令郑逸群有点儿措手不及。他在电瓶车上给餐饮部经理打电话，叫他马上安排许驸马府的员工立刻上岗，大厅里的空调要马上打开，平时没有客人的时候房间里都喷洒了一些空气清新剂，现在也要把窗子打开，散发一下气味。只是，这次只有十几分钟，时间不一定来得及。

从食堂到俱乐部门口至少有一公里，电瓶车的速度又不能太快，所以，郑逸群刚到门口没两分钟，李铁牛的车就到了。令他感到惊讶的是，李铁牛坐的车并不是原来张梦阁的那部奥迪 A6，而是宝山一家汽车厂新出的一款商务车。李铁牛为什么要用这部车？转念一想，他很快就明白了，李铁牛这样做是个姿态，第一支持民族工业，第二是要政绩。以前张梦阁看不上那个厂，觉得他们的质量差，不肯大力支持。而李铁牛此举则表明，他要坚决支持这个厂。政绩的取得需要技巧，李铁牛一看就是个技术全面的人。

李铁牛的司机把窗子玻璃摇下来，傲慢地说："怎么走？带路！"

"好的！"郑逸群谦卑地点点头，上了电瓶车。

李铁牛的商务车后面跟了一部公安牌照的卡宴，黑色，大排量。车漆闪着幽幽的光芒，透露出某种威严。郑逸群向李铁牛的司机挥挥手，然后对电瓶车驾驶员说："去许驸马府。"

今天的天气依旧跟昨晚一样闷热，空气中有霾，气压很低，看来一定要有一场大雨才能缓解这一切。电瓶车速度不是很快，郑逸群回头看了看李铁牛的车，在不远处跟着。郑逸群心里很不舒服，刚才李铁牛没跟自己打招呼就算了，他的司机也如此牛逼。郑逸群在俱乐部工作时间久了，什么样的领导没见过？什么样的领导司机没见过？

如此颐指气使的司机他还真没见过，真是有什么样的主子就有什么样的奴才。有人说想摸清一个领导的性格就看他身边的人，他们怎么行事，领导就怎么行事，这话是有道理的。

许驸马府在俱乐部二期工程所在的山顶，车子直接开进了地下车库，两部车上下来六个人，这让郑逸群很意外，原来不是说只有三个人吗？但稍微一观察就明白了，另外三个是秘书。

有位年轻人介绍了一下，中间那位身穿白衬衣黑裤子的就是宝山区委书记李铁牛。他看起来很古板，但是眼神里又有些异乎寻常的穿透力。

“欢迎李书记！”郑逸群热情地说。

“你好！”李铁牛道，他跟郑逸群握握手，郑逸群感觉到他的指尖只是在自己的手心轻轻划了一下，这是一种漫不经心的表现。

另外两个人是省公安厅的刘副厅长和北京的于司长，李铁牛没说于司长是哪个部的，但是看李铁牛和刘副厅长对他的态度，应该是个很有料的人。

他们乘贵宾专用电梯上到天井。望着雕梁画栋的天井，于司长嘴里啧啧赞叹：“不错的地方，不错的地方。”

刘副厅长问郑逸群：“这是什么风格的建筑？”

郑逸群回答：“这是典型的潮州民居。”

于司长嗯了一声说：“我对南方的民居还真不了解，看起来文化气息很浓啊。”

“你带我们参观一下吧。”李铁牛冷冷地说。

郑逸群更加反感这个人了，这么没礼貌，至少应该有个“请”字吧。但是，他还是不卑不亢地回答：“好啊，几位领导请！”

郑逸群走在几个人的侧前方，开始谦恭地介绍：“各位领导，这座府邸的主体为三进五间，首进与后座均带插山厅，房合为九间。中厅东西围屋带从厝、厅、房及书斋。上厅的后面有横贯全宅的后院，主体的三进与插山厅构成工字格局。”

李铁牛他们并不说话，只是静静地听着。这让郑逸群感到有点儿郁闷，别的客人在他介绍的时候与他都有些交流，这几个人怎么这么沉默？

走着走着，于司长忽然走到墙边仔细地摸摸，说：“这墙体看着不错啊。”

郑逸群解释道：“老的许驸马府的墙体是版筑夯灰和青砖条浆砌的，不过现在这种工艺已经失传了，我们这就是看着像，其实与老的许驸马府相比还是差得很远。”

“唉，都是非物质文化遗产啊，可惜很多都被拆了。”于司长叹息道。这声叹息忽然叫郑逸群有些感触，看来这个于司长还是有点儿文化的。

接着往前走，于司长忽然站住了，望着那房檐出神。郑逸群介绍道:“于司长，你看，这座府邸屋面举折平缓，出檐深远，正脊两端从山尖伸出石质鳌尖，垂脊头开嘴甚长，古朴大方。”

于司长问：“这是哪个朝代的风格？”

“是宋代建筑风格。”

于司长点点头，叹息道：“是啊，看得出来，结构很严谨。”

刘副厅长忽然插了一句：“于司长以前可是清华大学土木建筑系的高才生呢。”

于司长赶紧摆手，不无遗憾地说：“算了，别翻那些陈芝麻烂谷子了。”

李铁牛一听于司长这样说，赶紧对郑逸群说：“去喝茶吧。”

“也好，这鹏城的天气有点儿闷，喝喝茶也好。”于司长看看郑逸群。

郑逸群谦逊地一伸手说：“各位领导，这边请。”

走进一间房，里面有雕花的屏风，还有雕工精美的书案。郑逸群介绍道：“这是书斋，我们就在这里喝茶吧。”

于司长点点头：“嗯，这个地方不错。”

几个客人在一块端砚茶几边坐好，一个穿青花瓷服饰的茶艺员过来倒茶。郑逸群站在一边，李铁牛并没有让他坐下，他自然不能坐下。

于司长点了大红袍，几个人开始喝茶，闲聊，聊的内容并不重要，都是京城官场上的一些小道消息、八卦内幕。相信他们也是不想自己或者是茶艺员听到什么重要的东西。于是，郑逸群走到一边，问了一下准备情况，许驸马府的主管告诉他，一切就绪。郑逸群点点头，没作声。忽然，李铁牛的秘书走过来问：“不是说还有其他安排吗？”

郑逸群明白他问什么，低声道：“陪领导的人已经在偏厅就位，你们三位想怎么安排？”

李铁牛秘书回头看了一下郑逸群，低声道：“这样，等下我们在领导旁边再开一桌，领导有什么要求我们好及时照顾，至于那方面，你还是准备几个候着，我看有没有机会吧。”

郑逸群会心地笑了，对许驸马府主管说：“记住了？”

主管点点头：“明白。”

“开饭吧，女的稍等一下再过来，看我手势。”

郑逸群笑了，悄声说：“我在这里有些不方便，我就先走了，有事跟主管说就行。要不要我跟几位领导打个招呼？”

秘书摆摆手说：“算了。”

这是郑逸群最希望的事情，他可不愿意站在这里待一个晚上，事情多着呢。于是，他跟李铁牛秘书握握手，走出了许驸马府。他回头看了看这个非常古朴的门楼，心里忽然有种压抑的感觉。

有时候你必须跳下悬崖，然后在无助的坠落过程中长出翅膀。

于是，郑逸群吁了一口气，向远方望去。今天的大海更加浑浊，能见度非常低，往日宝石一样的大海忽然变成了一盆糨糊。

他正想召唤一辆电瓶车，忽然，电话响了，他一看居然是徐瑞林。郑逸群接起来，徐瑞林问："你在哪里？"

"我在俱乐部二期工程这边，怎么，徐总来了？"

徐瑞林说："这样，你在西餐那里给我订个房间，等下我有客人，到时候你来一下，有些事要跟你说。"

"几点？"郑逸群问。

"大约九点吧，客人八点才下飞机。"徐瑞林回答。

郑逸群道："好的，我这就安排，回头叫会员部的人把房间号发到你手机上。"

徐瑞林要跟自己说什么事情呢？听他的口气不是很神秘，会跟云落有关系吗？

说来也巧，他一直想打却没机会打的一个电话不迟不早地钻了进来，就是现在正跟龙海股份总经理陈瑾闹绯闻的演员周洁。

"靓仔，点吗？"周洁非常喜欢讲广东话，而且现在讲的水平几乎可以跟广州人相比。

郑逸群的广东话也不错，但是，他不愿意跟她讲，用普通话回答："能干吗，上班赚钱，养家糊口呗。"

"算了，你别在这里哭穷了，我听陈瑾说了，你现在也是大富豪。"周洁的语气带着讥讽。

"大富豪？！你应该说我是冷鸿海。"郑逸群揶揄道。

"好了，跟我你就别装了，给我订个房，我晚上十一点到。你要陪我吃夜宵啊，我有重要的事情跟你说。对了，账记在腾大股份章艾那里。"

"记在她那里？你怎么不记在陈瑾那里？他也有我们的外卡。"郑逸群好生奇怪。

"你这人怎么这么啰唆，要不要曾柔给你个电话？"

曾柔是章艾的秘书，章艾的一些事情都是她来处理的。郑逸群回答："自然要，这是正常程序。"

"那好，等下我叫她给你打电话。对了，派车到机场来接我，我十点到鹏城。"周洁道，说完，自顾自地挂了电话。

郑逸群忽然觉得有点儿奇怪，周洁这次来难道是背着陈瑾的？他忽然想起徐瑞林，他的客人八点到，周洁十点到，这里面没有什么联系吧？周洁和甄妮妮以前也算是俱乐部的常客，最近可能是因为她们能接到的戏多了，也不怎么来这里捞外快了。她们跟俱乐部里的很多人都是熟悉的，具体都跟谁认识郑逸群也掌握不全。

正想着，章艾秘书曾柔的电话打了进来，她告诉郑逸群，这次周洁要在这里住三天，所有的费用都记在章艾的账上。郑逸群回答："没问题。"

一辆电瓶车无声地停在他面前，郑逸群说："去十六号别墅。"

十六号别墅今晚有两个活动，一个是章艾的老公徐欣然举办的雪茄鉴赏会，一个是俱乐部举办的心理学讲座。心理学讲座那边郑逸群去巡视一下就好，因为那里需要安静，有人走来走去影响教授的讲课，更会干扰学员的注意力。郑逸群主要去雪茄鉴赏会，倒不是因为郑逸群是雪茄爱好者，主要是因为这个鉴赏会来的都是鹏城的一些文化名流和商业精英，有些人需要打个招呼。

电瓶车刚行驶到一半路，郑逸群偶然向路边一看，顿时大吃一惊，原来，在十一号别墅门口的平台上，有两个人正在谈话，而那两个人正是顾云飞和宣萱。看样子，谈得还挺开心，宣萱不时地捂嘴笑着。郑逸群很想叫电瓶车停下来，但马上又打消了这个念头。这时候过去，宣萱会怎么想？恋人之间无论在什么时候都要给对方一些空间，如果将对方束缚得太紧，对方会喘不上气来，就会想着挣脱。

尽管郑逸群明白这个道理，但他心里还是很不舒服。顾云飞就像一颗钉子，扎得他心疼。他一直目不转睛地看着宣萱和顾云飞，直到电瓶车转弯，看不到两个人为止。

顾云飞一直对宣萱有意思，在郑逸群和宣萱确定关系之前，他一直给宣萱送蓝色妖姬，直到郑逸群跟宣萱正式恋爱，他还送了一段时间。他现在肯定还是对宣萱念念不忘，面对这样一个情敌，自己应该怎么办？面对顾云飞，堵是不行的，疏是个好办法，但是还有个度的问题，万一把握不好，被这小子钻了空子，那也不是不可能的。自己又不能跟他火拼，那样的做法只能让宣萱与自己渐行渐远，郑逸群可不会干傻事。

在十六号别墅门口刚下电瓶车，郑逸群的电话又响了，是伊涛，他问："你在哪儿啊？"

郑逸群笑着回答："在俱乐部呗，还能在哪儿。对了，你叫我办的事儿今天太忙，还没有去办，你不急吧？"

伊涛叹口气，说："我正想跟你说这事儿，不用办了。安妮送了晏雯晓一套房子，你现在让给俱乐部设计客房的设计公司帮我设计一下就行。"

"没问题。"郑逸群回答。他正要往十六号别墅里面走，伊涛忽然又说："我心里不痛快，你要是没事就陪我坐坐吧。"

"你在哪儿？不用陪晏雯晓吗？"郑逸群一怔，站住了。

"哦，她和安妮在跟云落公司的人开会，研究下一部戏的事，我一个人烦，想找个人聊聊。"

郑逸群思忖了片刻说："我这里有点儿忙，有几个活动要巡视一下，只有半小时的时间，要不半小时以后你到十六号别墅的清吧来坐坐？"

伊涛嗯了一声："行。"

俱乐部里有几个清吧，但是风格都不一样，郑逸群知道伊涛比较喜欢十六号别墅的这个，这里有很好的轻音乐和独特的咖啡。郑逸群走上楼，先去心理学讲座会场看了看，这是间舞蹈训练室，一圈人围坐在地板上，一个四十多岁的人在讲课，郑逸群环视了一下学员，他们都很认真，似乎都处于冥想状态。他发现这里面有盛唐公司唐志波的太太徐少芬、市公安局常务副局长王建辉的太太熊黛娜、刘岳平未来的丈母娘许太太等，以女性为主。这些富豪太太为什么喜欢心理学讲座？郑逸群似乎有些明白，似乎还有些疑问，但是，他没有来得及细想，因为半小时以后伊涛就到，他现在必须到徐欣然那里去。

徐欣然的雪茄鉴赏会在十六号别墅二楼的另外一边，是清吧的一部分，只是这里相对比较独立。家私摆设也比较随意，不像下面的清吧，都是一桌一桌的。

郑逸群走进房间，发现这里并不是他想象的那样，烟雾缭绕，相反，显得有些安静。一个四十多岁保养得很好的人正在讲话，他的声音不疾不徐，一听就有很好的涵养。郑逸群认识他，他是个香港人，是个电影导演。只听他道："无数的古巴雪茄种植者和卷制雪茄大师毕生都在追寻一个梦想，那就是种植和卷制出完美的雪茄，成为经典之作，超过前辈们的成就。但这个梦想是对大自然的绝对挑战，从科学的角度来讲，他们从来没有胜利过。"

"为什么？"下面有个声音在问，郑逸群感觉到很熟悉，循声望去，居然是市委书记朱振瑞的秘书蔡文昭。他今天怎么会有空儿来参加这个活动？但他稍微一想就明白了，朱振瑞会乌梅的男朋友自然不能带着秘书。他来这里应该是既等朱振瑞，又顺便抓住这难得的机会扩大一下自己的交际圈。

也巧，蔡文昭也看见了郑逸群，向他点点头。郑逸群走过去，坐在蔡文昭身边，旁边是一个稍染了褐色长发的少妇，只见她有着一双顾盼生辉的明媚美眸、淡妆雪颜的面孔、挺拔高耸的胸部、纤瘦的腰身、高挑的身材。

蔡文昭低声介绍说："这是我的同学李珊珊。"

郑逸群马上就明白了她是谁，有一次，蔡文昭几个同学在海上聚会，郑逸群调动直升机送过她。尽管没见过面，他很清楚李珊珊跟蔡文昭的关系。现在，她老公出国了，自己又没什么事做，跟蔡文昭旧情复燃是很正常的。

他跟李珊珊点点头，没说太多，然后做出一副专心听讲的姿态。

那导演继续说："我现在回答刚才蔡先生问的问题。雪茄的烟叶从种植、田间管理、采摘、精选、加工、发酵到最后卷制成雪茄需要大概三年时间，二百多道工序。每一个环节都是精工细制不能有任何的纰漏。但是，再完美的东西，也会受天气、土壤、雨水、太阳等大自然规律的制约。因为大自然总是在变化，所以雪茄原料的生长和加工根本无法达到完美。"

“是的，在大自然面前，我们人类的力量是渺小和微不足道的。”蔡文昭在下面又接了一句。

导演微微一笑，颇有同感地说：“蔡先生说得很好，实际上人们甚至无法保证每年生产的同一品牌同一款型雪茄的味道百分之百一致。但也正是因为这个特点，才会有那么多人去鉴赏雪茄，体验这个大自然献给我们人类的味觉宠物，以此来证明我们人类的智慧和对自然的渴望。”房间里有人鼓掌，礼貌而有分寸。

“导演，能不能跟我们说说怎么鉴赏一支雪茄？”不远处有人大声问道。郑逸群循声望去，发现那人他也认识，正是陈光定。

导演环视一圈大家，随手拿起一支雪茄道：“唯一的鉴赏方式就是要将一支雪茄完整地吸完，评估出雪茄的各个要点，用所有的感官来区分，视觉的、触觉的、嗅觉的。你要很好地分辨出一支雪茄的醇香气、口感、燃烧性、透气性、强度。当然也要注意鉴赏地点的条件，理想的安排是在一个温度在24℃、相对湿度在65%左右的，没有异味、没有杂音、没有强烈灯光的地方。比如，就像今天这样的地方。”

“今天这里人有点儿多，下次我们再举办类似的活动，找个小点儿的地方。”一直安安静静地坐在那里的徐欣然忽然说。顿了一下，他又说，“我们准备了上好的斯里兰卡红茶，大家喝一点儿。等下品尝一下Ei Rey Del Mundo。”

郑逸群问身边的蔡文昭说：“蔡秘书，今天徐总怎么抽Ei Rey Del Mundo？平时不是一直抽Cohiba吗？”

蔡文昭低声说：“我也不清楚，听说是因为陈光定那几个人来，临时换的牌子。本来今天没有邀请他们的，是彭公主带来的。”

郑逸群皱皱眉头，私下看了一下问：“彭公主，我怎么没见到她？”

蔡文昭向阳台上努努嘴说：“打电话呢。”

郑逸群向阳台上望了一眼，发现那个圆规一样的瘦女人正在那里踱来踱去，就像个幽灵。

蔡文昭在一旁低声说：“她不是一直比较高傲吗，怎么会跟陈光定这样的人在一起？”

郑逸群嘿嘿一笑，没说什么，蔡文昭也心照不宣地笑了，没说什么。这事不用分析，用脚指头想想都知道是怎么回事。利益，在利益面前，一切皆有可能。

正说着，徐欣然走过来，笑着说：“二位聊得挺开心啊。”

蔡文昭赶紧站起来，郑逸群自然不敢怠慢也站起来。蔡文昭笑道：“我喜欢跟郑总说话，和气。”

郑逸群赶紧说：“我水平低，不敢造次。”

蔡文昭耸耸肩说：“谦虚使人退步哦。”

徐欣然宽厚地笑了道："你们两位都是年轻有为的鹏城才俊，未来的世界就靠你们了。"

蔡文昭忽然问郑逸群："郑总，我怎么听到些关于俱乐部的传言？"

徐欣然也说："是啊，我也有所耳闻。怎么回事？"

郑逸群四周看看，低声回答："是真的，不过，具体是怎么回事我也不大清楚。"

徐欣然叹息一声："看来，水很深啊。"

蔡文昭点点头说："是啊，有点儿不寻常。"

徐欣然看着蔡文昭问："你在老板身边，没听到老板对这事儿有什么看法？"

蔡文昭低调地摇摇头，回答："我只是个秘书，有些话不能多插嘴。老板主动对我说什么我能知道，不主动说我也没法去问。"

徐欣然皱着眉头说："欧升达、楚之洋和林晓伟可是鹏城不同战线上的王牌，同时转让俱乐部股份，老板会没有反应？"

蔡文昭浅浅地笑了笑说："要是转让公司股份，使鹏城的产业结构发生震动，老板自然要过问，仅仅是俱乐部股份，他应该不会太在意。"

"可是，这可是具有指标意义的。恐怕背后还有别的交易呢。"徐欣然接着说。

"要是真有别的交易，老板应该会有所反应的，不过，我做秘书的现在无权过问。"蔡文昭回答得滴水不漏。

不过，在一旁的郑逸群却不这么想，昨晚郭正余直接去找乌梅男朋友，蹇君博又跟乌梅、尹诗双姐妹谈了那么久，都谈些什么？难道今天乌梅男朋友见朱振瑞只是偶然？这里面就没有什么联系？

古梦柏这只蝴蝶尽管现在还在法国，但太平洋东岸现在已经是山雨欲来风满楼了。古梦柏究竟做了些什么？

郑逸群的手机上有个信息：我到了。

郑逸群看手机的这个动作正好被蔡文昭看见，他问："有事啊？"

郑逸群回答："有个朋友在楼下等我。"

蔡文昭嗯了一声说："郑总永远都是这么忙，那我们就不打扰了，你忙吧。对了，这两天我有点儿事情要跟你谈谈，不过约在哪天恐怕还要看朱书记的时间安排，我这是身不由己啊。"

郑逸群理解地点点头，然后对徐欣然说："徐总，那我就先下去，有什么事情跟主管说就行。"

徐欣然大度地说："你去吧，不过，过几天我会骚扰你的，到时候你别烦啊。"郑逸群并没在意徐欣然这句话，以为他就是开玩笑。

走下楼，郑逸群很快就看见伊涛身穿一件暗花T恤在一个靠窗的位置上坐着。他的表情看起来有些凝重，面前摆着一瓶啤酒，看见郑逸群过来，问："喝点儿什么？"

"喝水吧，等下还有很多事情。对了，没有陪父母？"

伊涛呼了口气说："二老跟伊波回老家了，他们思乡情结比较重。再说伊波有了男朋友，他们要回去向亲戚朋友交代一下，本来也要我回去的，我说事情多没回去。"

"哦，原来是这样。为何心情不好？"郑逸群问。

伊涛叹口气，忧郁地说："我现在很矛盾，有些话不知道跟谁说，想来想去，还是跟你说说吧。"

郑逸群望着对面这张英俊但是略显沉重的面孔，说："事业上不顺还是感情上不顺？"

伊涛摇摇头："都不是，相反，是让你想不到的顺利。你看，苏南的事情基本上定局了，关剑在那边我也很放心，下面就是用中海信毛英华的方案去建设招商。感情这里更不用说，我跟晏雯晓订婚了，她的问题也都解决了，马上她要拍个青春戏，自己主演，自己导演。而且，拍摄地点就在鹏城，我们至少能在一起几个月。你看，是不是很好？"

"那你还郁闷什么？"郑逸群闻言好生奇怪。

"唉，我郁闷的是一切太顺利，一切都被安排好了。"伊涛惆怅地回答。

郑逸群一怔，脱口而出："安排好了？谁在安排你的一切？"

"唉！"伊涛摇摇头，喝了一口酒，低头默不作声。

郑逸群试探着问："我最近听到了一点儿传言。"

伊涛抬起头，表情凝重地看着郑逸群，点点头："你听到的传言是真的。"

郑逸群没想到他这么快就承认了，一时有点儿反应不过来："真的？"

伊涛嗯了一声，皱着眉，叹口气："都是我的错。"

"等等，这事儿我怎么搞不大懂，你的意思是，你跟安妮也有那种关系，而安妮现在给你安排好了这一切，包括你跟晏雯晓的婚姻，对吧？"

"至少目前是这样的。"伊涛沉闷地回答。

"她企图控制你的事业甚至爱情？"郑逸群忽然觉得有股凉意从脊背后面慢慢升起，直达后脑。

伊涛抿了抿嘴唇："我有这种感觉。"

"你跟她谈了没有？"

伊涛摇摇头："一直没有这样的机会。"

"这个事情恐怕你要跟她好好谈谈才行，不然的话，你以后的生活会很麻烦的。"郑逸群关切地看着伊涛。

"怎么谈我还没想好，保持现状肯定不行，要是跟她彻底断绝关系，恐怕会刺激她，因此，我现在很头疼。”伊涛说，他摇摇手里的酒瓶，已经没酒了，伸手招呼服务员，又叫了一瓶啤酒。

“听你的意思，我感觉她现在好像是你生活的背景音乐？”郑逸群说，他也不知道自己这个比喻是否恰当。

“准确地讲，有点儿像宇宙的背景辐射，无论你往哪个方向，她的影子都无所不在。”

“你很讨厌她吗？”

“恰恰相反，我很喜欢她。”

伊涛这样回答叫郑逸群难以回答了，他说：“这就复杂了，她应该不会跟她那个当市委书记的老公离婚吧？”

“是的，而我又有传宗接代的重任。人生苦短啊。”伊涛叹息一声。

郑逸群使劲地呼了一口气道:“人生就像一杯茶，不会苦一辈子，但总会苦一阵子。只是，你可能要苦很长时间了，不过，你觉得这样对晏雯晓公平吗？”

伊涛喝了一大口啤酒:“肯定是不公平了。我觉得这样也不是一个长久之计，我想，还是找个机会把这件事做个了结。”

“你打算怎么了结，是跟安妮断还是跟晏雯晓断？”郑逸群严肃地问。

伊涛眼睛看着酒瓶，似乎有些茫然：“这是我最难以选择的。从某种程度上讲，我更喜欢安妮的性格，但是，跟她又不会有结果，最起码无法完成父母希望的传宗接代的重任。你要知道无后即不孝，我不能让父母失望。”

“这么说你已经下了决心了？”郑逸群眯着眼睛问伊涛。

伊涛没说话，一仰头把瓶子里的酒全部喝下，然后把瓶子重重地扔在桌子上，眼睛直直地看着郑逸群问：“你说，我是不是一个很垃圾的男人？”

“不要这样妄自菲薄，人都有无法选择的时候，这个不涉及人品，你别给自己那么大的压力。”郑逸群安慰着伊涛，语气尽量平和。

“你别给我吃宽心丸了，我知道自己是个什么东西。”伊涛伸手又叫了一瓶啤酒。

郑逸群赶紧拦住他说：“你别喝了，心情不好容易醉。”

伊涛推开郑逸群的手，摇摇头说：“没事，我的酒量你又不是不知道。我现在倒是想醉，醉了就不烦了，可就是醉不了。”

郑逸群看看表说：“兄弟，我快没时间了，还有许多工作。”

伊涛像忽然想起了什么，说：“昨晚订婚仪式结束后，晏雯晓接到个电话，说是有个叫钱小小的收购了俱乐部的股份。我有点儿奇怪，昨天大家都传是奔马网的李子夜收购的，怎么又出来个钱小小？”

郑逸群问：“雯晓认识这个钱小小吗？”

伊涛摇摇头说：“听那意思好像不熟。”

“不熟？那么，那个电话是谁打给她的？”郑逸群问。

伊涛摇摇头，回答：“没问，好像是哪个投资商。听那路数，应该属于北京比较有料的那一类。”

“兄弟，雯晓她们消息比较灵通，你要是在那里听到什么消息，可一定要及时通知我啊。你要知道，这件事对于俱乐部，对于兄弟我个人都是非常重要的。俗话说，知己知彼百战不殆，现在我可是两眼一抹黑啊。”郑逸群显得很无助地说道。

伊涛郑重地点点头说：“这个是一定的，最近一段时间晏雯晓去横店把现在这部戏的几个镜头补拍完，马上就回来筹备云落公司的这部戏。我们会在一起，有什么事情我会及时通知你的。”

郑逸群伸手跟伊涛握握手，说：“那好，我就不陪你了。有些事情我还要处理，关于装修的事情回头我叫他们联系你。那我走了？”

“那好，我再坐一会儿。”伊涛道。

看到伊涛的样子，郑逸群忽然记得徐瑞林曾经跟他说过一句话：“人生须有四得，即沉得住气，变得了脸，弯得下腰，抬得起头。”怎么会想到这句话？跟此情此景不搭界嘛。

郑逸群走出十六号别墅，到俱乐部各处巡视了一番，但他有意避开了十一号别墅，他不想去那里，不想再看到宣萱和顾云飞谈话的场面。现在，顾云飞已经成为他心头的一根刺，虽然还没到扎出血的地步，但已经很疼了。世上最疼的，莫过于难以摆脱的嫉妒。

也许，这种痛很容易被人发现，郑逸群在巡视的过程中几次被员工问到是不是不舒服。这样可不好，不能把心情带到工作中。他在新加坡学酒店管理的时候，他的导师说过：知道自己在哪里，将要去哪里，最重要。等下还要见很多客人，不能这样，一定要收拾心情。于是，郑逸群在巡视中东餐厅的时候，在二楼的一个房间里喝了两杯薄荷茶，努力让自己的心情平静下来。

看看表，尹诗双航程已经过半了，她这班速度快，只要八个多小时，下了飞机她会直接住迪拜的BurjAl-Arab酒店，就是那个七星级酒店。一个帆船形的塔状建筑，一共有五十六层，三百二十一米高。走进这个世界上最高的酒店，就似走进了阿拉丁的洞穴，豪华的建筑非笔墨可言喻。一切都是欧升达买单，这回订的是第二十五层的总统套房，设有一个电影院，两间卧室，两间起居室，一个餐厅，出入有专用电梯。

不过，郑逸群心里还是有点儿小小的邪恶，一男一女住一套房子，他俩不会发生点儿什么吧？想到这里，他被自己吓了一跳，人家两个人的事，自己跟着酸溜溜的干什么？

薄荷茶很清香，有利于提神醒脑，连喝两杯，郑逸群感觉好多了，看看表，快九点了，他打电话问问西餐那边，徐瑞林还没到。郑逸群想想，又叫了杯茶，最近体重有点儿增加，喝点儿薄荷茶有好处。

正喝着，忽然电话响了，他一看，是罗小可的。罗小可参加完了晏雯晓和伊涛的订婚仪式后，今天一大早就飞北京了，还是郑逸群派车去送的。

郑逸群接起电话，罗小可问："你在俱乐部吗？"

"在，什么事？"

"事情倒是不大，不过我觉得应该通知你一下，你自己决定怎么处理吧。我听说彭公主也在筹划收购一些俱乐部的股份。"

"消息准确？"郑逸群脑子里一下子闪出刚才彭公主在十六号别墅的情形，她一直在阳台上打电话，难道就是为了这事？

"绝对准确，据说是通过陈光定做的。"罗小可肯定地回答。

郑逸群皱起眉头问："有点儿意思，她自己就是股东会员，自己不直接收购，却让不是股东会员的陈光定来做，她想干什么？"

罗小可回答："这个我不清楚，不过我觉得她这样做一定是嗅到了什么。"

郑逸群沉吟了一会儿问："你知道一个叫钱小小的人吗？"

罗小可没有马上回答，听电话里的声音，她好像在问什么人，她身边应该有人。过了一会儿，她说："是这样，听说她爷爷钱穆里很厉害，父亲虽然不出名，但目前权力不小。她平时不怎么在国内，所以，我们这群朋友也不怎么熟悉她，不过，我想另外一群朋友应该熟悉她。"

"那就麻烦你帮我调查一下她的背景，还有，你查一查她跟彭公主是什么关系。"

"你把我当成克格勃了，是不是应该付我点儿调查费？"罗小可半真半假地说。

郑逸群马上反唇相讥："我给你五毛。"

罗小可所服务的罗蒙投资是有自己的调查系统的，在不损害公司利益的基础上了解一些泛泛的东西是可以的，这也算是近水楼台先得月吧。

"那我不给你调查啦。"罗小可道。

郑逸群切了一声说："给你个表现的机会，你还不好好把握？"

"我悟性差，我不把握。"罗小可啪的一声挂了电话。

郑逸群看着渐渐暗下去的屏幕，摇摇头，自言自语道："脾气还不小。"他一点儿都不担心罗小可不会调查，罗小可就是这样，刀子嘴，她即使说不调查也会调查的，不为生意，就是为了友情她也会帮忙的。

人啊，为什么要这样争斗呢？人如果战胜自己的嗔心，就等于战胜了所有的敌人；战胜自己的贪心，就等于拥有了一切财富。都自己提高自己不好吗？

电话又响了，这回是徐瑞林，他告诉郑逸群他的客人飞机晚点，刚出机场，要晚一点儿才能到。徐瑞林既然还要等一下，那么，十一号别墅是必须去的了。郑逸群起身走出中东餐厅，坐上电瓶车向十一号别墅驶去。

天气越发闷热，气压也很低，这就是典型的桑拿天。郑逸群身上出了汗，但他不能解开领子，那样太不职业了。走上十一号别墅的观景平台，宣萱和顾云飞并不在，只有几个客人在悠闲地聊着天，郑逸群跟大家打了个招呼走进大厅。这里是珠宝展，里面都是些豪男贵妇，个个都是一副踌躇满志的样子。郑逸群注意了一下，这里的富豪以温州人和上海人居多，间或有几个持外卡的山西煤老板，他们似乎对珠宝有特殊的爱好。

“郑总！”有人跟他打招呼。郑逸群回头一看，正是那个温州人周朝华。这个人在俱乐部混迹很久了，赚钱也算是合理合法的，但是一直没有被接纳为正式会员。郑逸群听到遴选委员会一些人私下议论，主要是觉得这人做生意太过分，对自己的员工很苛刻，这点遴选委员很不喜欢。

就拿前一阵子的事情说吧，之洋股份又要把他从供应商名录上去掉，原因就是有媒体报道，周朝华的工厂有强制工人加班的现象，同时，员工的居住环境也不好。于是，之洋股份就开始调查周朝华，那时候，周朝华很紧张，求俱乐部帮忙。好在后来之洋股份经过调查发现周朝华的工厂虽有不足，但勉强能说得过去。于是，在尹诗双的斡旋下，周朝华终于保住了他的供应商地位。

“你好，周总。”

“郑总，怎么刚来？刚才我们几个朋友还念叨你呢。”周朝华今天穿得很华丽，白色丝绸衬衫打着黑领结，外面套着燕尾服，幸亏是在这样的场合，不然，郑逸群一定以为他这套衣服是租的。

“有点儿事情耽误了，周总今天貌似很重视这个展览啊。”

“呵呵，不瞒郑总，这里面有几件东西是兄弟我的。”周朝华得意地笑着。

郑逸群有点儿意外地问：“周总什么时候对珠宝又感兴趣了？”

周朝华四周望了一下，低声道：“我这是投资而已。股市、楼市比较低迷，不投资点儿这些，资产怎么保值？”

“周总这么善于发现投资渠道啊。”郑逸群道。

周朝华微微笑着说：“原来打算搞和田玉，后来经过多方考察发现，和田玉矿已枯竭，市场上在售的不少都是原来的存货，价格已经很高，利润空间相对要小一些。而翡翠的货源相对充足，又是舶来品，与和田玉相比在中国的历史比较短，所以我考虑再三决定还是投资翡翠。”

“效果怎么样？”郑逸群问，他眼睛不断地在大厅里寻找，他想看看宣萱在哪里，却没发现她的影子。

周朝华回答："还行。"

郑逸群说："不过，我听说现如今，随着玉矿的减少，原材料跟不上市场的需求，玉器价格飞速上涨，好的玉也越来越少，买的时候要小心啊。"

"谢郑总，我会小心的。不过，我有个事情想跟你说一下，能不能借一步说话？"周朝华警觉地四处看着。

"怎么啦？"郑逸群问。

周朝华神神秘秘地把郑逸群拉到一边，对他说："有人要买我这个外卡。"

郑逸群笑了笑，说："开什么玩笑？外卡不能转让，这是规定，就是股东会员之间的股份转让最后也要得到管理委员会确认的，每个人持有股份的多少是不能超过俱乐部规定的上限的。"

周朝华眨着眼睛道："是啊，所以我才觉得奇怪。来人跟我说，我现在还可以继续用这个外卡。先付给我的只是订金，由他们来运作我的转正问题。一旦成为正式会员，他们就把余款给我。兄弟，你知道，这笔钱可不是小数目啊，我完全可以拿这笔钱到其他的俱乐部弄个更好的身份。"

"据你所知，你周围的朋友里面还有类似你这种经历的吗？"郑逸群皱着眉头问。

"据我所知还有两个，怎么？你看我要卖给他吗？"

郑逸群思忖了一下："周总，我不能替你作这个决定。你是个生意人，连玉都能炒，炒个会籍也无所谓。不过，我还是要感谢你能跟我说这些。"

"我明白该怎么做了。"周朝华伸手在郑逸群肩膀上拍拍，然后说，"我考虑一下，是不是把谁要买我们会籍的事情告诉你们。你要知道，这个很敏感，搞不好会得罪人。"周朝华看看郑逸群，走了。

望着这个自己平时有点儿讨厌的背影，郑逸群忽然有点儿内疚，自己以前是不是对周朝华成见太深了？他能在这个陌生的城市生存下来，自然要有自己的方式，自己为什么要按自己的思维习惯去要求别人呢？

不过，什么人要收购这些持外卡会员的会籍呢？他们收购这些会籍的目的是什么？这些会籍即使转正了也做不了什么啊，还要花钱维持，这不是闲的吗？

郑逸群在大厅里转了一圈，跟几个熟人寒暄了一会儿，并没有看见宣萱和顾云飞，他们干什么去了？不会真的来电了吧？他的电话响了，正是徐瑞林，他们终于到了。

十一号别墅离西餐厅不远，郑逸群坐上电瓶车没有几分钟就到了那里。郑逸群给徐瑞林订的是一间非常大的海景房，完全的王室装饰。王室装饰是什么样的？说起来一般人不相信，是青花瓷风格。据说中国青花瓷传入欧洲之后，欧洲人不仅喜欢陈设，还常常模仿"白底蓝描"，用来装点居室、美化环境。如装点居室之墙，装饰厅中暖炉，等等，这个房间就给人这种感觉。墙面装贴青花瓷砖，构图类似中国的"开窗"装饰技法，窗内绘有山水人物，窗外有花卉点缀。房间的桌子用料极其讲究，目光落到哪里都会瞳孔发亮，处处尽显奢靡豪华的帝王本色。房间很大，显得很空旷，到处摆着瓷器。

郑逸群进来的时候，徐瑞林正带着客人在阳台上说话，郑逸群问服务员有没有点菜，服务员回答："徐总叫你安排。"

郑逸群想了想，拿过单子，写了一些菜，吩咐服务员去安排。

可能是徐瑞林看见了郑逸群的到来，于是带着客人走了进来。他的客人是一男一女，男的是一个著名央企北油老总邓禹非，女的是北京一个部的副司长王大庆，怎么叫了个男人的名字？她自己解释，说她是大庆会战那年出生的。男的长得很斯文，女的长相有点儿平庸。不过，一看两个人的穿戴就明白了，全是名牌，男的一身杰尼亚，女的一身香奈儿。开始郑逸群还以为他们是夫妻，后来听明白了，不是夫妻，是同学。

徐瑞林对郑逸群说："吃饭吧，他们一路颠簸，应该饿了。"

王大庆哀叹："我现在真想变成一个'因'字"。

徐瑞林问其故，王大庆解释说："'因'字就是一个人四肢平摊躺在大床上。"

话音刚落，旁边的邓禹非嘟囔道："不就是困吗？"

大家顿时哄堂大笑，王大庆狠狠地瞪了邓禹非一眼。郑逸群也觉得有点儿好笑，这个邓禹非太流氓了。不过想想他们是同学，这样的玩笑也能相互接受。

四个人坐下，服务员开始上菜。前菜是以顶级新鲜的鳕鱼腌制的马介休、酿蟹盖、咖喱角和虾角配成的拼盘，摆盘精美。王大庆不由得哇了一声，赞叹道："太美了。"

徐瑞林笑容可掬地说："那王副司长就多吃点儿。"

王大庆尝了一下虾角，赞叹道："真新鲜。"

徐瑞林指着面前淡黄色的酒问郑逸群："我们喝的是什么酒？"

郑逸群介绍道："这是 AVELEDABRANCO 白酒，是葡萄牙波特酒以外的另一种特产，口感清淡鲜酸，舌尖可感受到些微的气泡。"

大家尝了一下，都说不错。邓禹非问："郑总很了解这种酒吗？"

郑逸群淡淡地回答："谈不上特别了解，只是略知一二。AVELEDABRANCO 的传统酿造方式是把刚发酵完成的酒，装入特制的橡木桶内，这样做的目的是让二次发酵在桶内进行，气泡出现后就装瓶销售，在当地是一种相当新鲜可口的淡白酒。"

"原来是这样，长见识了。"邓禹非点着头。

郑逸群接着说："邓总，请你举杯细看，这酒的酒质清澈，轻轻抿一口，舌尖略有刺激感，并略带酸味，新鲜愉快的滋味会在你的口腔内跳动。"

邓禹非啜了一口，闭着眼睛细细地品着，就像是入定的老僧，良久，他终于睁开眼，点点头说："确实不错，清新的感觉就像明媚的早晨。"

主菜上来了，一道叫作海鲜大会。由西红柿、洋葱、咖喱调制成的亮红色的汤汁，味道香浓但没有抢掉海鲜的鲜甜。汤汁内有肉蟹、带子、青口、大虾，每个品种都经过精挑细选，饱满鲜嫩。

另一道叫作三角豆焖牛肚。郑逸群介绍道："三角豆又叫作鹰嘴豆，味道跟豌豆很相似。这道菜于简单处见功夫，煨得松化的三角豆加牛肚用特制酱汁焖透，香浓之外又不油腻，非常入味。"

王大庆尝了一下，认真地点着头道："真的不错。"

"对了，郑总，听说尹总去英国了？"徐瑞林忽然问。

郑逸群一怔，心想他怎么会知道尹诗双去英国的事情。于是，他浅浅一笑说："徐总消息很灵通啊。"

谁知，徐瑞林指指邓禹非说："我是听邓总说的。"

"邓总认识我们尹总？"郑逸群看着邓禹非，心里充满疑惑。

邓禹非神秘地一笑，回答："我不认识尹总，但是我知道她姐姐，知道她姐姐的男朋友。"

"是吗，乌梅有男朋友了？"郑逸群故意问。他这样问的目的很简单，就是想知道邓禹非对乌梅究竟了解多少。

"你难道不知道？你们当时是怎么离婚的？"王大庆忽然问了一句。不过，马上她又道歉说，"对不起郑总，我很没礼貌是吧？"

自己跟乌梅的婚姻关系他们知道并不令人奇怪，这也是当初乌梅和自己假结婚的目的所在，现在的问题来了，邓禹非是怎么知道乌梅男朋友的？

郑逸群平淡地笑笑："离婚跟她有没有男朋友关系不大，主要是当时我们结婚有些草率，没有充分考虑双方因为工作、生活习惯的不同会导致以后感情的淡漠。我们离婚其实没什么大事，就是没感觉了。"

徐瑞林在一旁赶紧说："不说这个了，来，咱们喝一杯。"

邓禹非也在旁边息事宁人地说:"就是，我就是随便一提，别说这些不高兴的事情。"

王大庆撇撇嘴说："得，你们都是好人，我是坏人。"说完，跟郑逸群碰了一下杯，一口把杯里的酒喝下。

郑逸群显得很坦然，礼貌地跟徐瑞林和邓禹非碰了杯。他很理解王大庆，看任何问题都比较绝对，而忽略了问题本身，这就是她这种刚愎自用的女人的习惯。不过，既然他们提到了乌梅的男朋友，说明他们也是有料的人，应该通过他们多了解一些信息。

于是，郑逸群故意看看表："哎呀，尹总现在应该睡了吧。"

果然，王大庆又忍不住说道："哎，我八卦一下。你们这里发生了这么大的事情，你们的总经理居然出去了，有点儿意思。"

“王副司长知道我们尹总干什么去啦？”郑逸群歪着头问。

王大庆有点儿得意地说：“听到了点儿风言风语。不仅如此，还听到了点儿别的，是关于乌梅和欧升达以及她现在的男朋友的。”

邓禹非在旁边轻咳一声，王大庆自知失言，马上笑笑说：“郑总别在意，八卦，八卦而已。”

“欧升达？”郑逸群故意问。

“据说他遇到了很大的麻烦。”徐瑞林在一边简单地说了一句。

这个问题即使徐瑞林不说郑逸群也明白，问题很简单，如果欧升达不是遇到很大的麻烦，他是不会转让俱乐部股份的。人都有一张小丑面具，都有无法言说的痛。

郑逸群故意装作很茫然，问：“遇到麻烦？他那么大能量会遇到麻烦？”

“能量？”邓禹非颇有感触地自言自语了一句。

“怎么？邓总有话要说？”徐瑞林含笑望着邓禹非，目光复杂。

服务员又送上一道菜，烤兔肉，里面配了青菜和土豆。邓禹非看了看说：“怎么感觉有点儿像东北的乱炖？”

徐瑞林半开玩笑地说：“我们这个时代就是一盘乱炖。”

“刚才说到哪儿了？”邓禹非问。

“能量，你说到能量。”王大庆一边说，一边细心地切着一块兔肉。

“哦，说到能量，像欧升达这样的人不过是有点儿钱而已，没什么能量的。真正的能量是指一个人想做什么别人就替他做了。”邓禹非用叉子叉了块土豆，并不吃，淡淡地说道。

“邓总这话里有话啊，你是说欧升达转让股份有内幕？”徐瑞林问。

“静坐常思己过，闲谈莫论人非。”邓禹非说。

郑逸群明白，他是有很多话要说，但是，可能是碍于不了解自己，不好说而已。于是，郑逸群端起酒杯说：“来，我敬几位领导一杯。”

几个人喝了一杯，开始聊一些京城的八卦，郑逸群在一边听着，他慢慢地听明白了，原来这个邓禹非是徐瑞林父亲徐启国的研究生，是通过徐启国进入重要部门的，后来才到这个央企做老总。王大庆是邓禹非的本科同学，在大学时跟徐启国只是认识，并无特殊的交情。不过，后来因为邓禹非的关系，王大庆认识了徐启国，并通过徐启国调到目前的单位。而在她升职的关键点上，徐启国也帮她说了话。正是由于这层关系，徐瑞林的公司得到了他们两个的大力呵护。聊着聊着，王大庆忽然问：“瑞林，你那个范可欣呢？”

范可欣是徐瑞林的女秘书，两个人的关系大家都知道，徐瑞林也不在乎别人的看法。反正徐瑞林也不会跟老婆离婚，老婆也不关心他跟范可欣的事情。用徐瑞林的话说，那就叫一不做二不休，就是既不跟老婆做爱也不跟她离婚。

徐瑞林淡淡地说："我叫她办事去了。"

邓禹非讥讽道："你不是叫她公关哪个男人去了吧？"

徐瑞林看了一眼王大庆说："她最近的主要工作是公关你邓总。"

王大庆拉长声音说："好事儿啊。"

邓禹非有点儿不自然，端起酒杯说："少说没用的，喝酒。"

服务员送上来章鱼海鲜饭，郑逸群站起身来，给每个人都盛了一点儿，王大庆板着脸吃着，郑逸群问："王副司长，怎么样？"

"还行，就是有点儿咸。"

桌上的气氛一时有点儿冷，郑逸群明白，这都拜王大庆所赐。这种女人最大的特点就是会把人搞得紧张，把欢笑变成沉闷。

郑逸群的电话响了，是周洁，他接起来问："周洁，你下飞机了？"

周洁嗯了一声说："我一小时以后到，我有重要的事情跟你说，你一定要等我啊。"

"好的，我等你。"郑逸群收了线。

放下电话，他发现邓禹非正凝视着他，他问："邓总有事啊？"

邓禹非问："是那个演员周洁吗？"郑逸群点点头，邓禹非又看着王大庆说，"事情有点儿搞头哦。"

王大庆笑笑，但明显有些不自然。郑逸群有些奇怪，邓禹非这是什么意思呢？什么叫有搞头？服务员送上来两种甜点，一种是鸡蛋卷，另外一种是杏仁味的慕丝。

王大庆每样都尝了一口，然后说："我很奇怪，中国菜怎么没有这些甜点呢？"

邓禹非说："这说明很多中国人从来不知道甜蜜是什么滋味。"

徐瑞林在旁边意味深长地说："我觉得某些人现在很甜蜜啊。"

王大庆瞪了徐瑞林一眼，怒道："闭嘴。"徐瑞林这明显是在调侃邓禹非和王大庆。

邓禹非坐在旁边表情不明地看着徐瑞林，忽然问："你不是跟楚之洋妹夫梅津关系很好吗？"

郑逸群不知道邓禹非为什么会提到梅津，不过，他是比较了解梅津的，他家世显赫，留学回国后在建设部门当了个司长，后来又到北方的一个城市做了市委书记。

"还行，我们是一个大院长大的，他小我两岁。"徐瑞林回答。

邓禹非接着问:"他老子不是还在位吗？他大舅哥被人家欺负了，他就这么看着？"

"这个就不清楚了，梅津这人一直比较低调，平时很少跟别人直接发生冲突。"徐瑞林回答。顿了一下，他问，"这回楚之洋也应该是受欧升达的牵连吧？他只是欧升达那个科技园的股东而已。"

"不过，看之洋股份的公告，欧升达不也是之洋股份的股东吗？他俩啊，就是你中有我，我中有你。”王大庆忽然在一边插言道。

“他们的感情也好，上次欧升达出手救楚之洋，那可是一段佳话啊。”徐瑞林道。

“那个楚之洋还是单身吗？”王大庆忽然问。

“单不单身你也没戏。人家交了个女朋友，上次在北京我见过，做生意的。”邓禹非鼻翼动了一下，有点儿鄙夷地说。

王大庆立即横眉冷对，问：“你什么意思啊？”

徐瑞林赶紧打圆场说：“你们别为楚公子的私事吵好不好？喝酒。”说完徐瑞林举起杯，邓禹非和王大庆也勉强端起杯，相互碰了一下。喝了酒，徐瑞林看着郑逸群问：“你说这回欧升达叫尹总一起出去，是不是想撮合她跟楚大少呢？”

郑逸群微微地笑着：“我可不是福尔摩斯，从我的理解上看不大可能，楚大少没有跟目前这个女朋友分手的意向。”不过，说这话的时候，他忽然觉得胃里一酸。

“不过，说点儿实在话，这回欧升达和楚大少可能真是难过这一关。”徐瑞林叹息着。

邓禹非又轻轻咳了一声，明显不想让徐瑞林继续往下说。也巧了，郑逸群的电话又响了，是宣萱。他站起来，走到包房的阳台上。

宣萱道：“刚才顾云飞跟我说了个事情，林晓伟与周惜雪是通过一个叫钱进的人认识的。”

郑逸群脑子里的CPU迅速地转了一会儿，说：“钱进？我知道这个人，他来过俱乐部。华夏国际信托公司的老总嘛。”

“是啊，就是他。听顾云飞说，林晓伟和钱进他们是在一个会议上认识的，但是具体怎么认识的周惜雪，顾云飞也不怎么清楚。”宣萱道。

“他没说别的吗？”郑逸群问。

“没有，他只是说最近一段时间林晓伟总跑北京和国外，他们也没怎么见面，而林晓伟和周惜雪谈恋爱的事情他也是最近才知道的。”宣萱说。

“这小子嘴也真够严的，昨晚一个字也没跟我说。”强者都是漏洞最少的人，顾云飞就是这种人吧。

“哼，要不是我，他也不会说。”宣萱哼了一声。

“哎，我问你，他现在是不是对你又有点儿蠢蠢欲动？”郑逸群半开玩笑地问。

“跟你有关系吗？”宣萱啪地挂了电话。

郑逸群有点儿猝不及防，正想打回去，周洁的电话钻了进来：“我到了，我冲个凉，你请我吃什么啊？”

郑逸群问：“你想吃什么？”

“我想吃你，行吗？”周洁咯咯地笑着。

“我人老了，肉酸。这样吧，我们去吃印尼菜怎么样？”

“好吧，我需要吃点儿有刺激性的东西。”周洁显得有点儿无奈地说。

“那好，等下东南亚餐厅见。”

放下电话，郑逸群发现，自己几乎已经汗流浃背了。是热还是紧张，他自己也说不清。常言道，心静自然凉，也许自己的心太不静了。

郑逸群走回房间，不由得打了个冷战，房间里太凉了。

他重新坐下来，徐瑞林问："女孩子？"

“徐总真是火眼金睛，我女朋友，没好意思在你们面前接电话，都是些鸡毛蒜皮的小事。”

“幸福啊。”徐瑞林眨着眼睛看着邓禹非，邓禹非耸耸肩不说话。

“郑总，你觉得什么是幸福？”王大庆忽然问。

郑逸群迟疑了一下，王大庆接着说:“眼睛向左看是在回忆，向右看是在思考谎话。”

郑逸群禁不住笑了，反问："我这是在干什么？"

王大庆似笑非笑地说："正面回答问题。"

郑逸群沉吟了一下，谨慎地回答："幸福的标准不一样，这没法回答，如果硬要我说我对幸福的理解，我只能告诉你一句电影台词：人生不如意的时候，是上帝给的长假，这个时候就应该好好享受假期。突然有一天假期结束，时来运转，人生才真正开始了。"

“有点儿道理。”王大庆点着头，然后目光转向邓禹非问，“你对幸福怎么理解？”

邓禹非想了一下答："我是风箱里的老鼠，哪还有幸福可言！你老问我这个问题做什么？难道你调到中央电视台去了，满大街追着人家问幸福不幸福？"

“打住，打住。”徐瑞林赶紧息事宁人，做了个暂停的手势。然后，他看着郑逸群问，“尹总说没说什么时候回来？”

“有事吗？”郑逸群问。

“事情倒不大，云落不是要在这里办一个派对吗，不知道唐老爷子能不能来，要是尹总邀请，老爷子一定会来。”徐瑞林回答。

郑逸群心里马上有个疑问，徐瑞林这是什么意思？他跟唐志波那么好的关系，直接跟唐志波说不就行啦，干吗非要经过尹诗双？尽管尹诗双是唐本强的干女儿，可是说话跟亲儿子比分量也不同吧。

于是他半开玩笑地说："这事你跟唐志波去说不一样吗？"

徐瑞林赶紧摆手说："唐志波不会赞成老爷子出席这类场合的。如果老爷子来了，他也不好反对。"

郑逸群故作神秘地说："给你透露个消息，唐志波太太徐少芬在十六号别墅参加一个心理学讲座，估计现在还没走。"

徐瑞林思谋片刻，回答："我明白了。"

郑逸群借机看看表，对徐瑞林说："对不起徐总、邓总、王副司长，我还有事，失陪。"

徐瑞林点点头说："也好，你忙，本来我是有点儿八卦想跟你说一下的，可是想想我也是道听途说，还是算了。以后能够证实我再跟你讲吧。"

郑逸群理解地点点头，他明白，如果不是邓禹非不让徐瑞林说，徐瑞林也能透露点儿东西给自己。其实，徐瑞林跟自己说一些东西无非就是让自己准备得更充分些，但自己的准则是不会变的。郑逸群这么多年在俱乐部里经历了太多，他一直坚持不让别人的看法动摇了自己的判断，最重要的是，不要摇摆，偏离了自己的内心与直觉。

郑逸群走出西餐厅，沿着一条山坡上的木质栈道向下走，这条栈道悬空，下面就是海滩，平时是观景的好去处，但今天天气不好，海滩雾气蒙蒙，只能隐约看到几盏灯火。

天气热得很，就像是进入了韩国的汗蒸馆，皮肤上似乎蒙上了一层保鲜膜，很不舒服。

郑逸群走进东南亚餐厅，进入了他订好的房间，发现周洁还没到，于是，他坐下来，安排好了菜，然后打开手机，开始上微博。微博上大家正对一个官员奸淫幼女的事情进行声讨，义愤填膺。正看着，周洁穿着一款裸色连衣裙、黑色高跟鞋走进来，直接坐在了郑逸群的对面。她今天化了淡妆，头发卷曲自然、富有光泽。

"你看什么？"周洁问。

郑逸群由衷地赞叹："哇，简直太迷人了。"

周洁冷笑着，带着讥讽的口吻道："那么迷人你不追我？"

郑逸群摇摇头，自嘲道："我心脏不好，怕别人追你我承受不了。"

周洁瞪了他一眼说："不追就不追，找那么多借口干吗？饿了，赶紧上菜。"

郑逸群叫服务员上菜，然后说："今天是印尼菜。"

菜上来后，周洁斯斯文文地吃了一阵子，过了一会儿她抬起头问："你怎么不问问我来这里干什么？"

郑逸群笑了："你如果想告诉我自然会主动说，不想说我也问不出来，我干吗要问？"

"够狡猾的啊。"周洁幽幽地看了郑逸群一眼。郑逸群眯眯地笑了，不语。周洁顿了一下，忽然很有感慨地说："看来我真是走眼了，原来一直想找个单身的钻石王老五，没想到钻石王老五就在自己身边啊。我最近在北京听说郑总现在的资产其实是远远超过陈瑾的。"

"为什么拿我跟陈瑾比？"

周洁叹口气，怅然地说："说明我不值呗，跟他搞得满城风雨，他现在又回到尤乐梅那里去了。”

“你俩分手了？”

“分手？没有，暂时不会分手，没找到新的爱情之前，凑合着用吧。”周洁摇摇头，有点儿无聊地回答。

“凑合着用，你这词用得相当雷人。对了，这次来怎么是章艾接待？”郑逸群端起杯，跟周洁碰了一下。

“哦，没什么，给他们腾大拍个广告，赚点儿外快。”周洁不以为然地回答。

“怎么没带助理？”郑逸群随意地问了一句。

“当然带了助理，只不过我有重要的话要跟你说，带她们不方便。”周洁回望了一眼服务员，郑逸群挥挥手，服务员会意地走了出去。

周洁给郑逸群倒了杯酒，然后给自己也倒满，说："知道吗？听说有人把欧升达和楚之洋叫到昌平的一栋别墅，只谈了半小时，他们就乖乖地把俱乐部股份转让了。"

“知道是谁找的他们吗？”

周洁用指甲在旁边的茶杯里蘸了点儿水，在桌子上写了个字，然后迅速涂掉。

郑逸群大吃一惊问："怎么可能？"

周洁鼻翼一动："怎么不可能？"

郑逸群想了一阵子说："我只是觉得太不可思议。"

周洁耸耸肩道："只要你想一想，什么事情都能想通。"

“怎么可能？我怎么觉得这事儿不可思议，他们的关系应该是很好的啊？”郑逸群皱着眉头道。

“所以，这个事情别人也说不好，听说也涉及了郭正余。”周洁压低声音说。

这句话一下子提醒了郑逸群，郭正余那么急着找乌梅的男朋友，急着赶往英国，原来是这么回事啊。郑逸群知道欧升达、冷鸿海、郭正余之间相互都有合作，但合作到什么程度他一直不清楚，现在，他有点儿明白了。有人搞欧升达，郭正余也是坐不住的。

“是吗？这个我还第一次听说。”郑逸群故意装着糊涂。

“事情现在知道的人还不多，所以，我跟你透露，你可不要把我给卖了啊。要是有人知道消息是从我这里出去的，我就不用混了，到时候你管饭啊。”周洁表情严肃地说，不过郑逸群明显感觉到她的眼神有点儿异样。

于是，郑逸群赶紧转换话题："对了，刚才你说这次来是给章艾拍广告的，她的产品自然没有问题，只是，最近我看不少人的广告有问题啊。"

周洁摇摇头："在她们代言广告之前，就已经知道这个产品有问题了，出现重大事故，她们有很多办法脱身的。吃的是青春饭，管那么多干什么？反正赚够了钱就出国，那些屌丝能拿我们怎样？”

“来，喝酒！”郑逸群举起杯。

喝下一杯，周洁看着郑逸群问：“有个问题，你们那个尹总挺漂亮的，也很能干，为什么一直没结婚？”

“这个问题你应该问她才对，干吗问我？”

周洁没直接回答，只是在对面眯着眼睛看着郑逸群，半晌才问：“你跟她怎么没发生点儿什么？”

“我们只是哥们儿而已。”郑逸群轻描淡写地回答。

周洁切了一声，有点儿鄙夷地说：“不诚实。”

“你这么说我就不解释了，反正我的解释对你来说也是借口。”郑逸群耸耸肩，无奈地回答。

周洁表情怪怪地看着他，忽然问：“俱乐部这么大的变故，接下来你打算怎么办？”

郑逸群一副无所谓的样子：“暂时还没想过，大不了专心做我自己的公司呗。”

“我很奇怪，你自己那么有钱，干吗还给别人打工呢？”

“我算是什么有钱人，我只是个打工仔而已。”

周洁轻蔑地说：“算了，没有人跟你借钱，你干吗这个样子？”

郑逸群正想反唇相讥，他的电话响了，拿起来一看却是一个陌生的号码。他犹豫了一下，接起来，一个雍容的女声传来：“请问，是郑总吗？”

“是我，请问您是？”郑逸群觉得声音很陌生。

“我叫安妮，请问，您知道伊涛在哪里吗？刚才有人说看见他跟你在清吧喝酒，现在找不到他了，他手机也没人接。”

“安妮小姐，你等一下，我问问。”郑逸群收了线。然后打保安主任的电话，叫他查查伊涛的去向，保安主任很快就查到了，伊涛并没有出俱乐部，他从十六号别墅出去，沿着山边的栈道向海边走去了。郑逸群又叫保安主任查海边，保安主任说他要到主监控室，需要一段时间。郑逸群说：“你要抓紧。”

放下电话，郑逸群看见周洁正盯着他。周洁问：“怎么啦？”

“一个客人的朋友在找他，他不见了。”

“什么一个客人，不就是晏雯晓那个未婚夫吗？他怎么啦？昨天订婚今儿就玩失踪，这男人也太不负责任了。晏雯晓的未婚夫，安妮打电话干吗？还想弄出第二个潘文林？”

“潘文林是谁？”郑逸群的确不知道潘文林是谁。

“你难道没听说？他就是晏雯晓原来的男朋友，后来被安妮包养了。”周洁很奇怪地看着郑逸群，对他不知道潘文林这个人有点儿意外。

“这么复杂？对不起，我还真没听说过这件事情。咱们先不谈这件事情，你在北京，人头熟，我想问一下，你认识一个叫钱进的人吗？”。

“钱行长啊，谁不认识，那可是大人物，你怎么突然对他关心起来了？”

郑逸群显得很随便地说:“没什么,随便问问。那么,我再问一个人,也姓钱,钱小小,你认识吗？”

周洁更好奇了：“你是真不知道还是假不知道啊？”

“你什么意思？钱小小是钱进的亲戚？女儿？”

周洁乐不可支，摇着头说：“罚酒，罚酒。”

郑逸群把面前的酒喝下问：“别跟我卖关子了。”

周洁得意地看着郑逸群道：“想知道，你要贿赂我，不然我不说。”

郑逸群拱拱手说：“我求你了。”

周洁笑了：“好了，不难为你了，他俩还真不是亲戚，但胜似亲戚。”

“哦！什么意思？”周逸群皱起眉头问。

于是周洁开始娓娓道来，原来钱进和钱小小还真不是亲戚，但钱进跟钱小小的爷爷钱穆里是上下级的关系，而且还是一个县的。当年钱穆里还是一个银行行长，在工作上认识了钱进。钱进借机开始跟钱穆里攀关系，于是受到了钱穆里的重用，后来钱穆里担任了更高层的职务，钱进也一直被提升，直到目前的位置。所以，钱穆里对钱进是有知遇之恩的。而钱进对钱穆里也是言听计从，为钱家做了许多事情。

郑逸群一面听着一面作着判断，现在他初步能猜到钱进给林晓伟介绍周惜雪一定是为了钱小小，至于目的是什么，还不得而知。

他的电话响了，是保安主任，保安主任告诉郑逸群，发现伊涛了，他现在正在海边一艘废弃的渔船船舱里，保安让他出来，他坚决不出来。

“我马上过去。”

郑逸群放下电话，对周洁道：“对不起，我有事，不能陪你了。”

周洁满脸失望地说：“本来我还要跟你说点儿关于欧升达的事情呢，得，过两天我拍完广告再跟你细说。”

郑逸群赶到海边，那里有几艘废弃的渔船，本来俱乐部是想拖走的，但有一次冷鸿海和郭正余几个人在海边吃烧烤，听说俱乐部的这个打算，就说海边有点儿这样的东西，能让人回忆起过去渔家的生活也不错，所以，这几艘渔船就一直放在那里。本来，尹诗双有想法，想把那里做成船家餐厅，吃点儿原汁原味的船家菜，但因为种种原因，这个想法一直没有落实。不过，这几艘船保养得还算过得去，没有那么破败。

保安主任已经守候在其中一艘船边了，见郑逸群跳下电瓶车，马上迎上来说：“人就在上面。”

郑逸群望着那虽然不大但很高的船舷，皱着眉头问：“他怎么爬上去的？”

保安主任摇摇头说：“不知道，监控上只有他在船头上站着的镜头，不知道他怎么上去的。”

“我们现在怎么上去？”

“稍等一下，已经叫工程部送梯子了，马上就到。”

“现在上面情况怎么样？”郑逸群问。

“有两个保安在上面陪着，人倒是很安静，就是不肯下来。”

安妮的电话又打了进来，郑逸群走到一边，告诉她人已经找到了，没什么事，可能是有点儿喝多了。

安妮嗯了一声说：“我知道了，我马上赶过去。”

郑逸群赶紧说：“安妮小姐，你还是不要过来了，他人很安全，就是情绪有点儿不稳定，你还是等消息吧。”

安妮沉默了一会儿：“有消息你一定要通知我。”

郑逸群现在能理解安妮的心情，更能理解伊涛的心情。有一种爱叫作放手，安妮知不知道这个道理呢？

一辆工程车开过来，有人搬了一架铝制的梯子过来，郑逸群爬了上去，走过船头甲板，沿着一段短短的台阶走下去，是一个船舱，不大，里面原来的杂物都不在了，显得空荡荡的。

伊涛靠着舱壁坐着，旁边放了几瓶啤酒，几乎都是空的瓶子。两个保安在一边站着，郑逸群挥挥手，示意他们出去。两个保安走了出去，但是并没有下船，而是站在船头的甲板上。

郑逸群蹲在伊涛面前，看着他，伊涛也不说话，目光无神地望着前方。

“怎么跑这里来了？”

“是有人打了电话给你吧？”

“人家不是关心你嘛！”

“关心？你得了。我听外面的动静不小。”

“那倒没有，就是几个保安。”郑逸群想尽量淡化事情，让伊涛不再这么抵触。

“其实，我就是想静一静，找个没人的地方而已。”

“我能理解，可是，有时候人不是为自己活着的，还要想想别人不是？”郑逸群劝着伊涛。

伊涛叹口气说：“我这辈子就是因为老想着别人才活得这么累。就说办企业吧，人家都想着偷税漏税，我都是照章纳税，可还是麻烦很多。”

“知不知道，好多人为你担心。不要回避命运里的必然，在你能够控制的时候，别一味地在命运里挣扎，那样你会疲惫不堪。”郑逸群关切地说。

“是啊，你说得对，不要过分地坚持，要学会隐忍和退让，这是在救赎和保护自己。”

“你等一下！”郑逸群走到船头甲板上，对那两个保安交代了一下，保安沿着梯子走下去，对保安主任汇报了几句，保安主任看看郑逸群，郑逸群挥挥手，保安主任只留下一个人和一辆电瓶车，然后带着人都撤了。

郑逸群抬头望望天，天更加阴沉了，空气也似乎更加黏稠，让人几乎无法呼吸。

郑逸群走回船舱，坐在伊涛旁边说：“好了，他们都走了，我们俩坐一会儿吧。”

“不会影响你工作吧？”伊涛的思路很敏捷，一点儿都不像是喝醉的样子。

郑逸群摇摇头说：“本来我跟一个朋友吃完夜宵再巡视一圈也就该下班了，现在你在这里，我就陪着你吧，巡视的事叫别人去做吧。”

伊涛叹口气，颇为抱歉地说：“不好意思啊。”

郑逸群正想回答，他的电话响了，是许驸马府的主管，他站起身来，走到船头甲板上，许驸马府的主管有点儿急，说于司长跟陪他的那个女演员谈崩了，他把人家赶走了。现在李铁牛要俱乐部赶紧给准备个更有名气的，并且强调说于司长看上去很生气。

郑逸群有点儿意外，那个于司长看起来很有涵养，怎么在女人问题上如此沉不住气？但是，他能说什么，他对主管说：“稍等，我查一下。”

他马上打电话给娱乐总管，发现现在已经没有合适的人选了。可于司长这里又不能不解决，他很担心会再出现类似王建辉怒砸俱乐部的情形，尹诗双在飞机上，自己可没有能力调动武警来镇压局面。

怎么办？郑逸群犯起难来。也许是空气太闷，也许是心焦，他的衬衫已经完全被汗水浸透了。

忽然，他脑子灵光乍现，拨通了周洁的电话：“有个零活儿要不要接一下？”

这是他们之间的行话，一说对方就会明白。周洁有点儿不是很重视地说：“算了，我有点儿累了，再说，现在我也不想赚这种钱了。”

郑逸群想了想说：“算我欠你一个人情吧。你无论如何要给我个面子，饭局价五十万，怎么样？”

周洁犹豫了一下：“好吧，不过，我要稍微打扮一下，刚才那样子可是没法见人的。”

郑逸群道：“那好，给你二十分钟的时间，我叫人去接你。对了，跟你打个招呼，这个客人比较难伺候，你小心点儿。”

“嗯，你放心吧，我什么风浪没见过？”周洁信心满满地回答。

五十万的饭局价，这在俱乐部里也算是数一数二的价格了。纵然是周洁，对于这个数字也是心动的，不就是陪别人笑一会儿嘛。郑逸群心里一块石头落了地，打电话给许驸马府主管，告诉他半小时后人到。然后，他又打电话给李敏阁，交代她一定打个电话给李铁牛，告诉他这回去的是周洁，千万不能叫于司长造次。李敏阁答应道：“我明白。”

放下电话那一刻，郑逸群忽然很讨厌自己现在所做的一切，他忽然有了一种犯罪感，而且这种感觉就像这闷热的空气，将他紧紧地包围。

走回船舱，伊涛忽然问郑逸群："最近你的生意怎么样？"

郑逸群一副满不在乎的样子："还行，我现在主要是介绍罗小可跟别人合作。别人呢，也希望早点儿上市，这就跟婊子遇到嫖客一样。"

伊涛忽然笑了，说："你倒是很幽默啊。"

郑逸群切了一声说："IPO 就是个站街女，谁有钱，谁就上。不说这个了，你是不是给安妮小姐打个电话啊？"

伊涛叹了口气说："千万不要跟你的红颜知己上床，上了床，你会发现，颜会很红，心也会很黑。"然后，他拿起电话，想了半天，还是拨通了安妮的电话，低声地说："没事了。"

安妮那边不知道说了些什么，伊涛一直嗯嗯着，看不出什么表情。半晌伊涛放下电话，茫然地望着前方，就像是一尊入定的雕像。郑逸群不想打扰他，就在一边陪着他，此时一切语言都是多余的。

良久，伊涛轻轻地说："走吧。"

两个人爬下那架梯子，保安主任留下的保安在下面小心翼翼地保护着他们，伊涛忽然有些后怕，他望着船舷，心有余悸地说："天啊，刚才我怎么爬上去的，还拎着酒？"

"你的小宇宙爆发了呗。"郑逸群调侃道。

伊涛瞪了他一眼说："你这人似乎是唯恐天下不乱啊。"他顿了一下，忽然说，"不过，也许天真的要乱了。"

郑逸群看看伊涛，觉得他虽然有些醉意，但思维还很清晰，不像是醉话，就问："天怎么会乱？"

伊涛犹豫了一下，把郑逸群拉到一边说："有个事情恐怕你要有所准备，安妮刚才跟我说，香港有一群人似乎想收购林晓伟中海信的股份。"

"消息准确？"郑逸群这回是真的震惊了，看来刘岳平的预感真的很准。

"确实，而且安妮跟我说，是几个人联手。"伊涛郑重地回答。

"中海信盘子并不大，为什么要几个人联手？"郑逸群有点儿不解地问。

伊涛眯着眼睛，眼皮似乎有点儿沉重，他拍拍郑逸群的肩膀，颇有深意地说："利益均沾，风险共担。"

这句话虽短，却像一颗炸雷在郑逸群的耳边炸响：这是一次集体行动！

就在他耳朵里嗡嗡作响的时候，忽然，几滴凉凉的水珠落在了他的脸上，他还没反应过来，保安大声喊："郑总，伊总，赶紧上车。"

郑逸群跟伊涛冲上电瓶车，保安迅速将车开到一处能避雨的地方，三个人迅速钻进一个路边的凉亭，外面瞬间倾盆如注，整个世界变成了白茫茫的一片。

◉ 第三章　豪雨袭城

郑逸群没有意识到，这场雨也许是他到俱乐部工作以来遇到的最大的一场雨，即使俱乐部的边坡都经过了非常严格的加固处理，但还是有几处边坡出现了险情。工程部应付不过来，郑逸群临时指挥抽调了保安部和其他几个部门的男员工参与抢险。

他在俱乐部会议室里组织了临时指挥部，指挥部的墙上有两部电视机，上面显示：气象台已经发出红色暴雨警告。

正当他忙乎着，电话响了，是乌梅，她说："有个问题恐怕要麻烦你，朱书记说市里水浸严重，必须赶回去。你能不能安排一个有经验的船长，把朱书记送到一个有码头的地方，他必须马上赶到三防办。"

郑逸群想了想说："我马上安排。"

乌梅补充道："朱书记的秘书蔡文昭也在你那里，你安排他也上船。"

"明白。"郑逸群回答。然后，他叫来保安主任如此这般地交代了一番。保安主任点点头，披上雨衣急匆匆地走了。

保安主任刚出去，有电话进来，说十八号别墅的边坡有危险，郑逸群赶紧派人过去采取措施。

一波未平一波又起，边坡的问题没处理完，几栋别墅的地下车库又开始浸水，这是不得了的事情，来俱乐部的车辆哪有便宜的，淹了一辆都不是小事，于是，他又赶紧组织员工将那几栋别墅地下车库的车子开到地面上来，也顾不得所谓的私密性了。还好抢救及时，没有受到什么损失。但是，还是搞得鸡飞狗跳的，有些会员的司机不仅抱怨，甚至还火气冲天，说什么侵犯了他们的隐私权。

在会议室，郑逸群终于向工程部经理发火了，质问他："这一切究竟是怎么搞的，为什么排水系统如此糟糕？"

工程部经理委屈地回答："这事也不能怪我们，虽然是平时对排水系统养护不力，但主要是鹏城从来没有下过这么大的雨啊！你没看微博，整个鹏城现在多处水浸，有人甚至说鹏城处处是海景。”

一旁一直在跟不同部门联系的宣萱劝他说：“你不要着急，出现这种情况也不能把板子都打在工程部的人身上啊。”

“好了好了，你赶紧指挥吧，明天再开会检讨这件事情。”郑逸群显得有些不耐烦。

工程部经理看到郑逸群的态度有所缓和，赶紧穿上雨衣跑到外边去了。

徐新阳走过来，对郑逸群说：“你不要太急了，注意一下方式方法，要是尹总在，绝对不会像你这么急躁的。”

他问了一下徐新阳关于客人的安置情况。徐新阳告诉他，情况不容乐观，因为今天活动多，这场突如其来的大雨叫客人无法离开，尤其是山下，上高速的路目前已经封闭。尽管所有的客房都已经开放，但还有一百多位客人无法安置。

“难道没有别的办法吗？”

徐新阳摊开手：“真的没办法，连俱乐部二期新开的水疗会所和SPA会所都开放了。”

郑逸群皱起眉头，思索起来。会议室里电话不断，显得很嘈杂，郑逸群忽然感到一切似乎都变成了黑白默片。他似乎想起了什么，便问徐新阳：“现在正在休息的、明天早班的员工有多少？”

徐新阳问：“你不是要把客人安置在员工公寓吧？这可使不得，员工公寓有很多员工私人物品，再说卫生条件也不尽如人意。”

“难道就让客人坐到天亮？何况，看这雨势，明早天亮他们也不一定能走得成啊。”

“那怎么办？”徐新阳皱起了眉头。

话没说完，他的电话响了，是尹诗双。郑逸群接起来，尹诗双问：“你那边怎么这么吵？”

郑逸群把这边的情况简单地介绍了一下，尹诗双似乎倒吸了一口凉气，问：“高速公路封了，别的路呢？”

郑逸群回答：“普通的路目前情况不明也不敢走啊，且不说路可能被水浸，山上落石怎么办？”

“也是，还有一百多位客人，这真是个难事。”尹诗双似乎也犯了难。不过，很快她就想出了办法，“我算了一下，咱们中餐、西餐的包房有两百来间，其中，有沙发的应该在一半以上，你把他们安排到这两个地方，可以让他们休息一下。不过，要跟客人做好解释工作。”

郑逸群回答：“明白。”他马上安排徐新阳去安置客人，然后，又找了个角落，把自己听到的有关于俱乐部股份转让，乃至于关于欧升达、楚之洋和林晓伟的事情向尹诗双汇报了一下。尹诗双听了以后良久都没有回话，以至于郑逸群以为她掉线了，于是问：“尹总，你在吗？”

尹诗双干巴巴地回答："在，我知道了。这样，你还是盯着抢险的事情，我到酒店再打电话给你。"郑逸群对尹诗双的态度一点儿都不奇怪，这么多的信息忽然涌到她的脑海，她总要筛选过滤一下吧。

一个电话打进来，是蔡文昭，他说："我已经跟朱书记赶到三防办了。朱书记让我打电话给你，感谢你派出的船，船长很了不起，在能见度几乎为零的海面上，只凭雷达的指引就把朱书记安全地送到目的地。改日朱书记要专门致谢。"

"能为朱书记效劳非常荣幸，谈不上什么谢不谢，只要不耽误他的工作就好。"

蔡文昭嘿嘿一笑："李小姐在你那里，麻烦你照顾一下。"

蔡文昭说的是李珊珊，此时还不忘记这个女同学，他还真上心。于是，郑逸群回答："放心吧，我知道怎么做。"

放下电话，他忽然想起了一件事，刚才自己光顾着处理抢险的事情了，居然忘了李铁牛的事情，更没有问周洁是不是去了。这些人是不能得罪的，出现问题那就麻烦了。于是，他赶紧打电话给许驸马府的主管，主管告诉他，周洁去了，于司长很激动，现在正跟周洁喝茶呢。郑逸群又问李铁牛和刘副厅长的情况，主管汇报说，他们已经带着各自的女孩子去休息了，他们的秘书也安置好了。

郑逸群很奇怪，自言自语道："这个于司长怎么回事，难道就这么跟周洁谈一个晚上？"

主管说："你放心吧，我在这里盯着呢，有什么事情我给你电话。"

李铁牛这里没问题，别的都好办。李铁牛级别不高，但他后面有王汉荣和王建辉，还有市人大主任张忠煌，有些事情很敏感。现在安置好了他们，以后有些事情估计李铁牛也不会太过分。不过，有个问题他一直不解，这么大的雨，按理说李铁牛应该赶回区里，他为什么会在这里安安稳稳地睡着？连市委书记都冒着危险赶到了三防办，他这个区委书记居然能沉得住气。

会议室里还是一片忙碌，各种电话此起彼伏，这场豪雨给处在山顶的俱乐部都造成了这么大的麻烦，山下那些低洼地带可想而知。

电视上不断滚动字幕，播出实时路况信息，市内多处浸水，高速公路全部封闭，水库在泄洪，暴雨警告已经由红色升格为黑色。

郑逸群走到宣萱面前，看到她正在紧张地跟别人打电话，就拍拍她的肩膀准备离去。宣萱忽然拉住他，示意他等一下。

郑逸群站在她身边，听她打电话，原来她是跟唐志波的太太徐少芬通电话，解释为什么要安排她在中餐的包房里休息。对方可能不大满意，宣萱很耐心地在解释。

解释了半天，对方才勉强不再纠缠。宣萱放下电话，把郑逸群拉到一边，低声道："刚才我听唐太太说，上面有人在调查欧升达。"

“知道是什么人了吗？”

“听说是北京派来的，现在似乎就住在鹏城。”

“不会住在咱们这里吧？”郑逸群问。

“应该不会，鹏城的重要机关都有自己的招待机构，条件都不差，不会住咱们这里的。只是我有些担心，他们会不会因为欧升达或者楚之洋来调查我们俱乐部。”

“这不是不可能的，所以，需要及时把这个信息转达给尹总。”郑逸群道。

宣萱点点头，不无担心地说：“我现在是有点儿担心你，我怕有什么事会牵连到你。”

“是祸躲不过，有什么担心的？”郑逸群一副无所谓的样子。

“你这人啊，就是没心没肺，这是可以开玩笑的吗？”宣萱生气地瞪了郑逸群一眼。

“哎，我问你，要是我真的出事了，你打算怎么办？”郑逸群问。

宣萱狠狠地说：“你要进去了，我就接受顾云飞的追求。”说完，用胳膊撞开郑逸群，“走开，好狗不挡道。”

郑逸群咧开嘴乐了，他知道宣萱这是玩笑，她心里要是真有顾云飞，就不会这么说话了。宣萱的这个态度，是今晚唯一一件让他高兴的事情。大家继续忙着，在被水浸泡的地下车库里组织排水，几处危险的边坡得到了加固，而且有人严防死守。雨还是没有停的意思，天空似乎像漏了一样，隔着玻璃向外看，就连路灯也是模模糊糊，看不多远就是白茫茫一片。

俱乐部里的路几乎变成了小河，山边的人行栈道也全都变成了瀑布，徐新阳走过来道：“貌似2012到了。”

郑逸群嘲讽地说：“今年就是2012。”

“你不是被李子夜的收购行动吓着了吧？”徐新阳眼神复杂地看着他。

“大不了老子走人，回家经营我那个小公司去。”

“这是你心里真正的意图吗？别跟我耍滑头。”徐新阳讥讽道。

郑逸群嘿嘿一笑，没肯定也没反驳，徐新阳是跟随他多年的老部下，焉能不了解他的心理？郑逸群绝对不会束手就擒，可是，对方现在还没出牌，他也不能贸然行动啊。

“你怎么个打算？”郑逸群问。

徐新阳叹口气，回答：“怎么个打算？走一步看一步呗，不习惯的话就找个国际连锁酒店打工，凭我的履历，估计薪酬也不能太差。”

郑逸群似笑非笑地看着徐新阳：“怎么？看样子没什么信心啊，有点儿樯橹灰飞烟灭的感觉啊。”

徐新阳隔着玻璃望着远处说：“我们都了解古总，他看起来彬彬有礼，有说有笑，但做起事情来那可是狠着呢。像我们这些当初他在的时候就不得烟抽，他走了又受到重用的人，他怎么处理那是明摆着的。咱们这样的俱乐部，一旦股权出现了问题，衍生出来的问题也就显而易见了。”

“你觉得管理委员会会叫他胡来吗？”郑逸群问。

徐新阳摇摇头说：“一个企业，股东们再怎么斗，管理人员再怎么乱，终究归为一点：效益怎么样。古总抓效益那是有一套的，效益上去了，你说管理委员会会怎么样？”

“管理委员会也不只是看经济指标的，他们还是要对俱乐部的健康发展负责的。”郑逸群回答。

“你太乐观了，管理委员会也是由人组成的，人心是最难令人捉摸的东西。”

几个员工出现在楼下，他们似乎是在打开雨水井的井盖，徐新阳说：“你在上面，我下去看看，这里如果出现堰塞可是不得了的，下面十几栋别墅都要出现问题。”说完，他穿上雨衣匆匆地出去了。

郑逸群抬头看了看电视机，暴雨黑色警告还在生效。正在这时，尹诗双的电话打了进来，她问：“俱乐部现在情况怎么样？”

郑逸群回答：“大致还能控制得了，但雨如果再下两个小时，情况恐怕就难以预料了。”

“我通过上面给俱乐部派去了一个中队的武警，他们马上就到，而且，我也叫朋友从三防办搞了一批应急物资，需要怎样安排你叫工程部跟他们协调。”尹诗双道。

这个消息叫郑逸群感到吃惊，俱乐部是通过怎样的关系调动武警来抢险的，这不是他分管的范围，但是，能调动三防办的应急物资这的确有些门道。

“好，我马上去安排。”郑逸群一招手，工程部的一个职员跑过来，他拿起一张便笺纸，写了几句话，交给他，对他说：“马上把这个交给你们经理。”然后，他对远在迪拜的尹诗双说，“尹总，我已经安排下去了，你那边的情况怎么样？”

“欧董还没到，刚才在起飞之前我跟他有通话，这次他到英国有跟郭正余见面的安排，但没有跟林晓伟见面的安排，你要知道即使是林晓伟的父亲林溪岙跟欧董也不是很熟，他们之间也没什么业务往来，只是在俱乐部有些联系，所以，他们没有见面的必要。”

“嗯，我知道了。需要我通过别的渠道了解一下他去见什么人吗？”郑逸群问。

尹诗双说：“我这边来安排吧。欧董跟钱进有些交情，有些事情欧董到了我会跟他仔细谈谈的。我刚才在去酒店的车上想了许久，觉得钱进可能不是一个简单的角色，他跟钱穆里的关系绝对不是简单的上下级的关系，他给钱小小男朋友的前女友介绍男朋友，这事你不觉得有点儿不正常吗？”

“这个是有点儿不正常，可我还没来得及想，你要知道，我一直在忙着。”

“我个人觉得这件事情还是有某种利益关系在里面，幕后的操纵者绝对不是钱进，他没有这个能量，甚至钱穆里也不大可能有这个能量。你要知道，且不说楚之洋那边的家世背景，就说欧董吧，他跟高层某些人的关系也不一般，这回他为什么也会忍让？说明这股势力很强大。”尹诗双分析道。

“你会直接问欧董这些问题吗？”郑逸群问。

尹诗双沉吟了片刻：“有些问题是必须面对的，我们如果不能做到知己知彼，那会非常被动。”

“对了，刚才我又得到了个消息，有人在调查欧董，而且人就在鹏城。”

“是吗？”尹诗双似乎并不惊讶，她顿了一下说，“这个事情应该是在欧董卖股份之前就发生了，欧董不是一个容易服输的人，这次就这么卖了股份，一定是承受了巨大的压力。”

“有个事情恐怕我也要跟你汇报一下，刘岳平似乎对欧董卖股份的事情也比较紧张，而且，现在他准备辞职，然后移民。”郑逸群道。

“哦，刘岳平作了这么个决定？”尹诗双似乎很吃惊，完全不是平时的那种语气，郑逸群甚至能听到她的呼吸也一下子急促起来。

郑逸群回头看看会议室里的人，大家还是忙忙碌碌，他又转过头，看着窗外，雨水井边，那几个人正在紧张地工作着，他对电话那头说:“是啊，这事我觉得非同小可。欧升达跟刘岳平父亲的关系并不是十分亲近，也就是正常的工作关系。这次，刘力刚为什么作出了这么个决定，让在政治上非常有前途的儿子辞职？我想，一定是他嗅到了什么危险，让自己的儿子远离这一切。”

“官场是残酷的，这种残酷完全可以用血雨腥风来形容。刘力刚能走到这一步不容易，刘岳平能走到这一步也不容易，这父子俩此时作出这样的选择，那一定是遇到了绕不过去的坎儿。”

有人在那边喊：“郑总，有事。”

郑逸群匆匆地对尹诗双说：“不好意思，不能聊了。”然后收了线。

郑逸群走过去，发现李铁牛的秘书站在那里，他面有愠色说：“打你电话总不通，我只好过来直接找你。你赶紧安排一条船，把李书记送走，紧急任务。”

郑逸群觉得他很有点儿颐指气使，心里很不高兴：“不好意思，紧急情况，所有船只不能出港。特殊情况出港要向有关部门申请，这方面俱乐部说话没有力度，麻烦你叫李书记亲自给海事部门打个电话吧。”

“这么麻烦？”李铁牛的秘书皱着眉头，但他还是走到一边打电话去了。

那边李铁牛的秘书在打电话，这边工程部经理带着一个身穿军用雨衣的军官走进来，那军官见到郑逸群，马上一个立正，大声说：“您好，我姓范，奉命向你报道。”

郑逸群跟他握握手，连声说：“辛苦，辛苦。”

郑逸群看着工程部经理说：“你看怎么安排？”

工程部经理说："我已经有了计划，范队长，请跟我来。"

范队长又向郑逸群敬了个礼，转身就要走。

谁知李铁牛的秘书忽然走过来问："你们是怎么来的，下面的路不是被淹了吗？"

范队长回答："我们是从一条废弃的公路上过来的。"

李铁牛的秘书问："有危险吗？"

范队长回答："普通的民用车辆是无法通过的，我们是军车，还好。"

"郑总，叫范队长的车送我们一下，这是紧急任务。"李铁牛秘书的口气有点儿不容置疑。

"这个……"郑逸群有点儿犹豫，看了看范队长。

"郑总，我们首长说了，随时听候你的调遣。"

本来郑逸群不想麻烦武警的，但是，范队长既然这么说，他也不好意思，于是说："不好意思，那就麻烦你们了。"

范队长领着李铁牛的秘书走了，郑逸群颇为反感地皱了皱眉头。工程部经理注意到了他的这个表情，在旁边说："这个人很牛逼啊。"

郑逸群哼了一声："李铁牛的秘书，听说是从省政协带来的。"

工程部经理道："我很不喜欢他这个态度。"

郑逸群摇摇头，没说什么。这种在大机关待过的，又没什么实权的人，平时总带着一种居高临下的眼神看人，突然来到基层工作，作风一时还改不过来。但基层有基层的游戏规则，你不及时地调整，那是要吃大亏的。

又忙了一会儿，雨终于小了，向窗外看，已经能隐约看见对面的山了，这让郑逸群松了口气，看这个样子，水应该会很快退去，不会来个水漫金山了。他问了问客人目前的情况，发现除了安置在西餐厅和中餐厅的客人还有些怨言，其余的客人都已经休息了。他查了查俱乐部的食品储备情况，发现除了个别的青菜和海鲜品种短缺，其他供应正常，也就是说，即使明天早上水不退去，中午的饭也能应付过去。只是晚饭时间如果没有新品种补充，恐怕是难以维持了。于是，他安排采购部作好准备，万一上午雨还不停，高速公路不通，就用船来保证食品供应。

俱乐部的工作就是这样烦琐，你要做到事无巨细，一点儿不能出差池。如果你出现了疏忽，造成的损失不是你能想象出来的。

趁着有空闲时间，他拨了一下尹诗双的电话，发现她正在通话之中，他开始没在意，可是，拨了几次，她一直在通话，这就让郑逸群有些奇怪，她跟谁通话通了这么长时间？

然而，就在这时，一个消息传来，让他顿时感到手脚发麻。范队长派去送李铁牛的军车在回来的路上遭遇山上落石，车子被击中滑入山谷，司机生死不明！

郑逸群赶紧交代徐新阳和工程部经理在俱乐部组织排险，自己则带上保安主任跟着范队长赶到出事地点。

路上，他打了电话给尹诗双向她汇报了情况。尹诗双说：“知道了，我马上跟武警方面沟通。”

郑逸群知道，这个麻烦不小。尹诗双动用武警一定是没有经过正规渠道，现在出了事情，必须补办某些手续，否则的话，上级一旦追究下来，很多人都会遭殃。

出事地点是一个转弯处，这里原来有个明洞，上面有一排水泥横梁，要不是这排横梁，恐怕现在已经车毁人亡了。

郑逸群和范队长赶到时，已经有消防队员下去了，正在用特殊工具剪开驾驶室，试图将困在里面的驾驶员救出来。范队长认识消防队的人，通过指挥员得知驾驶员生命并无危险，因为是军车，结构比较坚固，只是驾驶室严重变形，驾驶员被困在里面出不来。

人没有事就是万幸，郑逸群赶紧打电话给尹诗双向她汇报情况，尹诗双告诉他，已经跟范队长的上级打了招呼，不会有什么大事的。不过，尹诗双还是交代，在范队长面前要少说话。

其实，尹诗双用不着这么特意交代，郑逸群也知道应该怎么办。范队长是奉命行事，至于这趟差是怎么回事他可能也不清楚。现在，只要是把上级搞定了，范队长这边就含含糊糊地过去了。

郑逸群打了个电话给李铁牛的秘书，告诉他司机出事了，郑逸群以为他一定会问问司机的伤势和救援情况，谁知，他只是哦了一声就收了线。这是什么人啊，完全没有人性嘛。他很想回拨电话骂这个冷血的浑蛋一通，但他思来想去觉得那样不好，很可能会得罪李铁牛，还是放弃了这个打算。

他心里气不过，打电话给李敏阁，想说说心中的不满，可李敏阁的电话却是关机状态。这更让他有些不解，像李敏阁这样的助理，晚上还能关机吗？

因为坡度很陡，又没有路，雨势又大，足足一个多小时才用特殊的担架把司机救上来。司机双腿骨折，但意识还算清醒，他甚至还跟范队长敬了个礼，说：“队长，我把贵宾安全地送到了，任务完成！”

这句话叫郑逸群鼻子一酸，多好的战士啊！他要是知道他刚才冒雨送走的所谓贵宾是刚跟女人睡完觉的话，他会怎么想？他正想着，李铁牛的秘书打来电话，问司机的情况。郑逸群没好气地回答：“还行，死不了。”李铁牛的秘书似乎没有听出来他在赌气，接着说他们已经建议市公安局给受伤的战士请功，待天气好转，李铁牛会亲自去医院看望受伤的战士。

这个消息还多少让郑逸群心里有点儿安慰，于是他回答：“好，我回头告诉范队长。”

时势造英雄，意外也能造英雄。郑逸群忽然有些感慨，荣誉其实就是某些人手里的一块骨头，想扔给谁就扔给谁。虽然这个说法对受伤的战士来说是大不敬，但对于李铁牛来说，还就是这么回事。

回俱乐部的路上，雨终于停了。郑逸群打电话问宣萱目前气象台那边的情况，宣萱告诉他，气象台已经将黑色暴雨警告改为红色了，但全市交通依旧处于严重瘫痪状态，因为有众多的交通节点目前正在遭受水浸，很多路段交通已经完全中断，而绕行路段也是塞车严重。

郑逸群对宣萱说："你给我查一下一个叫李珊珊的人在哪里。"

谁知道宣萱却回答："你说的是市委蔡秘书的那个女同学啊，放心，虽然她也是在西餐厅那边睡沙发，但我交代了，给她安排最好的包房，里边带贵妃榻的那种。我已经叫人给她送去了毯子，估计现在已经睡了吧。"

"咦，你认识她？"郑逸群有点儿意外，自己今天才第一次认识李珊珊，宣萱怎么会认识她？

宣萱告诉郑逸群，有一次蔡文昭他们在船上搞同学聚会时认识的。刚才在安置名单上看见了她，一查还真是跟蔡文昭来参加雪茄鉴赏会的，于是就特意交代了一下。

郑逸群满意地赞了宣萱一声："亲爱的，你真行。"这话是真心的。宣萱这个女孩子，看起来有点儿天真无邪，实际上心细如发，这也是郑逸群最喜欢的一点。她能在一百多个客人中发现李珊珊，并且能做特殊的安排，这种聪明就是尹诗双也可能自愧不如。

想到尹诗双，郑逸群赶紧拨了电话给她，想汇报一下这里的情况，谁知道，居然关机了。郑逸群就这么纠结着，车子到了俱乐部大门口。远远的，他就看见那里围了一圈人，不知道在干什么。保安主任说："好像是我们的保安跟什么人发生了争执。"

"好像是，过去看看。"

车到近处才发现，原来是几个保安在跟李铁牛的司机对峙。一问才知道，原来是李铁牛的司机要出去，而俱乐部的保安接到山下保安的信息说山下高速公路封闭，匝道积水，走不了，因此劝阻他，而李铁牛的司机耀武扬威，说自己有紧急任务，一定要走。保安回答他，没有接到山下放行的信息是不能放行的。于是，李铁牛的司机就要动手打人。好在俱乐部的保安训练有素，用身体把他夹在了中间，使他动弹不得。

郑逸群走过去，问明情况，然后尽量和颜悦色地对李铁牛的司机说："对不起，下面匝道有水，无法通行，请你还是稍等一两个小时吧。"

李铁牛的司机梗着脖子道："我有紧急任务，你们的人太霸道了吧？牛什么呀，不就是一个俱乐部的保安嘛！你信不信，我能叫公安来把你们铲平。"

"铲平我们？你也不打听一下我们这里是怎么回事？"一个东北籍的保安在一旁冒了一句。

"我管你们是怎么回事？"李铁牛的司机依旧牛逼。

郑逸群怒从中来，他很想上去给这个中年男人一耳光，但是，职业素养要求他必须冷静。于是，他问："你一定要走？"

"对啊，耽误了大事你们谁能负责？"

郑逸群点点头，回头对保安主任说："把免责声明书拿来，叫他签字。"保安主任转身进入值班室拿来免责声明书，递给李铁牛的司机，板着脸说："原则上，我们是不能让我们的客人在有危险的情况下离开俱乐部的，既然你执意要走，那么，请你签免责声明书，也就是说，你离开俱乐部以后发生的任何事情都与俱乐部无关。"

李铁牛的司机有些犹豫，他看着郑逸群问："还要签这个？"

郑逸群板着脸道："你要是不签的话，那就请回许驸马府休息，等待通知。"

李铁牛的司机环视四周，几个特种兵出身的保安一个个幸灾乐祸地看着他，有两个的表情明显带着讥讽。他一时有点儿尴尬，想了想，一咬牙，抓起笔，唰唰地签了名。因为过分用力，笔尖甚至把免责声明书都划破了。

保安主任把下面一张递给李铁牛的司机，不卑不亢地说："如果实在走不了就不要勉强，回来我们还是欢迎的。"

"这个就不劳你们操心了，你们还是好好教育一下你们的保安吧！"

保安主任一挥手，对自己的那些手下说："列队，恭送领导下山。"

保安们会意地列队站在两边，敬着标准的军礼，大声地说："首长走好，一路平安。"

李铁牛司机脸上的肌肉一抽，上了车，使劲关上了车门，然后打着火，一踏油门，迅速离去了。

望着那辆车的尾灯消失在转弯的树丛后，郑逸群对保安主任说："赶紧派人在后面跟着，如果发生危险，马上抢救。"

保安主任摇摇头，叹口气说："还要保护他，真没天理。"

郑逸群无奈地回答："那怎么办？你不保护他，真出了危险，李铁牛还不拿我们说事儿？他们嘴大，我们嘴小。"

保安主任嘟囔着说："就凭他一个小小的区委书记就敢造次，谁不知道我们的背景？"

"少废话吧，赶紧出发。"郑逸群皱着眉头说。

保安主任叹口气，带上几个保安上车追赶李铁牛的司机去了。

"有没有觉得越是迁就一个人，那个人就越是得寸进尺？"那个东北籍的保安愤愤地说。

郑逸群没说话，坐上车，对司机说："赶紧回会议室。"

事情正如预料的那样，郑逸群刚到会议室，保安主任的电话就到了，李铁牛司机的车在水里熄火了。郑逸群问："人怎么样？"保安主任回答："我正叫人带着绳子来支援，他那里距离安全地带有段距离，水流湍急，没有绳子人恐怕有危险。”

郑逸群脑子一转，对身边的一个职员说：“你马上带着摄像机赶到山下去，他们救援的全过程你一定要拍摄下来。”

他忽然有了一种不祥的预感，他知道李铁牛的司机现在所处的位置，那里雨势稍微大一点儿就会有积水，这是个老大难的问题，因为那里不归俱乐部管理，属于市政道路，他们反映了很多次也没有什么效果。李铁牛的司机万一出现问题，如果不录像，将来肯定说不清楚。

郑逸群忽然意识到，自己刚才太冲动，犯了一个严重的错误，即便是刚才李铁牛司机自己签了免责声明书，他如果出了危险，李铁牛依旧不会善罢甘休。

郑逸群看看窗外，天已经放亮了，他检查了一下，各个部门都汇报平安。于是，他叫工程部经理安排范队长他们撤退，同时，安排了必要的工作人员值班，其余员工开始休息。经过一夜的抢险，现在已经是人困马乏了。

然而，就在这时候，一个让他担心的消息终于传来了，保安主任告诉他，救援人员还未赶到李铁牛司机被困地点，他连人带车已经被冲走了。现在，他已经报警。这个消息就像是一颗炸弹在郑逸群的脑子里面炸响，他的耳朵里一时嗡嗡乱叫，脑子里就像地震了一样，山呼海啸。郑逸群一时有点儿手足无措，他甚至感觉到手脚都麻木了。他知道，李铁牛的司机肯定是凶多吉少，现在俱乐部的麻烦来了。他赶紧打电话给李铁牛的秘书，李铁牛的秘书也感到十分震惊，说自己马上向李书记汇报，然后匆匆挂了电话。

郑逸群冲出会议室，拦了一辆车迅速向山下赶去，路上，他想打电话跟尹诗双汇报一下情况，但她的电话还是处于关机状态。真是急死人了，早不关机晚不关机，为什么会在这个时候关机？

站在山下，面对着横穿公路宽达几十米奔腾的河流，郑逸群都有些惊讶，这河简直是从天而降啊，河面上，李铁牛的车已经完全没有了踪影。

郑逸群问保安主任：“车呢？”

保安主任回答：“我们赶到的时候，他的车子熄火了，我们喊他出来，他可能没有听见。再后来，我们用绳子捆住腰部，想过去把车子拖出来，但水流实在湍急，行走非常困难，就在离车子还有十几米的时候，车子被水冲倒，翻过护栏，落入山坡下，因为山坡下还有别的方向的水流汇入，所以车子一下子就没了踪影。”

郑逸群扶着路边的护栏向下望，一股野马一样的水流向山的另一边奔去，发出令人恐怖的轰鸣，水里有不少杂物，甚至有巨大的树干。

“前面是通哪里的？”郑逸群看着前面问。

“转过去是一座桥，下面就是大海。”保安主任脸色凝重地回答。

郑逸群皱着眉头问："这水流距离大海有多远？"因为从自己站的地方就可以看到大海，而山坡下的水是要沿着山脚转一圈的，所以，不好判断会流多远。

保安主任想想说："至少有五六百米吧。"

郑逸群摇着头，沮丧地说："就是警察赶来也没戏了，等天晴了去海里找吧。"

保安主任安慰着他说:"没事的，咱们有他的免责声明书，再说，还有抢救的录像，他们想找我们的麻烦也是不容易的。"

郑逸群忧郁地摇着头，长叹一声说："在法律上咱们肯定站得住脚，但是，李铁牛绝对不会善罢甘休的。"

"他一个区委书记能把我们怎么样？"保安主任有点儿不以为然。

郑逸群叹息道："他是个芝麻官，可他背后的人都有谁你知道吗？我敢说，这个梁子我们是结下了。他后面的人也不会善罢甘休的，这又会是一场风波。"

一个电话打进来，正是李铁牛的秘书，他问："真的没希望了吗？"

郑逸群语气凝重地回答："下面是一个山沟，平时就是一条小溪，这次大暴雨，下面已经成了一条大河，水不知道有多深，车子掉下去根本就没见到浮起来，按照这个速度，估计应该已经冲到海里去了。"

"你们没派船去搜索吗？"李铁牛的秘书问。

郑逸群冷静地回答："我们俱乐部的船都是私人的游艇，要想打捞这辆车需要专业打捞船舶，我们没有这个能力调动打捞局的船，即使能调动，船来了，车子也不知道冲到哪里去了。"

"嗯，我知道了，我马上跟李书记汇报，他应该会很伤心，司机是他内弟。"李铁牛的秘书挂了电话。

郑逸群感觉到一块石头压上了心头，这个司机居然是李铁牛的内弟，这事看来麻烦大了。司机原来是李铁牛的内弟，难怪这么牛逼。刚才他一定要走，看来是有大事发生了，不然的话他不会那么坚决。是李铁牛的命令吗？不像，李铁牛自己都是坐军车走的，他明白目前是什么状况。到底发生了什么，会让一个司机冒着生命危险坚持要离开？

不管怎么样，现在事情已经发生了，尽管俱乐部没有什么法律上的责任，但李铁牛一定会迁怒于俱乐部。

郑逸群问保安主任："警察还没到吗？"

保安主任摇摇头，回答："没有，这样的天气，警力也不够用了。再说，赶到这里也是需要时间的。"

郑逸群又拨了一下尹诗双的电话，这回终于通了："刚才怎么关机了？"

尹诗双叹口气道："哪是什么关机，我在洗手间把手机摔了，接触不好，这不，新买了一部。怎么，听你的声音有点儿不大对劲啊。”

郑逸群叹口气，把李铁牛司机出事的事情跟尹诗双详细地汇报了一遍，尹诗双不禁倒吸一口凉气，不由自主地说：“真是个大麻烦。”

郑逸群叹口气说：“尹总，我向你检讨，这事我处理得有不周全的地方。”

尹诗双声音沉闷地说：“这个时候说这些还有什么用？这样吧，我向几个大股东汇报一下，这件事不会简单地过去的。”

“你会向李子夜汇报吗？”郑逸群问。

“当然，这么大的事情能不通知他吗？俱乐部就是利益共享，风险共担嘛。”

“那好，我等你消息。”郑逸群回答。

郑逸群看自己在现场也起不了什么作用，就安排保安主任在现场盯着，叫他有事跟李铁牛的秘书沟通，自己则回到山上。郑逸群抽时间在俱乐部的餐厅里吃了点儿东西，因为过于疲惫，也没什么胃口，只是叫了一碗艇仔粥慢慢地喝着，胃里逐渐有一股热流涌上来，迅速布满全身。

一个电话打进来，是香港的区号。一个声音有些嘶哑、普通话说得比较生硬的男人问：“请问，是郑总吗？”

“你好，我就是。”郑逸群回答。

对方说：“你好，我是许家的律师，我姓彭，叫彭日光。”

“你好，彭律师。”郑逸群知道，这是刘岳平叫他打来的。

“是这样，有些法律手续需要你签一下，你看什么时候方便？”彭律师问。

郑逸群略微思索一下，回答：“是这样，昨晚下大雨，我们这里高速公路的匝道被水淹了，还不通车，你注意一下交通路况，通车了你再过来好吗？”

彭律师说：“没事，我可以坐许家的游艇过来。”

许赛雁家新买了游艇，但并没有在俱乐部托管，而是一直停在香港，他们全家也早移民到新加坡了，在国内也只是做生意赚钱而已。现在越来越多的富豪移民了，这种移民让郑逸群很担心，他们带走的不仅仅是资金，还有管理经验和对未来的信心。

“那好，我在俱乐部等你。”郑逸群回答。

“我现在出发，先去律师楼拿些资料，大约十一点到你那里。”彭律师稳重地说。

“好，不见不散。”郑逸群回答。

刘岳平的这个举动绝对是异乎寻常，把许家收购的壳公司给自己，他自己脱了干系，又不会失去控制。只是自己这样帮他，一旦将来有什么麻烦，自己恐怕要吃挂落儿。可是，自己有选择吗？这世界上，有很多时候你是没办法选择的。

他想想，拨通了刘岳平的手机，但刘岳平并没有接，隔了一会儿，他发了个信息：开会。

郑逸群接着喝粥，脑子里却是各种事情往上涌，让他一时有点儿应接不暇。

正喝着，保安主任打电话告诉他，警察已经到了现场，不过是在高速公路上，他们过不来，俱乐部的人也过不去，双方只能通过电话互相沟通。警察大概看了看现场，觉得下面的水流很急，一时也是束手无策。

“我上来以后，你跟李铁牛的秘书沟通了没有？”

“他现在也在高速公路上，估计也很急。”

“你在那边盯着吧，有什么事情及时汇报。对了，武警都安全撤回去了吧？回头你派两个人去医院看看受伤的战士。”郑逸群交代着。

“我已经安排了，路通了就去。”保安主任回答。

郑逸群收了线，他正要起身回办公室，电话忽然响了，是尹诗双。郑逸群问：“尹总，跟大股东们沟通的情况怎么样？”

尹诗双回答：“细节就不说了，有一个决议：古梦柏后天乘法航的飞机到香港，专门负责处理这件事。”

“他担任什么职务？”郑逸群问。

“暂时还没定，这需要管理委员会的会议决定，他目前只是以李子夜助理的身份出现。”

“明白了，太上皇呗。”郑逸群闷声回答。

尹诗双严肃地说：“你不要有抵触心理，这事古梦柏去处理比你处理对俱乐部更有利，明白吗？”

郑逸群嗯了一声：“我当然明白，只不过是听到古梦柏要回来心里有些不舒服，对了，要怎么安排古梦柏的生活？”

“这个不用安排，钱小小在鹏城有房子，你就派车把他们从香港接回来就行，以后的行动都由他自己安排。如果需要在俱乐部处理一些事情，你叫他签单就可以了。”

郑逸群点点头，回答：“明白。他在这边有些老关系，也用不着我们来陪，我们做好后勤保障就行。”

“不过，有些事情你自己也要把握，我的意思你明白吧？”尹诗双道。

郑逸群谨慎地说：“嗯，我明白，有些事情我会及时跟你沟通的。对了，欧董到了吗？”

“到了，他正在冲凉。等下我要跟他好好谈谈。”

尹诗双这句话叫郑逸群的心脏又似乎停顿一下，一男一女在一起，真不会发生什么吧？不过，他想想就笑了，暗骂自己龌龊，他们认识这么长时间了，如果想发生什么应该早发生了，还会等到今天？可是，自己为什么老纠结这事儿呢？

郑逸群刚放下电话，周洁的电话就打了进来，她问：“你在干吗？”

郑逸群回答："刚吃完早餐，准备去办公室。怎么这么早打电话给我？"

周洁幽幽地叹口气，回答："唉，别提了，跟那个姓于的喝茶喝到四点多，茶喝多了，睡不着。本来上午是有工作的，但章艾请的广告公司因为大雨又过不来，所以，想问你在干什么，跟你聊聊。"

郑逸群回答："不好意思，我昨晚一夜都在抢险，一直没睡，现在有些必要的工作还要处理，还是晚上吧。"

周洁很失望地说："那好吧，不过，我还是要谢谢你，那个姓于的真不错，一个晚上就是跟我谈理想、谈人生，很尊重我，一点儿没有某些官员那种色迷迷的样子。这个人很有修养，跟一般的人不一样。"

"你不是爱上他了吧？"郑逸群半开玩笑地问。

周洁没有直接回答："他说，他要亲自为我写个音乐剧。你知道，这两年我一直想进入音乐圈，一直没机会，这回由他来引导，我的路会顺一些吧。"

"他还会写音乐剧？"郑逸群惊讶地问。

"你可能还不知道吧，他以前可是清华合唱团的指挥呢。"

"天啊，我本来想给你介绍点儿外快赚，这不是把你推入火坑了吗？"郑逸群觉得有点儿毛骨悚然。

周洁坚决地说："就是火坑我也认了。不过你放心，陈瑾那里我会跟以前一样的，预备役嘛。"

郑逸群真的不知道说什么好了，周洁这是一见钟情，义无反顾，还是一条道跑到底？她已经不是小姑娘了，按理说也是阅人无数，不该如此。

"那好，回头再说吧。"郑逸群无奈地放了电话。

走在路上，他忽然想起张安钊和姚平原昨天出海了，那么大的雨，不会有什么事吧？郑逸群赶紧打电话给徐新阳，徐新阳告诉他，昨天张安钊和姚平原出海不久就遇到大雨，他们直接将船开到香港避雨了，没有什么大碍。

回到办公室，就是铺天盖地的文件需要他签。以前，郑逸群总是对尹诗双在办公室一坐就是大半天不理解，现在真是理解了。虽说俱乐部大部分工作早都实现了无纸化办公，但这需要签字的东西还是很多。需要签字的文件都要仔细阅读，这里面涉及的事情多了，简直是包罗万象，甚至还有职工的困难补助、家里老人出殡的慰问金什么的。郑逸群埋头苦干了足足两个小时，才把自己面前的两大摞文件签完。

在这期间，他还接了几个重要的电话。一是保安主任告诉他警察叫来了打捞船，正在海边搜寻李铁牛的司机和车子，暂时没有收获。李铁牛的女儿李欢已经赶到了现场，据说李铁牛的太太也正从省城往来赶；二是范队长的电话，他告诉郑逸群，部队已经安全返回驻地，宝山区的慰问电话已经打到了支队，支队领导很重视，表示要表彰受伤司机；三是刘岳平，他是趁着开会的间隙打的电话，他告诉郑逸群，这是办公会，其中一个议题就是关于库珀的供地问题，现在看来情况非常乐观；第四个电话是安妮的，她问昨晚这边下雨伊涛是怎么住的，这个问题让郑逸群感觉有点儿不舒服，她关心伊涛也太过分了吧？于是，他简单地回答："还好，等下路通了他就回去了。"没等安妮再说什么，他已经挂了电话。

郑逸群现在更能理解伊涛了，谁遇上这种女人都够难受的了，她不是偏执，而是过分的关心。关心一旦超过了某种限度，那就会让对方感觉到压力。不过，他也能理解安妮这种贵妇人，她们的爱很难投入，但一旦投入，便很难走出去。

郑逸群伸伸懒腰，走到窗前，俱乐部的办公室都不是朝海的，不过山景依旧美丽。对面的山顶隐在浓雾中，山体现在已经露出苍翠，虽然还在下着小雨，但这种雨不会有什么危害了。

尽管尹诗双说古梦柏会专门处理此事，但郑逸群心里还是有些不安，他叫人把营救李铁牛司机的录像传过来看了一下，发现的确像保安主任汇报的那样，水流太急了，俱乐部的保安三个人一组，腰缠绳索在水里摸索前进，还是站立不稳。想想李铁牛的司机也是太鲁莽，怎么一下子就开到水里去了呢？

宣萱走过来，郑逸群看看她，化了妆，但眼里有血丝，于是，便怜惜地说："一夜没睡，中午忙完了，赶紧休息一下吧，不然会撑不住的。"

宣萱也关切地说："你也一样，别太逞强，抓紧时间打个盹儿吧。"

郑逸群伸手揽住宣萱的肩膀："我会的，不过，等一下有客人，还不知道什么时候才能有时间睡一下。"

"有个重要的情况我想跟你汇报一下，彭公主在中餐厅最大的包房宴请陈光定那群人，因为现在高速公路还没通，他们用马公子的船载来七八个人，好像是有什么重要的事情。"宣萱扭头道。

"我知道他们要干什么。"郑逸群回答。

宣萱问："有什么见不得人的事吗？"

郑逸群皱皱眉头回答："也谈不上什么见不得人，就是她叫陈光定收购一些会员的权益，很小的那种权益。"

"收购那些权益有什么用？那些权益即使转正也没什么用啊。"宣萱不解地问。

郑逸群寻思了一阵子回答："彭公主这个人不是个喜欢安静的人，她自己不出面，叫陈光定出面，不知道要干什么。我怀疑，这事儿跟钱小小有一定的关系，可又不知道她跟钱小小有什么瓜葛，所以，我让罗小可在北京打听着。"

"熟悉彭公主的人不少，我们问问别人不好吗？"

"彭公主耳目众多，这不是摆明了告诉她我们在调查她吗？罗小可认识的人层次高，再加上她所处的位置，就是问到了，消息传到彭公主的耳朵里，她也不一定在意，明白吗？”

“另外，也是因为很少有人知道罗总跟你关系这么好，对吧？”宣萱语焉不详地嘟囔了一句。

“你什么意思啊？”

宣萱转身走了，撂下一句：“你说什么意思就什么意思。”

郑逸群正想追上去问个究竟，问她为什么又吃罗小可的醋，电话响了，是彭律师，他说他已经到了码头。郑逸群说：“你来我办公室吧，我在这里等你。”

再追出去，宣萱已经不见了踪影。郑逸群走到会员部办公室，那里只剩下一个文员，想必别人都出去了。宣萱最近怎么啦？总是吃这些不明不白的醋。是自己哪里做得不对吗？细节决定成败，看样子，自己应该反思一下了。

彭律师是一个严谨的男人，大热天还穿着西装，西装袖口露出的衬衫袖口上带着他自己的姓名缩写，纯金的，亮闪闪的。看样子，这也是个很讲究的人。

郑逸群看了看他带来的文件，很快就看明白了。原来，许家在香港买的这个壳公司星海股份现在市值低得不能再低，再加上还有些资产，收购相当于白捡的。收购的方法也很老套，许家在百慕大群岛注册一家投资公司，然后由投资公司收购星海股份在香港地区和内地的资产。具体的操作手法是：许家下属的一家在香港注册的公司以“独立的机构短期投资者”名义用现金收购原大股东的小部分股份，然后，许家再用百慕大这家公司的名义以现金购得原第一大股东的绝大多数股份。

郑逸群问彭律师：“接下来要怎么操作？”

彭律师回答：“接下来，我们要以全数包销的方式增发新股。”

“明白了，就是加大对公司的控制力度对吧？”郑逸群点着头。

彭律师道：“我们会通过合法的操作，完成这次供股。比如配发的股份数量恰好低于公司已发行总股本的 20%，就不需要停牌和经过股东大会决议的过程。”

“然后呢？”郑逸群问。

“然后，星海股份再以一定的价格购买你在中海信的股份，一部分以现金支付，余下的以向卖方发行代价股的形式支付。”彭律师从容地回答。

“明白了，这样就完全控制了星海股份。然后，再用星海股份做其他的收购，对吧？”郑逸群问。

“是的，所以，这一系列文件你要签署。”彭律师道。

郑逸群嗯了一声。然后，他走到办公室的阳台上，再次拨打了刘岳平的电话。还好这次他很快就接了，他说自己刚散会，正准备去吃饭。郑逸群告诉他说：“岳平，我已经跟彭律师谈过了，感觉还可以，只是这么签字了，将来怎么跟许家结算呢？”

刘岳平说："这个你就不要管了，我来处理。不过这个事情是在香港发生的，那里的媒体、廉政公署等都不是吃素的，你要明白怎么办。"

"明白了，那我就签了？"

刘岳平嗯了一声："签吧，不过最近我在办辞职，有些敏感。咱们以后有事最好见面谈，不要在电话里谈，不安全。辞职以后，我会去国外待一阵子，尽量少联系。"

"懂了。"郑逸群回答。

"对了，听说李铁牛的小舅子死啦？"刘岳平问。

郑逸群心情沉重地回答："是啊，早上他一定要走，说是有紧急任务，我们也拦不住。结果，刚下山就出事了。"

刘岳平嗯了一声说："早上李铁牛打电话给老爷子，当时我正好找老爷子有事，他说是俱乐部不负责任才导致了这个后果，他的情绪很激动。"

郑逸群哼了一声："我猜他就会这样说，当时他小舅子走的时候，我们叫他签了免责声明书。再说，他出了事以后，我们还组织了救援，他不能耍无赖。对了，古梦柏明天飞回来。"

"我知道了，凡事你要小心。领导在等我吃饭，回头再说。对了，老爷子到时候也可能采取点儿行动，要给李铁牛看看，你心里要有个准备。"刘岳平道，然后收了线。

郑逸群走回办公室，在彭律师带来的一堆文件上一份一份地签了字。签完字，郑逸群对彭律师说："走，我们吃点儿好吃的去。"

彭律师赶紧说："算了，随便吃个三明治就行，我下午还有事。"

郑逸群想了想说："要不，去我们的员工食堂吃吧，主要是自助餐，品种多，中西合璧，怎么样？"

彭律师的笑容像尺子一样精准："没问题。"

两个人走到员工食堂，刚到门口，郑逸群的电话响了，是保安主任，他告诉郑逸群，目前俱乐部通往高速公路匝道上的水已经退去，但是，因为路面上有淤泥，现在正用铲车清除，估计一个多小时即可通车。

郑逸群问："警察还在吗？"

"还在，但是，搜索工作似乎没有什么进展。"他似乎犹豫了一下问，"要不要安排他们吃个饭？"

郑逸群权衡了一下道："不要，咱们用不着跟他们打交道。"

"明白。"保安主任收了线。

彭律师面对着那么多的食物还真的就选了两块三明治外加一杯果汁，而郑逸群则选了一大盘子什么熏肉、香肠、面包、水果、酸奶，五颜六色的让彭律师看着直发愣。他问："你中午吃这么多，不困吗？我一般中午只吃很少的东西，这样不容易犯困，不会耽误下午的工作。”

“我和你们的工作环境不一样，有时候我不但要吃大量的东西，还要大量饮酒。其实想想，这样很不好，对身体有害。”郑逸群回答。

“对了，刘先生叫我以你的名义在中环找了间写字楼，回头你过去看看。”彭律师低声说。

郑逸群回答：“不用了，他想怎么办就怎么办吧。”

“明白了，那边的人员招聘你不需要关注一下吗？”彭律师又问。

郑逸群喝了口饮料道:“这些事情你跟他汇报就行，正式启用时，我一周过去一下。你知道，我这里现在很忙，走不开。”

“哦，我明白了。放心，我会处理好。”彭律师谨慎地回答着。

郑逸群望着这个说话办事都像一个机器的男人，心里想：刘岳平是怎么认识他的呢？而他又是怎么得到刘岳平的认可的？要知道，彭律师对刘岳平的了解可能是远远超过自己的。尽管都是自己人，可是亲近的程度不一样。

郑逸群低下头吃饭，忽然，电话响了，是罗小可，郑逸群站起来，走到一边问：“有事？”

罗小可说：“关于彭公主与钱小小，我听到了一些消息。怎么样？说话方便吗？”

“方便，你说。”

“彭公主的母亲原来是钱穆里的前妻，‘文革’的时候他们离婚了。”罗小可道。

“那他们之间的关系怎么样？”郑逸群问。

罗小可回答：“据说很紧张，有人说，他们有时候在某些公共场合见面几乎不打招呼。而更有人说，彭公主的母亲认为，她这辈子在政治上一直没有大的进步跟钱穆里有直接的关系，所以，一直很恨他。”

“哦？那么,彭公主跟钱小小的父亲或者是姑姑叔叔什么的有联系吗？”郑逸群问。

罗小可回答：“这个倒不大清楚，怎么你怀疑彭公主跟钱小小的父亲他们有血缘关系？”

“你以为是写小说啊？”

罗小可冷笑一声说:“看起来你对‘文革’不了解,那个时代,什么事情都可能发生。再说，即便是他们没有血缘关系，彭公主和钱小小的父亲应该还是同母异父的兄妹吧，大人关系紧张，孩子之间不一定关系就紧张啊。”

“你这么分析还真有点儿道理啊。”郑逸群由衷地说。

“你服了？”罗小可问。

“服,我十二万分地佩服,你现在就是武则天,英名盖世的女皇帝。”郑逸群讥讽道。

罗小可哼了一声说：“我要是把她们的关系调查清楚了，你就当薛怀义吧。”

郑逸群扑哧一下子乐了。薛怀义是武则天的面首，他本名冯小宝，在洛阳经商，开始与千金公主侍女有染，后被千金公主介绍给武则天，为武则天所喜爱。当时宫中经常举行佛事活动，为使冯小宝方便出入宫中，武则天命他剃度为僧，又命他与太平公主婿薛绍合族，改名薛怀义，薛绍称其为叔父，朝野则呼为薛师。罗小可这玩笑开得有点儿太大了。

但是，郑逸群依旧不服气："你不怕我烧了你的明堂？"

"那我就与你玉石俱焚。"罗小可反唇相讥。

"干脆，我跟宣萱商量一下，收了你做偏房算了。"郑逸群也毫不示弱。

"一个男宠还敢如此放肆？等调查好了看我怎么收拾你。"罗小可伶牙俐齿地威胁着，收了线。

这个电话让郑逸群有点儿心事重重，问题如果真的像罗小可分析的，事情恐怕就复杂了；可是，如果不是那样，事情就更复杂了。他走回座位，发现彭律师已经吃完了自己的三明治，正坐在那里等他。见他回来，彭律师站起来，微微鞠了个躬说："郑总，我还有别的事情，就不陪你了，我回去了。"

郑逸群伸出手，跟彭律师握握手，问："要不，我送你去码头？"

彭律师摇摇头说："不必了，我看你也很疲惫，吃完饭休息一下吧。"

"谢谢彭律师的理解，随时保持联系。"郑逸群道。

彭律师礼貌地点点头，拎着那只Dunhill公文包无声地走了。望着他的背影，郑逸群总是有点儿奇怪的感觉，他这个人太职业，似乎没什么个人感情。郑逸群见过许多工作狂，但像彭律师这样的还真是第一次见到。

郑逸群重新坐下来吃饭，不知道什么时候，对面坐了个人，他抬头一看，居然是周朝华，他有点惊讶地问："周总，怎么到这里来了？"

周朝华回答："我去办公室找你，他们说你到这里来了。"

"怎么，有事啊？"郑逸群问。

"昨晚我想了很久，觉得还是应该把要收购我们权益的人告诉你为好，因为我怀疑他可能目的不纯。"周朝华回答。

"谢谢周总的信任。"郑逸群真诚地道。

"那个人是龙海股份的总经理陈瑾。你知道，我们在业务上是有些合作的，所以他才能跟我们几个提到这事。"周朝华压低声音道。

"陈瑾？"这让郑逸群有些意外，陈瑾并不是一个特别有实力的人，他掺和这些是干什么？难道他也跟陈光定一样，是谁的白手套儿？

"是的，就是他。"周朝华肯定地说。

"我明白了，周总，你放心，我知道怎么做。"郑逸群这是给周朝华吃宽心丸。

“不过，我也有事想麻烦郑总。”他这种凡事都要立刻交换的方式的确让郑逸群有点儿不舒服，人与人之间交往，何必这样呢？

“你讲，看看我能不能帮上忙。”郑逸群尽量和颜悦色地回答。

周朝华马上脸上就笑开了花，倾过身体道：“是这样，你跟腾大股份的章艾很熟吧？”

“还行。”郑逸群淡定地回答。

“我想做他们腾大的供货商，你看能不能介绍一下？”周朝华问。

郑逸群不咸不淡地回答：“尽量吧，不一定能成。你要知道，我只是俱乐部的一个职员，跟这些女富豪素来没有什么深交的。”

“没关系，只要你给摆个场子就好。”周朝华满脸堆笑地说。

郑逸群非常有分寸地回答：“我会尽力的，你最好不要抱太大希望。”

“那就拜托了！”不过他眼珠一转，又道，“如果郑总能同时帮我跟盛唐公司的唐志波建立起关系，我还有一个消息可以透露。”

郑逸群心里有点儿不快，但他还是面色如常地说：“周总可真是个生意人啊，说说看。”

周朝华四处看一看，悄声说:“我听到了一个更重要的消息，你可不要透露给别人。我知道你跟刘岳平关系好，这件事也不要跟他说。”

郑逸群问：“怎么，陈瑾跟你说了什么？”

“陈瑾说，有关部门正在调查刘岳平他爸爸以权谋私的事情，还有啊，据说，刘岳平在海外有大量的资产。”

这句话像是在郑逸群耳边引爆了一颗原子弹，他顿感似乎失去了听觉，眼前也是一片模糊，周朝华的形象忽隐忽现。周朝华也许并不知道他与刘岳平的实际关系，陈瑾更是只知其一不知其二，不然周朝华绝对不可能贸然说出这种话的。

郑逸群定定神，假装无所谓的样子说：“以讹传讹吧，刘主任那人怎么会有海外资产？”

“信不信由你,这是陈瑾有一次喝多了说的。”周朝华看到郑逸群的表情,赶紧解释。

郑逸群淡淡地笑笑说：“这种道听途说的消息不足为信，不过，看在咱俩多年的关系上，有机会我会帮你跟唐志波安排一次见面的。”

“多谢多谢。”周朝华脸上绽放出快乐的花朵。

周朝华与上层来往不多，与陈瑾来往也不多，陈瑾的消息是从哪里来的？郑逸群心里迅速地权衡了一下，觉得必须跟刘岳平谈谈，于是在周朝华走了以后，他马上打了个电话给刘岳平,告诉他,晚上一定来俱乐部吃个饭。刘岳平自然明白这是紧急情况，于是答应道：“我下午还有一个会，开完会的集体活动我就不参加了，我去影视城那边吧，不然遇到塞车就麻烦了。”

郑逸群回答：“不见不散。”

弗洛伊德说：“当你作小的决定时，应当依靠你的大脑，把利弊罗列出来，分析并作出正确的决定；当你作大的决定，如寻找终身伴侣或寻找理想时，你就应该依靠你的潜意识，因为这么重要的决定必须以你的心灵深处的最大需要为依据。”今晚跟刘岳平一定要好好谈谈，至少要对未来有个基本的定位。现在恐怕已经有了麻烦，关键是怎么把风险控制好，把损失降到最小。

放下电话，郑逸群正想去各处巡视一番，保安主任打来电话，告诉他路已经通了，刚才他已经叫俱乐部的广播系统通知了，现在开始有车下山了。

俱乐部的广播系统只有在一些公共场所才有，一般都是在放背景音乐或者是在紧急疏散时才启用的。客人的客房，餐厅的包房，美容、水疗休闲包房是没有的，这些地方的通知一般由服务员来传达。像俱乐部员工食堂这样的地方也是有这个系统的，不过刚才郑逸群没有听到，可能是因为自己跟罗小可通电话的时候有广播，自己没有注意而已。

郑逸群放弃了四处巡视的想法，赶紧回到办公室，通过电脑调取各处客人的进出情况，尤其是重点观察了一下许驸马府。他发现刘副厅长和于司长并没有走，不过也没有喝酒，只是在跟自己的秘书吃饭。

郑逸群打电话给许驸马府的主管，问问那边是怎么安排的，主管告诉郑逸群，女孩子一大早就走了，没有一起吃早餐，中午也没叫她们。他们吃的东西很简单，就是一些潮州的特色菜。

郑逸群问：“有没有听他们谈到李铁牛？”

许驸马府的主管回答：“今天一上午他们似乎都很紧张，尤其是刘副厅长，似乎打了很多电话，不过，我并没有听到什么。于司长一直在房间里睡觉，刚起床不一会儿。”

“嗯，你好好照顾他们吧，有什么急事打电话给我。”郑逸群放下电话。他很明白，许驸马府的主管之所以没听到什么，就是因为对方有了防备。李铁牛内弟遭遇意外，李铁牛不可能不跟这两个人说，尤其是刘副厅长，有些与警方有关的事情必须通过他。他们现在的做法很明显是要背着俱乐部，而这样的意图就不言而喻了。

郑逸群忽然想起了个事情，他拿起电话拨给宣萱，问：“那个李珊珊还在吗？”

“还在，在SPA会所做美容呢。”

郑逸群说：“这样，你现在放下手里的事儿，去SPA会所，找一套好一点儿的化妆品送给她，然后请她吃个饭，不用说什么，明白？”

宣萱嗯了一声说：“我这就去办。”

“对了，晚上我要到影视基地那边去，这边你跟徐新阳要盯紧点儿。”郑逸群又叮嘱道。

宣萱回答："我知道了，晚上有几个活动，回头你看一下。尹总不在，我们做事要更加认真啊。"

"是啊，我们一定要做好，这个时候，团结是最重要的。"

"你下午还是找个时间睡一觉吧，不然挺不住。"宣萱关切地说。

"我知道，你也一样。"郑逸群道。

然而，他还没有放下电话，忽然看见一个保安急匆匆地过来找他，看那表情就知道有事，就对宣萱说："有事，不聊了。"

保安过来急匆匆地说："郑总，市公安局的王局长找你。"

"王建辉？他在哪儿？"郑逸群问。

"在你办公室，你知道，他是局长，我们不敢阻拦的。"保安有点儿不安地说。

俱乐部是有规定的，只要不是会员，不管任何部门、任何职务一定要在门口候着，得到允许才能进入。这么多年，已经形成了习惯，一般的部门也不来打扰，来了也是事先打过招呼的。既然来了，又是这么强势，那么一定有他强势的理由。

一个电话打进来，是郭正余的助理李敏阁，郑逸群接起来，李敏阁开门见山地说："郑总，麻烦你晚上在一个僻静的地方安排一栋别墅，有接待。"

郑逸群问清楚了人数和接待规格，告诉李敏阁，等下会有人跟她联系，李敏阁没说什么，收了线。说来也怪，她哥哥的小舅子死了，这么大的事她却漠不关心，连个电话都没给郑逸群打过。

郑逸群跟着保安走回办公室，发现只有王建辉一个人，而且还穿着便装。郑逸群进门的时候，他正坐在沙发上打电话，见郑逸群进来，他挥挥手，示意郑逸群先出去，那架势，好像他是主人一样。

郑逸群站在走廊里，感觉自己就像是一个要见校长的中学生，心里一直惴惴不安。王建辉来干什么？他跟俱乐部是有过节的，难道是抓住了俱乐部的什么把柄？郑逸群想想，悄悄发了个信息给尹诗双，告诉她王建辉来了。尹诗双没有回复。

"你进来吧。"郑逸群正在那里摆弄着手机，王建辉忽然在门口叫了他一声。

郑逸群走进去，王建辉庞大的身躯坐在沙发上，就像一座山，郑逸群身高也有一米七六，但是，在王建辉面前就像是李宁遇见了姚明。

"坐吧。"王建辉指指旁边的沙发，态度有些高傲。

"王局长来我们这里有什么事要吩咐，逸群一定尽力效劳。"郑逸群不卑不亢地说。

"今天我来不是代表局里，只是作为一个朋友来了解一些情况。"王建辉把"朋友"二字咬得很重，似乎在强调什么。

"王局长一直很关心俱乐部的建设，对此，俱乐部心里有数，有什么事情王局长请知无不言。”

王建辉将身体靠在沙发上，跷起了二郎腿，居高临下地问：“今天早上的事情到底怎么回事？”

郑逸群非常详细地向王建辉汇报了具体情况，让他在电脑上看了救援录像，还特地叫来了保安把李铁牛司机写的免责声明书给他看了。然后，很诚恳地说：“王局长，这件事真的很抱歉，我们真的拦不住。”

王建辉沉默了一会儿说：“这么说你们真的是尽力了。”

郑逸群赶紧说：“其实，我们现在很后悔，如果当时强行把他拦住，事后再跟李书记解释，事情也不会搞得这么糟。现在，人没了，即使李书记不追究我们的责任，我们自己也很内疚。”

王建辉显得很随意地哦了一声，然后忽然问：“哦，还有个事，听说昨晚又有武警来你们这里参与抢险了，他们是通过什么渠道来的？”

郑逸群明白了，这才是王建辉来的真正目的，上次他在这里被武警踩住了脸，一直没机会找碴儿，这回是来找碴儿来了。市公安局有他们自己的队伍，但范队长这支队伍不归市局管，所以，王建辉想查到是谁下的命令也不容易。

于是，郑逸群淡淡地回答：“他们来支援是总部那边的命令。”

“哦，你们跟总部关系还是不错嘛。”王建辉似乎很随意地说。

郑逸群笑笑，低调地回答：“多年的关系了。”这话有点儿深意，意思很明确，王建辉应该能懂。王建辉是市局常务副局长，也管着武警，在武警那边也一定有些关系，说是总部那边的，他也不敢去问。

王建辉忽然又问：“对了，听说你们那个美女总经理出差了？”

郑逸群对王建辉这个问题一点儿也不意外，作为公安局常务副局长，要想知道尹诗双的去向还不是轻而易举，查一查进出境记录就行了。现在的问题是他提这个问题的目的是什么。

“哦，是的。”郑逸群回答。他没多说话，因为他明白，王建辉一定还有话说。

“最近唐老爷子似乎没怎么来看他这个干女儿啊。”果然，王建辉开口就提到了唐本强。

“老爷子最近事情多、会议多，总跑北京，不过多次派人给尹总送吃的。”郑逸群知道他这话里有话。

王建辉哦了一声，显得很随便地说：“哦，唐老爷子还是关心美女的，对了，尹总的个人问题还没解决？老爷子资源那么多，也不给介绍一下。”

郑逸群明白王建辉这话的阴险，脑子里迅速地思考着怎么回答这个问题。

“哦，这事儿应该已经提到议事日程上了，很快就会有好消息。”

一丝火花从王建辉的眼睛里跳出来，他问："能不能透露点儿绝密消息？"

郑逸群呵呵地笑着说："王局真会开玩笑，我泄露了秘密还不叫尹总炒鱿鱼，你跟唐总是哥们儿，干吗不去问他？"郑逸群这话不软不硬，把球又踢给了王建辉。王建辉问尹诗双的感情问题纯属是别有用心，叫他去问唐志波，他肯定不会问，即使问了，也不会是这个态度。

王建辉呵呵地笑起来："唐志波那老小子，有了漂亮妹妹，他像个宝儿似的，还会跟我说实话。对了，透露一点儿，是从商的还是从政的？"

郑逸群忽然明白了，王建辉这不就是在问尹诗双是不是跟欧升达有关系吗？他想干什么？于是，他笑着回答："王局又让我为难了，失业了你给我发工资啊？"

"郑总还用我发工资？我可是听说郑总这几年没少赚钱，是真正的大富翁呢。"王建辉似笑非笑地看着郑逸群，眼里有某种看不清的东西。

郑逸群心里一动，笑笑道："那还不是朋友们给面子，赚点儿介绍费而已，不过可都是纳了税的哦。"

王建辉脸上浮出一丝浅浅的笑意，说："我又不是税务局的，没资格查税，我们只能查是否有经济犯罪。"

"欢迎市局调查逸群。"郑逸群回答。

王建辉呵呵地笑起来，说："看来郑总还是很有底气的，不错，一般人听见公安要介入，脸都会吓白了的，郑总真是胸有成竹啊。"

郑逸群倒了杯茶给王建辉，平静地说："我赚的钱都是公开的，想瞒也瞒不了，税都直接扣了，有什么可怕的？"

"呵呵，随便聊聊，郑总似乎有些紧张。"王建辉笑眯眯地看着郑逸群道。

"王局居然看出我紧张来了，我怎么不知道我紧张？"郑逸群淡淡地笑着，不过，他真的感觉到血流加速，王建辉这算是威胁吗？郑逸群努力地控制着自己，如果被王建辉激怒，他就真的赢了。

"听说你们这里的股权有了重大变化。"王建辉忽然改变了话题。

"怎么，王局对这个感兴趣？"郑逸群显得很平静地反问。

王建辉呵呵地笑着说："也谈不上感兴趣，就是随便问问。我跟奔马网董事长李子夜有点儿交集，平时觉得他很低调，没想到，他会动这么大手笔。"

"嗯，是有点儿令人意外。"郑逸群慢慢地将茶壶里的旧茶倒掉，开始泡新茶。他心里暗暗说，李子夜算什么有钱人，真正的有钱人都是隐藏在水底的大鱼，一般人是感觉不到他们的存在的。

"李子夜的哥哥古梦柏会回来做总经理吗？"王建辉似乎很随便地问。

王建辉问这个问题的目的可能还是在打听尹诗双的去向，郑逸群没抬头，将一杯茶递到王建辉面前，说："不清楚，他马上就回来，不过只是担任李子夜的助理，并不直接参与俱乐部的管理。"

"哦，这么说尹总还是继续担任总经理喽？"王建辉神色轻松地问。

郑逸群谨慎地回答："如果俱乐部管理委员会有别的考虑也可能换帅，不过，按目前的情况看，在管理层上动大手术的可能性不大。"

王建辉道："嗯，不聊了，我走了，对了，有个小事情要麻烦你一下。"

"王局有什么事情尽管吩咐。"郑逸群道。

王建辉犹豫了一下说："是这样，老爷子最近身体有些虚弱，我想叫他休息一下，这里环境不错，他也熟悉。我想尽一下孝，可是，我就怕那个林溪岙或者是我那个好朋友徐瑞林给买单，你看？"

郑逸群没想到王建辉会提出这么个问题，这事其实并不大，只是，郑逸群对王汉荣这个人心有防范，不知道他来这里会弄出什么是非。另外，他有点儿怀疑王汉荣来俱乐部住是不是跟李铁牛的内弟之死有关系。不过，看王建辉的表情似乎又没什么瓜葛。不管王汉荣此行的目的是什么，直接拒绝肯定是不行的。于是，他皱皱眉头说："这个有点儿难办，你要知道，俱乐部这里公务员是不能开临时体验卡的。不然的话，我找个可靠的会员，叫他出面来安排。"

"这么麻烦啊，我不想惊动别人。"王建辉回答。

郑逸群明白，他这是在故意给自己出难题，想了想，郑逸群回答："那还是我来安排吧。"

王建辉脸上露出一丝不易察觉的微笑："那怎么结算？"

郑逸群回答："算了，就算我代你孝敬老爷子了。"

王建辉赶紧摆手说："那怎么能行，如果是让你破费，我还不如叫徐瑞林安排了，我们毕竟是兄弟。"

郑逸群举重若轻地回答："那也是要麻烦徐总的，我这个职位还是有点儿免单的权力的，今年这个权力也没怎么用，就用在老爷子身上吧。"

王建辉还是摆手说："千万别，郑总的好意我心领了，这样，你来安排，账还是照结。你要知道，我这个位置太敏感，不知道有多少人盯着呢，万一被别人抓到什么把柄，我可是吃不消的。怎么结账回头我叫秘书跟你联系。郑总，你能破例不通过某个会员把老爷子安排进俱乐部，我本身就感激不尽了，千万不要太客气。我现在还有这个能力付账，如果没这个能力我也不会这样做了。"王建辉的态度显得很真诚，一时间叫郑逸群有种错觉。

"那好，我就不客气了。老爷子在这里有什么需要尽管开口。"郑逸群郑重地表态。

王建辉站起身，跟郑逸群握握手说："那好，我走了。对了，回头关于李铁牛小舅子的事情可能会有正式调查，有什么需要你就直接打电话给我。”不过，走到门口他又问了一句，“尹总的男朋友是从政的？”

郑逸群笑眯眯地回答：“王局就别难为我了，你跟唐总是铁哥们儿，他妹妹能找一般的人吗？”

王建辉呵呵地笑着，指着郑逸群说：“狡猾。”

王建辉走了，郑逸群赶紧打电话给尹诗双，跟她汇报情况。尹诗双这回接了，她听完了郑逸群的汇报，说：“他这是来者不善，应该是要有什么动作，你注意一下，有事及时通知我。至于王汉荣要来这里住，应该也不是单纯的度假，你小心点儿就是。”

“明白！”郑逸群回答。

“对了，跟你说一下，欧董知道自己被调查的事情。”尹诗双道。

“他怎么说？”郑逸群问。

尹诗双回答：“他说必须认真对待。对了，他叫我临时安排一次跟威灵顿公爵的会面，刚才我已经通知宣萱了，你回头把一些细节研究一下，这事情非常重要。”

“我有点儿奇怪，他跟威灵顿公爵见面要解决什么问题呢？”郑逸群疑惑地问。

尹诗双笑笑说：“嘿嘿，你看看出席名单就明白了。”

“嗯！”郑逸群似乎明白了什么。欧升达安排的这件事，应该是为别人安排的，别人应该是能帮上他大忙的那种人。欧升达现在正深陷泥潭，他需要一支从岸上伸过来的竹篙。

“对了，王建辉在问你男朋友的事，我该怎么回答？”郑逸群问。

“你就说是从政的不就完了。”尹诗双道。

郑逸群放下电话，刚想坐下，忽然觉得一阵头晕，他明白，这是疲劳所致。他赶紧躺在沙发上，闭上眼睛，希望恢复一下精神。

谁知，他刚有点儿睡意，电话忽然又响了，他接起来，却是云落。云落告诉他，今晚她和晏雯晓邀请编剧吃饭，希望郑逸群能在影视基地那里安排个好一点儿的房间。

郑逸群想了想说：“那就安排在怡翠馆吧。”

怡翠馆是拍摄《金陵风月》时按剧情建的，是一个公子的住宅，环境挺好的。安排她们在那里，自己也好随时过去照应。

“好啊，到时候我和雯晓再跟你说说钱小小的事情。”云落收了线。她的话让郑逸群很有感触，也许，被伤得彻底，才会了解得彻底。

第四章　棋到中盘

郑逸群来到怡翠馆的时候，云落和晏雯晓还没有到，而刘岳平也因为局里有点儿事耽搁了，说是要晚一点儿才到。于是，郑逸群忽然有了点儿空闲，可以稍微休息一下。他走到怡翠馆一间僻静的房子里，这里有床，于是，他和衣躺下。郑逸群真的疲惫极了。现在，昨晚滞留的客人已经疏散了，虽然还有一些阵雨，但俱乐部通往高速公路的路已经通了，客人有事的就都走了。俱乐部里一些小事都处理了，保安主任也派人去医院看望了那个受伤的武警，送了一些慰问金。只是有一件事情还没有结果，那就是李铁牛小舅子的遗体还没有找到，打捞局的船还在打捞。

下午，公安局的人来调查了一下李铁牛司机出事之前的情况，俱乐部向他们提供了他自己签字的免责声明书和救援录像。公安局的人也没说什么，做了笔录就走了。郑逸群发了信息给尹诗双汇报了情况，尹诗双可能是对那部手机还不熟悉，只是用英文回答：I got it。

郑逸群眯上眼睛，一股巨大的倦意顿时吞没了他。他似乎睡着了，但似乎又没睡着，总是半睡半醒。

手机上有提示音，他拿起来看看，原来是邮件，他打开邮件，发现是宣萱发来的欧升达、郭正余和一个叫王楚红的人与威灵顿公爵的会面安排。欧升达和郭正余见威灵顿公爵，郑逸群没有什么奇怪的，尤其是郭正余，他本身就是香港的太平绅士，这个王楚红是谁呢？

他昏昏沉沉地放下电话，准备接着睡，但是，王楚红这个陌生的名字却总在他的脑子里萦绕，欧升达、郭正余两位大佬陪她去见威灵顿公爵，她肯定不是一般的人物，那是什么人呢？

他一骨碌爬起来，打电话问宣萱知不知道王楚红是什么人。宣萱回答：“你也太不敬业了，王楚红不就是涵涵小姐吗，王楚红是她的真名嘛。”

郑逸群恍然大悟，拍拍自己的脑门说：“对啊，不就是她嘛。”他站起身来，在床边找到了一壶茶，摸摸，温温的，他倒了一杯，一口饮尽，然后问:“她不是移民了吗，怎么跟欧升达、郭正余他们还有联系？”

宣萱回答:“这个我还真不大清楚，涵涵不是移民加拿大了吗？这几年一直很低调，貌似也没有回国。你要知道，她虽说是告别了娱乐圈，但如果回国也是会引起媒体注意的。”

郑逸群想了想说:“你给我查一查，欧升达这两年去没去过加拿大，特别是温哥华。”

宣萱貌似正在电脑前，很快就回答：“去过两次，目的地都是温哥华，不过……”

郑逸群觉得她很犹豫，就问：“怎么啦？”

宣萱回答：“他每次都是带乐枫教授一起去的，没有住宾馆的纪录，每次时间都很长，最长的一次超过二十天。”

郑逸群问：“欧升达有在温哥华买房子吗？”

宣萱说：“这个我要查一查，现在无法回答你，怎么？你怀疑？”

“你还是查查再说吧，我觉得事情有点儿怪。”

“对了，我交代你在哈佛附近给欧广群找公寓的事情你安排得怎么样了？”郑逸群问。

“哦，是这样，我找了两个信得过的经纪人，找了两套公寓，把资料传给乐教授了，乐教授说等欧董在英国忙完了，顺便到美国看一下，如果行就把钱交了。”

“明白了。”郑逸群收了线。

看看表，跟云落和晏雯晓约好的时间也差不多了，他走进洗手间，洗洗脸，看看镜子里的人，眼睛里有点儿血丝，看起来有些憔悴，于是，他擦了一点儿男士护肤霜，这样使得自己看起来精神一些。

他刚拾掇完自己，服务员就过来敲门，告诉他客人到了。郑逸群嗯了一声说：“回复客人，我马上就到。”

郑逸群走出房间，向客人所在的厅里走去，回廊上吊着各色笼子，养着仙禽异鸟，人一走过，叽叽喳喳地叫个不停。院内两边都是抄手穿山游廊相接，朱红垂花门，小三间，完全是华丽的宫苑气派。走进厅里，云落和晏雯晓正坐在一个茶几前喝茶，因为这里都是碧色窗纱，所以，映得两人的脸都有些发青。

云落今天穿了一件黑白相间的裙装，足上是一双黑色丝带编制的凉鞋，简单而雅致。晏雯晓则穿得比较休闲，上身是件宽宽大大的淡蓝色暗花衬衫，开胸有点儿大，但还算是在合理范围内，显得特别性感；下身是一条黑色绸裤，宽大却能让人隐约看见她两条长长的美腿，脚上的鞋亮晶晶的。

“咦，不是说请你们新戏的编剧吗，人呢？”郑逸群问。

云落脸上浮现出她招牌式的纯真笑容，回答：“哦，他马上就到。”

晏雯晓站起身来，郑逸群发现她真的很高，几乎跟自己的身高差不多，也就是伊涛的个子才能配得上她。晏雯晓很淑女地说："郑总，能不能借一步说话？"

郑逸群有点儿诧异，但马上意识到，晏雯晓找自己一定与昨晚伊涛的事情有关，于是，他点点头。穿过大厅的侧门是一个暖阁，暖阁里有一张玉石雕成的大床，上面挂着碧绿的纱帘。床边有个茶几，茶几旁边摆着几张玉石面的圆凳。

两个人坐下，晏雯晓胸前露出一段浅浅的乳沟，却令郑逸群很不舒服，于是，他看着晏雯晓的脸，尽量不被下面那雪白的一片干扰，他问："有事啊？"

晏雯晓似乎有些不好意思，她犹豫了一下问："伊涛昨天跟你说什么了吗？"

郑逸群迅速分析了一下，不说一些不行，说多了还不行，于是，他回答："他现在就是感觉到压力大。"

"压力大，是工作还是爱情？"晏雯晓问。

郑逸群平淡地回答："兼而有之吧。今天你没见到他吗？下午两点多他就离开了。"

晏雯晓点点头："他有打电话给我，不过，下午我们都忙，他那边质监部门有检查，我这边又在跟云总谈事情，就没有见到。"

郑逸群把头转向一边，对面是一组屏风，上面雕刻着花鸟人物，他说："伊涛有压力，压力来源于方方面面，但最主要的还是感情上的，爱得太热烈，他反而会有不舒服的感觉。"

晏雯晓嗯了一声："有时候我能感觉到这点。在遇到他之前，我虽然相信爱情，但是已经不再向往婚姻了。可是，遇到他以后，我觉得我对婚姻有信心了。"

郑逸群嗯了一声："都说婚姻是爱情的坟墓，不过也恰恰因为这样，爱情才不会死无葬身之地。"

"谢谢郑总的鼓励，我会努力的。对了，伊涛没说别的？"晏雯晓又问，眼神里有一种说不清道不明的东西。

郑逸群很明白，晏雯晓可能是想问一问安妮与伊涛的事情，即使是晏雯晓知道伊涛和安妮的事情，从自己嘴里说出来那也是大忌。有些事情，装糊涂比清楚更有利。于是，他摇摇头回答："没说什么，后来下雨了，我就去指挥抢险了，他找地儿睡觉去了。"

"是这样啊！"晏雯晓若有所思地点着头，脸上的表情有些复杂。过了一会儿，她忽然又问，"是不是周洁来了？"

郑逸群点点头："来了，没参加你的订婚仪式，是不是要找她算账？"

晏雯晓摇摇头："那倒不至于，不过我们好久没见了，找个机会我请她吃个饭还是应该的。你知道她的时间安排吗？"

"我回头把她的行程发给你，你看着安排吧。"

晏雯晓点点头道:“我得劝劝她，别因为那个什么陈瑾跟甄妮妮互不来往，何必呢？不就是个男人嘛。”

郑逸群只知道晏雯晓、甄妮妮、周洁她们在一起演过戏，还知道周洁原来跟甄妮妮来往过密，但她们之间的关系就不知道了，现在听晏雯晓这个口气，她们之间的关系也是很好的。娱乐圈说复杂也复杂，说简单也简单，关键就在于人与人之间的交往。

“好啊，你们约好了，到时候我安排你们出海。”郑逸群轻松地道。

晏雯晓像忽然想起了什么，说:“对了，关于钱小小我听到了些事情，想不想听听？”

“晏小姐如果信得过逸群，我愿闻其详。”

晏雯晓眼珠转了转说：“我们到外面去吧，云落知道得全面一些。”

“好啊！”郑逸群站起身，礼貌地伸出了手，示意晏雯晓先走。晏雯晓站起身，一种奇怪的香气飘入郑逸群的鼻孔，是一种浓烈的诱惑。

走出暖阁，云落正在那里出神，见他们出来，报以一个纯真的微笑，这是一种少女般的微笑，居然会浮现在一个母亲的脸上，真是不可思议。

晏雯晓文静地对云落说：“你跟郑总说说钱小小的事情吧。”

云落看看郑逸群道：“其实，我认识她也就是在北京的几个派对上，她属于那种比较能装的，从来不准时来，来了也就是跟大家打个招呼就走。”

“为什么？”郑逸群问。

云落撇撇嘴，有点儿不屑地说:“还不是显示自己的高贵嘛。每次走都说自己很忙，天知道她忙不忙。”

“她很有钱吗？”郑逸群问。

云落耸耸肩，回答：“没人知道她做什么，表面上旗下有一家服装公司，就是那种在意大利或者法国注册两个似是而非的牌子，然后在国内蒙人的公司。我还给她当过模特，抠门儿得要死。还有家什么工程咨询公司，是在加拿大注册的，回国专门做大工程的咨询。可这些都是幌子，她实际还是通过钱穆里做那些私下买卖。不过，谁也没有证据，也不能乱说。”

“她以前没有男朋友吗？”郑逸群问。

云落摇摇头，回答：“在这点上，钱小小还真是没什么太多绯闻，不像某些红色公主，身边的小白脸换得比走马灯还快。对了，你知道她跟你们原来的总经理古梦柏是怎么认识的吗？说起来是个传奇。有一天，钱小小跟一群‘高档’女人在巴黎一栋别墅里聚会，有个女人对大厨感兴趣，但又不会法语。法国人高傲坚决不说英语，没办法，他们就找饭店，要求派个翻译，于是，来的是古梦柏。”

“真的假的，听着怎么像电影？”晏雯晓一副不可思议的表情。

“可信度非常高，因为当天在场的女人里面有林盛兰。郑总，林盛兰你应该熟悉吧？”云落把脸转向郑逸群，她脸上有些亮晶晶的珠光，不知道用了什么化妆品。

郑逸群当然认识林盛兰，就是《金陵风月》的导演嘛。于是，他点点头回答：“认识。”

“林导也在，这事儿你怎么知道？”晏雯晓问云落。

云落嘴角向上一弯，说：“她亲口对我说的。那天你们不都在议论古梦柏吗，正好为了咱们的戏，我打电话给她，想请她来做艺术指导，偶尔提到了俱乐部换股东，可能实际出资人就是钱小小的时候，她亲口跟我说的。当时，她正在法国参加戛纳电影节，钱小小特地请她吃的饭。”

“是够戏剧化的。”晏雯晓显得无奈地摇摇头。

郑逸群疑惑地问：“他跟周惜雪说分就分了？”

“这个林盛兰也没说清楚，具体是怎么处理的应该有些故事。”云落回答。

郑逸群皱着眉头思索了一会儿道：“据我对古梦柏的了解，他对女人是有一套的。但当年周惜雪为他付出了那么多，怎么说分就分了，这事儿还真有些令人想不通。别的不说，光是周浩那一关他也不好过啊。”

晏雯晓看看云落说：“回头你应该再跟林导打听一下，这事儿听着好像还有别的故事啊。”

云落摇摇头，回答：“这事儿林导也不一定清楚，你跟林导合作过，应该知道，她跟谁的交情也不深，那天她出席钱小小的派对估计也就是礼节性的。按我的观察，她跟钱小小的关系也不是很密切。”

郑逸群略微思考了一下，带着商量的口吻对云落说：“那还是麻烦云总通过其他渠道了解一下。你们知道，我跟古梦柏共事多年，他的性格我还是了解的，做事能这么决绝不像是他的一贯风格，这里面应该有别的事情发生。”

“不过，我倒是听过一件事，不知道跟这件事有关系没有？”晏雯晓忽然插了一句。

“晏小姐请讲。”郑逸群问。

“你们听说宝山区的铁山水库旁边有块水源地最近批给一个公司做葡萄酒庄了吗？”晏雯晓问。

“这个我还真没听说。”郑逸群摇摇头。云落也表示第一次听说。

晏雯晓微微一笑说：“我也是听说的。这块地原来一直是李佳薇在运作，她出事以后，这块地不知道怎么转到了北京一个公司的手里，而据我所知，这块地的实际控制者是周浩。”

“周浩搞酒庄？他不是专心于资本运作吗？”云落问。

郑逸群沉默了一会儿，抬头看看两个美女说：“搞酒庄一直是古梦柏的一个理想。你们可能知道俱乐部那个酒窖，当时建设的时候，古梦柏就想把这个地方搞成一个酒庄，但后来因为有些股东不同意所以没搞成。现在这个酒庄是周浩的地，那么，就有可能是古梦柏的主意。只是我不明白，这种事情他们还能合作。”

晏雯晓嗯了一声，接着说：“还有啊，我听说钱小小和古梦柏现在的排场很大，保镖请的都是美国特种部队的。”

郑逸群随意地回答：“这个我不奇怪，现在俱乐部里的很多资源都是古梦柏当年建立的，虽然他离开了，有些关系他还是可以动用的，而且有些关系会让他受用一生的。”

“我听别人讲，他回来可能会对你和尹总不利，是吗？”云落两只大眼睛显得很无邪的样子。

“这个也无所谓，都是打工，东家不打打西家。”郑逸群淡淡地回答。

“不然的话这次雯晓的戏郑总跟我一起投资吧，也算是开拓个投资渠道。”云落忽然建议道。

“这个风险很大吧？”郑逸群对云落的建议毫无准备，脱口而出。

云落笑了，指指晏雯晓，笑道：“这就是票房，你还担什么心？”

郑逸群呵呵地笑了笑：“那是，回头你发个预算给我，没什么问题就做吧。”

郑逸群为什么爽快地答应了这个事情，因为他听别人讲过拍电影和电视剧可以洗钱。自己所掌握的刘岳平的资金里还有一部分没有合法，何不通过云落她们洗白？靠投资电影洗钱，是一种好办法。一般的程序就是拍摄那种预算很高的电影，使用胶片和设置布景只用很少的钱，大量的钱用作其他方面，这些钱就变成了那些相关公司的合法利润。这样，电影公司看上去是在亏本，但实际上黑钱都通过电影公司漂白了。

“这么说，我们三个现在算是伙伴了？”

郑逸群淡淡地笑着：“我对这行不懂，只是想两位美女既然看得起逸群，逸群怎么也不能驳了美女的面子啊。”

云落跳起来，热烈地拥抱了一下郑逸群，叫道：“郑总，你太好了。”她身上的香水味没有晏雯晓的那么浓，皮肤滑腻，令郑逸群怦然心动。但是，他努力抑制着自己，轻轻回应了一下，然后道：“希望两位美女能多多指教。”

晏雯晓也拥抱了一下郑逸群，但明显没有云落的拥抱热烈，更多的是一种礼节。在理解异性的肢体语言上，郑逸群不敢说自己是专家，那也绝对算得上有一定技术水准的熟练工人。云落的热烈是发自内心的，晏雯晓的礼貌也是由于云落的热烈不得已而为之。

“哈哈，郑总好艳福啊，这么多美女跟你拥抱。”门口忽然有人说话。郑逸群转身一看，原来是腾大股份的董事徐欣然。

只见他今天穿着整齐，貌似要参加某个重要的仪式。于是，郑逸群走过去，跟他握握手道："徐总好。"

云落在旁边道："徐老师，怎么来得这么晚？"

徐老师？云落怎么这么称呼徐欣然，郑逸群马上明白了，她们所说的编剧就是徐欣然。

"真没想到，徐总原来是剧作家，真是真人不露相啊，佩服佩服。"郑逸群笑道。

徐欣然嘿嘿地笑着说："练笔，练笔。"

郑逸群故意逗他说："不是代笔吧？"

徐欣然撇撇嘴道："我倒是想代笔，这两位姑奶奶叫我住在这里，一周之内把第一稿交出来，你说这跟江南贡院有什么区别？"

晏雯晓看着郑逸群，不疾不徐地说："郑总，你看看他，在这烟柳繁华之地，温柔富贵之乡，居然说这里是江南贡院的小格子间，有没有良心啊？"

郑逸群眯眯地笑着不出声，有人把一部电脑和一件行李拿进来，郑逸群指指后面的暖阁说："送后面去，徐总这几天就住那里吧，徐总可能不知道，你睡的那张床要上百万呢。"

徐欣然耸耸肩，说："最好是有韦小宝那七个老婆。"

晏雯晓似笑不笑地说："你算了，别说韦小宝那七个老婆在这里你拿不出剧本来，要是被章总发现，我们可是没好果子吃。我们可知道，这里可是章总的产业，选择多是好事，选择错了是坏事！"

徐欣然赶紧说："她只是股东而已，股东而已。"

郑逸群看着服务员从暖阁那边走过来，忽然觉得有点儿奇怪，章艾怎么会同意徐欣然自己住在这里？于是，他半开玩笑地问："徐总，你来这里住，跟章总请假了吗？"

徐欣然呵呵地笑着说："她去英国了。"

又是一个去英国的，郑逸群心里的某根弦又铮地响了一下，他开玩笑地问："是看你儿子？你儿子不是在伦敦上学吗？"

徐欣然摇摇头，满不在乎地说："哦，不是，她去见朋友，据说有生意谈，我也不清楚。我不关心那些生意，不就是赚钱吗，有什么意思？"

"先吃饭吧！"云落看看表，用商量的口吻对郑逸群说。

"好啊，我们去吃饭。"

吃饭的地儿是在中厅的另外一面，跟暖阁相对。郑逸群叫徐欣然坐了首位，两个美女坐在他的两侧，自己则坐在了徐欣然的对面。桌上已经摆上了冷盘，鸽子蛋、醉鱼、糟鹅掌鸭信……"喝点儿什么酒？"郑逸群知道徐欣然是酒仙，酒量大，而且每种酒都能说出个子丑寅卯来。

徐欣然看了看桌上的冷盘说："这是本帮菜吧，喝点儿黄酒吧，你这里有什么好黄酒？”

“我这里有上等的沉缸酒，要不要试试？”

“什么是沉缸酒啊？”云落问。

徐欣然笑笑说：“沉缸酒为甜型黄酒，因其在酿造过程中，酒醅必须沉浮三次，最后沉于缸底，故得此名……”徐欣然耐心地讲了大约十分钟。

郑逸群在旁边不失时机地说：“怎么样，云总，长学问了吧？”

“哇，徐老师，我太崇拜你了，你收我做学生吧。”

晏雯晓在旁边不紧不慢地说：“你应该认徐老师为干爹。”

大家哈哈地笑起来。云落似乎并不生气，看着徐欣然，有点儿撒娇地说：“徐老师要是收我做干女儿，我就买个那种齐啥小短裙穿上。”这番话更让大家乐不可支，桌上的气氛一下子就进入了状态，云落和晏雯晓分别跟徐欣然干了三杯。

热菜是郑逸群下午来的时候安排好的，都是地道的《金陵风月》里的名菜。

因为云落跟徐欣然介绍说郑逸群也要参与这部电影，于是，大家也都算是自己人了，聊的话题也都是关于新戏的事情。因为有郑逸群的加入，投资自然是要扩大。郑逸群因为考虑到把刘岳平某些还未洗白的资产快速洗白，于是继续引导他们往大投资大制作上思考。云落和晏雯晓自然不明就里，一听郑逸群要大投资，都很兴奋，说要重新做预算。两个女人还分别与郑逸群喝了两杯，郑逸群不敢冷落徐欣然，每次喝酒都把徐欣然拉着，很给徐欣然面子。徐欣然自然很高兴，喝了不少。

聊着聊着，徐欣然忽然问郑逸群：“对了，听说你们那个美女总经理去英国了，是吧？”

郑逸群对徐欣然的问话不吃惊，章艾也要去英国，可能跟尹诗双沟通过了，只是章艾去英国没有通过俱乐部这边安排行程，自己不知道而已。于是，他回答：“是的，明天到。”

“我八卦一点儿，她是不是跟欧升达有点儿什么啊？怎么他们总一起出差？”徐欣然看着郑逸群，半真半假地问。

“你觉得欧升达能跟乐教授分开，还是尹总会迷上欧董，甘心一辈子做小三？”郑逸群不急不躁地反问。

“哈哈，我就是随便一问。”徐欣然打着哈哈。

“郑总，徐老师说到尹总，我倒是有点儿奇怪，她那么漂亮，又能干，一直没男朋友？”晏雯晓忽然在一边问道。

“是啊，我也很奇怪。”云落在一旁附和。

郑逸群想了想回答：“也许是她工作性质决定的吧。俱乐部的员工一般不敢追她，客人呢，又很少能真正了解她。很多时候，她看似很光鲜，实际上还是蛮累、蛮孤独的。”

“听这意思，郑总有点儿怜香惜玉啊。”徐欣然在一旁不怀好意地看着郑逸群，郑逸群脸上一热，徐欣然又说，“看看，脸红了，说到你心里去了吧。”

两个女人也趁机添油加醋、煽风点火，把郑逸群搞得真有些不好意思了。他忽然意识到，其实尹诗双一直在自己心里有种特殊的位置，是爱情吗？他不敢肯定，因为每次他都不敢想这个问题。

好在徐欣然没有继续下去，他说：“开玩笑的，郑总别在意。对了，尹总要在英国待多长时间？”

“按目前的计划是一周左右，就是不知道有没有什么变化。”

“嗯，我知道了，事情应该很棘手。”徐欣然微微颔首。

“什么很棘手？”云落问。

徐欣然耸耸肩：“还不是欧升达和楚之洋那些麻烦事。”

晏雯晓平静地问：“他们遇到了什么事？都是国内响当当的人物，遇到点儿事情都会摆平吧？”

徐欣然摇着头说：“这回可不一般，是大麻烦，大到你无法想象。”

“没听说是谁在动他们吗？”郑逸群适时地插了一句。

“听说过阿萨这个人吗？”徐欣然环视着大家，一脸神秘。

云落看着晏雯晓，晏雯晓面无表情地坐着。郑逸群心里一动，原来就有传言说晏雯晓和顾刚有绯闻，她跟阿萨关系一定不寻常，只是徐欣然不知道而已。有时候，有的话该说，有的话就不该说，徐欣然显然是政治经验不足。

徐欣然见大家不说话，压低声音说：“我听说，阿萨的政敌找到了阿萨的一些把柄，要做点儿文章，所以，先拿欧升达和楚大少试试刀。”

“是吗，抓住了什么把柄？”晏雯晓不动声色地问。

“据说跟一个叫涵涵的女人有关。”徐欣然压低声音回答。

云落看了晏雯晓一眼，晏雯晓依旧没什么表情。但郑逸群知道，晏雯晓曾经跟涵涵演过几次对手戏，在某种程度上讲，没有涵涵，也没有晏雯晓的今天。徐欣然平时可能不大关心娱乐圈，对这些事比较陌生，这样说话也能让人理解。

“涵涵？她不是移民了吗，怎么跟国内的事又联系起来了？”云落问。郑逸群明白，她这是故意问的，目的是要问出点儿真材实料。

徐欣然喝了一口酒，咂了一下嘴，说：“具体的事情还不大清楚，就是听说她跟阿萨和欧升达都有联系，这女人也够厉害的，能游走于这样的人中间，还能做到游刃有余。不一般，不一般，女中豪杰啊。”

云落忽然感慨地说：“本来我们这个圈子的人都是很羡慕涵涵的，能在那么红的时候急流勇退，去过自己的田园生活，没想到，在国外还是逃不脱国内的相互倾轧啊。”

“别聊这些了，别人的事情，我们关心那么多干什么？我们还是研究研究我们的戏吧。来，徐老师，我敬你一杯。”徐欣然笑嘻嘻地站起来，跟晏雯晓碰了杯，然后，豪爽地一饮而尽。

坐在一旁的郑逸群心里清楚，徐欣然这番无心的话一定触动了晏雯晓的敏感神经，他说不谈，那一定是想掩饰什么。此时无声胜有声，这句话放在此时太合适了。

郑逸群正看着他们几个喝酒，忽然，怡翠馆的主管走进来，伏在他耳边说：“客人到了。”

尽管他还想听听晏雯晓他们说什么，但看晏雯晓的态度觉得可能也不会再有什么猛料了，于是，郑逸群跟他们打了个招呼，说自己有客人，就走出了怡翠馆。他相信，随着自己跟云落和晏雯晓合作的加深，晏雯晓会主动说一些事情的。阿萨的问题不仅涉及欧升达和楚之洋，可能还涉及伊涛，这里面就有一个自己要不要跟伊涛合作的问题。

刘岳平在稻花村等着郑逸群，这里是整个影视基地最偏僻的地方，选择这里主要是避人。刘岳平此时很谨慎，不想惹任何麻烦。

稻花村是电视剧《金陵风月》里一个寡居女人的住所，这里完全是一派农家风光，数楹茅屋边只有两行青篱，下面分畦列亩，佳蔬菜花，漫然无迹。宋代王淇《梅》云：“不受尘埃半点侵，竹篱茅舍自甘心。只因误识林和靖，惹得诗人说到今。”可能说的就是这种意境吧。

在去找刘岳平的路上，保安主任忽然打来电话，他说：“郑总，有个事情有些奇怪，郭正余那个助理李敏阁安排了几个人住在二十一号别墅，奇怪的是，那几个人是坐武警的船来的，直接停在码头，然后就去了二十一号别墅。”

“穿便装吗？”郑逸群问。

“是的，这几个人的面孔很陌生。”保安主任回答。

“你问一下有关方面，看看是什么来路。”郑逸群吩咐道。

“明白。”保安主任回答。

李敏阁请的居然是武警？这不像是郭正余的打法啊？郭正余是很少跟这些人打交道的，这是怎么回事？

郑逸群走进稻花村的堂屋，看见刘岳平正背着手看着中堂的一幅画，那是一幅梅花。

听见郑逸群进来，刘岳平转过身，长叹一声：“桃李春风结子完，到头谁似一盆兰？如冰水好空相妒，枉与他人作笑谈。”

郑逸群问：“怎么这么感慨？”

刘岳平叹口气说：“坐吧。”

于是，郑逸群坐下，把他从上午到刚才听到的一些事情原原本本未加一句修饰地跟刘岳平复述了一遍。刘岳平一直静静地听着，之后深深地呼了一口气，似乎要吐出心中所有的浊气，道："我决定下周正式提出辞职。"

"老爷子那边准备怎么办？"

刘岳平忧虑重重地回答："他那边有些问题会想办法解决的，你要知道，有时候解决问题不仅仅在于他本人，还有别人之间的幕后交易，讨价还价。他只是棋局中的一个棋子而已，命运不在自己的掌握之中。当然，一切也要做最坏的打算。"

郑逸群问："还没点菜吧？"

刘岳平摇摇头说："没有胃口，你随便安排吧，我就是想喝点儿酒，喝完就在这里睡了。"

郑逸群叫来稻花村的主管，交代了一下，然后问刘岳平："你不回去，许小姐不生气啊？"

刘岳平摇摇头说："她家今天有个会议，她要开会。"

听他的口气，郑逸群就明白，这可能是个借口，刘岳平跟许赛雁其实就是政商联姻，感情的因素并不是那么大。菜很快上来了，是典型的淮扬菜，四冷四热。郑逸群知道刘岳平喜欢烈酒，于是点了陈年的口子窖。

"你多喝点儿，我少喝点儿，我刚才已经有了酒底儿了。"郑逸群道。

"行。"刘岳平很随意地回答。然后，他顿了一下说，"最近没有特殊的事情就不要见面了，少联系或者是不联系。关于有些没处理好的资产，你自己做主就好，兄弟我相信你。"

郑逸群点点头："嗯，我会处理好的。收购中海信已经迫在眉睫了吗？"

刘岳平回答："事情恐怕已经到了快摊牌的时候了。我很担心，林晓伟现在在这里面到底扮演什么角色。你要知道，当时你要入股中海信的时候，他应该知道我和你的关系。我现在就怕他突然反水，事情恐怕就严重了。"

"你不担心陈瑾那边吗？"郑逸群问。

刘岳平喝了口酒说："他那边应该是猜测，不会有什么重要的东西。不过，他现在这样做，背后肯定有人。至于是谁，我慢慢调查，你就不用管了。"

"你跟尤乐梅的事情是不是要重新考虑一下？这么下去，陈瑾肯定会疯狂报复的。"郑逸群忧心忡忡地说。

刘岳平看着郑逸群，严肃地回答："这件事的确很棘手，我退了，陈瑾就会停止报复吗？你要知道，男人要是被嫉妒点燃，那是很难停下来的。在这件事上，我承认我有错误，但是，现在已经成了这样，我就必须面对。在人之上，要视别人为人；在人之下，要视自己为人。"

郑逸群无言地举起杯，两个人心照不宣地饮了下去。酒很烈，刘岳平咳了一下。

一个电话打进来，是保安主任的，他告诉郑逸群，李铁牛司机的遗体已经打捞上来了。郑逸群问："他家属反应怎么样？"

"能怎么样？你想象得出来，反正不会跟新闻里说的那样，死者家属情绪稳定。"

"你盯紧了，有事及时跟我联系。"郑逸群收了线，然后对刘岳平说，"李铁牛小舅子的尸体找到了。"

刘岳平叹口气道："这个人很难缠，估计老爷子和朱书记他都不一定买账。他这次来鹏城，王汉荣动用了不少的资源，因此，他除了买王汉荣的账，别的人都难以影响他。"

郑逸群点点头："明白，这次俱乐部也很紧张，古梦柏马上就要回来，专门处理这件事。"

"古梦柏回来，你们这里就消停不了了。"刘岳平夹了口菜，慢慢地咀嚼着。

郑逸群身体斜靠在椅子上说："这个是自然，他可不是省油的灯，只是我有点儿怀疑，上次他和周浩惨败于欧升达、楚之洋之手，这次还敢斗？"

"看他这次这个架势，貌似玩得更大，至少来说，老爷子也在他的视线范围之内。换个说法，他可能是别人的打手，别人打阿萨，他利用机会在完成主子交给的任务的同时干些私活儿。"刘岳平分析道。

"你觉得这事会怎么发展？"郑逸群问。

刘岳平严肃地回答："你死我活。"他顿了一下道，"最近咱们不是太紧急千万不要通电话，明白吗？有事你可以叫宣萱打电话给许赛雁，一般事就说俱乐部的精品店来了好衣服，十分紧急的就说俱乐部有讲座。"

郑逸群咧嘴笑笑说："有点儿特务接头的意思啊。"

刘岳平的表情更加严肃，说："这是必须的，我们必须防备他们给我们上手段。你要明白，他们的资源可没那么简单。他们要想查一件事，不得到他们想要的东西很难收手的。有证据要上，没有证据，制造证据也要上。"

"明白。"

"我跟许赛雁之间也要有个约定，回头我要跟她研究一下，这个时候，不得不防啊。"刘岳平道。

"你现在不考虑正式举办个婚礼吗？"

"不是时候，现在要举办婚礼，那不是让人家注意我们吗？我辞职以后，我们去国外住一段，看看情况再说吧。"

"也好，这个时候的确需要低调。对了，晚上要不要找个女人？"

"算了，这时候还是谨慎点儿为好。我要考虑一下过去的一些事情，尤其是跟尤乐梅的关系。时光是一台粉碎机，不仅会摧毁你对爱情的记忆，还能让你不再感动，不再唏嘘。”

“嗯。”郑逸群无言地举起杯。刘岳平也会意地举起杯，两个人隔空比画了一下，喝了。

放下酒杯，刘岳平忽然问：“有点儿奇怪哦，徐欣然怎么忽然改行做编剧啦？”

“你觉得哪里不对吗？”

“倒不是不对，我是觉得丁思妍出事以后，章艾更忙了，徐欣然怎么显得更闲了？这次章艾也去了英国，估计跟林晓伟有关系，回头我跟毛英华联系一下，看看是不是有什么变化。”

“嗯，我明白，如果涉及收购中海信，腾大股份这块也是必须争取的。你放心，我会密切观察的。不过，我相信，章艾不会轻易跟林晓伟站在一起的，我甚至不相信，林晓伟真的跟别人站在一起了，也许，他有他的现实考量吧。”郑逸群道。

“不管他有怎样的现实考量，他现在对我们瞒着这么大的事情，这本身就说明他太现实了。太现实，人往往会选择利己的那一面，而这样下去，最终会对我们不利。”刘岳平的表情告诉郑逸群，他似乎已经完全失去对林晓伟的信任了。准确地讲，是对整个世界失去信任了。

“慢慢观察吧，不能一棍子把人打死啊。”郑逸群不温不火地说。

刘岳平似乎没听见他的话，坐在那里静静地看着桌面。这是一个带着花纹的大理石桌面，花纹很抽象。刘岳平就那么看着，心里不知道在想什么。郑逸群很感慨，他忽然记起一句不知道谁说的话：自己选择的生活，哭着也要把它过好；自己决定的未来，跪着也要把它走完。走众人都走的路是最安全的，然而，经常会遇到交通阻塞。

半晌，他抬起头，忽然问：“你说徐欣然在给云落和晏雯晓当编剧？”

“对啊，怎么啦？”郑逸群不知道他为什么忽然又问起这件事。

“这个云落有点儿不大寻常，她发展这么快，背后的人一定不简单。我记得她似乎跟徐瑞林的关系很近，对吧？”

“是啊，你的意思是？”

刘岳平的眉头稍微紧了一下，马上又散开说：“没什么，有种奇怪的感觉。”

“其实，我也有这样的感觉。”

“王建辉。”刘岳平脱口而出。

郑逸群点点头：“以前我总觉得不大可能，不过，现在这种感觉越来越强烈了。回头我查查，我们的猜想可能是对的。”

“王建辉……”刘岳平若有所思地点着头，手指在大理石桌面上轻轻地敲着。

“你觉得王建辉是敌是友？”郑逸群问。

刘岳平眉头紧蹙，思谋了一会儿，说："难说。他这个人一直特立独行，上次他没有当上一把手，心里一直不大服气，特别是对朱书记有些怨气，是不是对老爷子也有想法这就难说了。对了，以前他跟古梦柏有联系吗？"

郑逸群大脑里的CPU立刻运转起来，他想了半天说："应该没什么关系，他以前没来过俱乐部。那次来俱乐部还是第一次，结果事情闹得很大，他也不怎么来了，这回来也让我感觉很突然。"

"哦，是这样。"刘岳平微微地点头。

"来，喝一杯？"郑逸群端起杯。

刘岳平心不在焉地端起杯，正要喝，他的电话响了，他看了一眼有些紧张，马上站起身，走到外面去了。他的这个动作叫郑逸群有点儿意外，这一定是个重要的电话，非常重要。

过了一会儿，刘岳平走了进来，显得有点儿心神不宁，但还是极力控制着，像没事人一样在郑逸群面前坐下，但郑逸群明显看得出，他的手在微微地发抖。郑逸群没有问他是谁的电话，此时多嘴是一件很不明智的事情。

刘岳平沉默了一会儿，缓缓地说："据可靠消息，有人正在举报我。虽然还没有正式开始调查，但估计不会轻易过关。"

"哦？严重吗？"郑逸群脑子里顿时像炸开了一颗原子弹，声、光、电一起冲击着他，让他感觉就像是进入了另外一个世界。有人举报刘岳平，是什么人？举报的内容包括自己吗？刘岳平消息灵通，应该不会假。

刘岳平的嘴唇动了几下，郑逸群的耳膜像飞机下降时受到压迫一样，没听到他说什么，于是问："你说什么？"

刘岳平提高声音道："情况还不是十分清楚，你要作好准备，可能会有人来问你话。"

"放心，我这边没问题，你知道，基本上没什么把柄的，主要是你要把其他方面的事情安排好。"郑逸群回答。

刘岳平看着他，想了想说："这样，等下我在这里要见两个人，我直接打电话不方便，你去打，把他们分别安排在不同的院子里，我分别去见。"刘岳平写了两个电话号码，想了想说，"你也不要用自己的手机打，叫别人打，然后安排车去接，明白？"

郑逸群走到一边，将刘岳平交办的事安排妥当，正想回去跟刘岳平谈话，忽然，电话响了，他一看，又是保安主任。

郑逸群接起来问："有事？"

保安主任回答："有个麻烦事，死者家属说要把死者尸体放在俱乐部的冰柜里，不然，他们就拦路。"

"真这么说的？"

保安主任作了肯定的回答。郑逸群平淡地说："你稍等，我来处理。"

郑逸群放下电话，稍微想了想，拨通了尹诗双的电话，说来也怪，她好像是眼睛正盯着电话屏幕，马上就接了起来。尹诗双听了他的汇报，淡淡地说："你等我电话。"然后就收了线。

郑逸群明白她方方面面都在沟通，沟通的效果怎么样要等下才知道。他回头看看刘岳平，他也在打电话，没什么表情，看不出对方是什么人。

郑逸群叹口气，抬头望望天，天空还是有云，最严重的时候已经过去，但新的危险和麻烦却接踵而至。空气此时比昨晚也清新了不少，整个稻花村显得更加清静雅致。如果不是有这么多的事情，这里还真是一个修身养性的好地方。郑逸群真想停下来，好好地休息一下，做一个简单的人，平和而执着，谦虚而无畏，可是，这一切不是自己能决定的。

尹诗双的电话一直没来，刘岳平还在通电话。郑逸群在院子里的金鱼池边坐下，服务员过来，递给他一包鱼食，郑逸群开始慢慢地喂鱼。鱼密密麻麻地挤在一起争抢郑逸群抛下的鱼食，争先恐后好不热闹。郑逸群忽然有些伤感，自己又何尝不是这群鱼里的一条，在等待别人喂食？而那些喂食者正把握着他的命运。想到这里，郑逸群顿时有点儿心寒，一把把剩下的鱼食丢下去，下面的鱼顿时一片躁动。

良久，尹诗双的电话终于来了，她告诉郑逸群事情已经摆平，郑逸群嗯了一声，他不知道尹诗双那边动用了什么关系，但他明白，这些关系肯定能压住李铁牛那边的关系，至少双方是要相互给面子的。

不过郑逸群还是很担心，他问："你确定死者家属会乖乖就范？"

尹诗双回答："我已经叫某强力部门的人跟李铁牛打了招呼，他会醒目的。"

郑逸群忧心忡忡地说："我只怕这样他们会不服，会弄出别的事。"

尹诗双轻轻地叹口气说："那也比把尸体摆在路口强吧？"

"这么多年，鹏城各部门还真没谁敢这么威胁咱们，自打上次俱乐部停业以后，有些人还真不拿咱们当回事儿了。"郑逸群有些窝囊地说。

"老大，你这个思想可要不得，咱们做的是生意，不是要跟谁比后台。鹏城这个地方，通天的人多着呢，你知道哪块云彩会下雨？以后千万要低调。"尹诗双的语速明显加快了。

"明白，我就是发发牢骚。"郑逸群有些窘迫地回答。

"那也不好，现在这种非常时刻，千万要注意自己的言语，你要记住，搞不好一句话可能就惹祸端。"尹诗双道。

"对不起。"郑逸群诚恳地说。

"算了，我也就是提醒你一下，没想责怪你。好了，我还有事，不聊了。"尹诗双收了线。就在她收线的刹那，郑逸群听到他身边有个男人的声音，声音很短，是欧升达吗？有那么一段时间，尹诗双看欧升达的眼神有点儿不对，郑逸群在闲暇的时候，还半真半假地开过尹诗双的玩笑，尹诗双也不置可否，看得出她对这种玩笑还是有些受用的。她真的对欧升达情有独钟吗？女人心海底针，郑逸群看不清楚。

郑逸群感觉到心里有些郁闷，脖子也有些发疼，他晃晃颈部，抬头看看天，一只海鸥在视野里掠过，它那尖锐的翅膀刺破了沉重的云层。怎么搞的，自己最近怎么总是关心尹诗双？

他走回房间，刘岳平的电话刚好打完，然后从随身带着的挎包里拿出一个移动硬盘交给他，道："这是一些重要资料，万一我要出现什么意外，这些由你来处理。"顿了一下，道，"不要在国内的电脑上看，他们的手段不是你能想象的，回头你找个时间去趟温哥华，我在温哥华郊区有套房子，是别人的名字，那里相对比较安全，有机会你去那里看吧。有些授权的东西也在里面，关键的时候你可以自行处理。"

刘岳平的语气很平静，但郑逸群绝对能感受到这话背后的沉重，他点点头："我明白。你感觉问题很严重吗？"

刘岳平叹口气，幽幽地回答："问题严重到什么程度我还不得而知，有一点是肯定的，还是针对老爷子的，只要是在我这里找到了突破口，老爷子那边也就能拿下了。"

"老爷子知道这事了吗？"

"老爷子心里清楚，因此，最近他要去北京活动一下，到时候你跟着去，有些问题你帮着处理一下。"

"嗯，需要准备什么你叫老爷子的秘书提前拉个单子，俱乐部里面的书画珠宝不少，从这边走账安全。"

刘岳平拿起酒杯，却不喝，在眼前旋转着，似乎在研究什么，半晌，他似乎自言自语道："往最好的方向考虑，也许这是一场交易，对方之所以这样出牌，也是逼这边早点儿亮底牌。这是一场较量，考验的不仅是心理，还有实力。"

郑逸群无言地举起杯，两个人默默地喝了下去。酒是好酒，但是，郑逸群却觉得烈得不行。

喝酒在于心情，心情好喝什么酒都觉得好喝；心情压抑，喝什么都不顺。

刘岳平忽然问："你觉得我一旦锒铛入狱，许赛雁会跟我分手吗？"

"不清楚，你跟她感情到了哪个程度只有你自己才说得清，我只是个旁观者，无权下结论。"

"我再问你一个问题，你说我真的入狱，许赛雁也离开了我，尤乐梅会怎么样？"刘岳平的眼睛里有某种期待。

郑逸群反问："你什么意思，你不是想尤乐梅会离开陈瑾，到你身边吧？你不要忘了，陈瑾现在搞了很多小动作，种种迹象表明，他可能站在了你对手那边，你不会是要在这个问题上激怒他，让他妒火中烧吧？”

“你怎么这么看我？”刘岳平皱皱眉头问。

“我觉得你今天很怪，有些不淡定。你不是因为听见自己被调查，乱了方寸吧？”郑逸群眯着眼睛看着刘岳平。

“不是，我只是今天有点儿感悟。有些人永远不会被遗忘，有些人永远只是代替品。如果你要去的远方没有你的梦，没有你爱的人，那么，就算一直往前，也走不了多远。”

“如果你想过得快乐，就要把生活跟目标联系在一起，而不是跟某个人或某些事。对了，假如证明了陈瑾已经站在了你的对手那边在搞你，你会怎么对待他？”

刘岳平略微思索片刻说：“他只是别人的工具，起不了什么大作用的。”

郑逸群哼了一声说：“你可别忘了，有时候，一场战役的失败其实就是因为将军骑的马的马掌掉了。”

刘岳平看着郑逸群，良久才回答：“你提醒得对，我是不应该在这个时候还想这些儿女情长的事。”

郑逸群的手机收到一个信息，是保安主任的，他告诉郑逸群，李铁牛的家属已经撤了。郑逸群回复：收到。

尹诗双找的强力部门到底是哪一个，李铁牛能这么忍气吞声？

刘岳平将手交叉放在脑后，显得有点儿悠闲，他忽然问：“我问你一个问题，你要如实回答。”

“什么问题？”

“你判断一下，如果在关键的时候，你叫乌梅帮点儿忙，她会不会全力以赴？”

“关于老爷子的？”

“你就明说吧，她能不能说服她男朋友？”

郑逸群想想，回答：“她虽说是个女流之辈，但是古道热肠，她会尽力的，只是她朋友会不会尽力那就不是我们能左右的了。”

“政治这个东西其实我已经厌倦了，都是些利益的交换，没有利益，谁也不会帮谁。”刘岳平将手从后脑拿开，用力在脸上搓了两下，忽然变得很严肃，他直直地看着郑逸群，良久，无言地举起杯，自己喝了一杯。

“你有痛苦感说明你已经开始觉醒了，而还有很多人居然不愿意醒来，实际上这些人心里也明白现实与梦想是反的，但他们宁愿继续假寐，以维持这幸福的假象。许多时候，我们不是跌倒在自己的缺陷上，而是跌倒在自己的优势上，因为缺陷常常给我们以提醒，而优势却常常使我们忘乎所以。”

刘岳平点点头，感慨地说：“是啊，失去可能是一种生活的福音，它预示着你的另一种获得。”

快到十点钟的时候，一个司机回来了，他把客人载到园子里的另一处院落中。郑逸群特地安排了一条特殊的通道，叫几个保安站在稻花村到小院的沿路，避免任何人跟刘岳平偶然相遇。安排好了一切，郑逸群悄然走到俱乐部的办公室，开始用这边的办公网络处理公司的日常工作。他不想参与刘岳平的事情，也不想知道刘岳平见的是什么人。这个时候，回避是最明智的选择。

在处理俱乐部事务的时候，郑逸群跟宣萱通了个电话，告诉她自己要在这边把事情处理完才能回去，希望她能等自己一起吃夜宵。宣萱嗯了一声，似乎没有强烈的反对。女人心海底针，现在的宣萱好像也雨过天晴了。

郑逸群正在看采购部的一些明日采购计划，电话忽然响了，他接起来却是蔡文昭。蔡文昭问："你在哪里啊？"

郑逸群回答："我在影视基地这里。"

蔡文昭问："说话方便吗？"

"方便，你说吧。"

"是这样，李姗姗的妹妹来了，我不方便出面接待，你看看明天能不能安排架飞机带她在周围转转，然后安排个活动。"蔡文昭语气谦和，这跟他做秘书的习惯有关。

"放心吧，我叫俱乐部的人陪着。"郑逸群回答。

"那就谢谢了，对了，朱书记让我转告他的谢意，感谢昨晚你帮了他的大忙。"

"能为书记服务是我的荣幸，谢什么。"郑逸群诚恳地说。

"你应该明白，书记是很少单独表达谢意的。"蔡文昭说。

"谢谢朱书记，谢谢兄弟。"

蔡文昭连声说不客气，不过，他很快压低声音道："逸群啊，我得提醒你一下，最近跟岳平要保持点儿距离。"

郑逸群并不奇怪他的提醒，作为市委书记的秘书，刘岳平如果被调查他知道是正常的，只是郑逸群心里有些不舒服。这个蔡文昭不是号称跟刘岳平是朋友吗，怎么这么快就要划清界限啦？于是，他嗯了一声道："我知道了。"

"逸群，我还要提醒你，岳平周围的一些人你也要保持距离。这个时候，太敏感了，要学会保护自己。"蔡文昭接着道。

"嗯！"

蔡文昭继续说："千万不要掉以轻心，岳平是你我共同的朋友，谁也不想他出事，但出不出事不是由事情本身决定的，而是由其他因素决定的。"

"明白！"郑逸群闷声地回答。

"好了，姗姗那边的事情就拜托了，我今晚还要加班，朱书记明天要去省里汇报情况，我得给他准备材料。”蔡文昭提高了声音。

“你放心吧，一定会叫她感受到姐姐朋友的能量的。”

郑逸群放下电话，赶紧查了一下俱乐部的资料，他发现山本控股老总吴茵茹的私人飞机正好停在香港，于是，他打电话给吴茵茹问她明天有没有安排飞行。吴茵茹回答说没有安排飞行，不过，她告诉郑逸群她的飞机是托管的，要跟托管公司联系，叫他们安排飞行员和飞行计划。郑逸群说他知道了。

有了飞机，别的就好办了。郑逸群马上打电话安排公共关系部去联系托管公司，然后，亲自制订了明天的招待计划。按理说，一个市委秘书的事情用不着郑逸群自己来安排，打个电话给会员部，随便叫哪个职员作个计划就行了，但郑逸群冥冥中有一种感觉，李珊珊的妹妹应该不是那种一般的女子，不然的话，蔡文昭绝对不会动用自己这种关系的。

安排好一切，他把计划发给宣萱，因为他安排的陪同人员就是宣萱。他怕宣萱忙，又补发了一条手机信息给宣萱，叫她马上看信箱。过了一会儿，宣萱回复：收到。

这个回复叫郑逸群有点儿意外，平时宣萱给自己回复都是带个表情的，怎么感觉今天冷冰冰的？他坐在那里怔了一会儿，查了一下顾云飞是不是在俱乐部，结果发现顾云飞正在俱乐部参加一个经济学家的讲座。

顾云飞对宣萱一直是贼心不死，他在自己面前也毫不掩饰，这也算是汉子。可宣萱会被他打动吗？最近自己究竟是哪里做得叫宣萱不满意？看样子，自己要好好地表现了，不然的话真有可能叫顾云飞这小子得逞。

郑逸群在新加坡的老师对他说过：一个人要善于从顺境中找到阴影，从逆境中找到光亮，时时校准自己前进的目标。关于顾云飞对宣萱的狼子野心，自己恐怕要重新引起注意。一个电话打进来，是另外一个司机的，他告诉郑逸群，客人已经接到了，按照郑逸群的安排已经到了影视基地另一个角落——娥皇苑。郑逸群之所以把客人安排到这里，主要是考虑到云落、晏雯晓那边也快结束了，两边好照顾。他发了个信息给刘岳平，告诉他客人已经到了。刘岳平回复：稍等。

郑逸群看看表，刘岳平跟客人已经聊了半个多小时。他安排影视基地的保安主任在门口候着，刘岳平谈完就带他去娥皇苑。郑逸群接着处理俱乐部的事务，事情很多，处理起来也很麻烦，有时候还要与负责人通个电话。这么一忙他就忘了时间，直到云落打电话给他，说要跟他谈谈。

“这么晚了，你想在哪里谈？”

云落回答：“就在怡翠馆吧，我们找一个房间。”

郑逸群想了想，觉得也好，既可以照顾到刘岳平那边，又可以不耽误这边的事，于是，他答应马上就过去。然后，郑逸群又处理了两个事情，关上电脑走出房门。在去怡翠馆的路上，他跟影视基地的保安主任通了电话，知道刘岳平已经到了娥皇苑，正在跟客人谈话。郑逸群交代他，一定要注意，不要让外人打扰。

刘岳平见的人不仅仅是他自己的客人，也涉及郑逸群，万一被别人抓住把柄，很难脱离干系。郑逸群心事重重地走进怡翠馆，有服务员过来引导他走进偏房，他发现云落正在那里安安静静地喝茶。

郑逸群坐下，看看云落，发现她有些微醺，便问："怎么，你们谈完了？"

云落微微一笑，文静地回答："我只管商业上的事情，艺术上的事我不参与，他们自己谈吧。"

"你这人倒是一个纯粹的商人啊，看不出来。"郑逸群笑道。

云落给郑逸群倒上茶，说："商人不要企图改变艺术，与政客不要妄想改变历史一个道理。"

"我真的要重新审视你，你不仅仅是个美女，还非常有思想。"郑逸群接过云落递过来的茶，由衷地赞叹。

云落端起自己面前的茶，放在鼻子上闻着，若有所思地说："我从小到大都在想，如果那个时候我做了那件事，作了那个选择，现在会是什么样。无数次思考完的结论都一样，如果再来一次，我还是会作这个选择。"

"生活不可能完美，不要把责任都揽在自己身上。"

"郑总，请教你一个问题，不知道方不方便说。"云落眼神复杂地看着郑逸群。

郑逸群反问："你想问什么？"

"尹总真的没有男朋友吗？"云落问。

郑逸群本以为她要问到乌梅，没想到问到的却是尹诗双。于是，他毫不犹豫地回答："没有。怎么，你想给她介绍？"

"不，不，我只是听到了一些传言。"云落道。

郑逸群显得毫不在意地回答："这个世界，喜欢八卦的人很多，传言就是披着马甲的八卦。"

"不过，最近我听到的这个八卦可不是一般的八卦。"云落眯着眼睛看着郑逸群，神秘地说。

"哦？你说说看？"郑逸群不知道云落葫芦里卖的是什么药。

"听说尹诗双跟欧升达在迪拜是住一个房间的。"

郑逸群感到有点儿毛骨悚然，这种事情云落怎么会知道？即使是在俱乐部里面，也只有他和宣萱知道，这是怎么回事？他尽量抑制着自己，淡淡地说："云小姐的消息够灵通的，不过，消息有点儿不准确，他们的确住在一起，不过不是一间房，而是一套房子。我相信诗双跟欧董是清白的。"

“不对吧，我怎么听说有人在北京为欧升达上下疏通关系呢？”云落用奇怪的眼神看着郑逸群。

“有人在北京疏通关系就证明他俩有事？什么逻辑？”郑逸群不以为然地回答。

云落摇摇头道：“不对，那些关系可都是有乌梅的影子的。你说，这是怎么回事？欧升达遇到这么大的麻烦，一般人躲还来不及，哪有往前凑的道理？”

“即使是乌梅帮他，也不能证明尹诗双和欧升达就有关系吧？”

云落不屑地说：“你在故意装糊涂，不是尹诗双跟欧升达有关系，难道是乌梅跟欧升达有关系？”

郑逸群心里明白，云落肯定听到了些北京那边的消息，而且消息还很小道儿，所以才作出这样的判断。尹诗双和乌梅姐俩跟欧升达的关系一直不错，帮他是自然的，只是程度的问题。听云落的意思，乌梅一定是动用了她的男朋友。

“你就瞎猜吧。”郑逸群显得很无奈地摇摇头，表示这个话题很无聊。

云落似乎很无奈，耸耸肩说：“看样子跟你说也是白说，你是有思维定式了，绝对不会相信我分析的。不过，我还是要说我的观点，男人和女人之间，如果没有一定的关系，是不会那样相互帮助的。作为女人，我有这个直觉。”

“云小姐这么晚叫我来不会是专门谈这个八卦的吧？”郑逸群觉得不能再继续这个话题了。

云落的眼珠转了一下，反问：“为什么不能是专谈这个？”

“如果是专门谈这个，恐怕就不是做大事的云小姐的性格了。是投资的事情吗？这个没问题，刚才我都说了，你拿个计划，我投就行了。”郑逸群故意说着，他知道云落找他绝对不是关于投资的事，一定是有别的事，他想尽早引出这个话题。

“郑总真淡定，说到投资，你应该明白，我这里并不缺投资。你看得到，编剧就是徐欣然，我只要稍微一暗示，腾大股份就会投资，章艾跟徐欣然的感情还是很好的，拿点儿钱给徐欣然玩一玩，只是小事。而且，章艾在上次《金陵风月》的投资中也是颇有斩获。你说，我说得对吗？”云落话里有话地看着郑逸群。

“这么说云落小姐让我参与有别的原因？”郑逸群感到云落的语气有些奇怪。

云落忽然停住了，目光在郑逸群的脸上逡巡了几下，问：“听说你给你女朋友买了艘游艇？”

“怎么，这个跟你给我机会投资影视有关系吗？”郑逸群更奇怪了，不知道云落为什么会这样问。

“你先回答我的问题，然后我再回答你的问题。”云落摆出一副小女孩蛮不讲理的架势，见郑逸群肯定地点点头，她又问，“你爱她吗？”

“废话。”郑逸群不解地回答。

“你知道有好几个男人追她吗？”云落追问。

“当然知道，对了，你该回答我的问题了。”郑逸群道。

云落的眼珠又转了转，说：“这个问题我今天还真不能回答你，不过我可以给你透露一点，是一个非常重要的朋友建议的。”

“哦？”郑逸群充满疑问地看着云落。

云落向前探了一下身体，压低声音道：“绝对是最好的朋友，他什么意思你我心照不宣吧。不过有一点你放心，此事晏雯晓和徐欣然绝对不知道内幕。”

云落这是什么意思？诈自己，还是真有其事？她说的朋友到底是谁？

他谨慎地回答：“云小姐说得让我越来越糊涂了。”

云落淡淡一笑：“郑总不必紧张，我没有恶意，我和你的朋友渊源很深，他叫我做的事情我绝对会做，但也请你原谅我暂时不能说出他的名字。我今晚之所以要邀请你投资，主要是想我们之间能有个相互理解与信任的过程。”

云落的语气很平和，通过表情也看不出她内心有什么阴谋。郑逸群想了想回答：“那个朋友说了什么我并不关心，我也没有什么秘密。不过呢，既然云小姐对和我合作有兴趣，我自然感到荣幸，这么说吧，你打算让我投多少？”

云落语气平和地说：“投资影视其实最主要的就是演员这块，如果都是明星，票房自然好，收益也高。我们这部片子虽然是生活轻喜剧，但如果演员这块都选名角，收益一定不会差的。这么着吧，你投两千万，我投两千万，雯晓投两千万，剩下的百分之十算是主要演员的干股，你看怎么样？”

“云总怎么说就怎么办吧。”郑逸群举重若轻地说。

你欠某个人的，会有另一个人要回去；某个人欠你的，会有另一个人还给你。你对某个人做的事，不管是伤害还是付出，总会有另一个人报复或者报答。在不同的时间节点，人生的无情与多情、绝情与滥情，总体来说是守恒的。

“那好，就这么说定了。”云落伸出手，郑逸群跟她握了一下。云落的手软软的，很干燥。云落接着说：“还有，刚才我在跟徐老师吃饭的时候，他不经意说了个事情，我想可能对你有用。他说有人在做章艾的工作，要她将中海信的股份转让出去。我当时留意了一下，因为我知道，你也是持有中海信股份的。”

果然，这次章艾去英国还真与林晓伟或者是林晓伟背后的人有关系。不过，郑逸群表面上还是显得很淡然，道：“那是她的自由。”

“真的？”

“也不是，改天我看看有没有机会跟她谈谈。”郑逸群觉得有些事情没必要瞒着云落，不管她是敌是友，自己这样说话都会传递出一个信息，该明白的人一定会明白。

“你要收购中海信？”云落问，她的反应很迅速。

“如果有机会，我可能会。”郑逸群坚定地回答。

云落忽然精神一振，她问：“你到底有多少钱？”不过马上她又显得有些不好意思，解释道，“不好意思。”

郑逸群善意地笑笑，回答：“没什么，咱们现在已经是合作伙伴了，有些话不见外的。”郑逸群呵呵地笑着，并没有直接回答云落的问题。

云落正想问什么？刘岳平忽然打来电话，郑逸群站起身走到院子里接起来，刘岳平说：“客人走了，你过来一下。”郑逸群问：“去哪儿？”

“稻花村。”

去稻花村？郑逸群忽然感觉到有点儿不对劲，但是又不知道哪里不对劲，他嗯了一声。

跟云落告别后，他向稻花村走去，保安主任打来电话，告诉他李敏阁请的那几个人是北京来省政协检查工作的。郑逸群哦了一声，他没觉得有什么问题，他觉得这可能是李铁牛的关系，因为李铁牛忙，就叫李敏阁安排一下，这很正常。

走回稻花村，他发现刘岳平似乎很沮丧，正坐在那里发呆。见郑逸群进来，刘岳平无力地指了指对面，说：“坐吧。”

郑逸群坐下来，关切地问：“怎么，不大顺利？”

刘岳平嗓子有些嘶哑，低声说：“我有一种非常不好的预感。”

“哦？”郑逸群心里一紧，一股凉气从头顶像瀑布一样涌下，迅速布满全身。

刘岳平叹口气，干巴巴地说：“除了你这里，他俩那边可能都有漏洞，甚至可能已经被人家抓住把柄了。所以，刚才我想来想去，老爷子去北京的事虽然由你来操作，但是陪同他的人，派一个可靠的人，你自己要闪开身子。”

“嗯，我明白。最近俱乐部这里麻烦不少，这样，我派宣萱去吧。”郑逸群看着刘岳平，用商量的口吻说。

“不要派宣萱，她是女孩子，还那么漂亮，在老爷子身边不合适。有些人找老爷子的破绽还找不到，这不是给他制造绯闻吗？”

“这就不好办了，这种事派别人去我还真是不放心。嗯，你等一下，我想想。”郑逸群陷入沉思。

“我倒是有个主意，你看行不行？”刘岳平忽然说。

“你说。”郑逸群看着他，期待他的建议。

“你看，可不可以叫毛英华去北京陪老爷子？你知道，老爷子跟他见过面，他也熟悉张安钊、姚平原他们，他去办事方便。”刘岳平用商量的口吻说。

“他去是最合适了，不过，以什么理由呢？你要知道，他是中海信的总经理，去北京不可能不告诉林晓伟和章艾，这里面需要一个合理的由头。”

刘岳平皱皱眉头说："我想了一下，我叫中央党校的朋友发个函给中海信，要毛博士去参加一个中央党校的短训班，时间一周，这样就不会引起别人的注意了。"

郑逸群点点头，抚掌道："此法甚好。这样吧，回头你跟他说一下，我在这边把费用和要带的物资准备好。"

刘岳平点点头说："那就这么说定了。还有，刚才收到信息，说这次章艾去英国的确与中海信的股份有关。"

"刚才有人也跟我说了，你觉得章艾会出售中海信的股份吗？"郑逸群问。

刘岳平忧心忡忡地回答："难说，腾大股份现在不缺钱，按理说应该不会出售这么优良的资产，可目前形势很诡谲，章艾也需要判断形势保护自己。"

"我明白，要不要我找她谈谈？"郑逸群道。

刘岳平摇摇头说："还是静观其变吧，现在，别人在暗，我们在明，稍微一动别人就会有应对措施，还是先装糊涂为好。"

"嗯，你说得有道理。"郑逸群长长地呼了一口气，希望呼出心头巨大的压力。不过，他忽然想起了什么问，"姚平原和张安钊走啦？昨天我一直在忙，忘了关心一下他们。"

"哦，他们从香港去省城了，你安排得不错。"刘岳平淡淡地说。

郑逸群正想道歉，说因为雨大没照顾好，谁知他的电话响了，是尹诗双，她问："你在哪里啊？"

"我在影视基地这边正跟刘主任谈事情。"

尹诗双道："你马上赶到香港，地址我会发到你手机上，有重要事情要处理。具体的事情等你到了有人会直接告诉你。"

"好，我马上就出发。"

车刚开过关，尹诗双的信息就来了，郑逸群看看信息，读给司机听，司机是香港人，说自己知道那个地方，那是香港最富有阶层的居住地。

他发了个信息给宣萱，告诉她自己到了香港，原定的夜宵取消，宣萱回了一个"哦"，还是没有表情。车开到了半山腰，沿着一个绿树掩映的小径开进去，眼前是一个令郑逸群目瞪口呆的豪宅。尽管作为鹏城最高档的俱乐部高管，他平时在各种杂志上看过很多豪宅，但是这套房子还是令他瞠目结舌。这套房子坐拥无敌海景，上下两层共十几个房间，有非常严密的保安系统，独立电梯直达楼顶，隐私度极高。

有人带他走上二楼，那里有一个大大的房间，里面摆着一圈看起来十分豪华的沙发，一个戴眼镜的男人正在那里跟一个面貌忠厚的人低声谈着什么。见郑逸群进来，戴眼镜的男人站起身，过来跟他握握手，说："郑总来得很快啊，自我介绍一下，我叫顾刚。"

顾刚？他就是顾刚？这可是在郑逸群耳朵里传了很久的名字，且不说他与阿萨的关系一直在俱乐部里被人传诵着。

“你好，顾主任。”郑逸群按照他的官职称呼着。顾刚的手有些粗糙，应该是常打马球或者高尔夫。

“不不，你还是称呼我为顾哥吧。对了，这位是集子，你也叫集子哥吧。”他回头介绍那个面貌忠厚的人。

集子这个名字也是令人耳熟能详，他的职位同样也不低。俱乐部里有人传，冷鸿海、郭正余和欧升达几个人的关系就是因为他才变得如此融洽的。而且，郑逸群也听说，他其实就是阿萨的大内总管，在很多地方，他其实就是代表阿萨出现的。今天，阿萨虽然没有出现，但是，郑逸群能感觉到，阿萨就在身边。

“集子哥好。”

三个人简单地寒暄了一下，坐在沙发上，顾刚显得很局促地说：“不好意思，郑总，这么晚麻烦你来香港，真是唐突。”

“没关系，能为二位领导服务是我的荣幸。”郑逸群屁股半坐在沙发上，身体笔直地向前倾斜。

“我们今天来主要有两个事情要跟你商量一下。”顾刚谦和地说，样子不像个手握权柄的人，倒像一个和蔼的兄长。

“请讲，顾哥。”郑逸群低调地回答。

“明天晚上，你安排一个岛，我有几个客人需要招待，重要客人，一切细节要考虑清楚，我的话你明白吧？”顾刚平和的语气里透出某种郑重。

“去哪里接客人？”郑逸群问。

顾刚道：“他们在鹏城市里住，回头我叫人把他们接到鹏城机场，你准备两架直升机，直接把他们送到岛上。”

郑逸群明白了，这些人一定是一群从事特殊工作的人，行踪诡秘，参加这种活动是不能叫外人知道的。于是他问：“女孩子一定要大陆的吗？”

顾刚看了一眼集子，集子皱皱眉头问：“有别的选择吗？”

“可以调集些会汉语的俄罗斯女孩子。”

“这些女孩子可靠吗？”

“一般来说，都在中国生活过一两年，对汉语有基本的了解。”郑逸群回答。

集子看看顾刚，啧了一下说：“算了，这样的女孩子也不一定安全，你还是从别的地方找吧。”

郑逸群想了想说：“那我就从新加坡调吧。”

顾刚点点头，接着说：“第二件事，你要安排一下你的前妻去趟伦敦。”

“哦？顾哥的意思是？”顾刚的这个建议叫郑逸群暗自有些吃惊，不知道他的目的是什么。

“哦，有些事情需要她帮忙处理一下，你就说是阿萨的意思，她会明白的。”顾刚举重若轻地回答。

乌梅和阿萨原来关系也很密切，这一点倒是让郑逸群略感意外。原来他以为他们之间只是泛泛之交呢，现在看来，他们之间还有些千丝万缕的联系，只是郑逸群不知道他们之间的渊源到底有多深。

“好，回头我打电话给她。”郑逸群回答。

“你现在为什么不打给她？”集子问。

“她现在不方便。”郑逸群回答。

集子笑笑，看了一眼顾刚，交换了一下眼神，然后对郑逸群说：“你打吧，她男朋友不在她身边。”

顾刚也点点头，意思是你打吧。郑逸群有些狐疑，看样子他们跟乌梅很熟，这个电话他们为什么不打，偏偏叫自己打呢？他脑子里忽然蹦出新加坡上学时一个台湾教授的话：凡事不必做尽，留些余地于己。也许，眼前这两个人做的就是这样的事吧。

郑逸群拿起电话，拨通了乌梅的电话，却一直没人接，他放下电话，看着顾刚和集子，有些抱歉地说：“不好意思，她没接。”

顾刚宽厚地笑笑说：“没什么，你记得安排就行。”

“行，打通了电话我告诉尹总，叫她通知二位。如果没什么事我就先回去了。”郑逸群适时地告辞。

“也好，麻烦你跑了一趟，不好意思啊。”顾刚满脸歉意。然后，他向外面叫了一声，“小王！”

外面进来一个秘书模样的人，手里拿着一个丝绒盒子。顾刚接过来递给郑逸群，说：“听说你有个女朋友，这里有一对别人送我的羊脂玉手镯，送她吧。”

郑逸群赶紧摆手，拒绝道：“这怎么能行，顾哥，千万不要。”

顾刚友好地把盒子塞给他说：“拒绝就外道了，你是我兄弟，我给你女朋友送份礼物不应该吗？”

集子在一旁和善地说：“收下吧，一点儿小意思。”

回鹏城的路上，郑逸群打开那个盒子，里面是两只洁白的手镯，温润坚密、莹透纯净、洁白无瑕、如同凝脂，是上好的羊脂玉。郑逸群在俱乐部的展厅里见过比这个小的，一个标价也要三十几万，这是一对，一块籽料做的，价值自然更是不菲。顾刚怎么一见面就给自己这么大礼？

电话响了，是乌梅，她很不好意思地告诉郑逸群，她刚才正在外面的游泳池游泳，电话放在卧室里了。郑逸群告诉她阿萨想请她去一趟伦敦，说有些事请她帮忙。乌梅沉默了，她想了半天，回答："你等一下，我要跟我男朋友商量一下再答复你。"

郑逸群很能理解乌梅的忧虑，乌梅男朋友的位置在那里摆着，前些日子又为阿萨他们摆平了那么大麻烦，现在阿萨邀请乌梅去伦敦，她肯定有所顾忌。

郑逸群看看表，已经是凌晨一点半了，他拨了一下宣萱的电话，她没接，不知道忙着什么。

司机回头问："郑总，你是回家还是回俱乐部？"

郑逸群感觉自己很累，他无力地回答："送我回家吧。"然后，他发了个信息给宣萱，告诉她自己回家了，不过，宣萱没有回复。

因为工作的关系，郑逸群和宣萱很少回家住，平时家里的卫生也是由俱乐部派出的清洁工打理的。有一阵子，郑逸群把公司办公室放在这里，其实，所谓的公司具体也没什么业务，就是收收传真，接接电话。但是后来刘岳平说那样的话会显得不正规，会授人以柄，就找了个朋友的写字楼，以非常便宜的价格买下一层，既将刘岳平的某些资产转成合法的，也让别人觉得公司比较有实力。平时这里也没什么人。

今晚最让他不解的就是顾刚和集子让他打电话给乌梅，而不是他们自己打，甚至没有让晏雯晓打。郑逸群知道，乌梅原来跟阿萨的关系还是不错的，在他俩假结婚那段时间，偶尔还能听见她跟阿萨一起聚会的消息。有一次他甚至听到过阿萨打电话给乌梅，问伊涛的事情，乌梅还说了伊涛不少好话。

再后来，自己跟乌梅的那段所谓的婚姻不存在了，双方接触少了，他也不知道乌梅和阿萨他们之间到底发生了什么。上次乌梅男朋友帮阿萨他们摆平马公子等人的时候，郑逸群就有点儿奇怪，其中有些话是通过自己转达的，为什么要这样？

阿萨的级别不低于乌梅男朋友，只是没有他的权力大而已，这就是他们疏远的理由？或者是阿萨他们对乌梅男朋友产生了某种敬畏？上次乌梅男朋友帮着阿萨他们摆平了事情以后，郑逸群曾经跟刘岳平探讨过这事，刘岳平当时说："输掉的是气势，赢得的是清醒。"郑逸群当时不明白他指的是什么，现在有点儿懂了。

车向鹏城驶去，郑逸群心里像有一万头草泥马呼啸而过。不过，他还是在电话里叫徐新阳安排了顾刚和集子的事情。会员里有好几个人有自己的岛，徐新阳安排了洪利耀的岛，那里有几间茅屋，七星级的茅屋。郑逸群交代徐新阳一定要叫最可靠的人办这事。

郑逸群走进房间，脱下衣服，放了一浴缸热水，然后泡在里面。对于郑逸群来说，工作太忙，连泡澡都是一种奢华。他打开浴缸旁边的音响，一首舒缓的钢琴曲顿时充盈了整个浴室。在美妙的香波味道里，郑逸群闭上眼泡着，什么都不想。一种热流浸透身体，在每个毛孔里膨胀，有一种说不出的舒爽，就像靠在乡村的树墩上享受阳光，诗意随热流飘荡。

一个电话，是罗小可的。她今天似乎有些喝大了，说话的语调不自觉地拉长，就像是留声机快没电的感觉。“你在干吗？”罗小可问。

“泡澡。”郑逸群懒洋洋地回答。

“光着？”罗小可问。

“难道还穿着游泳衣不成？”郑逸群不屑地回答。

“还没见过你的裸体，是不是有点儿遗憾？”

“你说这种话有没有一点儿羞耻感？”郑逸群讥讽道。

“羞耻？唉，怎么说呢，难道你不知道我们做投行的辛苦？不少男分析师累得每年的性生活只有个位数，做梦梦见最多的不是美女，而是Excel文件和PPT。”

“像你这种总经理的生活按理说是正常的吧？最起码性生活是正常的吧？”郑逸群问。

“跟你正常啊？你看我现在身边有男人吗？我每周至少有三到五天是飞来飞去的，哪有男人喜欢我啊？人家刚有点儿时间，我又不在。人家在床上刚想温存一下，我这边又接到了总部的电话，打完电话，人家早过劲了。”罗小可感慨着，估计她真是喝多了，否则不能这样大胆。

“唉，你们的压力是大。”郑逸群安慰着她。

“超高压的工作节奏还不是最令人难以忍受的。”

“怎么？”郑逸群坐起来，找到一条浴巾擦擦身体，问道。

罗小可鼻子囔囔地说：“你可能不知道，投行是一个周期性行业，拼的是智慧和耐力，结果却要看运气。我们的收入伴着高风险，随时可能失业。尤其是我们这样的高层，一有风吹草动或遇到减员降薪，首先就是我们遭殃。知道我今天为什么打电话给你吗？罗蒙投资的澳洲部门今天整个部门都被裁撤了。”

“整个部门？”郑逸群在罗小可说话期间已经换上了白色的睡衣。

罗小可叹口气道：“有人说投资银行的雇员和银行的关系比贪官和二奶之间的关系还不稳定，我们这个行业每年都有五分之一的人要换血。”

“你这里有风险吗？”郑逸群问。

罗小可喉咙里咕噜一声，回答：“难说，谁知道哪天就有人通知，你的门禁卡不能用了，你的私人物品我们随后寄给你。”

“如果真的那样，还不长使英雄泪满襟啊。”郑逸群走出浴室，坐在沙发上。

罗小可叹口气说：“我今天很感慨，需要想想后路了。”

“说说你的想法。”郑逸群道。

“我想做一家为私人公司提供咨询和投资服务的公司，目前有几个人已经答应给我投资，如果最大的一个投资人能敲定，我就尽快提出辞职。”

“有人给你投资？什么人啊？”郑逸群打开电视。

“呃，就是安妮、翁林志和秦晓他们几个。你有没有意思啊？”罗小可问。

“跟她们几位比，我这点儿小钱你能看上？”郑逸群感到罗小可这个建议好像在开玩笑。

罗小可马上回答:“你跟他们不一样，你除了资本还有人脉，这是一般人不具备的。”

“别说人脉了，古梦柏就要回来了，我这些人脉还能维持多久？”郑逸群有些沮丧地说。

罗小可在那边顿了一下：“也是啊，不过，我的话是认真的，你不妨考虑一下。”

“对了，你在北京还是上海？关于我这边的事，你又有什么新料没有？”郑逸群把身体斜靠在沙发上问。

“你给我调查费用了吗？怎么这么自私，总问关于你的事情。”罗小可似乎很不满，抢白道。

“不好意思啊，我这两天遇到的事情太多了。”郑逸群诚恳地道着歉。

罗小可哼了一声说：“这还差不多，本宫原谅你了。关于彭公主和钱小小的事情你要给我时间，我总不能刻意去问吧？再说，今天澳洲那边整个部门被撤，我哪有心思去关心她们的事情啊？”

“对不起，我太自私了。“郑逸群继续道歉。

罗小可很豪气地说：“得了，本宫原谅你了，你就别虚伪了。对了，你还光着？”

郑逸群忽然有种恶作剧的想法，他说：“怎么你就这么想看我的裸体？”

“难道还需要买票吗？”罗小可反唇相讥。

郑逸群正想继续逗两句，他的电话里忽然传来有电话进来的声音，于是他趁机挂了电话。看看屏幕，来电正是宣萱，他拨回去，宣萱问：“你在跟谁通电话？”

郑逸群回答：“哦，是罗总，刚才你怎么没接电话？”

“哦，刚才和顾云飞他们在看球，没听见。”宣萱回答。顾云飞刚才不是在参加什么讲座吗，怎么又看球？郑逸群觉得宣萱这个回答有些问题，但是，他还是哦了一声说：“知道了，忘了跟你说了，我回家了，你要不要回来？”

“哦，我不回去了，还有一些客人需要照顾。对了，冰箱里有云吞，你煮点儿吧。”宣萱道。她的语气还是关切的，这叫郑逸群心里美滋滋的。

“那好，我要好好地睡一觉，你也早点儿休息，明天还要陪李姗姗和她妹妹。”郑逸群叮嘱道。

“嗯，我知道了。”宣萱温柔地答应着，收了线。

郑逸群和宣萱之间似乎又恢复了往日的默契，郑逸群心里忽然一动，拿起刚才顾刚送给他的那对羊脂玉手镯，仔细地端详起来。

电话在响，这是他盼望已久的电话，是乌梅。她告诉郑逸群，她男朋友答应自己去伦敦，但有个要求，郑逸群要陪她去。郑逸群一怔，问："干吗要我陪？"

"需要你陪。"

这句话郑逸群就没话说了，但是，他还是不死心说："可是我走不开啊，你妹不在，我再走，那这里还不乱啦？"

乌梅说："又不是你一个副总。这样，我把我的意思已经跟诗双说了，你俩通个电话吧。"乌梅收了线。

郑逸群一时没有反应过来，这乌梅搞什么鬼，为什么非要自己陪她去英国？

正想着，尹诗双的电话却先打了进来。她说："刚才我姐跟我说了她的意思，我也跟冷董、郭董以及李子夜商量了一下，叫俱乐部的别人代替一下你的工作。明天你们出发，先到英国，然后去加拿大。"

"非要我去吗？"郑逸群有点儿不解。

尹诗双道："我知道，你是担心古梦柏，怕他做什么对俱乐部不利的事情。你放心，俱乐部的那么多股份在李子夜的手上，或者说就在他自己的手上，他不会造次的。"

"可是，其他的问题也很棘手，比如说李铁牛的事，我担心……"郑逸群忧心忡忡地说。

"这个我明白。但你到英国和加拿大的行程不能变，这件事远远比处理那些小事要重要。"

尹诗双的语气并不重，但郑逸群听出了这种貌似举重若轻的语气后面的凝重。顾刚和集子今晚请自己去香港亲自安排这两件事，本身就说明事情的重要性。他们交给自己的任务肯定是一个重要棋局里的很小一部分。换句话来说，作为执行层面上的自己，承担的只是很底层的工作。

"那好，我明白了，我马上叫宣萱订票。"郑逸群回答。

尹诗双马上说："不用了，坐私人飞机，我现在正在叫他们申请航线，申请好了我通知你，你耐心等待就行了。"

"好，我马上交代工作。"郑逸群收了线。

郑逸群马上打电话给宣萱，告诉她自己要出差，在自己出差期间，她一定要把云落父母来小住以及小孩百天派对的事情安排好。另外，郑逸群还交代了关于王建辉父亲王汉荣要来俱乐部小住的事情。

宣萱问："你觉得王汉荣还会对俱乐部下手吗？"

郑逸群想想，回答："按理说不能。上次双方各退一步，我们这里不搞王建辉，他现在也不能主动搞我们吧？但他不同于唐本强，你不知道他到底要干什么，还是小心点儿吧。表面上看，王汉荣来俱乐部住好像与李铁牛的内弟之死没有什么必然联系，可是，你说事情怎么就那么巧？”

宣萱回答：“我明白，我最担心的是古梦柏，他不是马上就回来了吗，他那边怎么办？”

郑逸群回答：“他回来肯定是有目的的，但是，无论目的是什么，他总不至于做对俱乐部不利的事情吧？不管李子夜是大股东还是钱小小是大股东，他们总不会拿自己的资产开玩笑吧？他回来的航班我已经发在俱乐部的重点工作日程里面了，你注意一下，最好亲自去接，如果没时间至少也要安排徐新阳去接。”

“我记住了，你什么时候走？”宣萱问。

“不知道，那边在申请航线，估计很快。”郑逸群回答。

“这次出去要小心啊，我总觉得他们有什么事在瞒着我们。”宣萱不无忧虑地回答。

郑逸群苦笑着说：“不是有什么事，而是有很多事，你想啊，咱们这个层次的人，只是在某个小节点上对他们有用，他们为什么让我们知道那么多呢？再说了，我们也不应该知道得太多，知道越多越危险。”

宣萱长叹一声说：“是啊，我最近一直在想这个问题，你是不是跟有些人搅得太深了？”

宣萱不完全知道郑逸群跟刘岳平之间的关系，她只以为郑逸群与刘岳平是好朋友，但是，她一定是察觉到了什么，不然，不会这样说话。可宣萱哪里知道郑逸群的苦？有些事情，一旦走出了第一步，就再也难以回头。

“宣萱，我知道你这是关心我，我会尽量把握分寸的。”

宣萱长叹一声：“逸群，有些话这两天本来我是想跟你谈谈的，没想到会发生这么多的事情。唉，还是等你回来我们再说吧。”

“嗯，我们是该好好谈谈了。”郑逸群嗯了一声，顿了一下，他说，“婚前，梁思成对林徽因说：有一句话，我只问这一次，以后都不会再问，为什么是我？林徽因答：答案很长，我得用一生去回答你，准备好听了吗？”

宣萱问：“你这算是求婚吗？”

“你的理解呢？”

宣萱沉默了，良久，她忽然说：“没想到，现在这种情况下你还有这个闲心。我问你，你有没有考虑乌梅为什么要你一起陪她去伦敦？”

郑逸群不知道宣萱为什么不回答自己的问题反而问到了这里，于是，他回答：“不清楚，也许是有什么重要的考量吧？”

宣萱道：“这个事情我也是百思不得其解，按理说，你俩原来有那么一段，不应该安排你陪她去伦敦，可是，他们就这样安排了，真是叫人不知道他们在出什么牌。”

“不管是什么牌，我们只要扮演好自己的角色就行了，其余的，没有那个必要去多虑，有些东西也不是我们应该考虑的。”

耳机里有来电声音，郑逸群说："有电话，等下我打给你。"

本来郑逸群以为是尹诗双的电话，通知他起飞时间，谁知道电话居然是安妮的，这让他有点儿意外。安妮语气典雅地说："郑总，真不好意思，这么晚打扰你。"

郑逸群客气地回答："没什么，怎么，安妮小姐有事吗？"

安妮不紧不慢地回答："哦，事情倒是不大，我有件东西想托你带给我在伦敦的一个朋友，你不是要去伦敦吗？"

这让郑逸群更是大吃一惊，他不由得脱口问道："安妮小姐，你怎么知道我要去伦敦？"

安妮淡淡地回答："你就不用问我是怎么知道的了，反正没恶意。你们的起飞时间定下以后，你发个信息给我，我叫人送到机场。"

"送我们的不会是你那架飞机吧？"

安妮轻轻地笑了一下，回答："不是我那架，不过是我朋友的，尹总叫我联系的。"

郑逸群明白了，这种事情尹诗双之所以没有动用俱乐部会员的飞机，目的是为了保密，安妮不是会员，平时喜欢低调，也不怎么在俱乐部露面，尹诗双用她朋友的飞机自然安全。

于是，郑逸群道："行，知道时间后我通知你。"

安妮道了声谢谢，然后收了线。安妮，这个富有女人要自己带什么东西呢？又带给谁？

看看表，已经是凌晨三点半了，郑逸群开始收拾行李，他原来说要回电话给宣萱，忽然又犹豫起来，因为他没有想好这个电话怎么打。有时候，告别也是一种疼痛。

他很想给宣萱一个承诺，可是永远太远，郑逸群承诺不起。

趁此机会，他又给徐新阳发了信息，详细地说了一下朋友的问题。这些人是什么人郑逸群不知道，接待好了没有什么，接待不好那却是大大的麻烦。很快，徐新阳回了信息，说一定安排好，叫郑逸群放心。

终于，尹诗双的电话来了，起飞时间是早上八点。郑逸群问要不要去接乌梅，尹诗双告诉他乌梅现在已经在去香港的路上了。

郑逸群不知道乌梅为什么走得这么早，想来她是有别的安排吧，于是，他发了个信息给她，问她在哪里见面。乌梅没有及时回复。郑逸群又发信息给安妮，告诉她起飞时间，安妮马上就回复了，说有人会把东西送到停机坪上去。这个信息虽短，含义却很丰富，能把东西送到停机坪上来的人绝对不是一般的人。而安妮能动用这样的人来送东西，说明她的能量更不一般。

还有一点儿时间，他坐在电脑前，给彭律师写了一封信，交代了一些事情，尤其是自己在伦敦期间，如果有什么事情怎样处理。按理说，他给彭律师签了那么多字，事情应该不会有大问题，他就是担心在此期间会有什么突发事件。

接下来他打了个电话给一个做地下钱庄的女人潘晓梅，安排她将一笔钱从境内转出去，再通过合理的方式打到他指定的一个账号上。这笔钱他准备留作急用，万一刘岳平那边出现什么事情，自己受到了牵连，这笔钱很有可能就是救命钱。

至于云落那边一切都好办，她把合同准备好，自己叫潘晓梅打一笔钱给她就行。潘晓梅这个人很值得信任，因为他们之间的友谊是经过战火磨炼的。鹏城市前市长徐中方出事后，有人调查潘晓梅，那时候没人帮她，生怕被徐中方牵连。郑逸群找到刘岳平，叫他幕后协调了一下，事情也就大事化小小事化了。因此，潘晓梅对郑逸群特别感激，帮郑逸群处理了不少棘手的事情。

潘晓梅满口答应，说马上就办，然后说："郑总啊，最近生意不好做，给我多介绍点儿生意啊。"

郑逸群含糊其词地答应着说："好好好。"

现在的关键是伊涛这边的事情，市里给库珀供地的会已经开过了，估计很快就会公示，伊涛怎么配合恐怕要跟他细说说，这两天他似乎心情不好，还是自己到了伦敦以后再跟他通电话吧。

剩下的问题就是李铁牛司机的事情，虽说古梦柏回来专门处理此事，但是，毕竟还需要其他人手，郑逸群想了想，拿起电话，跟保安主任如此这般地交代了一番。郑逸群这么多年做事一直秉持着一个原则，凡事都要两条腿走路，要有备份，万一出现问题，硬盘被病毒格式化，一切不会都陷入被动。

郑逸群在交代中告诉保安主任，关键的时候可以直接去找公安局局长袁步升，保安主任回答明白。袁步升跟王建辉不一样，他懂政治，懂得灵活处理问题，他很明白市委市政府对于俱乐部的态度，也知道怎么样处理这种关系。从某种意义上讲，尽管俱乐部的某些东西是现行法律所不容的，但那却是现实的要求。怎样让俱乐部为鹏城的高端商业精英提供一个交流的平台，促进鹏城的经济发展，市委肯定有考量，他们不能明说或下红头文件，但是，作为公安局局长，他应该把握住尺度。

俱乐部需要人脉，人脉不但是钱脉，更是命脉。要知道，自己走百步，不如贵人扶一步。

交代完了重要的事情，正好俱乐部送他去香港的车子也到了，他拎着东西下了楼，却发现手机上有个信息：好好保护自己。是宣萱，看样子她也是一夜没睡。想到有一个女人为自己担心，郑逸群的心里酸酸的。

车刚一过关，郑逸群就接到乌梅的电话，叫他到洲际酒店的大堂等她。郑逸群有点儿奇怪，她连夜赶到香港干什么？而且去了洲际酒店。洲际酒店在喜来登和半岛的对面，有个喷水池，大堂拥有全港最无敌的海景。以前郑逸群当会员部经理的时候经常到这里来接客人，现在来得少了，最近一次还是前些日子休假时，跟宣萱到香港来购物，在这里那个美妙的游泳池游过泳。

洲际酒店有点儿旧，但一进洲际酒店的大堂，一股薄荷草的芳香扑面而来，感觉十分清爽。郑逸群发了个信息给乌梅说自己到了，乌梅很快就回复：我马上下来。

郑逸群找了个地方坐下来，高高的落地窗外，早晨的维多利亚港就像电子显示屏一样虚幻，却又是真实的。尽管郑逸群来过这里很多次，可这么早就在这里看这个港口，还是有一种震撼的感觉。这里人不多，郑逸群叫了杯茶，味道很一般。正用手机看着微博，忽然，他嗅到一股淡淡的香味，一扭头，乌梅正站在他身边。她今天穿了一袭白色裙装，配粉红短上衣，显得端庄、高贵。她化了精致的妆，眼睛清明如玉，袅娜迎人。

郑逸群正要站起身，乌梅忽然给了他一个眼神，示意他不要动，然后俯下身，在他耳边轻轻说："你不要动，就保持现在的姿势。"

"怎么，有狗仔队？"郑逸群问。

乌梅低声道："实不相瞒，最近有人对他和我之间的关系有猜疑和传闻，所以，我需要绯闻。"

郑逸群明白了："我是计划的一部分？"

乌梅将脸进一步贴向郑逸群的耳边说："你是绯闻的主角。"

"这个你应该事先跟我说一下，我得跟宣萱说说。不然，她要吃起醋来，我的日子可是很难过的。"郑逸群保持着原来的姿势，埋怨道。

"这事就对不起了。我现在要跟你说明，她那边应该也有人注意，虽然不是记者，但应该有人向另外一群人汇报，所以，你暂时还真不能跟她说太多。"乌梅低声道。

郑逸群看看时间，说："我们要走了吧？"

乌梅低声说："私家飞机，又不是严格规定的时间，你急什么？既然你明白了，就配合吧。"

郑逸群低声道："我有什么好处吗？"

乌梅忽然在他的脸颊上亲了一下，低声道："这回可以吧？"

郑逸群心里一震，他知道，这一幕一定会在今天登上香港的八卦版面，他心里暗暗叫苦，宣萱看到这样的报纸会怎么想？他低声道："这是你欠我的新债。"

乌梅忽然咯咯地笑起来，亲昵地拉起他说："走吧。"

郑逸群看看她，只带了一个桃红色镶钻的鸵鸟皮铂金包，似乎没带行李，就问："你去英国不带行李吗？"

乌梅低声道："早送机场去了！"说着，轻轻挽起郑逸群，旁若无人地向大门口走去。

郑逸群心里很紧张，他明白周围一定有人在悄悄拍摄这一切，而这个消息一定是乌梅通过什么渠道故意透露出去的。所以，娱乐圈里无绯闻，绯闻都是制造出来的。

私家飞机在机场边缘的一个小型停机坪停着，把护照交给机场工作人员，不到五分钟，一切手续就 OK 了，没有安检，更没有登机牌。

一架庞巴迪 850 停在停机坪上，郑逸群刚一下车，一个身穿黑色制服的年轻人就走过来，说自己是安妮派来的。郑逸群问："不是有东西叫我带到伦敦吗？"

年轻人回答："我已经把东西放到飞机上了，到了伦敦，有人会打电话给你，然后来取。"

郑逸群嗯了一声问："不是什么违禁品吧？"

年轻人笑着说："怎么会是违禁品？"

郑逸群呵呵地笑着说："开个玩笑，回头告诉安妮小姐，保证带到。"

有人过来把郑逸群的行李搬上飞机，乌梅却站在那里左顾右盼，郑逸群走过去，低声问："你在干吗？"

乌梅抬起右手，把手搭在郑逸群的肩头，低声道："你信不信，至少有五支以上的长枪短炮在对着咱们。"

郑逸群知道此时不能有特殊的表情，于是伸出手拦住她的腰，将嘴凑到乌梅的耳边道："你现在欠我的多了。"

乌梅回答："你想要什么回报？"

郑逸群哼了一声说："反正不能便宜了你。"

乌梅咯咯地笑着说："这么说，你现在是主动配合喽？"

"这是误上贼船。"郑逸群道。

乌梅亲亲热热地挽着他往舷梯边走，低声道："你现在没有选择了。"

这架庞巴迪 850 经过了改装，大号沙发床、整体厨房、酒吧、健身房……应有尽有。

机长过来打招呼，这是一个长得很绅士的白种男人，制服笔挺，金色头发，他介绍说自己是美国人。

寒暄了一阵子，几个人的话题忽然转到这次申请航线的速度问题上。机长对郑逸群说这次能这么快申请下来航线，主要是因为去的是英国，如果要是飞中国大陆那就麻烦了，没有个七八天的下不来。听到机长这些话，郑逸群看看乌梅，两个人心照不宣地摇了摇头。

空姐过来问二人喝什么饮料，乌梅看了看郑逸群，说："我知道你也是一夜没睡，喝点儿矿泉水，等下起飞以后就睡觉吧。"

郑逸群点点头，空姐于是送过来矿泉水。"Blink，美国品牌。"郑逸群道。

乌梅看看，啜了一口，道："没觉得怎么样啊。"

郑逸群嘿嘿一笑，说："俱乐部里有这种矿泉水，它在外面卖七十欧元一瓶，俱乐部里还要贵一些。你看这个包装瓶所体现出的绅士气派，这是 Swarovski 玻璃，贵得很。"

乌梅摇摇头道："这翁林志也太奢华了，连飞机上的水也这么讲究。"

郑逸群明白了，这原来是翁林志的飞机，那个长年隐居在洛杉矶的富豪。关于翁林志的事他只是在伊涛和罗小可那里听到一点儿，俱乐部的人对他也不熟，他平时太低调了。用他的飞机，看来尹诗双的考量比较深。

手机响了，他接起来，是林娜。她问郑逸群什么时候有时间去北海，郑逸群回答说："我现在去国外，回来再说吧。"

林娜表示万分遗憾，而且她说她那群黄河工商学院的同学中有两个美女一直想认识郑逸群。郑逸群自然不能得罪林娜，于是语气真诚地道了歉。

说话间，飞机已经开始滑行，没有提示系好安全带的广播，空姐也没叫二人关手机。郑逸群看看窗外，景色飞快地向后退，飞机却没什么晃动。他扭头看看乌梅，乌梅冲他嫣然一笑，等他再扭头，发现飞机已经升空，滑行距离非常短。

庞巴迪 850 噪音并不大，飞机的爬升速度也很快，香港很快就远去了，下面是蔚蓝的大海，蓝得就像一块纯净的宝石。空姐过来告诉郑逸群和乌梅，飞机上可以随便打电话，也可以上网。郑逸群点点头，他走到飞机的办公区，拨通了宣萱的电话。他没办法跟宣萱说明实情，但是，心里很担心她受到伤害，很想跟她说点儿什么，宣萱却一直没接电话。也许是昨晚她太累了，在睡觉吧。

他给徐新阳打了电话，再一次交代了集子和顾刚那群朋友的接待问题。徐新阳说，他已经派车去接了，不会有问题的。

走回休闲区的座位，乌梅低声道："去卧室吧。"

郑逸群一惊，偷偷向在前面忙着什么的空姐那里望了一眼，小声说："你什么意思？"

"你不要以为这是翁林志的飞机就绝对安全，明白吗？"

郑逸群皱着眉头低声道："孤男寡女有点儿不方便。"

乌梅撇撇嘴，不屑地说："你以为我还能强迫你不成？"

郑逸群站起身来，对空姐说："我们去休息，不要打扰我们。"

空姐微笑着点点头，郑逸群这才注意到，空姐的个子很高，足足有一米七五，而且皮肤很好。

看到郑逸群的眼神，乌梅伸手在郑逸群的腰部掐了一下说："不准乱看。"

生命本是一次奇异的飞行，遇见美女是一个美丽的意外。

卧室的床和舱壁是连在一起的，中间与前部有一道折叠门分开，但是，这个门其实就是个样子，根本起不到私密的作用，只是起一个阻隔视线的作用。

床单很柔软，贴合肌肤，爽滑舒适。床下有个抽屉，里面有睡衣和内衣，欧洲品牌C.Gilson，乌梅摇摇头说："这个翁林志，生活品质不低啊。"然后，她对郑逸群道，"你去换上吧。"看郑逸群有些犹豫，她看了一眼那道隔门说："别在意，不然不像情人。"

郑逸群摇摇头，拿起睡衣进了洗手间。谁知，在洗手间里他居然找不到马桶，找了半天，才发现马桶是隐藏在一个羊皮座椅下面的。他换上衣服走出来时，乌梅正斜靠在床上讲电话。见郑逸群出来，她不自觉地压低了声音。不过，他还是在乌梅的谈话中听到了一个名字：欧升达。郑逸群知道欧升达跟乌梅以前关系是很好的，后来不知道什么原因有些疏远。

郑逸群推开隔门走了出去，空姐见他走出来，问有什么需要，郑逸群问有没有电话，空姐摇摇头。

郑逸群走到办公区，看见一部电脑开着，于是他坐下来，正好页面是twitter，他输入账号，发现能上。空姐给他端过来一杯饮料，他食而无味地喝着，眼睛盯着twitter，脑子里却乱成一团。从昨晚到现在发生了这么多的事情，他需要好好梳理一下思路。

正想着，空姐过来说有电话，他拿起空姐递过来的电话，正是宣萱，她说自己刚才睡着了，没听见电话。郑逸群不知道空姐懂不懂汉语，就看了她一眼，空姐知趣地走开了。

郑逸群问："跟李姗姗那边怎么约的？"

宣萱道："是这样，本来说是要她过来吃中午饭的，李姗姗说她妹妹的朋友有安排。这样，我就等她们吃过中午饭，然后用飞机带她们到外海转一圈，回来以后到中东餐厅吃摩洛哥菜，晚上看看小剧场话剧。礼物我给她俩每人准备了一套紫红色碧玺首饰。"

郑逸群点点头说："嗯，很好。注意跟她们谈话的艺术。"

宣萱问："你好像很重视这个李珊珊，她不就是个市委书记秘书的情人吗，我怎么觉得你对她的重视程度要远远超过很多重要客户呢？"

郑逸群扭头看看，空姐已经走进驾驶舱了，他说："这种敏感的时候，我们需要信息。蔡文昭的位置太重要了，所以，我们需要特别重视。"

"好，我明白了。我会处理好的，你放心。"宣萱道。

"对了，如果……"郑逸群道，他很想说这次他跟乌梅出来有什么新闻，希望宣萱能理解，但是，话到唇边，他却说："如果你缺什么，我在伦敦给你买。"

宣萱叹口气说："我不要你的东西，我只要你的安全。"

宣萱这句话让郑逸群心里一酸，他不知道早上跟乌梅的戏一旦上了香港的八卦报纸宣萱会怎么想，一定会是一种很严重的伤害。为了帮助乌梅制造绯闻，居然要伤害一个无辜的女人，这事情是不是太残酷了？作为男人，如果选择了她，就要呵护她，自己这是在做什么？过于在乎乌梅的感受，注定自己不会好受。

“嗯，我知道。挂了。”郑逸群收了线。

郑逸群又打了个电话给徐新阳，徐新阳说他已经派了最得力的人去洪利耀的岛上服务，问题应该不大。

一回头，发现乌梅已经换好了睡衣正站在他的身后，他站起来道：“回去睡觉吧。”

回到卧室，郑逸群自顾自地躺在了床上，一声不吭。“床边有安全带，你把它系上。”乌梅提醒道。

郑逸群也不吭声，系上安全带，然后看着天花板。乌梅在他旁边躺下，也没出声。良久，她道：“我知道，我很自私，这样做很伤你，也很伤你女朋友，可是，有什么办法呢？这是为了大局。”

郑逸群冷笑一声道：“那是你的大局，不是我的大局。”

乌梅叹口气道：“你不要不满，朱书记在跟他谈话的时候，可提到了你跟刘力刚的儿子刘岳平关系非同寻常呢。”

郑逸群有点儿警觉，前天晚上朱振瑞到岛上去见乌梅男朋友居然提到了自己？于是，他扭过头问：“朱书记还说什么啦？”

乌梅没看他，眼睛微闭着，慢声细语地回答：“你别问了，如果你能认识到我们现在所做的一切是为了大局，有机会我会告诉你的。”

“对不起，我有些狭隘了。”郑逸群诚恳地道着歉。

乌梅还是没有睁眼睛，说：“算了，睡觉吧。”

飞机有些颠簸，郑逸群看着乌梅，她闭着眼睛，美丽的面孔没什么表情，但郑逸群明白，她此时的心情一定不会平静。其实，我们生活在一个心灵感应时刻都在进行着的世界，我们时时刻刻在影响着彼此，只是我们意识不到而已。

郑逸群有点儿感慨，这次伦敦之行必定不会平静。在急剧变化的时代，机会属于善于控制局面的人。不善于控制局面的人通常只能生活在不再存在的世界里。

◉ 第五章　雾都之雾

他们入住的是泰晤士河边的 Savoy 酒店，站在泰晤士河畔，气势宏大的 Savoy 酒店让郑逸群吃了一惊：这座浸染了爱德华年代风格的地标建筑，骄傲地矗立在风景如画的伦敦街头，就像一个不容置疑的独特存在物。

据说在 20 世纪，英国最奢华的派对和重要活动都在这里举行，英国女王伊丽莎白二世在结婚前曾多次与她的未婚夫菲利普亲王来此约会。而在女王登基时，她更是在此举办了一个一千多人的宴会庆祝加冕。另外，法国知名画家莫奈、英国首相丘吉尔、玛丽莲・梦露等都曾经在 Savoy 酒店住过。而其他在此下榻的各国名人更是多如繁星，Savoy 可以说是星光熠熠。

下榻这家老酒店，就犹如徜徉在英国的历史长河中，那些流金岁月如同一部默片电影，在你眼前静静地展示这个国家的历史。

住在这里是尹诗双安排好的，不过，她和欧升达并不住在这里，他们住在海德公园边。而且，她似乎也没有安排大家马上见面。接乌梅和郑逸群的车子是腾大股份董事长章艾派来的，开车的是一个四十多岁的英国男人，没说太多的话，只是带了个口信，说章艾还没到伦敦，到了伦敦以后，改日会请郑逸群吃饭。

章艾来英国做什么郑逸群能猜个大概，但也许她也有她的考量。有些事情本身无法控制，只好控制自己。不过，在 Savoy 酒店那个上面有个雕塑的大门口，乌梅特地又跟郑逸群秀了一番恩爱。郑逸群低声问："英国也有狗仔队吗？"

乌梅低声回答："有没有都要进入角色。"人生就是一场戏，不同的时间、不同的地点，你要有不同的角色。好人坏人由你自己决定，喜剧悲剧由你选择。

周洁发了个信息：晚上于司长邀请我吃饭，能不能叫俱乐部的形象顾问帮我设计一下造型？

郑逸群马上给俱乐部的造型大师廖学豪打了个电话，安排了一下。然后，他打电话给周洁，告诉她一切搞定。

周洁没说太多，只是快活地说了声："谢谢。"

郑逸群有点儿奇怪，她正在给章艾做广告片，应该有化妆师，她偏用俱乐部的造型师干吗？

或许，她是想通过另一种方式告诉他，她又勾上了个重要人物。

酒店是新装修的，木制入口造型依旧，经过旋转门来到饭店前厅，黑白格相间的大理石地板、精细的壁面雕塑、典雅的吊灯，展现着传统的爱德华式建筑风情。尹诗双给乌梅安排的是皇家套房，有两间卧室、一间书房，另外，还有客厅和餐厅，主人用房有独立卫浴，此外还有更衣室和衣帽间，站在窗口，伦敦美景尽收眼底。不用说，这一切都是阿萨嘱咐的。

房间装潢奢华，以橄榄绿与紫红为主色，处处彰显着无与伦比的典雅和魅力。家具平和而内敛，透着华贵的沉稳。站在阳台上，可以看到泰晤士河旖旎的风光，可以感受被大英博物馆和英国皇家歌剧院包围的艺术气息。虽然房间看起来古典，但配备了高品质的现代化设施，如 Loewe 平面电视和 iPod 基座。

所有的套房都配有专属管家，传统的英式管家服务优雅且别具风格。郑逸群和乌梅刚进门，所有的行李很快就被放到了该放的位置。

打发走了管家，郑逸群回望乌梅，她正从主人房走出来，看见郑逸群回头，她招招手，郑逸群走过去，她低声道："你进来。"

郑逸群犹豫了一下，看到她的眼神，还是跟她进了主人房。主人房面积很大，家私也是那种低调的奢华，窗帘很漂亮，可郑逸群总觉得像中国旧社会女人穿的花布。

乌梅拉开衣柜，转身对郑逸群道："你看。"

郑逸群向衣柜里一看，顿时大吃一惊，里面是几套奢华的女装，还有几套璀璨的首饰。

"怎么回事儿，酒店还送衣服吗？"郑逸群茫然地问。

乌梅摇摇头，切了一声说："可能吗？你最好去问问你那位总经理。"

"尹总？那是你妹妹，你跟我说这个干吗？"郑逸群耸耸肩。

"这么说你也不知道这个安排？"乌梅看着他。

郑逸群耸耸肩，撇撇嘴，道："你看我像开玩笑吗？"

乌梅脸色有点儿严峻，这跟平时显得很淑女的她有点儿反差。她皱皱眉头说："你出去吧，我换换衣服。对了，提醒你，卧室要随时拉着窗帘，明白？"

郑逸群摇摇头，他当然明白是为什么。走出房间，进入书房。书房装饰得很典雅，家私很贵气，郑逸群在椅子上坐下，软硬刚好，用料讲究，皮面，扶手简单，但是很有欧洲的情调，不像国内某些酒店的仿欧家私，样子像，实质很差。

桌子上的台灯色调柔和，一点儿没有闪烁的感觉，透过台灯的光线看对面，一幅稍微有些抽象的画挂在那里，边缘用金属装饰，提升了整个书房的品位。墙身装饰着精美布艺壁纸，配合简单而华美的各种装饰物品，令人赏心悦目。

对郑逸群这样一个受过新加坡教育的人来说，新加坡的英国风格并不纯正，而这里才是一次英伦风十足的体验，足以在他的记忆中留下长久的余音。

郑逸群的脑子里忽然冒出一句诗：世间行乐亦如此，古来万事东流水。是啊，一切都会过去，何苦让自己变得过于劳碌，也许试着学会放下，就会发现其实平淡才是幸福。其实，放下越多，得到就越多；会放下的人，才真正懂得生活，才会活得更洒脱。

应该打电话给宣萱了，飞行了差不多十个小时，然后又从机场到酒店，折腾了这么长时间，也不知道她在做什么。

郑逸群拨了一下宣萱的电话，发现无法接通，此时她可能在海上或者是在什么信号不好的地方，还是算了。他有点儿担心，刚才刚一下飞机，他就在微博上看到了关于他跟乌梅在香港的一些暧昧镜头，徐新阳也打电话给他，说香港的《雪梨日报》和《月亮报》都登了他和乌梅的照片。徐新阳知道了，宣萱能不知道？

宣萱的电话不通，不过，另外一个电话却打了进来，是伦敦的移动电话号码。他接起来，一个有点儿娘娘腔的男声："郑总吗？我姓潘，我是安妮的朋友，我想来拿她给我带来的东西。"

郑逸群问："你住哪里？"

姓潘的男人回答："我住伦敦西区，你在哪个酒店？"

郑逸群回答："我住 Savoy 酒店。"

姓潘的男人道："我离那里很近，我现在出发，二十分钟就会到，到了楼下我打电话给你。"

郑逸群收了线，他很不喜欢男人用这样的腔调说话，他平时在俱乐部里会接触到这一类人，因为有些女顾客需要，他一般都对他们敬而远之。他看看表，是格林威治时间早上七点半，一般的英国人这时候还没起床，这个姓潘的起这么早？他稍微思索一下，明白了，一定是安妮带来的东西对这个姓潘的很重要。

门口有点儿动静，他一抬头，看见乌梅正穿着刚才衣柜里的一套裙子站在那里。这是一套淡蓝色的裙装，但是，上衣和裙子颜色有点儿色差，上衣偏绿一点儿，此外，看不到纷繁复杂的装饰。上衣开领是圆的，那里点缀着一个小小的吊坠。乌梅总有着一股淡定悠然的味道，也就是所谓的范儿吧。

"怎么样，等下吃饭穿这个还行吗？"乌梅问。

郑逸群点点头说："裙子是最能展现女性曲线之美的，真不错。"

"那当然，也不看看姐是谁！"乌梅忽然有些得意，刚才在她卧室里的严峻突然不见了，性感而绝不妖艳。

郑逸群轻松地说："据说这里的东西相当不错，我已经叫管家在 Thames Foyer 定位子了。"

"Thames Foyer 不是吃下午茶的地方吗？"乌梅问。

郑逸群点点头道："是的，那里有伦敦最好的下午茶。不过，现在是早餐时间。"

"好啊，你换换衣服，我们下去吧。"乌梅道。她的心情现在看起来很好，女人真是多变。

郑逸群回到房间，换了套正装，还打上了领结，配上了宣萱给她买的袖扣。扣袖扣的时候，他忽然想起彭律师，他的袖口可是带姓名缩写的，以后自己要是不在俱乐部工作了，也可以考虑一下学习彭律师。

他刚换完衣服，电话就响了，正是那个姓潘的。于是，他拿起安妮叫人送来的那个纸袋子，招呼了一声乌梅便下了楼。

大门口停了一辆 Koenigsegg CCXR，车前站着一个高个子，一身 Cerruti 休闲装的优雅男子。见郑逸群和乌梅走过来，他伸出右手，优雅地嘿了一声，然后道："二位好，我姓潘，是安妮的朋友。"声音绵软得就像呻吟。

郑逸群伸手跟他握握手，他的手很柔软，还涂了指甲油，郑逸群把纸袋子递给他，淡淡地说了一句："收好。"也没说自己叫什么，给乌梅一个眼色，两个人转身就走。

Thames Foyer 有一座可以引入自然天光的玻璃穹顶，圆顶下则是一座英式花园凉亭，华丽的设计充分展现了典雅高贵的空间氛围。

在凉亭旁边的一张管家事先订好的圆桌边坐下，乌梅看着郑逸群问："你好像很不喜欢他？"

"这人很娘。"郑逸群撇撇嘴。

"我知道他是谁，尽管他不认识我。"乌梅招招手，一个满头银发的男服务员走了过来，她点了几样糕点，说，"我只点糕点，不想吃其他的，别的东西你自己点。"

"吃糕点热量更高，你还不如吃点正餐。"

乌梅想想，回答："你是专家，那你做主吧。"

于是，郑逸群取消了乌梅叫的绝大多数糕点，只保留了小松饼和里面有火腿、黄瓜、熏鲑鱼的三明治。然后点了牛排和炸鱼。

"今天在天上飞了一天，简单吃点儿东西，然后休息，明天我带你吃伦敦美食。"

"也好，对了，你知道吗？刚才那个男人就是潘文林。"乌梅看着郑逸群，有点儿神秘地说。

"潘文林？就是晏雯晓原来那个男朋友，后来被安妮包养了，他不是在日本吗？"郑逸群听说过这个人，只是刚才没有把这个人和他印象里的潘文林对上号。

乌梅耸了一下肩，有点儿不屑地说："他呀，刚在安妮那里拿了笔分手费，说是做生意，其实就是胡花呗。”

“他不是说要自己当导演拍片子吗？”郑逸群看着凉亭上的花纹，随意地问。

“他啊，一吃软饭的，还能干大事？干大事多累啊。”

“刚才我顺便掂了掂那个纸袋子，挺重，不知道是什么。”郑逸群道。

“不用猜，肯定跟钱有关系。对了，晏雯晓可能是有把柄在他手里。”

服务员送上来玉米浓汤，郑逸群喝了一口，发现有培根、玉米粒、鸡蛋什么的，味道香甜。

“对了，你刚才的意思是上次的视频是潘文林弄出来的？”郑逸群问。前些日子晏雯晓走麦城的时候，有人发出了她跟潘文林的性爱视频，乌梅和郑逸群都有收到。幸好乌梅男朋友及时出手，事情才没有扩大。

“他脱不了干系。”乌梅道。她喝了几口汤，优雅地擦擦嘴，然后道，“你觉得这次阿萨安排我们到这里，仅仅是给我买点儿衣服、珠宝吗？”

“尹总没跟你说来这里的其他安排吗？”郑逸群问。

乌梅摇摇头，回答:“没说，她就说来伦敦，有事。而我正好也需要这样一次旅行，需要一个绯闻，冲淡那个圈子里的传闻。只是这样做会伤害你和宣萱，可我又想不出别的办法。你要知道，只有你，他才是信任的。如果我跟过去任何一个人接触，他可能都会有想法。”

“你跟他就一直保持这种关系吗？以后怎么办？”郑逸群问。

乌梅轻轻叹口气，垂下眼眉道：“他也不过大我十五岁，按目前的情况看，他还有上升空间，如果政治上一直平稳的话，他至少还能照顾我和孩子二十年。所以，我也不想求什么了。”

“事业呢，你不想继续有点儿发展吗？”郑逸群问。

乌梅想想，回答：“你要知道，我现在这种情况，不能参加更多的商演，外界对我们之间的关系还是有猜测的。我也就是参加一些春晚、重要节日的纪念演出啦，别的能推则推了。”

“我怎么觉得阿萨现在跟你有些疏远，以前你们之间不是很熟络吗？”郑逸群觉得心中的疑问必须弄清楚。

乌梅皱皱眉，回答：“还不是因为他，你要知道，原来他和阿萨的级别一样，阿萨的权力只是稍微小一些。这两年，他上升得很快，阿萨似乎有些想法。”

“政治这个东西很奇妙，他能让敌人变成朋友，也能让朋友变成敌人。”郑逸群道。

乌梅忽然沉默了，沉默只能造出一个个不解之谜，永远也不能让彼此心知肚明。

老服务员送上来炸鱼，郑逸群介绍道：“这是英国特产。”

乌梅笑了一下说：“我们按中餐吃法来吃吧。你刚才说朋友变敌人？概念错误，阿萨跟他不是敌人，是盟友。”

“盟友，这个词很特别。”郑逸群心里忽然有种异样的感觉。政治，很多时候要结盟，结盟的目的就是一起对抗敌人。当然，结盟也需要付出代价，对盟友让步，替盟友牺牲。

“你猜，诗双现在在做什么？”乌梅忽然问。

郑逸群摇摇头：“不知道，她在伦敦这几天，除了明天要陪欧升达和涵涵小姐去拜见威灵顿公爵，其他的安排并没有在俱乐部的日程表上特别显示。而且，这回因为我来，俱乐部那边还有些别的事情，她要提前赶回去。唉，一个女孩子，也够不容易的。”

“我现在就是担心她的个人问题，这么大了，还没个着落。我担心，这次古梦柏回来，俱乐部会有一场血雨腥风，到时候她怎么办？”乌梅显得有点儿忧心忡忡。

郑逸群不无感慨地说：“是啊，她需要有个好的归宿。”

“你当时为什么不追她？我觉得你俩挺合得来的。”乌梅忽然问，然后叉了一块鱼递给郑逸群，样子十分亲昵。

郑逸群明白，她这又是在做戏。于是，他报以一个微笑，说：“我们是哥们儿。”

乌梅正想问什么，老服务员送来了牛排，并且介绍说这里的牛排经过了前期的精心处理。乌梅问郑逸群：“他说什么？”

郑逸群说：“他说这里的牛排经过了处理。”看看乌梅似乎有些不解，就继续解释道，“牛排并非越新鲜越美味，这是因为牛在刚被宰杀之时，牛肉需要经历一个‘排酸’的过程，英国牛排经典的做法就是将牛肉悬挂在特定温度和湿度的冷库中存放一段时间，在这个过程中，利用牛肉本身的蛋白质转化成天然酵素，而其外在的微生物则可作用于软化牛的肌肉组织，令原本紧绷的肉质得到放松，进而改善牛肉的嫩度和风味，令口感达到最佳。”

乌梅点点头，郑逸群开始切牛排，乌梅问：“这里的牛排怎么这么大？”

郑逸群半开玩笑地说：“英国人个子大。”

话没说完，他的电话忽然震动了，是宣萱。于是，他站起来，走到外面。在英国，你如果在餐厅里旁若无人地打电话，会让人家看不起的。宣萱告诉他，今天下午安排李珊珊姐妹乘飞机去了趟外海，然后又到欧升达买的岛上吃了晚饭，因为李珊珊的妹妹非常有兴致，所以，刚才又带她坐船看了一下海上的月色，现在安排她们休息了。

郑逸群问：“她们还满意吗？”

宣萱回答：“当然满意，尤其是那两套首饰，她们很喜欢。”

“那就好，你也累了，好好休息吧。”郑逸群关心地说。

“你在干什么？”宣萱似乎很随意地问。

“哦，在陪乌梅吃早餐，等下要休息一下，倒时差。”郑逸群回答。

“哦，那早点儿休息。对了，告诉你一件事，你们俩上报纸了。”宣萱像说别人的事一样，似乎完全不关她的事。

“宣萱，你听我解释。”郑逸群觉得她的口气不对，赶紧说。

“不用解释，你不就是配合她做戏吗？算了，我昨天没睡好，我睡了。”说完，宣萱挂了电话。

郑逸群再粗心也知道宣萱这是生气了，于是，他赶紧把电话拨回去，宣萱说什么也不接，郑逸群站在那里发了半天呆，他知道，麻烦大了。他记得宣萱某次对他说：“如果有一天，你叫我的时候，我没有回头，那就只有一个原因，就是我哭了。”她现在一定是哭了。

郑逸群胃里一阵阵泛酸，他强压了几下，深呼吸几次，然后走回餐厅。乌梅看着他问：“脸色不大好，怎么，发生什么事了？”

“没什么，我们的事上了香港报纸，被宣萱看到了。”郑逸群淡淡地回答。

“她反应强烈吗？”乌梅关切地问。

“倒是没说什么，但现在不接我电话了。”郑逸群心情沉重地回答。

“唉，看样子她是真生气了，委屈你们了，对不起。”乌梅一脸的歉意。

“如果能对你和他有好处，我们受点儿委屈也没什么。最宝贵的，不是某样物品，而是无言陪在你身边的人，现在我深深体会到了。”郑逸群回答。

“任何人的幸福、成就和追求都绝不能以别人的痛苦和损失去换取，没有东西能够高于人生活的价值。逸群，我和他欠你们的，将来我一定加倍偿还。”乌梅严肃地说，脸上的表情坚硬得就像钢铁。郑逸群没多说什么，给她切了点儿鱼，这时候不需要再说什么。多给别人一些体谅，多为别人考虑一点儿，一切都将截然不同。

郑逸群正在那张柔软的大床上睡着，忽然电话响了，他看号码很陌生，想拒绝，又怕是重要的电话，于是接起来。那边是一个礼貌而谦逊的声音：“郑总，你好。”

郑逸群一下子坐起来，那边正是古梦柏。他问：“古总，你到香港了？”

“哦，还没有，我在莫斯科转机，刚刚收到了一些信息，我想跟你沟通一下。”古梦柏柔和地说着，每个字都清清楚楚地传达到郑逸群的耳朵里。

“古总请讲。”郑逸群靠在床头，头有点儿疼。

“还是先谈那个叫李铁牛的，你对他了解吗？”古梦柏语气平静地问。

“不算了解，听说以前在省政协副主席王汉荣当副市长时他做过环保局局长，后来犯过错误，不过在王汉荣的运作下，做了省政协的副秘书长，再后来就来到了鹏城，做宝山区的区委书记。听说他来这里，鹏城市人大主任张忠煌没少出力。”

“听说上次俱乐部被查封，他在里面还是起了一定作用的，是吧？”古梦柏问。

“具体情况我还真不清楚，只是听说他协调鹏城人大和政协，给省里写了几份对俱乐部不大有利的报告。”郑逸群老老实实地回答。

古梦柏嗯了一声，不疾不徐地道：“嗯，明白了。我还是有一个疑问，那天早上他内弟为什么那么急着要走？”

郑逸群回答:“不清楚,看那表情,应该是有什么急事。我不好判断到底是什么事情,他的态度很坚决。”

“这是个谜，能不能想办法查查？”古梦柏问。

郑逸群明白古梦柏说要查查的含义，如果能知道他为什么一定要走，可能对以后处理跟李铁牛的关系是大有裨益的。郑逸群回答：“对不起，古总，我对他真的不熟，那天是我第一次见他。”

古梦柏嗯了一声说：“还是我来想办法吧。对了，你见到尹总了吗？”

“还没有,今天她有重要的日程。”郑逸群回答。他没有提今晚尹诗双、涵涵、郭正余、欧升达要去见威灵顿公爵的事情，因为他不知道这件事对欧升达或者是俱乐部究竟意味着什么。

好在古梦柏也没接着问什么，而是问了一句：“听说郭正余也去了伦敦？”

“哦,是的。”郑逸群回答。这种事是瞒不了古梦柏的,直接承认是正确的应对之道。

古梦柏思索了一会儿说：“这个世界，没有偶然。”

“古总是什么意思？”郑逸群问。

“是非地里有是非人。”古梦柏道。

古梦柏这句话话里有话，郑逸群心里明白，但是，他不能接茬，他不知道古梦柏想干什么，是要拉拢自己？

“古总还有别的事吗？”郑逸群道，他说这话的态度很明确，要结束谈话。

“哦，没什么了，见到郭董、欧董代我问好。”古梦柏道。

古梦柏语气平淡，居然提到了欧升达，还让郑逸群向他问好，难道他与欧升达、楚之洋已经化干戈为玉帛了？郑逸群很疑惑，但他还是答应道：“如果能见到，我一定转达。”

古梦柏忽然又问：“对了，尹总的那个干爹最近有没有来俱乐部？”

这句话绝对不是随便问问的，古梦柏一定是想得到什么信息。郑逸群回答：“最近唐书记很忙，总在北京开会。不过捎了几次东西给尹总，我也不知道是什么，大概是土特产吧。”

“哦，我就是随便问问，我不认识他，听说他在北京能量很大，我就怕李铁牛这边有什么事不好处理,想利用一下他的关系。算了,有机会再说吧。你忙,我要登机了。”古梦柏放了电话。有时候，听一个人说话，不要在乎他所说的，而是那些他没有说的。

郑逸群将窗帘拉开了一点儿，发现泰晤士河正处在傍晚的阳光之中，显得慵懒而文雅。郑逸群慢慢梳理了一下这两天经历的种种，忽然，《黑暗骑士》里双面人Harvey的一句台词涌入他的脑海：要么像英雄一样死掉，要么活下去，直到你自己变成一个恶人。这句台词着实将他吓了一跳，他问自己：你要变成恶人吗？

他伸了伸懒腰，深深地呼吸了一下雾都的空气。电话响了，他接起来，是尹诗双，尹诗双告诉他，自己正要陪郭正余、欧升达和王楚红去见威灵顿公爵。郑逸群问："我们什么时候见面？"

"我们就不见面了，会面结束以后，我要赶着去见一下章艾，有些事情我要跟她谈谈。"

"哦，那我这边怎么安排，就这么跟你姐秀恩爱？"

"哪能呢，叫你们来伦敦，是有其他事情的，秀恩爱那是我姐个人的事情。"尹诗双回答。

"唉，我这个前夫现在里外不是人啊，宣萱现在说不定怎么恨我呢。"郑逸群沮丧地回答。

尹诗双叹口气道："这件事委屈你和宣萱妹妹了，我和欧董明天会坐头一班飞机赶回去，郭董还会在这边处理一些事情，有需要的时候，我会授权你做一些服务的。对了，郭董的飞机在伦敦，如果你有什么需要可以随时调动。"

"明白。"郑逸群回答，他忽然想起了什么，问尹诗双，"有个事，乐教授说他们想在美国买个房子给欧广群住，我们已经安排好了经纪人，欧董要是回国了怎么办？"

"这个事情不大清楚，这样，等一下我问问欧董。"

"好的！"他们忽然赶回去了，事情一定很紧急。

"等下有人会请你们吃饭，你要配合好我姐。"尹诗双道。

"嗯！"

"有个事情我要给你提个醒，林晓伟这两天如果约你见面，你要先跟我沟通一下，我觉得他似乎要做什么事情。"尹诗双忽然提醒道。

郑逸群很想把自己跟刘岳平的分析跟尹诗双说一说，但又怕尹诗双产生怀疑，分析到自己跟刘岳平之间有些秘密，所以，他打消了这个念头，回答："我知道，我会及时跟你沟通的。"

"我回去以后会私下跟宣萱谈谈的，你不要太担心，我相信她会理解的。"尹诗双道。

"对了，刚才古梦柏打电话给我，问了李铁牛的一些背景，还问了唐书记最近有没有来俱乐部。"郑逸群补充道。

尹诗双在那边沉默了片刻道："也许他有所忌惮吧。没什么，该来的总会来的，躲也躲不过，有时抵挡黑暗的唯一办法就是发出自己的光芒。"

"那好，晚上你跟章艾见过面以后我们再联系。"郑逸群道。

放下电话，郑逸群心里有点儿发虚，他不知道章艾会作怎样的选择，一旦她承受不住压力，自己可能就要跟那个要收购中海信的人面对面了，彭律师那边的准备工作怎么样了？他有些不淡定了。于是，他写了一封信发给彭律师，希望他能加快进度。

他简单地洗了个澡，换了件正装，走出房间，发现乌梅早已经梳洗打扮好了，正坐在那里优雅地喝茶。她穿着淡蓝色裙装，边上缀着中东风格的花纹，这也是那衣柜里的一套。郑逸群有点儿不好意思地说：“对不起，睡过头了，按理说，我应该带你去品一下这里全世界最有名的下午茶。”

乌梅宽厚地笑笑说：“没关系的，我也刚起来。”

“尹总说等下有人请我们吃饭。”郑逸群在乌梅旁边的沙发上坐下。乌梅给他使了个眼色，示意他坐到自己身边。郑逸群一怔，顺着乌梅的眼神，发现有个管家带着两个服务员正在乌梅的房间里收拾什么。于是，他坐到了乌梅的旁边。

乌梅低声道：“刚才他有意无意地问先生呢，我说你没睡好，我又要化妆，就去客房了。”

郑逸群小声道：“他一英国人，你太敏感了吧？”

“小心行得万年船。”

“真累。”郑逸群摇摇头。

“政治，就是这样。对了，你还记得蔡瑶吧？”乌梅问。

“记得，以前常来俱乐部，好久没见到了。”郑逸群回答。

乌梅看看他，皱皱眉头说：“你是真不知道假不知道，她因为刘励骏进去了。”

“哦？我怎么一点儿都不知道，她那个死党周丽呢？”郑逸群显得很吃惊。蔡瑶原来经常跟《金陵风月》的导演林盛兰和周丽来俱乐部，最近没来，媒体上也少见了，原来是出事了。

“一样，据说刘励骏出事的时候正在南京跟她俩双飞呢。”

“哇，够精彩的。”郑逸群真的是被震惊了。

“据说她俩还分别涉及了其他一些人，反正，据我所知，这一生是完了。”乌梅无限感慨地说。

郑逸群忽然明白了乌梅为什么要演这出戏，她不仅仅是为了那个男人，更是为了自己。在这个风云诡谲的时代，保护好自己是一个技术活。

他的电话忽然响了，是伊涛，他问：“郑总，你在伦敦？”

郑逸群一点儿也不吃惊，自己来伦敦安妮知道，伊涛自然会知道。于是他回答：“是的。”

“有个事情麻烦你一下，叫俱乐部的人订一张从伦敦到香港的港龙航空的头等舱机票，乘机人姓名和证件号我马上发给你。”

“逸群愿意为伊总效劳。”郑逸群半开着玩笑，然后说，“不是给女人订的吧？”

“我不像你那样好色。”说完，挂了电话。

“谁啊？”乌梅问。

“哦，伊涛。”郑逸群回答。

乌梅的脸上忽然泛起一朵乌云，道：“逸群，我现在真是有点儿后悔，当初我们不应该把雯晓介绍给伊涛，把罗小可介绍给他就对了。最近一段时间，我发现那个安妮不是很地道，她跟雯晓的关系绝不是简单的姐妹关系，给人的感觉很怪。”

“你怎么会有这样的感觉？”郑逸群想起了下暴雨的那个晚上伊涛跟他说的话。

手机上有个信息，是一个日本护照，乘机人的名字很怪——Hideto Matsumoto。郑逸群轻轻笑了一下，嘟囔道：“这个伊涛，还有日本朋友。”

乌梅似乎没注意他的话，专心品着英式红茶。

郑逸群把信息发给宣萱，嘱咐她马上就办，宣萱回复：收到。没有任何多余的话。郑逸群很想打给她，有碍于乌梅在场，没好意思。

乌梅转过头说：“你刚才问我为什么会有那样的感觉，是吧？”郑逸群点点头，乌梅接着说，“我也说不好，我以前只是跟雯晓比较熟，安妮也有接触，但是了解不多。但这次雯晓的事情上，我觉得她的角色很不一般。”

“怎么个不一般法？”郑逸群不动声色地问。

乌梅皱着眉头道：“说不好，觉得她太过热心，但热心的方式又似乎有些不合情理。”她顿了一下，凝视着郑逸群问，“你说，她不会把伊涛也发展成潘文林吧？”

郑逸群心里一阵冲动，很想把那天晚上伊涛跟他说的话原原本本地说给乌梅，可话到唇边，他还是觉得不妥，于是生生地咽了下去。

乌梅可能发现了郑逸群的表情不对，追问道：“你想说什么？”

郑逸群轻描淡写地说：“没什么，两人那么好，会分吗？”

乌梅盯着郑逸群，严肃地说：“不对吧，你不是这么开放的人吧。你老实说，你怎么看待安妮和雯晓的事情？”

乌梅已经把郑逸群逼到角落里了，他感觉到无法回旋，于是，他弱弱地回答：“她有点儿像雯晓和伊涛的妈。”

“不对吧，我觉得是她把雯晓玩弄于股掌之间。”乌梅似乎很不满意郑逸群的回答。

郑逸群犹豫了一下，他不知道为什么想起了李安导演说过的话：每个人心中都有一座断背山。也许是一个人或是一件事情，总之你倾注了所有感情想挽留他，但是做不到。每个人心里都有一座无法放下、也回不去的叫作“从前”的深山。郑逸群有点儿被自己的想法吓到了，他不由得摇摇头。

乌梅问：“你反对我的看法？”

手机响了，是一个信息，宣萱的，她发来了 Hideto Matsumoto 的乘机信息。郑逸群把信息转发给了伊涛。在他看来这就是一件小事，一个会员给自己的客户订张机票，没什么，正常。

他办完了这些事情，一抬头，发现乌梅不见了，他扭头看看，原来她正在跟管家说什么。管家是个四十多岁的英国男人，气度不凡。Savoy 酒店的管家是全世界赫赫有名的，皇家套房的管家一定是所有管家里顶级的。这个管家担负着别人交代的任务？郑逸群绝对不相信。

乌梅走回来，对郑逸群说："我给了他和服务员点儿小费。"

"哦！"郑逸群没说什么。

"哎，刚才咱们说到哪儿啦？"

郑逸群正想回答，电话又响了，这是一个说话语速有点儿快的人，他自我介绍道："郑总，你好，我姓翁，是安妮小姐的朋友，我跟尹总沟通过，想请你和乌梅小姐吃个便饭。"

姓翁？郑逸群马上想起了给伊涛投资的那个翁林志，那个隐形富豪，于是，他礼貌地回答："那就谢谢了。我们在哪里吃饭呢？"

"哦，这样，我在郊外有栋房子，我这里的厨师还不错，我想请你们来我这里吃个便饭，顺便介绍两个朋友给乌梅小姐认识。"翁林志语速虽然有点儿快，但表达得却很清楚。

"那好吧。"郑逸群回答。

翁林志道："二十分钟后，有车在 Savoy 酒店门口等你。"

翁林志的房子在郊外，是一栋五层楼的城堡，外观庞大宏伟，建筑线条挺拔向上，一如彼时的英伦绅士。白色花岗岩墙，一二层墙上爬满了常春藤，很隐秘。门口的花园修剪得像个迷宫。郑逸群明白，这一定是翁林志买到的一座贵族庄园。由于维护庄园建筑的费用实在太昂贵，这样的庄园的售价相对便宜。庄园四周围绕着花园、草场、湖泊，甚至还有大雁悠闲地在湖畔的草坡上漫步。

乌梅不仅惊叹道："天啊，这简直是仙境。"

"你就是爱丽丝。"郑逸群不苟言笑地说。

乌梅开始没反应过来，但是很快就明白了。郑逸群是说一部童话《爱丽丝梦游仙境》，故事叙述了一个名叫爱丽丝的女孩从兔子洞进入一个神奇国度，遇到许多会讲话的生物以及像人一般活动的纸牌，最后发现原来是一场梦。

于是，她笑道："你就是疯帽匠。"

向车窗外望去，碧蓝的天空，略染夕照的白云，蓝天下辽阔的草地，一切都令人心旷神怡。

翁林志和一男一女正站在门口等着郑逸群和乌梅，他个子不高，身体动作协调，他先是伸出手跟郑逸群热情地握手，他的手上有些老茧，很坚硬，这应该是长期运动所致。"欢迎郑总。"翁林志非常热情。

郑逸群将乌梅介绍给翁林志："这是大歌星乌梅小姐。"

翁林志脸上绽放着美丽的花朵，热情地说："以前只是在电视上看到过乌梅小姐，没想到乌梅小姐本人比电视上还要光彩照人。"

乌梅优雅地笑着，似乎很受用。无论什么样的女人，面对恭维，都会心花怒放的。她笑吟吟地说："哪里，老了，丑了。不过，我要谢谢你的飞机，真豪华。"

翁林志淡淡地笑着道："为了乌梅小姐旅途舒适而已，不算什么。"

翁林志接着介绍身边的一对男女，男的叫秦晓，女的是一个文化交流协会的，叫Bess，穿着一件浑身亮晶晶的裙子。郑逸群在新加坡上过学，于是用英文问："Are you from Thailand？" Bess双手合十，用汉语回答："是的。"

"Bess小姐祖上是从潮州移民到乌汶府的，现在除了哥哥，全家都住在美国。"秦晓介绍道。他是一个貌不惊人的男人，穿着也很普通，属于丢到人群里马上就会被淹没的那种。郑逸群总觉得这个名字在哪里听说过，但是又突然想不起来在哪里听说过。

走进翁林志这个房子，首先是一个非常大的大厅，装饰富丽堂皇，里面有人量油画、雕塑、挂毯。天花板上有一幅巨大的战争画，看得出来，房子原主人的先祖一定是为英格兰浴血战斗过的。整个城堡的窗子上面都是半圆形的，装饰精美，上面有好看的花纹，而且鎏金，玻璃也是彩色的，上面有很多人物，看来应该是一些战斗故事或者爱情故事。大厅的左侧有一个巨大的壁炉，透着一份大气、庄严和寂静。

有管家过来，说可以入席了。于是，翁林志说："还是回头再带二位参观我这栋房子吧。"

管家领着大家向餐厅走，翁林志介绍道，这座城堡里面有大大小小五个餐厅，今天去吃饭的这个餐厅是原来城堡主人的专用餐厅。

在前往餐厅的路上，走廊上挂了很多油画，乌梅不禁赞叹，说这是艺术的殿堂，谁知翁林志却显得很不以为然，说："英格兰中世纪城堡里不挂几幅17世纪的名家作品，楼梯拐角没有家族几个世纪的人物画像，贵族就会感觉自己像乡下人，挂这些显示他们有格调、有品位。"

郑逸群注意到，走廊上也有穹顶，上面画着一些极具宗教色彩的图画，也许这个城堡的主人还有些宗教背景吧。

餐厅的装饰金碧辉煌，用白、金两色装饰而成，屋顶挂有水晶吊灯，四周墙壁顶端绘有战争的情景。整个餐厅里都是红木家具，餐桌呈马蹄形，桌面光华焕然。餐厅四周还摆满了各种各样的中国瓷器，在郑逸群看来，有很多都是绝世珍品。

乌梅叹息道："这都是帝国主义在中国掠夺的，是他们侵略的铁证啊。"

管家过来招呼大家坐下，翁林志作为主人坐在了顶端，乌梅和郑逸群坐在了主人的左手边，Bess和秦晓坐在了右手边。

桌子上的瓷器是精美的，刀叉是纯银的，工艺非常精良，有精美的花纹，看起来应该是家族徽章。

服务员都是绝色美女，其中一个长得特别像翁林志私人飞机上的那个空姐，她在倒酒的时候，郑逸群不由得多看了她一眼。

先上的是香槟，管家介绍说这是康沃尔郡出产的骆驼古香槟酒，郑逸群尝了一口，秦晓问："感觉怎么样？"郑逸群回答："酒有点儿发酸，似乎有些精灵在口腔里跳舞。"翁林志笑着说："由于康沃尔在英国南部，阳光比较少，雨量比较充沛，所以那里产的葡萄不是很甜。"

服务员送上来了熏鲑鱼沙拉，绿色的生菜上摆着黄红相间的鲑鱼肉，口感一流。乌梅不禁赞叹道："以前我吃的鲑鱼很少有这种做法，真是美味。"

翁林志介绍道："这是苏格兰鲑鱼，和你平时吃到的挪威鲑鱼或者加拿大鲑鱼的口感的确有很大的区别。对了，配一点儿烤面包风味更独特。"

"对了，乌梅小姐最近似乎很少在电视上露面啊。"秦晓似乎不经意地问。

乌梅脸色如水，平淡地说："不想参加那些商演，影响不好。"

郑逸群注意到，翁林志和秦晓相互交流了一下眼神。

红酒是Biddenden葡萄园出产的，翁林志介绍道，英国葡萄酒虽然没有法国葡萄酒那样有名，但是质量也绝对不差，尤其是近年，英国葡萄酒声名鹊起，所以，拿出来尝一下。而且，他还补充道，如果不喜欢，可以喝法国葡萄酒，他这里有上好的白马满分。

乌梅柔和地说："没什么，试试英国风味也挺好的。"

服务员送上来鲽鱼丸龙虾汁、砂锅鹧鸪、配威士忌蘑菇酱汁的里脊牛排或羔羊肉……都是非常具有英国特色的食品，色、香、味俱全。

大家轻松地聊着天，不过是国内政界的一些八卦、秘闻，看起来都是随意说的，但是，郑逸群总是觉得这些话题是翁林志和秦晓有意提及的。不过，他们一直有意无意地回避着一个名字，那就是乌梅的男朋友。

在这种场合，不提他，实际上就是某种姿态，他才是今天的主角。有时候，主角不一定要出场，出场的不一定是主角。

"对了，听说这两天欧升达和郭正余都在伦敦啊，乌梅小姐有没有见到他们啊？"翁林志似乎很随意地问道。

乌梅波澜不惊地回答："没有，他们的安排比较多，还没来得及见面。"

"听阿萨说他那边麻烦不小啊。"翁林志意味深长地说。这一句话点明了两个问题：一、翁林志跟阿萨是朋友，二、欧升达跟阿萨也是朋友。

"是吗？"乌梅似乎毫不在意地道。

郑逸群跟乌梅毕竟有过一段所谓的婚姻，每次乌梅来鹏城，为了掩人耳目，大部分时间他们还是住在一起的，因此关于她和欧升达的事郑逸群还是知道一些的。她虽然现在因为男朋友的问题跟欧升达来往并不多，但是，她与欧升达的关系还是很不错的。欧升达遇到的事情她不可能不知道，也不可能不跟自己的男朋友说。恐怕，只是里面掺杂了阿萨的关系，她要保持着这个姿态吧。

翁林志点点头："嗯，有人在调查他。算了，不说他了。乌梅小姐，我这次来伦敦是有点儿小事想麻烦你一下。"

"怎么？翁总怎么会麻烦我一个唱歌的？"乌梅平静地看着翁林志，问。

翁林志看看 Bess 说："是这样，Bess 有些事情，她跟你不熟，所以，想请我组织个聚会，她跟你面谈一下。"

"哦？"乌梅有些疑惑地看了看 Bess。

Bess 今天穿得珠光宝气的，光是脖子上的那串项链，那绝对是出自名家之手，而且价格不菲。郑逸群在一边有点儿暗自纳闷，Bess 只是个做协会的，做协会的能有这么名贵的珠宝？

Bess 马上说："是这样，我们协会有个推广中国民间音乐的计划，想在全球进行系列传播。我们想请乌梅小姐开一系列的个人独唱音乐会，我们会跟各主办国文化部门合作，除了要在各国做宣传外，各国的顶级文化团体也会配合。"

"哦？"乌梅眼睛一亮，似乎很有兴趣。

Bess 接着说："如果乌梅小姐同意，我们就开始运作。比如说，乌梅小姐要去奥地利，我们会安排你在金色大厅演出，届时，会有维也纳交响乐团为你伴奏，著名指挥家指挥。同时，维也纳合唱团、维也纳童声合唱团、维也纳芭蕾舞团等国际著名演出团体为你助演。演出同时，全球同步直播。"

"这么大的规模？"乌梅问，明显她有点儿不淡定。

郑逸群在下面悄悄碰了她一下，示意她冷静。郑逸群问："这么大规模，你们的资金从哪里来？"

Bess 笑笑说："资金不是问题，我们有我们的资金来源，我们承诺，每场演出我们向乌梅小姐个人支付税后三百万美金的出场费，所有的纳税都会在演出所在地和中国大陆同步完成。"

"三百万美金？"郑逸群明显地感觉到乌梅的身体战栗了一下。每场三百万美金，按十场计算，那就是三千万美金，差不多就是两亿人民币。对乌梅这样的歌手来说，那可不是一笔小数字。

"如果乌梅小姐觉得不满意，我们可以向理事会提出增加乌梅小姐的出场费用。"Bess 说。

"不不，不少了。只是，这事我暂时需要考虑一下。"乌梅回答。她这个回答叫郑逸群很是放心，证明她现在很冷静。

“呵呵，乌梅小姐是名人，影响大，有些事的确需要考虑周全。来，喝酒。”翁林志举起杯。

秦晓在一边道：“祝乌梅小姐能在演艺事业上更上一层楼。”

大家又聊了一会儿，服务员送上了甜品，这是一种叫作兰德尔勋爵布丁的东西，味道极佳，让乌梅一时赞不绝口。

郑逸群的电话忽然有个提示音，他低头一看，是尹诗双的信息，她告诉郑逸群，自己正在去见章艾的路上，地点也在海德公园附近，她说有什么消息，会及时通知郑逸群。

郑逸群回复：收到。

章艾到了伦敦，应该会跟自己见面，她跟林晓伟见面了吗？他现在究竟是怎么想的？最痛的不是结局，而是过程中的种种未知。

桌上的话题已经变成了晏雯晓和伊涛的婚姻，看得出来，翁林志和秦晓都很熟悉他们二人，再加上乌梅又是晏雯晓的朋友，话也多了起来。他们忽然谈到了翁林志的飞机，秦晓甚至把翁林志和安妮的飞机作了一下比较。郑逸群在一边默默地听着，知道秦晓的飞机比他们的都大，是用波音 737 改装的，装修更为豪华。

Bess 忽然问乌梅：“安妮还在国内吗？”

“应该是吧，前几天她还参加伊涛和晏雯晓的婚礼，最近几天没看见她。”乌梅回答。

Bess 像是很随意地说：“这个安妮，现在性情大变啊，怎么不在美国常住啦？不要那些男朋友啦？”

乌梅看看 Bess 问：“她在美国有很多男朋友吗？”

Bess 正想说什么，秦晓在一旁道：“也没什么，就是她一个人在美国，有些寂寞，交朋友正常。”

Bess 似乎有点儿不服气地说：“她那是交朋友？她就是武则天。上次我在钱小小的派对上遇到了她原来那个男朋友潘文林，他可是没少发牢骚。”

秦晓白了她一眼说：“越说越没谱了。对了，那个潘文林据说也在伦敦。”

Bess 嗯了一声说：“貌似是，他总想傍女人，很多女人又都知道他跟安妮的事情，他一时没着落，看样子很着急。”

“大生意容易毁在小人物手里，你记得提醒一下安妮。”翁林志看着秦晓，很明显，秦晓跟安妮很熟。

秦晓没说话，Bess 说：“男人跟女人有那种关系后，他其实是双重获益，第一，他的肉体是享乐的；第二，他在现实中得到了好处。而女人则是无本获利的，第一，她的肉体上也是享乐的；第二，她多了一个利益协作者。”

秦晓说：“不一定吧，我觉得这个潘文林不那么简单，安妮给了他一笔钱，他说要做生意，我看啊，安妮不一定能跟他划清界限。”

Bess 说：“男人在追求女人的初期只有一个动机，就是把她搞上床。在这个阶段，吹软饭的男人与崇尚爱情的男人是没有区别的。区别在于下了床之后，吃软饭的男人会奔赴下一张床，而崇尚爱情的男人愿意跟你开始床以外的生活。”

秦晓道：“你以为这个时代真会有什么爱情吗？所谓一见钟情，不过是见色起意；所谓日久生情，不过是权衡利弊。”

郑逸群觉得这个 Bess 似乎跟安妮有些矛盾，又似乎跟钱小小交情不菲，怎么能通过她了解点儿事情呢？于是，他找了个机会问：“Bess 小姐，你们每年会进行很多次文化交流活动吗？”

Bess 看了一眼秦晓，回答：“也不多，关键是这些活动要有意义。比如乌梅小姐这样的中国歌唱家，她如果能出面参与这种活动，那所起的作用将是巨大的。”

恭维是要有技术的，Bess 这个马屁拍得恰到好处，不痛却有点儿痒。郑逸群在一旁说：“Bess 小姐这个建议很好。”

果然，乌梅严肃地说：“我会认真考虑的。”

Bess 用感激的眼神看了郑逸群一眼，就这一眼，郑逸群读出了很多东西。

几个人接着吃饭，不再聊乌梅演出的话题，聊的都是一些京城里的传闻。郑逸群很奇怪，他们这些隐形富豪对京城里的事情怎么那么感兴趣。不过，他细想想就明白了，他们发的财都和京城的某人有关，他们之所以长期生活在国外，实际上只是为了掩人耳目。而在后来的一些谈话中，郑逸群听明白了，秦晓原来就是那个林娜的姐夫，而且他跟伊涛也很熟。

这事有点儿意思，圈子其实不大，只要你细心地观察、倾听，一定会有你需要的信息。不过，郑逸群注意到，翁林志和秦晓对 Bess 的态度有点儿奇怪，至于怎么怪，他也说不清。

坐在回酒店的车上，郑逸群在微博上发现自己与乌梅在 Savoy 酒店门口的照片，他把照片给乌梅看，乌梅莞尔一笑，指指司机，没有说太多的话。

郑逸群很想打个电话给宣萱，但犹豫了一下，还是发了个信息，问她在做什么，宣萱一直没有回复。手机上收到一个信息：难怪你不跟我去北海，原来在约会啊。是林娜。她发这个信息干吗？郑逸群没有回复，也没法回复，他知道，自己跟乌梅的事情现在一定成了俱乐部里的谈资。

回到 Savoy 酒店，郑逸群刚洗完澡，房间的电话响了，他接起来，是乌梅，她说：“到客厅里喝点儿茶吧。”郑逸群换上睡衣走到客厅，发现乌梅穿着一件性感的睡衣正坐在那里发呆。郑逸群开玩笑道：“干吗呀，穿成这样引诱我犯罪啊？”

乌梅忧心忡忡地说：“别开玩笑了，坐下，我有话说。知道我刚才为什么没有答应Bess吗？”

郑逸群也严肃起来说：“大致能明白，是因为你男朋友的原因吗？”

乌梅使劲地呼了一口气道：“你要明白，这是一种典型的利益输送。民歌到国外搞什么交流那都是个概念，到金色大厅那样的地方演出也是个噱头。你算过账没有，在那样的地方演出，当地人是不会买票的，所有的票应该都是赠票。你算一下，光是主演团体的开支以及电视转播费那就是一个不小的数字。”

郑逸群点点头说：“我明白，恐怕一场下来折合人民币至少上亿。”

乌梅叹口气说：“我明白他们这是为什么，主意应该是阿萨他们出的，尽管表面上来说，这些事情是翁林志和秦晓来安排的。”

“这事你跟他汇报了吗？”郑逸群问。

“汇报了，他也觉得这事儿很棘手，接受就等于跟他们绑在一起了，可能还会有危险；不接受，有可能得罪他们，为自己树敌。你要知道，阿萨他们的能量也是不容小觑的，京城三剑客绝对不是浪得虚名。”乌梅心事重重地回答。

“政治就是结盟，你不跟别人结盟，别人也会跟其他人结盟，恐惧危险拒绝与别人结盟是不明智的。”郑逸群点点头说。

乌梅使劲地抿抿嘴唇说：“实际上，他很反感阿萨这样做的。在政治上，大家如果结盟，相互做一些事就好了，互相支持一下完全都能接受。什么事情如果物化了，那就不好说了，至少显得层次很低。”

“完全不能拒绝吗？”

“很难，这样会牵扯到方方面面，所谓的牵一发而动全身就是这个道理。可能是阿萨他们也看准了这一点，才采取了这个行动。他无法拒绝，如果拒绝，至少我这个把柄会产生很大的副作用。”

“现在有应对方法了吗？”

“他说要仔细考虑一下。对了，你跟我来。”说着，乌梅伸出手拉起郑逸群的手，走到阳台上。然后，她揽住郑逸群的胳膊亲昵地说：“看风景。”

郑逸群会意地揽住她的腰，笑着问：“为什么？”

乌梅回答：“做个测验。”

“做什么测验？”郑逸群有点儿明白了。

“等下告诉你。”乌梅满脸幸福地依偎在郑逸群的身边。

夜晚的泰晤士河给人的感觉是那样的柔美、安详，向河对面望去，沿着河岸是窄窄的小街，有不少还开门营业的餐馆和酒吧，不少餐馆在外边摆了餐桌，点了既能照明又可以当暖气的汽灯，一溜儿明亮地沿着河岸排开。郑逸群感受着身边乌梅的温度，心里感慨道，如果身边是宣萱该是怎样的浪漫啊！

忽然，乌梅慢慢地靠近郑逸群，在他的脸上轻轻地吻了一下，他没反应过来，乌梅又亲了一口，然后低声说："你也亲亲我。"

郑逸群回答："不好吧，戏过了。"他甩开乌梅，转身进了房间。

乌梅跟了进来，随手拉上窗帘道："其实这就是个测验。"

"你不会让我一直陪你演下去吧？"郑逸群皱着眉头看着乌梅，不满地说。

"当然，不过，至少需要一些时间。我跟他说了，对你会有说法的。"乌梅在他身边坐下。

"我不要你们的说法，你们给自己一个说法就行了。"

手机上有两个信息，一个是中海信总经理毛英华的，一个是刘岳平的，都是问他跟乌梅是怎么回事。郑逸群有苦难言，只是默默删了信息。他没法回答，也无从解释。

电话将郑逸群拉回了现实，他一看，是尹诗双，他接起来，尹诗双说："我刚跟章总分手。"

郑逸群问："她说什么啦？"

尹诗双回答："看样子她的压力很大，据她讲，好几个人要她将中海信和俱乐部的股份同时出让。"

"好几个人？她没具体透露是谁吗？"郑逸群问。

"都是官员，明天晚上她会请你吃饭，你们具体谈吧。对了，我姐在吗？"尹诗双问。

"在。"郑逸群回答。

"你把电话给她。"尹诗双道。

郑逸群把电话递给乌梅，乌梅听了几句，回答："我明白。"然后把电话还给了郑逸群。

郑逸群接过电话，尹诗双道："明晚你自己去跟章艾见面，我姐那里有别的安排，但是，你们要共同出门，共同回来，车子我已经叫章艾安排好了。"

"我知道了，你明天几点出发？"郑逸群问。

"十点就要从宾馆出发，早上还安排了欧董与一个朋友的会面。"尹诗双回答。

"你早点儿休息吧。"郑逸群道。

"等一下！"尹诗双叫了一下，她似乎在考虑什么，沉默了大概有半分钟，说，"关于我姐这件事又让你出面也是迫不得已，你知道，有些事情我们姐妹无法相信别人。"

"我明白，我会尽力的。"郑逸群回答。

"所以，为了报答，我和我姐决定全力帮你抹平你跟刘岳平之间的一切痕迹。"尹诗双轻描淡写地说。虽然她这样说，郑逸群脑子里还是像爆炸了一颗原子弹，声、光、电加上巨大的冲击波呼啸而来。还没等他说什么，尹诗双那边又说："你不必紧张，咱们现在是命运共同体，确保你和刘岳平那里没事，也是为了让刘力刚过关。刘力刚虽然不是这边的核心人物，但是，他毕竟是这个巨大的棋局里的重要部分。"

“嗯！”郑逸群表示理解。

“逸群，跟我姐在一起，你要尽量保护好她。她这人头脑有些文艺，有些东西能看清，有些东西还很理想化，所以，不要让她多表态。”尹诗双叮嘱道。

“明白。”郑逸群看了一眼乌梅，她正安静地喝茶，似乎在出神，没有注意到自己说的话。世界很大，你得到的快乐却很小，生活在同一片天空下，有的在沉默中轻叹，有的在获得中喜悦，而有的在失去中哭泣。

“我猜你和刘岳平可能要收购中海信，是不是？”尹诗双问。

“是的，有些事情不得不做。”郑逸群回答。

“我个人觉得，你们最好退一步，对方很强大，何必呢？”尹诗双说。

“你知道对方是谁？”郑逸群问。

尹诗双斩钉截铁地回答：“不，我和章艾今晚分析了，虽然出面的是个上市公司，但背后的人物一定很有势力。对了，出面的上市公司你应该知道，华昌机械，就是那个A股和H股都上市的公司，董事长叫舒欣榄。”

“我知道，我见过他，龙海股份总经理陈瑾的朋友。”郑逸群想起了这个舒欣榄。

尹诗双轻咳一声说：“我刚才分析了一下，出面的肯定不是正主，找章总的人都是政界的，所以对方恐怕是有其他的目的。这个，你们一定要有所准备。”

郑逸群嗯了一声，回答：“我明白。对了，古梦柏估计再有几个小时就到香港了，我已经安排人去接了。”

“知道了，我回去会跟他联系的。好了，照顾好我姐。”尹诗双嘱咐道。

郑逸群总觉得尹诗双话里有话，总强调照顾她姐，但是又不知道她指代什么。他刚放下电话，正想跟乌梅谈点儿什么，电话忽然又响了，一个陌生的电话号码，伦敦号码，他接起来，对方是一个带口音的女人：“你好，郑总，我是Bess。”

“Bess小姐，怎么会是你？”郑逸群有些吃惊，看了一眼乌梅，她正好抬起头来，显然Bess的电话也惊动了她。

“郑总，我不知道你明天有没有时间，我想请你吃个午饭。”

郑逸群正想从她那里知道一些事情，但又不好当着乌梅的面说:“哎呀，不好意思，我要陪乌梅的。”乌梅在对面露出一丝令人不易察觉的微笑。

Bess想了想说：“我住的地方离你那里不远，要不我们找个地方坐坐？”

郑逸群故意显得有点儿为难地说：“那好吧，不过，我只能出去一小会儿，而且不能走太远。”

“那好吧，我们就在the Savoy。我想想啊，我们去美国酒吧坐一下吧。”

在Bess没来之前，乌梅特地跟郑逸群在the Savoy的大堂里站了一会儿，看见Bess走进来，乌梅跟她寒暄了一下才转身上楼。这个动作叫郑逸群明白了她为了什么，郑逸群跟其他女人见面，她在这里寒暄一下证明这是她允许的。尹诗双说乌梅单纯，在郑逸群看来，乌梅那淑女面孔下绝对隐藏着一个工于心计的灵魂，不然，她怎么能得到她男朋友那种人的青睐。

美国酒吧并不大，白色的顶棚，墙壁上装饰着 Terry O' Neil 的黑白画像，让人真切地感受到弥漫在英国上流社会的奢华之气。Bess 换了身衣服，蓝色连衣长裙配灰色外套，简单大方气场高。

两个人在酒吧的一个角落坐下，正好可以看到一架钢琴，一个长得很帅的男人在弹爵士乐。郑逸群感慨地说："用钢琴弹爵士乐，感觉还真是不同。"

"据说这里卖给客人的鸡尾酒比伦敦任何地方都多，所以也有人说这是英国弥漫着快乐气氛最多的地方。你想喝点儿什么？"Bess 问。这是个有点儿咄咄逼人的女人，或者是有点儿事业心的女人，同时也充满着是非。

"我不大懂鸡尾酒。"郑逸群谦逊地回答。郑逸群怎么会不懂鸡尾酒，在新加坡上学的时候，鸡尾酒是一门必修课。他之所以这样说，是想让出话题的主动权。有时候，让对方开始话题，自己才会以不变应万变。

Bess 自己点了 The Malecon，然后，给郑逸群点了一杯 White Lady。

酒很快上来了，Bess 看着郑逸群问："怎么样？"

郑逸群品了一下，回答："酒基浓烈，橘子味悠长。"

Bess 得意地回答："我每次来伦敦都喜欢来这里坐一下，当你看到这里衣香鬓影、觥筹交错的时候，你可能会有一种阅读历史的感觉。"不知道为什么，Bess 的面容令郑逸群体会到一种奇怪的发怵的感觉，他尽量沉稳地笑笑。

"很奇怪我为什么这么晚要见你吧。"

郑逸群老老实实地回答："有点儿。"

"我这人不习惯绕弯子，我就直来直去吧。我知道你跟乌梅小姐的关系，也知道她刚才在大堂里跟我说那些话是什么意思。直说吧，我很想做成这单生意，做成了，也许会改变我的人生。"

"Bess 小姐什么意思啊？"郑逸群不动声色地问。

Bess 看着郑逸群，很诚恳地说："你看着我整天跟富豪们在一起出出入入很风光是吧？实际上，像我们这种做协会的就是打工的，没什么钱。这次我遇到这个机会，如果操作成功，佣金会很高，所以说这单生意能改变我的人生一点儿也不夸张。"

"明白，您需要我做什么？"郑逸群觉得她很诚实，但他心里还是有很多疑问。

Bess 有点儿迫切地说："你只要多在乌梅小姐面前做做工作就好，我看得出，她不是不想做这次巡演，只是她考虑到她那个情人，不敢擅自答应。其实，只要她坚持，那人会同意的。"

“你这么肯定？”郑逸群故意问。

“这次巡演，不仅仅是一个赚钱的问题，最主要的是出名。有人出钱让她在全世界大放异彩，这种诱惑我想对乌梅小姐来说足够了。”

“你就这么肯定？”郑逸群平淡地问。

Bess 对郑逸群说：“你觉得有问题吗？”

郑逸群轻轻啜了一下那杯白色的液体，慢慢地回答：“对于乌梅来说，金钱不是很重要，安全才是第一位。”

“你的意思是？”Bess 试探着问。

郑逸群放下杯子，显得很淡定地道：“你应该明白，对于她来说，男朋友的安全是最重要的，有了安全，还缺别的吗？我想，她应该对你们的建议会有所考虑，但恐怕需要她男朋友的首肯。”

“你有什么办法叫她男朋友不反对吗？”Bess 有点儿紧张，显然郑逸群的话让她觉得问题比较严重。

“这恐怕要让他相信这事没有危险。”郑逸群心平气和地回答。他明白，自己这里越沉得住气，Bess 那边越沉不住气。他观察着 Bess 的每一个姿态，觉得她绝对是经过大世面的，不像是她自己所说的只是个打工的。

“你觉得怎么才能说服他呢？”Bess 目光复杂地看着郑逸群。

郑逸群沉吟片刻，回答：“恐怕需要你们那边有些能让他放心的举动才行。”

Bess 点点头，回答：“我明白了，我会把这个情况跟翁总和秦总汇报的。”她想了想，忽然说，“对了，我发现你似乎对安妮有点儿兴趣，需要我提供点儿资料给你吗？”

“你怎么知道我对她有兴趣？”

Bess 回答：“直觉。”

“那你能给我提供什么有用的消息呢？”郑逸群显得无所谓地问。

Bess 压低声音道：“我能告诉你，你所不了解的安妮。”

郑逸群很想当时就问一些问题，但他忽然觉得有点儿不妥，于是笑着说：“那好，有你这句话我就有谱了。我如果想知道什么可以直接给你打电话吗？”

“郑总这是下逐客令了？”Bess 含笑问。

郑逸群诚恳地回答：“你应该明白我现在的角色，所以在这个四处是眼睛的地方，我不能跟你在一起时间太长。”

Bess 眼珠一转，开心地笑了，露出洁白的牙齿，她伸出手，跟郑逸群握握手说:“那好，再见。”

郑逸群相信，假如乌梅男朋友同意乌梅与阿萨手下的人合作，Bess 会把美国那个圈子里的事情对自己说；即使不同意，Bess 也会说一部分。这在某种程度上也算是一种互惠互利。

回到房间，乌梅还没有睡，正穿着睡衣在书房里上网，见郑逸群回来，她指了指电脑屏幕说："你看，咱们在阳台上的镜头已经被发到微博上了。"

郑逸群走过去看了一眼："这就意味着，除了你们自己的人，还有别人在注意我们的行踪？"

乌梅似笑非笑地说："这是我预料之中的，他们应该是想找出点儿麻烦来。所以，刚才我和你在楼下同那个Bess见面是必要的也是必须的。我估计，他们现在一定是在搜索Bess的身份呢。本来，我想明天咱俩一起去见识一下the Savoy的下午茶，跟你跳跳舞，现在看来，咱们应该远离是非。这话表述得不对，应该是让他们感觉到咱们在有意远离公众视线。"

乌梅的想法是对的，在这种情况下，如果两个人再高调地出席一些公共场合，那恐怕真的要引起别人的怀疑了。

"嗯，我知道了，明天咱们的中午饭也在房间里吃吧。"郑逸群附和道。

"不，"乌梅摇摇头说，"咱们早餐也要在房间吃，明早早一点儿，你来我房间，让管家看到我们是在一个房间睡的。说点儿实在的，我对这里的管家还真不放心。"

"可是，服务员会发现我在另外一个房间睡的。"郑逸群皱着眉头道。

乌梅想了想，用商量的口吻问："要不，咱们睡一个房间？"

郑逸群耸了耸肩，哼了一声："打住，我可不敢在太岁头上动土，死无葬身之地。"

"那怎么办？"乌梅问。

郑逸群思忖了一阵说："这样吧，你拿一件贴身内衣给我，我早上去你房间之前丢在我床上。这样，服务员就会误以为我们是两个房间都睡了。"

乌梅脸上突然变得绯红，她低下头寻思了片刻，点点头。一次奇妙的旅行，就像是一个间谍大片，郑逸群忽然觉得有点儿刺激了。回到自己的房间，郑逸群冲了凉，换上睡衣，拨通了宣萱的电话，这回她倒很快地接了。郑逸群问："看了微博没有？"

宣萱淡淡地回答："看了，没什么，演戏嘛，挺好。"

"你不是真把这事当真了吧？"

宣萱平淡地回答："真的假的跟我没什么关系，跟你汇报一下，李姗姗的妹妹已经走了，对我们的安排表示满意。她跟李珊珊谈话的时候我听到了，她似乎在黄河工商学院上学的时候认识了个很有势力的人，李姗姗甚至跟她说，叫她跟对方说说，照顾一下蔡文昭。还有，王建辉的父亲和秘书下午到，我已经安排好了。明天晚上，云落小姐要举行小孩的百天派对，她的父母明天上午到。"

"知道了，你一定要安排好。"郑逸群忽然觉得这种对话很艰难，宣萱的语气平淡得没有任何波澜，这叫他很不安。郑逸群有点儿哀求地说，"宣萱，你不要这么跟我说话好不好？”

“哦，还有个事，跟你汇报一下，彭公主和陈光定要举办个慈善晚会。”宣萱的语气依旧平淡。

“那就举办吧。”郑逸群觉得事情没什么，陈光定经常干这种事情。

宣萱说：“事情有些奇怪，邀请的人都是周朝华那帮温州人和少数福建人，俱乐部里平时经常参与公益的一些企业家并没有被邀请。就连顾云飞、李前林那群富二代也没有被邀请。”

“哦？”郑逸群大概明白了，这个慈善晚会是项庄舞剑意在沛公啊，于是他说，“你查一查龙海股份的陈瑾有没有被邀请。”

宣萱没说话，郑逸群听到她那边电脑键盘在噼里啪啦地响，隔了一会儿，她回答：“没有。”

陈瑾没被邀请，难道这是彭公主的个人行为？郑逸群一时有点儿茫然，对手那边的烟幕越发浓了。彭公主与陈瑾是平行的还是竞争对手抑或交叉合作？她跟钱小小的关系到底怎样？

“我明白了。宣萱，我还是要跟你解释，有些事根本不是你想象的那样。”郑逸群还是不放心，想解释一下。

“你的事我根本不用想象，都是尹诗双安排的吧？算了，不关我的事。”说完，她啪地挂了电话。心若太满，是没有空间留给别人的。爱越深，指责越甚。

宣萱现在把责任推到了尹诗双身上，这有点儿冤枉尹诗双。她为什么要这样？郑逸群忽然意识到，自己给宣萱的压力太大了，太不公平。别的不说，光是自己跟乌梅的这些绯闻，就够宣萱受的了。她怎么面对自己的同事和朋友们？经过这件事，自己又要跟乌梅纠缠一阵子，自己能给她一个未来吗？

郑逸群正想把电话打回去，云落的电话忽然钻了进来，她笑吟吟地问：“你跟哪个美女聊得这么热乎，我打了半天也打不进来？”

“我跟宣萱通电话。”郑逸群回答。

“哎，我跟你说啊，我去找宣萱谈小孩派对的事儿，我看她脸色很不好，你怎么搞的，跟乌梅搞得这么沸沸扬扬的，你俩这是要旧梦重温啊？我跟你说，我可是对你有意见，你这样对人家宣萱太不公平了。”云落数落着郑逸群。

郑逸群心里暗暗叫苦，可是他又不能辩解，他能说什么？他只好说：“云总找我有事啊？”

云落拉长声音，显得无所谓地道：“哦，还不是咱们那点儿小事，我把方案做出来了，发到你信箱里了，回头你看一下，按咱们商量的，我正在叫人申请拍摄许可证，许可证下来马上开拍。”

“我知道了，回头我叫人把钱给你打过去。”郑逸群回答。他希望早点儿打过去，早打过去早安全。有些钱放在自己这里还是有危险，找个妥当的地方非常急迫。

“不急，许可证下来再打钱也行。”云落显得无所谓地说。

郑逸群伸伸懒腰，说：“得，咱们第一次合作，我还是积极点儿。至于合同，我回去再补签吧。”

云落嗯了一声说:“随便你了，对了，我八卦一下，你这次不是跟乌梅来真的吧？”

“你什么意思？”郑逸群觉得她话里有话。

云落咯咯地笑着，有点儿顽皮地说：“你难道听不出来吗？我不跟你开玩笑了，对了，这两天晏雯晓有点儿郁闷，据说潘文林要回来。”

潘文林？郑逸群想起那个高个子有点儿娘娘腔的男人，问：“他回去干什么？”

“也许是安妮要跟他重温旧梦吧。”

云落提到安妮，郑逸群心里一动，于是他问：“对了，安妮的老本行还做吗？”

云落似乎有点儿惊讶地问：“难道你不知道她的律师事务所现在的工作是专门替那些大的上市公司做法律顾问，替他们打跨国官司吗？国内那边似乎是她弟媳妇负责，美国和欧洲是她自己打理。你问这个干吗？”

“没什么，就是问问。”

“问问，不对吧？你一定是对安妮产生了兴趣。”云落年纪虽然小，但反应却异常的机敏，她追问道。

“没事，就是因为她对伊涛和雯晓比较关心，我又是伊涛朋友，所以问问。”郑逸群解释道。他想了想说，“对了，等下你把账号发我信箱里。”

云落嗯了一声，她想了想问：“要不要我帮你做做宣萱的工作？”

郑逸群很想跟她说你跟她解释解释吧，但还是说：“没事，我回去哄哄就好了。”

“你还是解释清楚吧，这事儿可不是闹着玩儿的。”云落忽然有点儿像个知心大姐。

郑逸群心情有点儿沉重，嗯了一声。他的心里很难受，他想起宣萱跟他说过的一句话：下辈子我要做你的一颗牙，至少，我难受，你也会疼。宣萱现在一定很疼，不然自己的心为什么就像被丢进了一部研磨机里。

手机上又有一条信息，是刘岳平的，他问：你跟乌梅到底怎么回事？他想了想，回复：回去跟你解释。

刘岳平回复：要处理好，别让顾云飞得了手。你俩都是我朋友，我不想你们之间出现什么龌龊的事。

郑逸群知道他很想说点儿什么，但是又碍于安全的问题，所以也就没多解释，只回复了两个字：明白。

又一个电话，居然是徐瑞林那个朋友邓禹非的，有点儿奇怪，他怎么会忽然打电话给自己？郑逸群接起来，客气地说："郑总，你好！"

"呵呵，郑总好，听说你在伦敦？"邓禹非似乎很随意地问。

这个世界真小，几乎没有什么秘密。于是，郑逸群笑道："怎么，邓总也来伦敦了？"

邓禹非呵呵地笑着说："我没去伦敦，倒是王大庆在伦敦参加一个考察团。"

"需要我为你做点儿什么吗？"

"不是为我做点儿什么，而是想麻烦你安排大庆跟乌梅小姐见个面。"邓禹非道。

郑逸群有点儿意外，沉吟一下，有点儿为难地回答："这个不好吧？"

邓禹非赶紧说："郑总，你先别拒绝。是这样，大庆是乌梅男朋友的部下，最近有个提职的机会，想让乌梅男朋友帮帮忙。"

"这个，不方便吧？"郑逸群觉得这事儿有些不妥，于是想婉言谢绝。

谁知邓禹非却忽然说："郑总，如果王大庆能告诉你是谁想收购中海信，恐怕这个忙你会帮的。不过，郑总，请你千万别误会，我这样说话不是威胁，而是有些话真的没法跟你直说。请相信，我绝对没有恶意。"邓禹非的语气很诚恳。

郑逸群有些犹豫，犯难地回答："可是，我不知道怎么跟乌梅说这件事。你要明白，乌梅应该是不参与她男朋友工作的，尤其是涉及他下属的事，如果帮了这个忙，那么有些传言不就坐实了吗？"

邓禹非胸有成竹地说："郑总不必为难。这个我已经替你想好了，回头我叫国视的耿总打个电话给乌梅，然后你再安排这件事，一切不都顺理成章了吗？"

邓禹非如此安排有他的道理，可邓禹非为什么不直接通过耿总跟乌梅联系，反而舍近求远让自己来安排？

正想着，邓禹非道："郑总，我这两天一直在看你跟乌梅小姐的一些绯闻，你也明白，我肯定知道那些绯闻是给别人看的。但是，通过这件事，我很清楚，在这个世界上，她最信任的人除了她男朋友可能就是你了，因此，这个忙你一定要帮。"

郑逸群略微思考片刻，回答："那我尽力吧。"

"那好，我等郑总的消息。"邓禹非谦逊地说。

王大庆能告诉自己谁是收购中海信的幕后主角，这本身就具有一定的诱惑力，而自己怎么与乌梅说这件事显得并不主要了。奇迹总会在最不经意的时候出现，郑逸群忽然觉得自己有点儿激动。

他走出房间，大厅里没有开灯，窗帘拉得紧紧的，这些图案非常美的窗帘在窗外灯光的映衬下显出奇异的美感。书房的灯还亮着，但是房门紧紧地关着，想来是乌梅有什么秘密要处理吧。

郑逸群打开沙发旁的落地灯，打开电视，将声音调到最低，电视上是一个脱口秀节目，主持人正在调侃英国首相。郑逸群心里有些感触，这种电视节目只能产生在西方的文化土壤中，如果在鹏城，谁敢这样开朱振瑞的玩笑，估计早出事了。

想到朱振瑞，他忽然想起蔡文昭，应该打个电话给他，问问关于李铁牛那边的动向。“知己知彼，百战不殆”，这句话现在显得特别重要。

于是，他发了条信息给蔡文昭，问现在通话是不是方便，这个时候是国内上班时间，像蔡文昭这么敏感的职位还是不要直接打电话的好。这么多年，郑逸群浸润在俱乐部里，特别能体会有些电话通话时间的敏感性。有很多时候，事情的成功与失败其实并不在于事情的本身，而在于关键人物，特别是大人物的心情。

果然，蔡文昭没有马上回信息。郑逸群相信，自己关于李珊珊姐妹的那番安排一定会起作用的，只是作用的大小而已。

既然蔡文昭没时间，自己还是处理一下俱乐部的工作吧，于是，他站起身来，想回房间拿 iPad。谁知，就在这时，电话不早不迟地响起来，他一看，是个陌生的鹏城号码，他本来不想接，但那人却不屈不挠地打过来，他接起来，是一个女人，声音文雅而和蔼，她说：“郑总，你好，我是乐枫。”

“乐教授，这是哪里的电话？不是你家的啊？”郑逸群有些不好意思地说。

倒是乐枫显得很不好意思，她说：“这是实验室的电话，最近我有一个课题太忙了，所以一直在实验室打地铺。这不，研究生刚把我的被子收起来。”

“乐教授这么敬业真是令我感动。”郑逸群非常敬佩地说。

乐枫淡淡地说：“郑总过誉了，我就是一个老师，一切都习惯了。今天有个事情我想跟你核实一下，希望郑总能如实回答。”

郑逸群有点儿紧张，不知道她要问什么，就说：“乐教授问吧，如果我知道的，我不会隐瞒的。”他脑子里迅速猜测着，她要问什么。

“是这样，你跟那个唱歌的乌梅小姐在一起是吧？你们有没有见升达？”乐枫问。

郑逸群很奇怪，她怎么问了这个问题。于是，他不假思索地回答：“没有，这次来没有这个安排。”

“郭董、涵涵小姐跟升达在一起？这次的安排都是尹小姐安排的？”乐枫又问。

“是的，乐教授觉得有问题？”郑逸群很奇怪乐枫的问话。

乐枫没有回答问题，像是在思索什么，说：“哦，没有了，刚才升达打电话跟我说在美国给广群买房子的事情，他去不了。我想了一下，叫他派他公司的沈宾阳去了，回头你叫宣萱小姐跟那边的经纪人交代一下吧。”

“嗯，我知道了。”郑逸群谨慎地回答。

乐枫教授为什么问到了乌梅，难道乌梅跟欧升达还有些什么秘密？

“对了，你再交代一下经纪人，再另找一套房子，最好在佛罗里达，独栋的，适合居家的。”乐枫又吩咐道。

“有什么具体要求吗？”

“没什么具体要求，钱不是问题，最好是安静，适合修身养性。”乐枫淡淡地说。

“怎么，你和欧董打算归隐山林？”郑逸群半开玩笑地问。

乐枫平静地说：“或许吧，你叫经纪人找好了通知我。对了，涵涵小姐也跟尹小姐他们住一起吗？”

郑逸群有点儿意外，不知道乐枫为何如此问话，于是回答：“哦，对不起，这个我不知道，我只知道尹总跟欧董住一起，涵涵小姐住哪里我还真不知道。”

乐枫平和地说：“哦，没什么，我就是随便问问。”

郑逸群看着手里慢慢暗下去的电话屏幕，有些百思不得其解，乐枫似乎话里有话啊。

他正要往回走，书房的门忽然开了，乌梅出现在门口，对他说：“你来一下。”

郑逸群走过去，发现她脸上冷冷的，于是问：“怎么啦？”郑逸群以为是她男朋友否决了翁林志的提议。

乌梅转身进了书房，坐在沙发上，郑逸群站在一边，乌梅的情绪似乎很不好，于是又问：“到底怎么啦？”

“刚才是不是有人打电话给你了？”乌梅问。

“是的，是一个叫邓禹非的人。”郑逸群老老实实地回答。

“王八蛋。”乌梅显得很恼火，有点儿不顾及自身形象，狠狠地骂道。

“你认识这个人？”郑逸群问。

乌梅摇摇头，咬着牙说：“我倒不认识他，可他这样的国企，有谁不知道他呢！可恨的是，他叫国视的耿总来威胁我。”

“耿总威胁你，怎么回事？”郑逸群有些吃惊，乌梅在她男朋友的羽翼下，还有人敢威胁她？

“唉，怎么跟你说呢，以前我没怎么出名的时候，为了上春晚，犯过一些错误，其中就包括耿总。”乌梅脸黑黑地说。

“耿总？他难道不知道你现在跟谁在一起，居然还敢威胁你？”郑逸群皱着眉头问。这个事情有点儿棘手，居然有人敢威胁乌梅，居然还不投鼠忌器！

“有些事情没那么简单，他又不是万能的，有些人巴不得他出事。”乌梅有些沮丧地说。

“是这样，你现在打算怎么办？”郑逸群站在那里问，他感到房间里的空气有些发稠，呼吸不是很顺畅。

“邓禹非刚才跟你都说了什么？”乌梅抬头问，郑逸群发现她显得有些憔悴。

郑逸群皱起眉头，努力地回忆邓禹非跟自己说的每一句话，甚至包括他的语气，原原本本地跟乌梅学了一遍。乌梅坐在那里慢慢地听着，手指在一起搅来搅去，看起来心神不宁。

郑逸群向乌梅叙述完邓禹非的话，然后站在那里看着乌梅的反应。乌梅沉默了半天，试探着问："邓禹非真是这么说的？"

"是的。"郑逸群肯定地点点头。

乌梅沉思了一会儿说："看来似乎是耿总夹带了私活，这个邓禹非似乎真的没什么恶意。"

"耿总为什么要这样？"郑逸群问。

"这个我也想不通，总之是有些怪。"

"那么，你想见这个王大庆吗？"郑逸群试探着问。

乌梅略微想了一下回答："这样吧，回头我跟他商量一下，看看见不见。其实，我猜这个王大庆就是想提拔一下，如果他不是别人的人，提拔一下也没问题，甚至通过提拔这个王大庆将这个邓禹非收编，倒也是件两全其美的事情。"

"你不是歌唱家，而是政治家。"郑逸群轻轻地摇摇头，心里想这哪是尹诗双所说的单纯，简直就是老奸巨猾嘛。女人都是两面的，她的内心只有她自己才明白。

"你别这样说话，我都是被逼无奈啊。"乌梅叹口气，就像是受了伤的小鸟。

没有人是救世主，更没有神仙皇帝，想到这些，郑逸群开始坦然面对自己的处境。人和人之间的信任是很微妙的事情，郑逸群用一副节哀顺变的表情看着乌梅，忽然有种异样的感觉。这种感觉很怪，肯定不是情欲，更不是怜悯，而像是兄长看到受伤的小妹妹时心里产生的那种怜爱。人是一种奇怪的动物，相处长了，总会产生某种奇怪的感情，不管这种感情基于怎样的环境而产生。

第二天早上，正当郑逸群穿着睡衣斜倚在乌梅的床上，看着管家吩咐服务员在一张餐台上摆放刀叉准备吃早餐的时候，忽然接到蔡文昭的电话。蔡文昭似乎很疲惫地说："郑总，真不好意思，开了一天的会，刚有点儿时间。"

"不好意思，打扰了，我是想问问李铁牛那边有没有动向。"郑逸群开门见山地说。

蔡文昭回答："没有，今天有几个重要的会，都是朱书记主持。不过，上午我看他参加了一个关于党建工作的常委扩大会议，然后就急匆匆地走了，没来得及跟他说话。"

"哦，是这样，咱们兄弟，你也知道这件事的敏感，你帮我盯着点儿，有什么事情及时沟通。"郑逸群道。他看看乌梅，乌梅也在窗前打电话，不知道对方是谁，也看不出表情。

蔡文昭道："这个自然，不过，我还是要谢谢你对姗姗妹妹的接待。你可能不大知道，我现在要好好地跟姗姗的妹妹打交道了，她最近交了个男朋友，很有能量。你这么一帮我，她似乎对我印象很好。"

“能在力所能及的范围里帮上你，逸群也就心满意足了。”

“不过，你这几天可是大家茶余饭后的议论焦点啊。别人不知道其中的奥秘，我可是知道，兄弟你就是一炮兵连炊事班班长啊。”蔡文昭忽然开起玩笑来了。

“什么炊事班班长？”郑逸群一头雾水地问。

蔡文昭一字一句地说：“背黑锅，戴绿帽，看别人打炮。”

郑逸群也忍不住笑了，骂道：“狗嘴里吐不出象牙。”

蔡文昭呵呵地笑着说：“好了，我等下要去北京，那边有什么消息我打电话给你。”

“你去北京干什么？”郑逸群问。

蔡文昭忽然有些神秘，压低声音说：“跟朱书记去，跟领导谈话。”

领导在这个时候找朱振瑞谈话？这个消息有点儿异乎寻常，郑逸群有点儿紧张，怕这次谈话与刘力刚有关系，他显得毫不在意地哦了一声。即使是对蔡文昭，自己也不能表现出对某件事的特别关心，那样会叫别人起疑的。

收了线，他走到早餐桌前，这是标准的完全英式早餐，两个盘子里有熏肉、煎蛋、炸蘑菇、炸番茄、茄汁黄豆、煎肉肠、黑布丁，还有炸面包片。看着那一大堆食物，郑逸群不禁摇头。

管家问：“您不喜欢？”

郑逸群叹口气：“不是，是这么多食物如果吃不完太浪费了。”

“丰富的早餐是英国独特生活方式的一部分。”管家微微一笑。

郑逸群没说什么，坐下来，品着口感醇厚带着柠檬味的红茶，感觉很惬意。乌梅打完电话，走过来，挥挥手，示意管家和服务员退下。管家微微鞠躬，带着服务员退下，随手关上了门。

乌梅似乎还是心事重重，她心不在焉地喝了口茶，然后说：“等下你通知那个王大庆吧，可以见面，最好是在加拿大，因为这里人来人往的太惹人注意了。”

郑逸群回答：“嗯，回头我跟邓禹非说说。快吃吧，蛋快凉了。”

乌梅摇摇头，低头吃了两口，郑逸群忽然吃惊地发现，两颗亮晶晶的眼泪滴到了桌子上。郑逸群关切地问：“你怎么啦？”

乌梅没抬头，拿起餐巾，垂头轻拭眼角，抽抽噎噎地回答：“没什么。”

郑逸群轻声问：“怎么，他骂你了？”

乌梅摇摇头，抽噎着回答：“没有，但我能感觉到我给他添了不少麻烦。”

郑逸群安慰道：“你千万不要这样自责，这里面很多事情都是因为他的政敌而引起的，跟你并没有必然的联系。”

乌梅泪眼婆娑地抬起头，可怜巴巴地看着郑逸群说：“可是，如果没有我，他就不会这么容易被别人抓住软肋啊。”

郑逸群心里也似乎有一根针划过，他说："你千万别这么想，人在江湖飘哪能不挨刀。没有你，他也会遇到其他的困难。对了，关于翁林志的事他怎么说？"

乌梅摇摇头，回答："他还没考虑好，这里面涉及的事情很复杂，不是一句两句话就能说清楚的。"

郑逸群点点头，没再说什么，低下头吃东西，尽管这盘子里都是美味，但他感觉不到嘴里吃的什么。

"逸群哥，我想问你个问题，我希望你能如实回答我。"乌梅问，此时，她似乎不那么脆弱了。

"你想问什么？"郑逸群觉得乌梅的态度有点儿奇怪。

乌梅表情有点儿复杂，她盯着郑逸群问："你为我和诗双做了这么多难道没有一点儿私心？"

郑逸群很明白她所要的答案，但那是个否定的答案，如果直接回答可能会伤害她，但如果回答得似是而非，有可能造成一些不必要的误会。郑逸群看着对面这张美丽但此时显得有些脆弱的面孔，回答："生活中有许多你不想做却必须要做的事，也有许多你想做却不能做的事。"

乌梅眉头紧蹙地问:"你说的话我不懂，我问你一个简单的问题，假如诗双有危险，你会义无反顾吗？"

郑逸群明白，现在说话必须严密，于是，他回答："我们是哥们儿，她有事我自然责无旁贷。"

乌梅叹口气说："诗双也这样回答我，你们事先有沟通吗？"

"她也这样回答你？"郑逸群想尽早结束谈话，反问了一句。

乌梅没有直接回答，她站起身，走进主人房的洗手间，关上门，郑逸群注意到，她没有开灯，不知道她在里面干什么。今早的早餐气氛不太好，这是郑逸群没想到的，他以为这只是一场戏，没想到，这场戏这么沉重。

良久，乌梅走出来，郑逸群发现，她已经重新化了淡妆，现在的她似乎不再是楚楚可怜，相反，却有点儿叱咤风云的自信。郑逸群心里不由得暗自感慨，这女人啊，都是天生的演员，角色转换如此之快，简直比话剧里的场景变换还迅速。

乌梅拿起桌上的电话，看看，对郑逸群说："诗双应该到希思罗机场了，你要不要跟她通个电话？"

郑逸群知道这个问题的复杂性，于是，他问乌梅："你觉得我和诗双有什么别的事吗？"

乌梅看着郑逸群，表情渐渐凝固起来，她问："你们什么事都没有，你替她做这么多事？"

郑逸群叹口气道："生活告诉我们，友情不在于你予我给，而在于风雨同舟。"

乌梅半晌没说话，就那么默默地看着郑逸群，如果不是她的睫毛偶尔动一下，就像是一尊雕像。良久，她叹口气说："可能我太狭隘了。"

郑逸群没有接她的话题，因为他不能再回答乌梅的任何问题。没有人不狭隘，只是，很多时候，你没有资格狭隘。

郑逸群叫管家进来收拾房间，他发现管家基本上没有抬头看自己和乌梅，只是按照程序精准地做着各种服务，这有点儿令他不安，这个管家难道真有问题？一时间，他甚至有一种错觉，房间里是不是被别人安了摄像头。不过，他很快把自己的这个谍战剧里的念头打消了。Savoy 酒店里怎么会出现这种事情？

管家和服务员撤出去，郑逸群打了电话给邓禹非，说了一下乌梅的意见，邓禹非很为难地说："郑总，不瞒你说，大庆出国那是有严格纪律的，去加拿大恐怕有困难。你看，你能不能跟乌梅小姐商量一下，给她一个机会？"

"这个……"郑逸群有点吃不准自己能不能说服乌梅，有些迟疑。

"郑总，我觉得至少你应该跟大庆见见面，有些话她当面跟你说恐怕更好一些。"邓禹非的语气有点儿奇怪，但郑逸群听得出来，他的话里绝对充满玄机。

"是吗？你等一下，我去跟乌梅商量一下。"郑逸群觉得这是个机会，有机会不把握那是对自己不负责任。

"那好，我等你消息。"邓禹非的口气有点儿像一个喜剧片里的客栈老板娘，她有一句口头禅：我看好你哦！

乌梅听了郑逸群的解释，有些犯难地说："你知道，除了咱们自己通知的八卦报纸在外面等着，还有别人派来的人，她来了怎么见面呢？"

郑逸群微微一笑，回答："很简单，就叫她来房间，而且，事情交由管家来处理。你不是不放心这个管家吗，交给他处理，消息泄露了是他的问题，不泄露则正合你意，这也算是一举两得吧。"

乌梅似乎有点儿拿不准，反问："你觉得这个王大庆来了会做什么？"

郑逸群冷笑一声说："送礼呗。他们这些官员没有别的创意，净做这些没有技术含量的事情。"

"哦，不会有别的要求吗？"乌梅问。

郑逸群回答："应该不会，她怎么说也是一个副司长，办事还是会给大家留空间的。"

"那好，你叫管家安排吧。"乌梅点了点头，此时的她已经恢复了淑女的模样，刚才的凄楚已经完全不在。强者不是等着暴风雨的肆意摧残，而是知道怎样在狂风暴雨中跳舞。

郑逸群转身要走，乌梅忽然又问："你真的不给诗双打个电话告别？"

郑逸群思忖片刻回答："算了，她跟欧董在一起，一定有重要的事情，还是不打扰她了。"

趁着王大庆还没来，郑逸群打了个电话给潘晓梅，叫她把一笔钱转给云落，潘晓梅似乎在忙着什么，匆匆地回答："好嘞，我回头就办。"这跟往常潘晓梅跟他通电话不一样，潘晓梅每次跟郑逸群通电话总是要郑逸群帮忙介绍客户，这次这么就结束了通话，还真叫郑逸群有点儿不习惯。

王大庆很快就来了，穿的衣服跟上次郑逸群在俱乐部遇到她时的牌子一样，是Chanel，不过，今天这身显然是最新款，而且还挎了只Chanel新款手袋，看起来很时尚。郑逸群把王大庆介绍给乌梅，乌梅很友好地请王大庆坐下，两个人开始聊天。开始王大庆还问乌梅出来为什么不带助理，乌梅回答说自己现在没跟任何经纪公司签约，也没有助理。很快，两个人的话题就转了，女人聊天自然是一些八卦，既有娱乐圈的，也有北京政界的，不过，郑逸群在一边听得出来，她们俩一直有意回避着一个名字，那就是乌梅的男朋友。在这点上，昨晚在翁林志那里也是这样，大家尽量避免提到他。

这世上的事很多时候很是微妙的，明明需要某个人来协调某件事，却因为敏感而有意谈些别的事情，在古代的军事家那里，这就是所谓的"围魏救赵"吧。

不过，郑逸群一直期待着王大庆能将话题转一下，因为邓禹非对他讲了，王大庆会告诉他是谁要收购中海信。不过，王大庆一直没有往这个话题上引。谈着谈着，不知道怎么就谈到安妮身上了，两个人都认识安妮，于是，话题很自然地就谈到了安妮的发财秘籍和个人感情，发财的事儿看样子两个人都没兴趣，关于安妮的个人感情两个人倒是八卦了不少。郑逸群这才明白，安妮原来有个爱好，她看上的男人她都要用经济手段把他束缚住，有的男人甚至因为安妮跟自己的老婆离了婚。这让郑逸群暗自吃惊，看起来贵气十足的高官夫人原来还有这样一面。

谈着谈着，王大庆忽然说："昨天我在天明市市长刘玉峰老婆马如新的派对上听说安妮最近对鹏城一个医疗器械公司的老板很感兴趣，好像跟那个男的去旅行过，估计是新欢。"

"是吗？"乌梅有意无意地看了郑逸群一眼，郑逸群没有什么表情，他俩都知道，王大庆说的是伊涛。郑逸群和乌梅是伊涛和晏雯晓的介绍人，现在他们已经订婚了，却发生了安妮对伊涛感兴趣这种事，实在令人难以接受。

"是啊，我听说啊，他们在游轮上是住一个房间的。"王大庆说。

"这个安妮，专门向周围的人下手啊。"乌梅态度不明地说了一句。

谁知，王大庆却主动转换了话题："不说她了，乌梅小姐什么时候有时间参加一下我们的俱乐部，马如新那群人可是对你的穿衣品位很是羡慕，有机会给她们上上课。"

乌梅谦逊地笑着说："有什么品位啊，都是乱穿的。"

“对了，乌梅小姐，昨天我们几个人逛唐人街，发现地摊儿上有几样装饰品，很配你这几天在新闻上的衣服，我就买了下来，你看看。”说着王大庆从包里拿出一个纸袋子，从里面倒出一些首饰，然后显得很随便地说，“虽然只是装饰品，款式还很不错，总共才花了不到二百欧元，送给你戴着玩儿吧。”

乌梅看了看那堆首饰说：“不好吧。”

王大庆笑眯眯地说：“无大碍的，你要是不喜欢戴了就随便丢掉吧。”然后，她看看自己手腕上的表，郑逸群注意到，那是一款积家的Reverso高级珠宝表，价格一定不菲。王大庆道：“不好意思，今天打扰乌梅小姐了。那咱们就这么说定了，回国以后有时间，我来召集，乌梅小姐给马如新她们讲讲服装的搭配。”

乌梅友好地笑着说：“好啊。”然后，她指着桌子上那堆首饰说，“王副司长，这些你还是拿回去吧。”

王大庆笑道：“乌梅小姐就戴着玩儿吧，没什么，工艺品而已。”说着，有意无意地看了郑逸群一眼，郑逸群明白她的意思，于是对乌梅说：“这样，我去电梯间送送王副司长。”

乌梅和善地对王大庆说:“王副司长,不好意思,你知道,我最近被记者跟踪得太多,不方便送你，就叫逸群送你到电梯间，他也不能下楼，否则也会惹出一场风波。”

王大庆笑道：“非常高兴与乌梅小姐相识，我明白，回国见。”

走在饭店走廊那极富异域风情的地毯上，王大庆对郑逸群说：“那几件东西都是Swarovski最有名的设计师的作品，回头我把包装盒和证书叫徐瑞林送到俱乐部，麻烦你转交给乌梅小姐。”

“明白。”郑逸群低调地回答。

“对了，禹非让我转告给你，要收购中海信的，表面上是H股上市的华昌机械，实际上是北油和钱进的华夏信托公司共同控股的香港上市公司中阳股份。”王大庆低声道。

“是这样啊，那北油的邓总什么意见？”郑逸群问。

王大庆扭头看了看郑逸群说：“你要明白，他作为北油这样的国企负责人，在某种意义上讲只能执行。”

“嗯，我知道了。”郑逸群心里一阵感激，邓禹非能把这个消息告诉给自己，说明他真的是没有恶意的。他轻声问：“邓总有没有说决策者是谁？”

王大庆轻轻一笑，回答：“郑总，如果不是因为我的缘故，恐怕这个消息他也不会轻易透露吧？你们成为对手已经既成事实，你还是作好准备吧。”

宇宙中有一种能量叫暗能量，它是一种不可见的、能推动宇宙运动的能量，宇宙中所有的恒星和行星的运动皆是由暗能量与万有引力来推动的。社会中也有一种能量叫暗能量，你看不见它，却能感受到它的存在。

郑逸群嗯了一声，回答："我会的，谢谢。"

王大庆忽然站住了问："你不想问问他们为什么对中海信感兴趣吗？"

郑逸群摇摇头说："我一直没有想清楚，仅仅是因为这是一个优质资产吗？"

王大庆轻轻摇摇头说："你应该明白，这是一盘很大的棋。"

郑逸群看着这个眉宇间透露着某种精明的女人，轻声说："我的层次太低，无法预测未来。"

王大庆看着他，良久道："那就学会保护好自己。有时候，老帅被将死了，卒子却存在。"

说话间，两个人已经走到电梯间，这里有两幅油画，典雅而庄严。管家正站在那里候着，郑逸群对王大庆说："王副司长，谢谢你的提醒。"

王大庆伸出手跟郑逸群握握手，说："我应该谢谢你才对，我这边有什么消息会叫禹非通知你的，你应该理解，我这个身份跟你直接通电话多有不便。"

郑逸群严肃地回答："明白，王副司长保重。"

望着王大庆的面孔消失在电梯门后，郑逸群忽然心情有些沉重。北油这样的企业也要执行别人的旨意，那么，背后的人就不是钱进那么简单的了。可是，他们收购中海信的真正目的是什么？打击刘力刚？他们在这里找不到任何关于刘家的痕迹啊，王大庆说对方是在下一盘很大的棋，中海信这里肯定不是闲棋冷子，对方走这一步到底是为了什么？

郑逸群在走廊里慢慢地走着，地毯很厚，悄无声息，走廊里挂着一些名家的画作，间或有几件瓷器。很多人心累，就是因为常常徘徊在矛盾之间，举棋不定。

郑逸群拨了个电话给彭日光律师，问他进展怎么样。彭律师回答一切顺利，如果快的话，一周之内，离岸公司收购许家那个壳公司的手续就会办完，接着就是填充实际的东西了。郑逸群不能再说其他的了，这已经很快了。他心里现在有些担忧，对方会不会留给自己充裕的时间呢？

回不去的都叫过去，把握不了的都叫风险，郑逸群忽然有种山雨欲来的感觉。

手机上有一条信息，是宣萱，她告诉郑逸群，古梦柏已经接到，正在回鹏城的路上。宣萱不打电话肯定是因为古梦柏在车上，这一点他很能理解。于是，他回复：收到。想想，他又补充一条：尹总和欧董已经在回鹏城的路上。宣萱回复：要接吗？

宣萱这样一问倒是提醒了郑逸群，尹诗双没有安排俱乐部的人去接，一定是跟欧升达要在香港见什么人。而此时见的人，一定是对欧升达乃至于对郭正余都会有重要意义的人，这样的行动，尹诗双自然是不会叫俱乐部的人参与。于是，他回复：不必。

郑逸群走回房间，乌梅正在那里认真地看着那些首饰。见郑逸群进来，乌梅招招手，郑逸群走过去，站在乌梅的对面。乌梅问："你觉得这些首饰是只值二百欧元的便宜货吗？”

郑逸群笑说：“那几件东西都是Swarovski最有名的设计师的作品，二百欧元，我看至少值二十万欧元。”

“Swarovski最有名设计师的作品？哇噻，这王大庆的手笔够大的。”乌梅明显有些吃惊。

“她回头会把包装盒和证书送到俱乐部，回头我拿给你。”郑逸群淡淡地说。

“我很纳闷，这当官就那么有吸引力吗？”

郑逸群耸耸肩说：“谁不想拥有对资源的占有权和分配权？拥有了这些，你就拥有了万人敬仰的地位。这可比你当演员辛辛苦苦赚点儿出场费有诱惑力多了。”

“你说，我以后当个歌舞团的团长怎么样？”乌梅问。

郑逸群冷笑着说：“你应该当中央文化改革领导小组组长。”

乌梅问：“有这么个机构？”

郑逸群讥讽道：“有，有个女的也当过这个小组的组长，她叫江青。”

乌梅这才明白郑逸群这是在消遣她，于是，抓起茶几上的一只苹果向郑逸群抛去。郑逸群灵活地一闪，把苹果抓在手中，然后，报复性地狠狠咬了一口。

乌梅又抄起一样东西，正想丢，发现是自己那部VERTU手机，这款全球限量版手机价值十几万美元。郑逸群逗着她说：“扔啊，扔啊。”

乌梅眼珠一转，变愠为笑，有点儿调皮地说：“哼，我不上坏人的当。”她把手机放下，颇为认真地说，“真的，我真想当个官儿。”

郑逸群发现她严肃起来，看着她，半晌才轻轻道：“你自己的路，你自己选择吧。”

这些年，不断有美女在官场上一路亨通，别人能当官，乌梅为什么不能？

这时，郑逸群收到一个信息，刘岳平的，他写道：两个黄鹂鸣翠柳，一行白鹭上青天。

郑逸群明白了，这就是说刘力刚准备跟秘书一起飞北京，而且，刘岳平应该已经安排北京那边给毛英华发了传真，这样，就不会有人怀疑他到北京是陪刘力刚了。郑逸群走回自己的房间，回复：诗兴大发，心情不错啊。他的意思刘岳平应该能看明白，他的意思就是，一切都已经安排就绪。

刘力刚去北京的事情是早就有安排的，直到今天才能成行，应该是涉及方方面面的协调问题。这次他去北京的目的只有一个：摆平。但是，这种摆平不是他一个小小的市长能做到的，这还需要方方面面的相互平衡。想了一下，他叫自己公司的一个人送一张卡给毛英华，这张卡足够毛英华在北京的开销了。然后，他又发了个信息给毛英华，按事先的约定，祝他工作顺利。

毛英华很快回复，说自己要到北京开会，问他有没有什么需要带回来的。郑逸群知道他明白了，于是，简单回复说给俱乐部的女孩子带点儿北京特产吧。按事先的约定，果脯代表一切顺利，老北京布鞋代表麻烦。

这是一场游戏，一场连游戏者都不快乐的游戏。

郑逸群走出房间，发现乌梅并没有在厅里，他走进书房，发现她也不在这里。于是，郑逸群开始上网，开始在微博上看自己跟乌梅的最新消息。除了昨晚阳台上的照片，再没有了自己与乌梅的消息。看来，乌梅对形势的判断还是准确的。他仔细看了看那些评论，乌梅的支持者还是不少的，少数的不同声音很快就消失在支持者的赞美之中了。在支持者看来，乌梅无论做什么都是对的。

郑逸群登陆了一下俱乐部的管理系统，大致看了一下今晚的活动，他注意到冷鸿海在一号别墅有个派对，而且也启动了特殊的服务程序。启动这种特殊服务程序，他那边请什么人只有少数人才知道，这属于逸群的职权范围，他去查看了一下，发现餐食很一般，但是酒水却是顶级配置。除了 1961 年的 Cheval Blanc，还有 1982 年的 Petrus、1999 年的 Lafite。

冷鸿海不是一个挥霍无度的人，他这是请谁，这么大动干戈？

看看表，已经是中午了，因为早餐刚吃过不久，所以也不饿，但是，早上乌梅心情不好，没怎么吃东西，不知道她要不要吃午餐。

正在纠结着，电话忽然响了，是罗小可的，郑逸群接起来，罗小可似乎蛮开心地说："最近遭遇桃花运了？"

郑逸群苦笑着问："什么叫遭遇？不带你这样落井下石的。"

罗小可呵呵地笑着说："你可是不知道，北京这两天的饭桌上，你跟乌梅的事儿可是主题。"

"哼！"他没办法解释，也不能解释。

"喂，钱小小回来了，据说这两天要回北京。"

"哦？马不停蹄啊。"郑逸群一点儿都不感觉到意外。

"想不想知道她回来都要干什么？"罗小可故意卖着关子。

"哦，她想干什么？"郑逸群问。

罗小可说："这次她要在钱穆里的老宅子里搞一个大型派对，据说有重要消息宣布。"

"不是宣布她与古梦柏要结婚吧？"郑逸群问。

罗小可回答："不清楚，邀请的人非富即贵，据说要办成京城有史以来最高端的一次派对。"

"哦，你受邀请了吧？"郑逸群问。

"作为罗蒙投资的首席代表我的确受到了邀请。对了，据说她现在还担任了香港一个什么公司的董事。"罗小可回答。

"嗯，我知道了。"郑逸群没有再说什么，收了线。

钱小小回来就马不停蹄地去北京，她还担任了某个香港公司的董事，这与北油和钱进公司共同控股的香港上市公司中阳股份要收购中海信有关系吗？

郑逸群还是没想明白他们要收购中海信的真正目的是什么。通过中海信来找到刘岳平的破绽是不可能的，进而威胁到刘力刚那更是扯淡，但是，他们已经行动了，这里面一定是有针对性的。

这次林晓伟飞英国并没有跟欧升达或者郭正余接触，他仅仅是为了跟章艾见面？跟章艾见面在哪里不行，为什么偏偏要到英国？他应该是来这里见什么人，可是，他来见谁？况且，他应该知道自己已经来英国了，他为什么不主动联系自己？自己要不要主动联系一下他？

郑逸群思忖了一会儿，还是打消了主动联系林晓伟的想法，他觉得，既然晚上就要见到章艾，还是先了解一些情况再说吧，还是先沉住气的好。

乌梅一直没有从她自己的房间出来，不知道在里面做什么，郑逸群也不好去打扰，就一直在俱乐部的管理系统上处理工作。正忙着，电话忽然又响了，这回却是保安主任，他告诉郑逸群，公安局的人又来询问了一遍李铁牛司机的事情，要求带走当时他签字的免责声明书原件。郑逸群一想这里面肯定有问题，于是告诉保安主任，只提供给他们复印件，原件一定留在手里，以便在必要的时候提供给法庭。保安主任说:“明白了。”

郑逸群放下电话觉得问题不是那么简单，于是，编了一条短信把事情简单地跟尹诗双汇报了一下，相信她开机以后会看见的。他没有把事情跟古梦柏汇报，他觉得，不是古梦柏主动打电话给自己，还是不要主动跟他汇报什么的好。俱乐部目前遇到的情况过于复杂，自己必须跟尹诗双保持一致，有些事情还是叫她去跟古梦柏沟通的好。另外，跟古梦柏保持一定的距离也是必要的，这样，他也不好直接对自己说太多。

现在他倒是对刘岳平其余的合作者有些担心，那天晚上刘岳平的态度很奇怪，应该是已经发现了合作者的破绽，也许，这些破绽已经被人抓住了。万一刘岳平出事，自己这里势必要受到牵连。乌梅表示他们会尽量保护郑逸群和刘岳平，可是，他们能保护其他人吗？

他从书房走回卧室，在床上躺了一会儿，心里又烦，于是，拉开壁橱，打开自己的行李。刘岳平交给他的那个移动硬盘正静静地躺在那里，他很想打开来看看，忽然想起刘岳平叫他去加拿大那栋房子里才能看，于是，他忍了忍，又放下了。

今天王大庆的话一直在他心里盘桓，表面上出面收购中海信的是舒欣榄的华昌机械，实际的出资人又是中阳股份，这两个公司都是H股的上市公司，他们之间怎么配合？香港可是法治社会，他们的一举一动无法像内地一样可以暗箱操作，回头要跟彭律师研究一下，怎么利用香港的法律做文章。

对方来暗的，而且蓄谋已久，你也跟他玩暗的一定非常被动；但如果你换个角度，把战场转移到阳光之下，他们的那些夜战设备就用不上了。至于这个战场怎么转移，回头要跟彭律师好好商量一下，他对香港法律熟稔，会想出好办法来的。

又一个电话打进来，是一个陌生的电话，伦敦号码，郑逸群接起来，对方是一个香港口音很重的男人。他告诉郑逸群，他是郭正余的助理，郭正余想请乌梅小姐回电话，郑逸群问："就回这个号码吗？"对方回答："可以。"

郭正余找乌梅，为什么不直接找她？郑逸群稍微一想就想明白了，那天郭正余与乌梅男朋友见面是自己与李敏阁安排的，这次郭正余来伦敦没有带李敏阁，而他此次求见乌梅显然是不想叫李敏阁知道。郭正余请李敏阁做自己的助理，遇到大事又不带她，很明显，他对这个女人不是十分信任，仅仅是因为她是李铁牛妹妹的缘故吗？

郑逸群走出房间，走到乌梅的房间门口，房门紧闭，他轻轻地敲敲门，没反应，他又敲敲，还是没反应。怎么回事，难道乌梅睡了？郑逸群正转身要离开，门忽然开了，乌梅一边听着电话，一边向他招招手，示意郑逸群进去。

郑逸群走进乌梅的卧室，她穿得很整齐，床也是整整齐齐的，看样子她一直在通电话。郑逸群在沙发上坐下来，乌梅走到一边的椅子上坐下来，一直听对方讲话，偶尔嗯一声，也不知道是同意还是表示知道了。

郑逸群连喝了两杯水，乌梅才放下电话，却只是坐在那里发呆。

郑逸群轻咳一声，乌梅转过头，郑逸群说："是这样，郭正余叫你给他去个电话。"

"哦，我知道了。"乌梅还是有点儿走神，看得出来是受刚才那个电话的影响。

乌梅按照郑逸群给的电话号码回拨了过去，文文静静地说:"你好，请郭董听电话。"

那边很快就接了，乌梅客客气气地跟对方说着话，郭正余似乎是要请乌梅吃饭，乌梅客气几句答应了，她回头看了看郑逸群说："他今晚有约。"

郑逸群明白了，尹诗双昨晚打电话对自己说有人请乌梅吃饭，指的就是郭正余。

郭正余那边又说了几句什么，乌梅文雅地回答："晚上见。"

乌梅放下电话，低头思索了一会儿，忽然道："都说婚姻是爱情的坟墓，可偏偏还有人来盗墓。"

郑逸群不苟言笑地回答："因为谁都想找到自己的那个死鬼。"

乌梅扑哧一声笑了，看着郑逸群道："死鬼。"

这句"死鬼"让郑逸群心里一惊，他赶紧掩饰住自己的不安，道："晚上郭董请你吃饭啊。"

"嗯，你晚上不是跟章艾有约吗？正好，咱们分头行动。"乌梅看着郑逸群道。

郑逸群点点头："好，晚上我们一起走，然后一起回来。要是被那群狗仔队发现，那就不好解释了。"

乌梅嗯了一声："你安排吧。对了，还是说你刚才的问题，你觉得盗墓的人到底什么心理？”

郑逸群觉得她的语气很奇怪，怎么回事？她自己在某种程度上就是个盗墓者，怎么忽然站在另外一个角度问问题？他想了想：“因为有个墓总比到处流浪好吧，或者是总觉得别人的墓比自己的华丽。”

乌梅看着他，若有所思地说：“盗墓，跟把自己送进坟墓是两回事。好了，不聊了，我有点儿累，休息一下。”

郑逸群觉得她今天很怪，是她跟男朋友之间出现问题了吗，还是她最近跟男朋友接触太多了？爱情很多问题都出在距离上，太近则摩擦多，久之易生不满、误解、矛盾、隔阂，最终疏远。距离，其实是一种缓冲。有了距离，才有各自的空间与自由，爱情才不会窒息。

来接郑逸群和乌梅的不是那天的英国人，而是两个女人，其中一个郑逸群认识，是章艾的秘书曾柔，另一个曾柔介绍说是腾大的欧洲销售负责人罗晓丹，一个一说话就露出两颗虎牙的女孩子，她今天亲自开车。

她们开来了两辆车，一模一样。车子先是在海德公园转了一圈，然后驶入肯辛顿区的维多利亚路，在那里转了一圈。罗晓丹解释说因为这里是富人区，街道上车辆不多，如果有人跟踪很容易发现，最主要的是无论是去诺丁山还是去章艾约的地方都方便。

郑逸群跟乌梅分手后，罗晓丹把车开到离多彻斯特大饭店不远的地方。腾大在这里买了一套房子，作为腾大西欧部分销售人员的住处。坐在车里看着不宽的街道，古老的房子在眼前一栋栋掠过，郑逸群无论如何也想象不出这里就是所谓的富人区，这些房子乍一看显得有些寒酸，但如果你再细细品味这些建筑，就比较有味道了。

罗晓丹把车子开进一栋别墅，这是一栋独门独院的别墅，古老而优雅，墙壁上爬满了藤蔓。曾柔介绍说，这栋房子是19世纪一个船运公司老板的府邸。如今，英国的经济衰落了，船运公司也不复存在，那老板的后人也不得不把这房子卖了。这栋独栋别墅有二十四小时门房服务，拥有室内泳池、独立健身房和家庭影院。主卧还带有两个附属的更衣室和配套的浴室设施。家庭影院占据了二楼的大部分空间，另外二楼还有一间卧室、一个卫生间和一个小厨房。

章艾正站在门口迎接郑逸群，她看起来气色不错。章艾今天画着恰到好处的淡妆，衣着色彩纯净简单，优雅而不浮夸。

“欢迎郑总来小庙。”章艾笑眯眯地伸出手，半开玩笑道。

郑逸群本来还有点儿拘谨，听她这么一说，也轻松起来，说：“不是小庙，是大庵。”这也是玩笑，意思是说章艾这里是尼姑庵。

走进大厅，郑逸群发现地上铺着波斯地毯，图案古朴雅致，制作工艺精美，据说要十个编织大师制作两年才能完成。家私都是19世纪的产品，古朴而精美。

一个带着浓重威尔士口音的白种女人走过来，对罗晓丹说可以开饭了。罗晓丹低声对章艾说了几句，章艾笑道："没事，郑总不是外人，一起吧。"于是，罗晓丹不好意思地笑笑，点点头。

这套房子有三个餐厅，两个在一楼，另外一个在附楼。今天晚上，大餐厅里员工们在吃饭，小餐厅是招待郑逸群的，只有四个人。郑逸群注意到，说这里是小餐厅，实际上比俱乐部西餐厅那边很多中房都大。

章艾说："今晚让你吃顿纯正的俄罗斯大餐，腾大正在开辟俄罗斯市场，我们的员工正在从饮食上熟悉俄罗斯的文化。"

"好啊。"郑逸群随和地说。

章艾对那个威尔士女人做了个上菜的手势，然后淡淡地说了一句："郑总，你这两天可是风云人物啊。怎么，要跟前妻复合啊？"

"不一定！"郑逸群平淡地回答。

"怎么？"章艾带着一丝看不清的微笑看着她。

曾柔在一边嘿嘿地笑着，阴阴地说："郑总现在不好选择，那边刚给宣萱小姐买了游艇，这边大歌星又幡然悔悟。男人啊，真难。"

郑逸群知道她这是在给宣萱打抱不平，曾柔因为经常安排腾大在俱乐部的一些事情与宣萱来往多，感情比较深。

"曾柔。"章艾似乎有些不满地瞪了一眼曾柔。

曾柔耸耸肩，嘟囔着说："本来我对郑总是很崇拜的，但他这次和乌梅出来，我觉得他很对不起宣萱。郑总，你们男人是不是都吃着碗里，看着盆里的？"

"曾柔，越来越不像话。"章艾表情严肃地看着曾柔。

郑逸群赶紧打圆场说："算了，章总，别难为曾秘书了，谁叫她是宣萱的铁磁呢。"

威尔士女人送上来黑面包，还有奶油，另外还有一盆素沙拉和一盘黑黑的鱼子酱。郑逸群知道鱼子酱分为红鱼子酱和黑鱼子酱两种，黑色的产于鲟鱼，红色的产于鲑鱼，而比较珍贵的是黑鱼子酱。

章艾对威尔士女人说："拿点儿伏特加来。"然后看着郑逸群问，"对了，郑总，俱乐部里为什么吃俄式大餐的人很少？"

郑逸群往面包上抹着奶油，回答道："怎么说呢，没什么主要原因，就是太粗了，有点儿像东北菜，总是提高不了档次。你没听说吗，俄罗斯菜就是五大领袖、四大金刚、三剑客？"

"什么是五大领袖、四大金刚、三剑客？"坐在下手的罗晓丹问。

郑逸群回答："面包、牛奶、土豆、奶酪和香肠统称为五大领袖，圆白菜、葱头、胡萝卜和甜菜就是四大金刚，面包、伏特加、鱼子酱号称三剑客。”

章艾笑眯眯地说：“不过，你要尝尝我们这里的。这个厨师是从莫斯科请来专门给我们的员工做饭的，过一阵子他要随我们的员工一起回俄罗斯。”

“好啊，我尝尝。”郑逸群回答。

章艾给几个人倒上酒，然后说：“这是苏联绿牌，你们几个多喝点儿，我今天不舒服，意思意思就行了。”然后向郑逸群举起杯，郑逸群也分别与曾柔和罗晓丹碰了杯，喝了一口，口味凶烈，劲大冲鼻，火一般的刺激。

不久威尔士女人又送上来熏肠、罐焖牛肉、黄油焖鸡。吃了几口，章艾问郑逸群说：“感觉怎么样？”

郑逸群回答：“的确味道跟俱乐部的大不相同，俱乐部的俄式大餐虽然比不了法国菜、意大利菜那么精细，但毕竟也是经过改良的。任何东西经过改良总显得不是那么原汁原味，还是这个比较好。”

“郑总，你们接下来的行程是怎么安排的？我听尹总说你们还要去加拿大。”章艾突然问。

郑逸群回答：“还不清楚，这个还要等尹总的安排，反正有架飞机在希思罗机场候着，随时可以走。”

“我昨天跟林晓伟谈了一下。”章艾终于把话题引到了正路上。

郑逸群看了看对面的曾柔和罗晓丹，两个人面色如常，联想到吃饭前罗晓丹和章艾的对话，他明白，这种事章艾是不瞒着两个手下的。于是，他问：“他怎么说？”

章艾平和地回答：“他也承受了巨大的压力，不仅仅是来自政治上的，还有华昌机械那边的。你可能知道，除了林晓伟原来服务过的那家日本公司，在建筑机械方面市场占有率最高的就是林家的九方科技，而在这里面，华昌机械起的作用是很微妙的，他们掌握着很多发动机方面的关键技术，而九方科技又很难不依靠这些技术。所以，当华昌机械提出以换股加现金的方式收购中海信的时候，不说现金的诱惑，光是华昌股份的诱惑，林晓伟都很难拒绝。何况，在政治上人家也给他指出了很好的路子。”

“嗯，我明白，他也不容易。”郑逸群回答。然后，他也平淡地说，“对了，华昌机械后面实际上是中阳股份，而中阳股份后面则是北油和华夏信托。”

“看样子，他们有点儿志在必得的意思了。我这边打招呼的就更多了，除了开方子，还有警告。”章艾冷笑着。

“章总接下来打算怎么应对？”郑逸群淡淡地问。

章艾优雅地笑着问：“你打算怎么应对？”

“反收购。这个反收购不是一般意义上的反收购，是反击恶意收购。”郑逸群回答。

“你觉得有把握吗？”章艾波澜不惊地问。

“只要章总能支持。”郑逸群回答。

“如果我不支持呢？”章艾面如止水地问。

“那我也绝对不能让中海信落入他人之手。”

“你可知道北油和华夏信托背后又是谁？”罗晓丹忽然问。

郑逸群摇摇头：“不知道，但我也绝对不会低头。”

“你这样做有点儿不符合常规的商业逻辑啊。”曾柔在一边态度不明地插了一句。

“有些事情是不能用常规的商业逻辑来判断的。”郑逸群回答。

章艾没什么表情地说：“我对你的反收购不抱乐观态度。你要明白，中国不是完全的市场经济，有只看不见的大手很强大。”

“再强大的手也有可能在摸到一只烫手山芋的时候将山芋扔掉。”郑逸群不以为然地回答。

“你做事这么有决心，怎么在爱情上还三心二意的？”曾柔忽然又讥讽了一句。

“说说你的计划吧。”章艾还是显得很平静。

于是，郑逸群将自己的计划仔仔细细地跟章艾说了一遍，最后他补充道：“同时，我打算聘请香港最有实力的公关公司来为这次反收购做公关。”

“你的意思是利用香港法律和他们对抗？”章艾有些动容，看样子，郑逸群的话在她心里激起了一阵涟漪。

“是的，尤其是要利用好香港的会计准则。”郑逸群肯定地答复。

“如果我支持你，你有几成把握？”章艾问。

郑逸群将食指和拇指环在一起，伸出三个指头，回答：“三成。”

曾柔在一旁吃惊地问：“几成？”

“三成。”

“只有三成把握你就敢跟他们对抗？”

“是的。”郑逸群回答。

章艾没作声，抬头望着天花板，不知道在想什么。良久，章艾将目光收拢，看着郑逸群，点点头说：“我欣赏你的勇气，我支持你。不过，因为很多方面的因素，我不能公开支持你的收购邀约。这样，回头叫我的律师和你的律师接触一下，我要成为你那个离岸公司的股东，当然不是以我的名字，也不是以腾大的名字。我以我儿子徐瑞的英文名字注册了个公司，由这个公司来参与。”

郑逸群没想到章艾这么果断，他一时没反应过来，直到曾柔问:“你什么意思啊？”他这才伸出手跟章艾握了握手，说：“合作愉快。”

章艾严肃地说：“你应该知道我目前的压力。所以，在公开的场合，我说什么做什么那是我自己的事情，你明白？”

郑逸群明白，章艾是商人，她这是两边下注，自己这里成功了她获利，对方成功了她同样获利。没有永远的朋友，只有永远的利益，这就是现实。只要她不给自己制造麻烦，也算是同盟军了。他笑道："理解。"

"徐欣然这两天在影视基地没干坏事吧？"章艾忽然问。

"腾大股份是影视基地的股东，这事儿你问我？"

章艾似笑非笑地说："不问你问谁，他不会同晏雯晓或是云落搞出点儿什么文艺故事吧？"

"你就那么对自己没自信？再说了，你给我什么好处，我帮你看着你家徐作家？"郑逸群不无讥讽地说。

"放心了，你家徐总有那个心，晏雯晓和云落也看不上他啊。晏雯晓就不说了，那个云落，不是个省油的灯，两年就干出这么大的事情，背后一定有人。"曾柔在一边插嘴道。

"郑总应该比较了解云落的发迹史吧？"章艾不怀好意地看着郑逸群。

"不好意思，我还真不大了解。"郑逸群觉得章艾的态度很暧昧。

"不了解？我怎么看见她经常跟徐瑞林一起出入呢？"章艾追问。

"他们只是朋友而已！"

章艾皱皱眉："那云落是怎么突然发迹的？哪来的钱投拍了那么多的戏？郑总，俱乐部有人给她投资吗？"

郑逸群老老实实地回答："这个我还真不知道。你投资过《金陵风月》应该能听到些风言风语吧？"

章艾皱了下修剪得很好的眉毛，看着曾柔问："蔡瑶进去之前有一次怎么说来着？"

曾柔回答："那回她喝多了，她说云落认识了个鹏城的大领导。"

大领导？郑逸群马上觉得这个消息有点儿验证了自己和刘岳平的猜测。

"郑总，你是消息灵通人士，你没有什么发现？"曾柔问。

郑逸群摇着头回答："没有，鹏城大领导？不是朱书记就是刘市长吧？"

章艾摆着手，有些焦虑地说："哎，咱们别八卦了，她爱跟谁跟谁，只要不惹我家老徐就行。"

郑逸群没说什么，他明白，像章艾这样的女人，不管怎么强势，在年轻女人面前还是有不安全感的，现在徐欣然和晏雯晓、云落在一起搞创作，她心里不虚才怪。建设一个幸福家庭需要二十年，而要毁掉它，五分钟就够了。

郑逸群发了个信息给乌梅，问她那边的进展怎么样。乌梅没有回复，看来是忙着。

罗晓丹忽然对郑逸群道："郑总，问你个问题，不知道当讲不当讲？"

郑逸群看着这个有两颗小虎牙的女孩子，回答："但说无妨。"

罗晓丹看了一眼章艾，章艾没什么表情，她问："你那么有钱，为什么还要给别人打工？"

郑逸群淡淡地回答："我算什么有钱人，我只不过是利用业余时间做点儿小事，就算是捞外快吧。"

罗晓丹似乎对郑逸群这句话不大理解，反问："捞外快？"

"对，我知道哪个平台对我更重要。"郑逸群低调地回答。

"对了，你们原来的老总古梦柏已经回国了，你对他这个人怎么评价？"章艾突然问。

"工作细致，态度和善，敬业。"

章艾嗯了一声，又问："除了这些呢？"

"胸怀大志，有指点江山的抱负。"

"呵呵，我不问了。"章艾宽厚地笑了。

一个信息：可以叫车来接我了。是乌梅。

郑逸群对章艾道："乌梅小姐那边的事情结束了。"

章艾看了看罗晓丹，罗晓丹拿起电话，短促地说了句："去接客人。"

郑逸群微微点头，对罗晓丹说："多谢。"然后，看着章艾说，"回头我会叫我的律师跟你的律师联系的。"

"嗯，对了，回头再一次替我感谢一下刘市长在宝山汽车电子基地问题上的支持。"这句话让郑逸群心里有些纳闷，这事儿过去这么久了，章艾也几次在正式及非正式场合见过刘力刚，她难道没表达过谢意吗？郑逸群相信她表达过了，今天她重提这件事到底什么意思？提醒自己什么吗？

"嗯，我会的。谢谢章总的晚餐。"郑逸群假装未听出章艾话里的各种玄机，站起身来，跟章艾握握手。然而，他怎能不在意，章艾的话就像一根刺扎在了他心上。

走到门口，他忽然想起周朝华的嘱托，于是，就随口说了一下。章艾对曾柔说："回头你跟他们接触一下，要严格点儿，我不太喜欢这个温州人，不过，听说质量还可以，你谈谈看吧。"

郑逸群笑道："谢谢章总给我面子。"

章艾笑笑，没再作声。能不能帮上周朝华是另外一回事儿，但帮他办了事，就不欠他的了。即使是你不喜欢的人，通过一些事情改善关系也是必需的。

在车上，他用 iPad 往刘岳平的一个秘密信箱发了封邮件，汇报了一下他跟章艾之间的谈话内容，这个信箱平时他没用过，估计不会有问题吧。然后，他发了个信息给刘岳平：工作顺利。发完邮件，他不禁有些苦笑，这都哪儿跟哪儿啊，搞得跟地下工作者一样。

第六章　北美阴霾

郑逸群站在西温哥华刘岳平房子客厅外的观景长廊上，回头对刚换了衣服边扎头发边向他走来的乌梅说："温哥华简直是人间天堂。"

乌梅今天穿得很休闲，身上的衣服宽宽大大的，但依旧能看出来她的玲珑曲线。她贪婪地看着外面的景色说："这个刘岳平简直是人精，这栋房子不敢说是西温哥华最豪华的，但景色绝对是独一无二的。"

确实，刘岳平的房子一面临海，一面靠山。房子周围参天的树木一直绵延到海岸。一边是蔚蓝的海湾，一边是茂密的森林，景色奇美。今天虽然是阴天，但是能见度还是不错的，海湾里的一切一览无余。

这次来温哥华之前，郑逸群因为惦记着要看一看刘岳平给他的移动硬盘，所以，就跟乌梅商量，不住翁林志安排的房子，只要他派车就行。因为刘岳平在温哥华的房子里只有一个留学生在住，给他顺便看房子。刘岳平每月给他五百美元做酬劳，叫他打扫卫生，修剪植物。这个留学生叫路由，个子高高的，很文静。这个名字叫郑逸群忽然想起已经调走的副市长路克杰，这个路由不会跟他有关系吧？不过这个念头很快被郑逸群给否定了。在中国这种政治生态下，刘岳平不可能让与路克杰有关系的人为自己看房子，那不是放了颗定时炸弹在身边吗？

路由跟着翁林志的司机把他们的行李安排好，然后带郑逸群简单地参观了下刘岳平这套房子。这套房子的厨房和客厅在一个排面，面对大海。厨房设备一流，也很干净，不过看得出来，很少有人做饭。路由说自己学习忙，还在外面兼职，所以，很少在这里做饭。

餐厅有两个，都可以看到海，其中一个外面有烧烤平台，可以开一个小型的派对。不过路由说，除了刘岳平和许赛雁来开过一次派对，这里几乎没有使用过。郑逸群注意到烧烤炉还是很新的。

加拿大的房子都有三个厅，除了客厅和餐厅以外，还有个家庭厅。刘岳平这个家庭厅在房子的后半部，与走廊和客厅相连，这里有绝佳的山景，走到窗口，甚至可以看到白雪皑皑的大山。最令郑逸群感到震惊的是，家庭厅旁居然有一间设备一流的家庭影院，郑逸群粗略估计了一下，整个房间里的设备总价值不少于二百万美金。

二楼有主卧和另外两间卧室，还有两套独立的房子，包括起居室、卧室、独立的卫生间和简单的厨房。路由住了其中一套。最令郑逸群惊叹的是这里的室内游泳池，大得简直超乎他的想象。路由介绍道，不管冬夏，这个游泳池的水都是恒温的，游泳池旁边还附带桑拿间，设备全是芬兰进口的。

三楼有两个房间，一个是健身房，一个是书房，书房里居然还有一条小型的高尔夫练习道。

介绍完了，路由对郑逸群说刘岳平交代了，郑逸群和乌梅在加拿大期间他去住宾馆。郑逸群明白刘岳平的用意，这是为了保密。现在看来，来这里住是正确的选择。乌梅可能也觉得郑逸群的这个建议不错，于是就让郑逸群跟翁林志沟通，翁林志当然没说什么，就跟他们一起飞到了温哥华。不过，秦晓并没有一起来。

Bess 跟着翁林志一起来的，不过，在飞机上她充当了服务员的角色，倒是那个绝色空姐似乎没什么事儿干。她没事儿干，郑逸群就跟她闲聊了几句，才知道，翁林志那个城堡里的服务员是她姐姐，难怪两人长得那么像。不过，郑逸群从翁林志的话里话外能听出来，这两姐妹主要用于接待国内的贵客。郑逸群懂了，翁林志熟稔国内的潜规则，难怪他能从一个矿老板变成这样一个隐形富豪。

“温哥华的房子真美啊，你说这些草地剪一次需要多长时间？”乌梅看着房前巨大的花园问。

“我看用门口停着的那种剪草机，怎么着也得三天。”

“这房子附带的草坪和森林真美，这要是在国内肯定得是个天价。”乌梅啧啧赞叹着。

郑逸群哼了一声，不无讥讽地说：“这还不是你男朋友那群人的功劳？”

乌梅正要反驳，郑逸群的电话忽然响了，是毛英华，这两天他正在北京陪刘力刚，他打来电话应该是有什么重要的事情。郑逸群走进房间，坐在沙发上，接起电话。

果然，毛英华开门见山地说：“是这样，刘市长叫我们赶紧准备两幅张大千的真迹，明天要用。”

“我知道，我马上叫他们准备。对了，那边效果怎么样？”

毛英华叹口气：“难办，问题似乎不容乐观，刘市长一整天心情都很沉重。你知道，我只是做服务，他跟别人谈什么我和他秘书并不知道，只能通过他的只言片语或者表情分析分析。”

“嗯，你等一下，我安排画的问题。”郑逸群收了线。

然后，他拨通了宣萱的电话，宣萱那边正是凌晨，她正在睡觉，听到郑逸群说要准备两幅张大千的真迹，她有点儿为难地回答:“不容易啊，目前张大千的真迹很难找，尤其是你还要准备两幅。”

郑逸群严肃地说：“这是紧急任务，你必须完成。对了，前两天云落孩子的派对搞得怎么样？”

“还好，很隆重，来了不少影视明星，徐瑞林跑前跑后的，还请来了唐志波和王建辉。”宣萱淡淡地回答。郑逸群明显听到她打了个哈欠，然后听到一阵哗啦啦的水声，估计是她在上洗手间。一个女人如果在这些细节上都不防备你，证明她对你是充分信任的。

“还有别人吗？”郑逸群问。

“很多，还有市委组织部部长张梦阁和公安局局长袁步升呢。”宣萱又打了个哈欠，郑逸群听到了电脑开机的声音，宣萱接着说，“你等一下，我查一下画。”

电话里传来一阵噼里啪啦的声音，过了一会儿，宣萱道：“我倒是发现我们一个会员手里有一幅，不过不知道他肯不肯转让。”

“谁啊？”

“徐欣然。”宣萱回答，然后她又说，“另外还发现了一幅，不过，我估计很难拿到手。”

“在谁手里？”

“马公子手里倒是有一幅。”宣萱回答。

郑逸群略微思索片刻，回答：“你再查查，他的画即使转让，我们也不能去跟他接触，如果他知道这幅画的去向，我们就有把柄在他手里。这样，我现在跟章艾联系一下，让她劝劝徐欣然把这幅画转让出来。你再查查看谁手里还有张大千的画。”

放下电话，郑逸群略微思考一下，拿起 iPad 给章艾写了封信，说明事情的重要性。当然，他没说是刘力刚要用这幅画。同时，他又发了条信息给章艾和曾柔，因为此时章艾应该还在回香港的飞机上，下了飞机她应该能看到。郑逸群之所以不直接打电话给徐欣然，是因为他知道徐欣然爱宝如命，直接跟他说让他把张大千的东西转让出来，一定是要碰钉子的。

做事情就跟打仗一样，强攻不可取，就要迂回前进。

乌梅在窗口向他招招手，他走过去，乌梅问：“对了，这边的行程你跟 Bess 是怎么安排的？”

“具体的行程她稍晚一点儿发过来，你也没有必要太急，他们的安排其实还是围绕你的演出问题。对了，他还没有回音？”

乌梅靠在栏杆上，这个栏杆其实是隐形的，是无边框的玻璃，这样的设计是为了不影响室内客厅里的人从里向外观测的视线。海风吹动她的长发，她回答：“在等对方的态度。”

“什么态度？”郑逸群问。

“政治上的动作。”乌梅回答。

郑逸群点点头说：“我明白了。”

“对了，这次来温哥华，我这边没有通知娱记，但别的人是不是跟来了我就不好说了。我观察了一下，刘岳平这个房子很好，一般的娱记很难在四周隐藏，我们可以随便一点儿，不过出门还是要同出同进。”

“嗯，我知道了。”郑逸群答应道。他心里惦记着张大千的画，回答得有点儿心不在焉。

乌梅问：“你今天怎么了，好像心里有事啊。”

郑逸群就把自己这里要找张大千真迹的事情对乌梅讲了，谁知道，乌梅却显得很不以为然地说：“我当是什么大不了的，这事儿我来帮你解决。”

“怎么解决？”郑逸群问。

“据我所知，通衢市有个美术馆，里面有不少张大千的真迹，可以让通衢市市委书记曲线家调两件出来。”乌梅显得举重若轻地道。

“从市美术馆调，那不违反规定吗？”郑逸群大吃一惊。

乌梅淡淡一笑：“那个地方美术馆里的藏品有很多是从私人手里征集来的，所以能调出来，不是什么大事。”

“你跟这个曲线家很熟吗？”郑逸群问。

乌梅摇摇头：“我不熟，但阿萨和顾刚都熟悉。正好，他们想找我办事，打个电话给他们应该问题不大。何况这不是白要，而是买呢？”

郑逸群一想，这还真是个好办法，于是就说：“那好吧，探探这条路子。”

乌梅看看表，微微皱皱眉头说：“稍等一会儿我再打电话，国内现在还是凌晨。”

“那好吧。”郑逸群忽然觉得乌梅有些深得叫人看不懂。或许，以前她是单纯的，但在那个人身边学会如此办事了。

郑逸群拿起电话，发了一条信息给宣萱，告诉她如果找不到就先不要找了，自己这边再想办法。宣萱回复：能行吗？郑逸群回复：很有希望。宣萱没再回复，估计是又睡了。

刚才到机场的时候翁林志已经跟郑逸群和乌梅约好了晚上一起吃饭，现在还有一些时间，于是郑逸群对乌梅说：“你去休息一下吧，翁总六点半派车子来接，你还能睡一会儿。”

乌梅嗯了一声，对郑逸群说：“你也休息一下吧，这几天也够累的啦。”

为了以防万一，这次郑逸群和乌梅的房间是对门，只不过乌梅住的那间房是整个别墅里最大的一间。躺在床上就可以看到无敌的海景，而且外面还有一个大露台，上面摆着设计非常现代的休闲桌椅。而卧室的另一边也是一个露台，这里摆着许多精致的盆景。郑逸群明白，这一定是刘岳平的主意。

郑逸群回到自己的卧室，在一张与窗台连在一起的写字台上放了一部崭新的苹果电脑。这个应该是刘岳平特意给自己准备的。郑逸群把电脑打开，把网络断掉，准备接上那个硬盘。然而，就在他准备看资料的时候，忽然有人敲门，他打开门，是乌梅，她说："你来一下。"

郑逸群回答："稍等。"然后，顺手关上电脑，将移动硬盘放到写字台的抽屉里面，走到乌梅的房间。乌梅拉开柜门，又是满满一衣柜时装，不过这次不同的是，里面还有几件昂贵的皮草。

"看样子翁林志考虑得很全面，温哥华现在的温度有些低啊。"郑逸群对乌梅说。

"我猜想，你的柜子里应该也有。"

"会吗？"刚才他取移动硬盘时还真没注意，他走回自己房间，打开另一个柜子，发现里面不但有两套正装，还有三件外套，分别是一件带毛领的大衣、一件翻毛夹克和一件貂皮大衣，显然，这是翁林志按照他出席不同场合的需要准备的。

郑逸群回过头时，乌梅正面无表情地看着他，他无奈地耸耸肩说："你看这翁林志还真有心。"

"他是太有心了。"乌梅似乎话里有话。

"怎么？"郑逸群问。

"他一定是在下一盘大棋，你记不记得那天他在飞机上跟我们说的做空的事？"

"记得。虽然他说得很少，我还是明白一点儿的。你知道我跟罗小可接触比较多，罗小可对我说过一些她们做空的流程，其中有一项是让分析机构发布行业和该股的看空报告。"

"干吗要发布报告？"乌梅不解地问。

郑逸群淡淡地回答："说白了，就是制造谣言。制造利空事件，比如超低价大宗交易等，接着把手里剩余的股票突然砸向市场，使股票暴跌，制造恐怖气氛，逼散户割肉。"

"这有什么好处？"

"那只股票暴跌后，他们就大肆买入割肉股票，把所借股归还原主。接下来的事情就不用我说了吧？"

乌梅点点头说："看样子你跟小可还真没少学习东西。对了，当初你怎么不跟小可谈恋爱，反而选择了那个小美女？"

郑逸群一愣，不知道乌梅为什么问到了这个话题，于是回答："缘分吧。"

乌梅眼珠一转，耸耸肩，说了一句："虚伪。"转身回自己房间了。

郑逸群站在那里有点儿发呆，不知道乌梅是什么意思。郑逸群关上门，走回到写字台前，正要打开电脑，电话忽然响了，是毛英华："刚才林晓伟打了电话给我，叫我将最近一年的财务报表给他传到英国去，我推说公司现在还没上班，晚一点儿给他。章总的电话目前关机，所以，我想问问你。"

郑逸群明白，林晓伟应该是已经下定决心了。于是，他回答："他是大股东，他要财务报表是正常的，不能不给。"

"这个道理我明白，我只是有些担心。"毛英华忧虑地说。

郑逸群想了想，简单地把自己在伦敦跟章艾的谈话大致跟毛英华说了一下。这个时候，有些事情必须要让他心里有个底儿，这样他才知道下一步应该怎么做。

毛英华听完之后问："你们有把握吗？"

郑逸群回答："只有三成的把握。"

毛英华似乎有点儿紧张地问："你的意思是……"

郑逸群嘿嘿一笑，回答："你说如果他们开出的价格够吸引人，不卖不是傻子吗？"

毛英华哈哈大笑起来说："原来你是想卖高价啊。"

郑逸群严肃地回答："不，我还是不想卖。"

毛英华回答："我明白你的意思了，对了，我在北京听说一个叫华夏信托的公司要收购欧升达的新华达。"新华达是升达地产的子公司，也是做科技地产的，不过定位跟中海信不一样。

这下子郑逸群有点儿明白了，还是跟钱进有关系，可问题是，这个钱进跟欧升达以前貌似关系还可以啊，郑逸群记得他和国视的周游还来过俱乐部，那时候钱进跟欧升达还有交集，至于后来为什么没做成生意郑逸群还真不了解。

不过，他很快想起了一个人，潘晓梅。曾经有一阵子，潘晓梅跟钱进的关系比较密切，但在前市长徐中方出事以后，潘晓梅遇到危难，钱进似乎没有出手，两个人有些疏远。那么，潘晓梅会不会知道钱进最近的一些行动呢？以前把她这里忽略了，现在应该侧面问一下她。

郑逸群于是说："哦，我知道了。对了，关于张大千的画作，你还要等我消息，目前还不是很好办。"

"我明白，刘市长也作好了用其他作品的准备，只是他话里话外还是觉得用张大千的够力度。"毛英华道。

"我正在努力，一有消息我会派专人送到北京。"郑逸群道。

放下电话，郑逸群打开电脑，开始看刘岳平的那些资料，这一看，着实吓了他一跳。这刘岳平居然实际掌握着两家创业板的上市公司，还有若干上市和非上市公司的股份，至于房产，光国内就有几十套。不过，刘岳平看起来还是个聪明人，对这些东西的控制都有自己的一套程序，非常缜密。而且，他在每一个上市公司的股份账户下面都标注了密码，非上市公司的股份持有人的一些授权文件也非常的完备。至于那些房子，刘岳平全部交代了处理方法，有些明显的是割肉。看得出来，刘岳平是下决心要离开了。

不过，这些东西的主要联系人只有两个，郑逸群相信，应该是那天在影视基地所见的两个人。不过，刘岳平没有留电话，只是留了两个邮件地址，看来一切是为了保密。

看了一会儿，他觉得脖子有点儿痛，于是关上电脑，走到窗前，透过森林，看着远处山顶皑皑的白雪，他忽然有种想从山上滑雪飞降的欲望，可惜现在不是滑雪的季节。看看表，离翁林志约定的时间还有一段距离，于是郑逸群打开衣柜穿上那件翻毛夹克，下楼通过家庭厅走出别墅。一出门，迎面一阵冷风，他不禁打了个喷嚏，温哥华的温度本来就低，再加上这里的地形问题，风明显有些大。家庭厅后面是一道长廊，不过栏杆的风格跟前面的玻璃栏杆不同，这里的栏杆是木制的，看起来有点儿简单。

刘岳平这栋房子后面的花园并不大，走不上十几米就到了一处石壁，石壁边缘和壁顶都长着繁茂的大树。翻毛夹克很轻，也很保暖，但是，裤子单薄，感觉有点儿冷。他打电话叫路由给他和乌梅送两套保暖内衣来，谁知，路由说早准备好了，就在床下的抽屉里面。郑逸群连声说抱歉，说自己没有注意。路由笑了："没事，有事你就打电话给我。"

石壁上有个树桩，郑逸群在上面坐下来发了一会儿呆，温哥华的海水比鹏城的海水蓝多了。他现在的心情谈不上平静也谈不上压抑，面对着如此美景，他心里却是沉甸甸的，他知道刘岳平交给他的那块移动硬盘里的东西的分量。刘岳平如此信任自己，自己万一处理不好，不但刘岳平万劫不复，自己也会落入深渊。

现在，自己跟乌梅来到了温哥华，下一步的安排Bess还没有发给自己，而俱乐部那边现在又麻烦重重，难道自己就在这里无所事事？乌梅说要等阿萨他们的态度，究竟需要什么态度？自己只是一介草民，搞不懂他们的想法。

他抬头看了看天空，云层很厚，似乎要下雨，但是又下不下来。温哥华的气候一般来说都是很好的，怎么这次遇到了这样的天气？

一个电话打进来，是Bess，她问："你在干吗？"

郑逸群回答："发呆！"

Bess问："有没有跟乌梅沟通一下？"

郑逸群明白对方有些着急，于是回答："有的，只是上次我们所说的，需要你们那边有些姿态。"

"姿态已经做出来了。"Bess说。

"哦？"郑逸群皱起眉头，他有点儿不解。

Bess 接着说："过几天会有条新闻，他们会明白的。"

"好，我明白了，我会把这个信息及时转达的。"郑逸群回答。

"那好，晚一点儿我会亲自来接你们。"Bess 道。

郑逸群抬头望望天，天空越发阴沉，看看海湾，海湾的颜色似乎有点儿变深了。

他走回别墅，坐在客厅里，周围静悄悄的，间或外面有一两声鸟鸣，再就是低低的风声。阿萨他们安排自己和乌梅到温哥华仅仅是度假吗？他打开电视，电视频道倒是不少，可他却心不在焉，一个台一个台地调过去，哪个台也看不上几眼。

电话响了，按时间推算，国内刚亮天吧。郑逸群接起来，伊涛嗓音有些沙哑地说："出事了。"

"怎么啦？"郑逸群问。

"雯晓原来的男朋友潘文林死了！"伊涛干咳了一声。

"不会吧，我前两天在伦敦还有见到他啊。"郑逸群感到很震惊，他脑子里不断回忆那个高个子有点儿娘娘腔的男人的形象，有点儿模糊。

"记得我叫你订票的那个 Hideto Matsumoto 吧，那就是潘文林，他现在是日本籍。"

"怎么回事儿？"郑逸群更觉得不可思议了，他一下子从沙发上站起来。

"是这样，安妮说潘文林要到苏南市办点儿事，叫我给他订张票。由于安妮不好出面，于是，就叫我安排了一辆车让他自己开，谁知道会出这样的事情。"

"他喝酒了吗？"郑逸群问。

"具体情况还不知道，我正在准备去苏南市。现在的问题有点儿棘手，车子是安妮在苏南帮我借的，是一个上市公司的。现在出了事，恐怕当地会有些议论，我怕会牵扯出一些别的事情。"

"雯晓知道这事儿吗？"郑逸群问。

"安妮没让我告诉她，她现在正在筹备新戏，怕她分心。"伊涛回答。

"安妮呢？"郑逸群问，不知道怎么的，他心里觉得事情哪里有些不对劲。

"她回美国了，这种事她不好出面的。不过，她安排了她弟弟安然配合我处理事情。"

郑逸群嗯了一声道："我知道了，需要俱乐部配合什么吗？"

"暂时不用，就是有个事我放心不下。毛英华在北京，库珀的园区建设事情很多，要是有什么困难，你一定要帮着协调啊。"

郑逸群很想说，以前张梦阁任区委书记时不是问题，现在李铁牛当书记还真很难说。为了不让伊涛担心，郑逸群安慰他说："一定，一定。"

伊涛又断断续续地交代了一些库珀园区建设上的事情，郑逸群一直嗯嗯地听着，伊涛毕竟在美国生活了十多年，对于国内处理事情的弯弯绕儿还是有些把握不好。作为朋友，郑逸群有必要提醒他。虽说身教胜于言教，但非常时刻，临时教朋友点儿方法总是没有大错的。

放下电话，郑逸群忽然发现自己不知道什么时候已经走到客厅外的观景长廊上了，长廊很整洁，一点儿灰尘都没有，这不仅仅得益于路由的勤快，还跟温哥华的空气质量有关系。这里的风没有刚才后花园那里的大，因而也不算太冷。郑逸群贪婪地呼吸着温哥华的空气，希望能把自己积郁在胸中许久的浊气呼出来。他望着海湾问自己：人活着到底是为什么？你希望不与人争，可人家会与你争，你就不得不去争；你想和别人和平共处，可人家会有自己的处事方式，总会让你不舒服，使得你不得不去跟对方周旋。

一个电话打进来，是古梦柏，他问："你在哪里？"

郑逸群觉得没有必要瞒着他，于是回答："我在温哥华。"

"温哥华？貌似那个涵涵也移民到加拿大了是吧？"古梦柏似乎很随意地问。

郑逸群不想跟他纠缠这个问题，于是道："不大清楚，怎么，古总打电话给我有事吗？"

古梦柏回答："对了，你在伦敦见到欧升达了吗？"

"没有，他现在回去了。"郑逸群回答。

"嗯，我知道了。"古梦柏收了线。

古梦柏这个电话是什么意思？郑逸群一时有点儿没搞明白他打电话的目的。

电话又响了，他看了一下，是尹诗双，她问："我姐呢？"

"她在楼上睡觉。"

尹诗双哦了一声说："我说嘛，我打电话给她，她一直关机。"

"怎么，找她有事啊？"郑逸群问。

"哦，孩子想妈妈了，她已经两天没打电话给孩子了。"尹诗双回答。

"嗯，我知道了，等下我通知她。对了，俱乐部那边情况怎么样？"

"大事没什么，我跟欧董在香港耽搁了一天，我也是昨天才到，回来就是一大推事情，忙得焦头烂额。"

"古梦柏那边有什么动静吗？"郑逸群问。

尹诗双平静地回答："没什么动静，他来了一趟俱乐部，拜见了一下王汉荣，然后就走了，据说去北京了。"

"他刚才打了个电话给我。"郑逸群于是把刚才古梦柏的话简单跟尹诗双复述了一下。

尹诗双没有什么特殊的表示，只是说："他还是很关心欧董啊。"

"你跟他沟通李铁牛的事情了吗？"郑逸群问。

尹诗双语气平和地说："沟通了，他还是很积极，他说他拜会王汉荣也是希望王汉荣能从他的角度劝劝李铁牛，这的确是个意外。据他讲，王汉荣的态度还是比较积极的，当即打了电话给李铁牛，李铁牛说事情就到此为止，不会叫家属再生是非了。"

“这么顺利？”郑逸群觉得似乎有些不大可能。

“嗯，古梦柏的确是这么说的，不然的话，他也不会放下这边的事情去北京啊。”尹诗双回答。

“你问没问李子夜收购那几个股东会员股份的问题，他下一步会出任总经理吗？”

“我问了，他说那是他弟弟自己的纯商业行为，事先并没有与他沟通。”

“你相信他的话吗？”

尹诗双轻轻一笑道：“姑且相信吧。”

郑逸群嘿嘿一笑说：“也是，他爱怎么说怎么说呗。他越是隐瞒，越有目的。”

“不管他的目的是什么，我们还是要做好自己的事情不是？”尹诗双似乎一点儿也不拿古梦柏回来的事当回事，语气很轻松。

“你觉得他问涵涵小姐的事情是偶然的吗？”郑逸群问。

尹诗双不屑地回答：“管他呢，他还能通过涵涵找出欧董的什么把柄不成？”

“嗯，我知道了，对了，刚才毛英华跟我说了个事情，他说钱进的华夏信托要收购欧董的新华达，你这几天跟欧董在一起，他有说过这件事吗？”

“知道，我们在香港就是在做这件事，跟你透个底儿吧，欧董把新华达转给郭正余了，郭正余以换股的形式收购了新华达，目前相关法律手续正在办理之中，恰当的时候将会公布。另外，欧董将会在适当的时候宣布辞去升达地产董事长的职务，专心做慈善。”

“谁来接任升达地产的董事长？”郑逸群有些吃惊。

“我会来出任董事长，欧升达原来的副总张震铎出任总经理，有个叫叶汉生的出任常务副总经理。”

郑逸群吃了一惊，道：“你姐知道这件事吗？”

“知道我会去升达地产，但不知道我会出任董事长。”尹诗双回答。

郑逸群忽然明白了，那天郭正余为什么会请乌梅去吃饭，郭正余一定是跟乌梅谈了些什么。是给了乌梅一些股份吗？郑逸群不想知道，他只是明白这一定与乌梅男朋友有关系。这是一种交换，甚至可以说是一种投名状。至于尹诗双出任董事长，其实应该是在代表乌梅吧。

“嗯，你准备很快就辞职吗？”郑逸群问。他忽然想起那天乐枫的电话，跟尹诗双这事有关系吗？

尹诗双回答：“哪有那么快，升达地产这边的董事会还没开，开过了以后还需要一些手续，还要向公众公告。我暂时还会在这边处理一些善后事情，我之所以要通知你，因为我觉得你也应该离开了。目前我已经嗅到了某些危险，关于你，关于刘岳平。”

“那好，我回去就向管理委员会提出辞职。”郑逸群回答。

尹诗双依旧波澜不惊地说：“也不用那么急，我觉得，我们一起辞职比较好，这样相互有个照应。再说，现在也还没到必须离开的时候。俱乐部这个平台还是很有用的，我觉得在这个平台上，我们应该能为未来创造一些机会，甚至规避一些风险。”

“你的意思是充分利用好俱乐部这个平台？”郑逸群问。

“是的，这个资源是独一无二的，利用好了会对未来大有裨益。”尹诗双回答。她顿了一下说，“我回头把我们两个人的意思跟郭董、冷董以及李子夜都汇报一下。一、让俱乐部有个准备；二、至少让有对我们不利想法的人不至于对我们痛下狠手。”

“嗯，你这个示弱的想法是对的。反正古梦柏回来是必然要回到俱乐部的，我们不让路，他会想办法让我们让路，那样恐怕会两败俱伤，我们示弱，也是给他回来一个合理的理由吧。”

尹诗双忽然想起了什么，说：“对了，我要出任升达地产董事长的事情先不要跟我姐说，回头方便的时候我自己跟她解释。”

尹诗双这个回答叫郑逸群有点儿意外，按理说她进入升达地产应该是代表乌梅，可是为什么她要向乌梅暂时隐瞒这个消息？郑逸群迅速地回忆了一下那晚乐枫的电话，一时摸不到头绪。每个人都有一个死角，自己走不出来，别人也闯不进去。

“我知道了。”郑逸群回答。

想到欧升达自然会想到乐枫教授，那天乐枫交代要在佛罗里达找个房子，自己交代给宣萱叫她跟经纪人联系，这两天一直没有回话。于是，他发了个信息给宣萱，叫她抓紧催促一下经纪人。现在想起来，乐枫应该是知道欧升达要退休的事情，如果尹诗双真跟欧升达有什么关系，她怎么会容忍？而且尹诗双曾对自己说，不会招惹病态的爱，以免分手以后还有伤害。她不会是说一套做一套吧？抑或是有感而发？

可是，古梦柏刚才说到涵涵，到底什么意思？

宣萱没有回复，想来是在睡觉。一个问题忽然闯入他的脑海：宣萱说云落的小孩派对上王汉荣去了，那是一种巧合吗？他和刘岳平都怀疑云落的后面不是徐瑞林而是王建辉，如果猜测正确，那么自己现在跟云落的合作是不是事先得到了王建辉的首肯？王建辉在这次俱乐部的风波中真正的态度是什么？他是敌是友？

一阵海风袭来，郑逸群不由得打了个冷战，他转身回到了客厅，惊讶地发现乌梅正坐在那里，穿着很随便，也显得很悠闲。

郑逸群简单地把Bess的电话内容跟乌梅说了一下，她想想，点点头，回答：“回头我跟她通个电话，如果没问题，你就跟Bess谈谈具体的细节吧，这次这个事情我不想通过那些圈内的经纪人。你应该明白，那些人嘴很杂，我怕他们传出什么离奇的是非来。我现在需要的是低调、保密，希望你能理解。”

“嗯，我理解。对了，诗双刚才说打你电话打不通。”郑逸群说。

“不是打不通，是我设置了她打不进来。这两天我不想跟她说话。”乌梅表情冷冷地说。

“怎么啦？”郑逸群这回真的是吃惊了。

“没怎么，就是不想理她。”乌梅的脸色依旧冷淡。

“对了，她说孩子想你了，叫你给孩子打个电话。”

乌梅点点头：“嗯，我知道了。这两天她再打电话找我，你就说我不在你身边。”

“为什么？”郑逸群笑着问。

“不为什么，我就是不想跟她说话。”乌梅站起身来，转身上了楼。

乌梅这是怎么啦？她怎么突然跟尹诗双发生矛盾了？郑逸群想起一个细节，那天他跟章艾分手，接到了乌梅，她一直没说话，显得有些闷闷不乐的，回到酒店就直接回了房间，也没跟自己交流。现在看来，恐怕与尹诗双有关系。看乌梅现在的态度，貌似很严重。他不想她们两姐妹之间有什么矛盾，尤其是尹诗双。郑逸群很欣赏她，一个很爷们儿很真的女孩永远胜过一个满肚肠都是心计的虚伪女人。

郑逸群走回房间，冲了个凉，换上了保暖内衣，马上身体的感觉就不同了，舒适、温暖。

他觉得有些问题需要跟刘岳平谈谈，于是就打了个电话给他，这是一个紧急联系号码，不到万不得已绝对不能用的。谁知，电话却处于秘书台状态。按理说这个时候刘岳平应该开机了，难道有什么事情吗？

该接通的电话没接通，意外的电话却打了进来，是周朝华。郑逸群犹豫了一下，接了起来，周朝华说：“郑总，听说章总从英国回来了，我的事情你跟她说了没有？”

“说了，回头你跟她秘书曾柔联系就行了。”郑逸群回答。

周朝华显得很兴奋：“太感谢了。对了，现在有几个朋友已经把资质转给陈瑾了，你看我这边怎么办？”

“这是你自己的事情，你看着办吧。”

“不会对郑总有什么不利的影响吧？”周朝华小心翼翼地问。

“没什么，大不了我辞职带女朋友航海去。”郑逸群回答，不知道为什么，他忽然有一种轻松的感觉。

“女朋友？这个……”周朝华忽然口齿含糊起来。

“怎么啦？”

“我不知道该说不该说。”周朝华有些迟疑。

“你说。”

“听说，你女朋友现在跟顾云飞打得火热，而且，而且……”周朝华又结巴起来。

“你说吧，我能承受得住。”

“我听李前林那群孩子说，宣萱好像已经答应顾云飞了。不过，也可能是他们瞎传，你千万别当真。”周朝华有点儿没有底气地说。

“小孩子的话怎么能当真。”

“不好意思，我有些多嘴了。”

“没事，朋友嘛，知无不言言无不尽。”郑逸群显得很不以为然地说道。

“那好，回头我跟曾秘书通电话，事情办成了，一定重谢。”周朝华殷勤地说。

郑逸群补充了一句：“唐志波那边回国再说吧。”

周朝华马上千恩万谢起来，郑逸群说自己有事，收了线。

望着暗下去的电话屏幕，郑逸群心里空落落的。他现在不能确定周朝华说的是不是捕风捉影，但有一点儿他很清楚，那就是宣萱现在的平静绝对不是正常的平静。因为仅从一点他就能感觉到，尹诗双本来对自己说回到鹏城她要找宣萱谈谈的，但今天她绝口不提宣萱。

上天只会安排美好的结局，如果你没有感受到美好，说明还不是结局！

收到一个信息：已通知对方与沈宾阳联系。是宣萱。看来她醒了，或者没睡。

郑逸群马上回了一条：我爱你。

以前，他从来不会这样肉麻，但今天他觉得有这个必要。隔了一会儿，宣萱回复：你喝啦？

宣萱这个回复叫郑逸群既安慰又不安，安慰的是宣萱还是跟他不见外，不安的是或许宣萱拿自己的话当玩笑了。于是，他又发了一条：我爱你。

宣萱很快回复了：别闹了，我睡一会儿，不回。

这下子叫郑逸群尴尬起来，宣萱真的把自己的话当开玩笑啦。

Bess 的电话终于来了，她说：“我到了。”

郑逸群叫她在客厅里等着，然后走到乌梅的房间敲敲门，叫了一声：“Bess 来了。”

乌梅在里面应了一声说：“你下去吧，我等下就来。”

郑逸群走下楼，Bess 正站在客厅里，她今天穿的是牛仔裤，上身一件样式简单的毛衣，看起来很精干。见郑逸群下来，她微微一笑问：“衣服还合身吧？从伦敦出发前，翁总特意交代的，我叫安妮通过伊涛问的俱乐部，他们告诉了我你的尺码。”

“Bess 小姐费心了，谢谢，请坐。”

Bess 向楼上望望问：“你跟她谈了吗？”

郑逸群点点头：“谈了，还是有顾虑啊。”

郑逸群这样谈话是有技巧的，之所以这样表达，是不能让对方觉得很容易。Bess 身体向前倾了一下，低声道：“这事烦请郑总多费心，我来之前，翁总也有个表示，他在附近有套房子，不是很大，想送给郑总。”

“翁总太客气了吧？”郑逸群道。

“郑总就不要客气了，这样，回头我带你去看一下，然后叫律师去办手续。郑总可以放心，这事乌梅小姐不会知道的。”Bess 低声道。

“真是叫逸群汗颜啊。这样，回头你准备个演出合同，我看看细节再说。”郑逸群回答。

“好的，这事就拜托郑总了，事情办成了，我个人也有表示。”Bess 诚恳地说。

“以后再说。”

一个电话打进来，很陌生。郑逸群接起来，对方是一个操着柔软江南口音的男人，他自我介绍说是通衢美术馆的馆长，姓贺。

“你好，贺馆长。”

贺馆长告诉郑逸群，他接到市委书记曲线家的指示，精心挑选了两幅张大千的画。郑逸群问多少钱？他告诉郑逸群，每幅只要二十万元。郑逸群连声道谢，告诉贺馆长，等下会有人去取。

放下电话，郑逸群拨通了欧升达公司的副总经理叶汉生的电话，叫他派人去通衢市美术馆取画，然后马上送到北京去。叶汉生常年在通衢做项目，听到郑逸群的吩咐就说：“请郑总放心，我马上安排人去办。”

郑逸群把贺馆长的电话和毛英华的电话发给叶汉生。叶汉生回复：收到。

楼梯上有动静，郑逸群一回头，看见乌梅穿着一袭黑色的皮草和一件淡蓝色的裙子走了下来。她今天的妆很精致，特别有文艺范儿。乌梅跟 Bess 打了个招呼，问郑逸群：“有人跟你联系了吧？”

郑逸群嗯了一声：“安排好了，谢谢！”

Bess 忽然像变戏法一样不知道从哪里拿出一对银镯子，递给乌梅说：“大歌星，送你戴着玩儿。清迈手工，很好看吧？”

“线条看起来好高贵。”乌梅眼睛一亮，接了过去。

Bess 开心地笑着说：“这个工匠的手艺在整个清迈都是数一数二的，泰王和王后都用他的东西。”

“真是不错。”乌梅把镯子戴在手上，左看右看，看起来很开心。送礼是需要艺术的，看样子 Bess 选择这份礼物是下了一番功夫的。

西温哥华有着长长的海岸线，很多海滩久负盛名。Bess 亲自开着一辆迈巴赫，沿着海滨大道前行，她边开车边说：“西温哥华地势奇特，依山傍海，给人一种会当凌绝顶的感觉。加上这里没有闲杂人员路过，非常隐秘，所以不少富人都喜欢住在这里。”

乌梅在后座幽幽地说：“感觉这里像放大的香港太平山，听说这里也是不少贪官的首选之地。”

Bess笑着回答："是的，因为这里与外界相隔，只要不下山，基本上没有人知晓你的行踪。而房价的高昂令不少贪官觉得很有满足感，所以有不少外逃的官员住在这里。"

很快，Bess将车开上一个很陡峭的山坡，之后把车停到一栋硕大的石头建筑前面，这里拥有世界一流的海景，可以俯瞰温哥华市中心、温哥华港及温哥华西区。

翁林志早就站在门口候着了，他说这里天晴时还可以看到温哥华岛。极目远眺，大温地区海天一色、灯火辉煌的美景尽收眼底。

山坡上云雾缭绕，乌梅叹息道："人间仙境不过如此，真羡慕你们能早早地来到这里。"

"乌梅小姐想离开那儿还不是很容易的事情？"Bess微笑着说。

"人心思变，都想逃离。"乌梅叹了口气。

郑逸群没说什么，他比翁林志他们更清楚，乌梅早已经是美国国籍，孩子也是在美国出生的，什么逃离不逃离的，这是一个有目的的说辞。

跟刘岳平的房子不同，翁林志的房子周围有一圈铁艺栅栏，院子里满是落叶，不过郑逸群注意到，这是特意营造的一种气氛。

翁林志房子的格局与刘岳平房子的格局差不多，只不过更大更豪华。在餐厅门口，有用人将大家的外套接过去，挂在餐厅旁边的房间里。郑逸群扫了一眼，那间房子里面的墙壁上是很漂亮的丝绒。

翁林志今天穿得很隆重，还打了黑色的领结，看起来很绅士。他坐下来，对乌梅和郑逸群说："我本来是安排二位住在这里的，既然你们自己有地方住，我也就不勉强了。因为我接到一个电话，明天要飞回国内，所以，今天我请二位吃龙虾。接下来的几天，就由Bess陪你们吧。"

"翁总贵人事多，你忙你的，我们会照顾好自己的。"乌梅淡淡地说。

翁林志淡淡地对服务员说："上菜吧。"

郑逸群注意到，这里的服务员是白种美女，他明白这是翁林志给国内来客准备的另一道菜。

跟国内的官员们来往，钱只是一方面，还需要有别的东西。而且，往往是这些东西才能打动他们。

头一道菜是浓郁润滑的龙虾海鲜汤，装在一个带金边的瓷碗里面。郑逸群尝了一口，道："真鲜。"

翁林志回答："这是来自新布伦瑞克省海域的龙虾，干净、营养、美味。"

餐桌上有两种酒，2006年的霞多丽白葡萄酒和2000年的雷司令冰酒，翁林志对乌梅说："这可是加拿大的国宴用酒啊，总督夫妇就是拿这个接待来自世界各地的宾客的。"

乌梅扭头斜睨郑逸群一眼，露出一种俏皮的笑容说：“我这是借你的光喽。”

“你搞错了吧，我是借你的光吧。”郑逸群回了一句。

翁林志呵呵地笑着道：“二位都是我尊贵的客人。”

用人送上来蓝莓沙拉，郑逸群尝了一下，很甜，于是对乌梅道：“多吃点儿，养颜。”

乌梅嗯了一声，斯斯文文地吃起来。郑逸群注意到，她今天没戴什么首饰，不知道是出于什么考虑。

翁林志忽然问乌梅：“乌梅小姐知不知道潘文林死了？”

“啊？”乌梅一惊。

“昨天他在苏南飙车，跟一辆大货车撞上了。”翁林志面色淡然地说。

“唉，人生无常啊。”乌梅摇摇头。顿了一下，她问翁林志道：“你这次回国会见安妮吗？”

翁林志摇摇头：“安妮现在正在美国，她现在也很纠结，只是没法儿回去。”

“是啊，事情出在苏南市，她的身份太敏感了。”乌梅摇摇头。

用人又送上来黑橄榄奶酪碎配当地特产的野菜，味道很丰富，但是郑逸群注意到，乌梅有些心不在焉，很明显，翁林志刚才的话影响了她的情绪。直到用人送上来芦笋配奶油焗龙虾，乌梅才似乎情绪好了一点儿，不仅吃了半边龙虾，而且还主动跟翁林志碰了一杯。

可能翁林志也意识到刚才提到潘文林有些不合时宜，于是也没再继续，开始谈一些娱乐圈的八卦，真真假假的，大家一时轻松起来。

“怎么感觉加拿大的龙虾比别的地方的龙虾好吃？”乌梅道。

翁林志回答：“加拿大的龙虾在冷海里成长，一年只长一厘米，所以虾肉才这样肥美多汁。”

“是这样啊。”乌梅优雅地点点头。

“最近你们俱乐部的事儿进行得怎么样了？”翁林志忽然又问，不过表情显得有点儿随意。

“还那样，李子夜收购了些股份。马公子和彭公主他们似乎也是蠢蠢欲动。”

“他们也跟着掺和？”翁林志似笑非笑地说。

郑逸群点点头，翁林志道：“围棋对弈中，无法获胜的一方多半会把局面搅乱。乱，尚有一丝胜机；不乱，则安乐死。所以，谁面临出局险境，谁就是动乱发起者。优势方为了彻底击倒对手，也可能将计就计，暗中扮土匪把局面搞得更乱，让搅局者罪名坐实，以便出招打击师出有名。所谓神仙打架凡人遭殃是也。”

“原来翁总是个明白人啊。”乌梅在一边赞叹道。

“郑总觉得事情会向哪个方向发展？”翁林志含笑又问。

郑逸群想了想回答："郭正余、冷鸿海他们不会坐视不管吧？"

"乌梅小姐觉得呢？"

乌梅把手里的杯子放下，略微思忖一下："我觉得他们有放弃俱乐部的可能。"

"哦，乌梅小姐为什么这样说？"翁林志眼睛里有一道亮光闪过。

乌梅慢条斯理地回答："我觉得，欧董和楚大少把股份转让之前一定同郭董和冷董有过沟通的，他们如果觉得俱乐部还有价值，必定会极力保住这些股份。再说，欧董和楚大少也不是任人宰割的人，怎么会说转让就转让了？至于他们有没有与阿萨沟通我就不得而知了。"

这几句话令郑逸群心里怦地一跳，是啊，他们之间有着千丝万缕的联系，这么大的事事前不能不沟通的。郑逸群忽然觉得这事儿恐怕还有别的考量在里面，别的不说，那天晚上郭正余去找乌梅的男朋友，他们到底谈了什么？

于是，他默默地喝了口酒，不出声，听翁林志和乌梅继续对话。

他们对欧升达都很熟悉，翁林志甚至提到涵涵跟欧升达的关系远不是她协调了一些关系那么简单。乌梅没说什么，直到翁林志有意无意地说欧升达现在的处境应该比大家想象的艰难时，她说了一句："你可以去做一切事情，但前提是不会为结果沮丧。一个人真正的强大，并非看他能做什么，而是看他能担当什么。"

"乌梅小姐之所以能在领导面前受到重视，见识确实不一般。"翁林志举起杯，敬了乌梅一下。乌梅也友好地举起杯，心照不宣地跟翁林志碰了一下。

Bess 在郑逸群对面微笑着，眼睛里有一种看不清楚的东西。她忽然问："郑总知道郭正余、欧升达和涵涵小姐见威灵顿公爵的目的是什么吗？"

"还真不知道。"

Bess 看了一眼翁林志，翁林志点点头，Bess 忽然变得有些严肃地说："我想，他应该是想寻求爵位。你应该知道，欧升达早已经是加拿大国籍，他去拜会威灵顿公爵，应该跟这个有关系。"

"寻求爵位？"郑逸群皱着眉问。

翁林志在一边道："我们也是猜测，你要知道，虽然平时我们都相互关注，但来往并不多。郭正余是香港的太平绅士，他素来与英国的贵族来往密切，而涵涵小姐移民加拿大以后，也跟皇室来往密切。这次他们去拜见威灵顿公爵，很明显是想利用威灵顿公爵与加拿大皇室的良好关系寻求爵位。"

"我有点儿懂了，按照国内某些人对于拥有国外身份乃至爵位的人的敬畏，他很有可能渡过这关，是吧？"乌梅不动声色地问，目光柔和，接着她又有些恍然大悟地说，"不去渥太华，反而去伦敦，看起来有点儿舍近求远，实际上却是捷径。"

"欧董如此办事，看来是得到了某些高人的指点啊。的确，一旦他得到了授勋，对他的某些调查一定是要受到某些关照的，极有可能不了了之。”郑逸群在一边插了一句。

“不得不承认，这是一着儿很高明的棋。”翁林志微微颔首，表情充满赞赏。

用人送上来甜点和水果，样式很丰富。Bess 介绍说，中西餐混搭在加拿大很流行。因为这里华人多，所以，餐饮里也有很多中国的文化元素。郑逸群尝了一种加拿大野菜馅饼，味道超一流。乌梅则对一种类似中国烙饼的东西有了兴趣，一问用人，果然就是中国烙饼，不过是淋上了果酱。乌梅边吃边赞不绝口。

用餐期间，有人过来低声跟翁林志说了两句什么，翁林志点点头，然后显得很抱歉地对乌梅和郑逸群道：“很不好意思，我要去接个电话。”

翁林志走后，Bess 开始跟乌梅和郑逸群谈话，总是有意无意地提到乌梅的演出。乌梅似乎有些心不在焉，只是在关键的时候说了一句：“这些你跟郑总谈吧，我不想关心这些事情。”

有了这句话，Bess 明显很兴奋，跟郑逸群说了很多自己的想法，郑逸群不多说，只是不时地报以微笑。他现在需要理一下思路，因为人总是胡思乱想，结果是困在一团乱麻般的思绪中，动弹不得。今天翁林志请他们吃饭，看似没说什么，却透露出了不少信息，这些信息都指代什么，需要好好地琢磨一下。

乌梅的电话屏幕亮了，她看了一眼，拿起电话走到一边去了，看那个表情，肯定是他男朋友。郑逸群发现，每次她有这种电话和这种表情的时候都是在国内上下班时间。看来，那个人平时在老婆面前应该还是一个合格的丈夫。

Bess 瞟了一眼乌梅，低声对郑逸群说：“看到没有，还是很甜蜜的。”

郑逸群耸耸肩，不置可否。

一个电话打进来，是一个陌生的号码，郑逸群接起来，对方却是彭日光。他低声说：“我在广州，跟你说个事，刘主任要你明天去趟多伦多，有事。回头我把联系人的电话发到你信箱里。”

“明白。”

“还有，我跟腾大股份的律师正在接触，事情很顺利。岳平同意你的主张，尽量不卖，如果对方溢价到位马上出手。”彭日光接着说。

难怪刘岳平一直没有给自己回邮件，原来是出于安全考量，叫彭律师转达他的意见啊。看样子，彭律师在刘岳平心目中的分量和地位也不一般，他所起的作用也是无可替代的。

“知道了，保持联系。”郑逸群收了线。

抬起头，Bess 正用一种奇怪的神色看着他，他笑笑：“怎么，不认识啊？”

Bess 微微一笑说：“我觉得有点儿意思，乌梅那边来电话，你这边也来电话，她那边是文艺片，你这里是间谍片。”

郑逸群笑笑，没说太多，心里盘算着怎么去多伦多的事情。这事要不要带乌梅？带她目标太大，说话也不方便；不带她，万一被狗仔队发现，事情恐怕又麻烦了。怎么办呢？

“心里有事啊？”Bess 问。

郑逸群问：“坐班机从温哥华到多伦多要多长时间？”

Bess 回答：“直线距离三千八百公里，跨越三个时区。如果坐飞机要飞四个多小时。想去多伦多？”

郑逸群回答：“随便问问。”

“不对吧？你的表情告诉我你应该有事。别客气，有什么需要我帮忙的可以随便说。”

“没事，就是随便问问。”虽然她表现得很诚恳，但去多伦多这样的事情还是越少人知道越好，况且还不知道要去见谁。

又一个信息：潘文林的死不是偶然的。是林娜发过来的。她怎么也关心潘文林？郑逸群回复：我不喜欢八卦。

乌梅结束了通话，走了过来，看看翁林志的位置说：“这些有钱人，真忙。”

Bess 赶紧在一边说：“不好意思啊，乌梅小姐，怠慢了。”

“没事，我就是说笑。”然后，她转过身看着郑逸群道，“回头你打个电话给诗双，明天有客人要她接待一下，北京的，很重要。”

她在手机上鼓捣了几下说：“你把这个发给诗双。”

郑逸群看看自己的手机，是一个名单，不知道这些人都是做什么的。看乌梅的表情有些严肃，他点点头，没说什么，把名单转发给了尹诗双。

Bess 没出声，充满趣味地看着二人，眼睛里有某种疑惑。

乌梅估计是看出了端倪，对 Bess 说：“人家是一伙儿的，我只是诗双姐姐而已。”

Bess 没说什么，无声地笑着。

翁林志走进来，脸色有点儿冷，坐下来，明显有些不在状态，半晌，他看看乌梅问：“最近安妮在国内的时候总跟雯晓在一起吗？”

“不知道啊，我也很少见到她们，还是雯晓订婚的时候我见过她们，怎么啦？”

翁林志皱着眉头说：“有点儿不大对劲啊，我刚才听说潘文林这次去苏南市，其实有一个日程是要去见薛冰的。”

“见薛冰，什么意思？我听着怎么有点儿发蒙，他为什么要去见薛冰？”乌梅很震惊，郑逸群也有同感。

翁林志忧心忡忡地说：“我刚才听到这个消息打了电话给安妮，她说她觉得富有集团的丁思妍和腾大股份的章艾在鹏城搞的影视基地很有搞头，就想自己也如法炮制。”

“这没什么呀，正常啊！”Bess 在一旁说。

翁林志看了一眼 Bess，又看看乌梅问：“乌梅小姐觉得呢？”

乌梅皱着眉头道："这事儿是有点儿怪，安妮认识的影视圈里的人不少，叫谁去跟薛冰谈这事儿也比叫潘文林去要好得多。潘文林在国内没有名气，薛冰会重视他吗？再说，安妮跟潘文林的事，薛冰就一点儿风声没听到？"

郑逸群坐在那里很认真地听他们的对话，心里一直觉得不对的地方终于慢慢变得明朗了。对啊，安妮为什么叫潘文林去跟薛冰谈这件事？

"所以，这事儿是不是有点儿不寻常？"翁林志意味深长地看着乌梅，表情凝重。

"你觉得这不是意外？"乌梅严肃地问，修饰得很精致的眉毛蹙到了一起，看得出来，她现在有点儿不淡定。

"是意外最好，不是意外可能会给很多人带来麻烦。"翁林志的表情寒意逼人。

"是啊，如果不是意外，即使是百密也会有一疏。"乌梅的声音有些发紧。

"所以，我这次回国会关注一下这件事。安妮的回答我很不满意，总觉得她在掩饰什么。"翁林志微微地摇着头，表情里颇有些不可思议的成分。

"最好别是她脑子发热。"乌梅的声音里充满担忧。

"对了，过几天会有个新闻，当然你们也不一定需要看新闻，有两个人事任免。"翁林志对乌梅说。

"嗯，我已经知道了。回头我就跟他说。"乌梅低调地回答。

"那好，今天就这样吧，我心情有点儿不好，就不陪二位了，对不起啊。"翁林志显得有些疲惫地说，刚才吃饭时的风采似乎一下不见了。

生活的美其实就在于心情，心情决定你观察事物的角度，决定你看待世界的广度。

回到刘岳平的房子里，乌梅把手里的包丢在沙发上，回过头来，有些气急败坏地对郑逸群道："太不像话了，太不像话了。"

郑逸群上前把她的大衣接下来，安慰道："淑女些，淑女些。"

乌梅一屁股坐到沙发上，冲着郑逸群道："你看看，你看看，翁林志这算威胁吗？"

"威胁？我怎么没感觉到，我觉得他是关心安妮，再说了，他们不是好朋友吗？"郑逸群觉得乌梅这话没头没脑的，于是不解地问。

"好朋友？这个时代还有好朋友？都是相互利用。"乌梅哼了一声，脸色铁青。

"怎么，薛冰是你们的人？"郑逸群有点儿明白了。

"你赶紧跟那个Bess谈，一两天内把合同签了，然后我们就回鹏城。"乌梅表情坚硬，看得出很气愤。

郑逸群安慰着乌梅说："我知道，你还是应该调整一下自己，也许翁林志也是好心。"

"好心，看起来都是好心！"乌梅将手交叉在胸前，显得特别生气。

"你准备怎么办？会把这个事情跟你男朋友汇报吗？"

乌梅摇摇头："你知道，我们的关系不是那么简单的，把这种猜测跟他说，他肯定会觉得我很八卦，时间久了会让他反感的。”

“可是，你不告诉他，万一事情真像翁林志所说的那样，岂不是很被动？”

“这事非同小可，不说是不行的，我得想想怎么说。”乌梅严肃地回答。

郑逸群能理解乌梅此时的难处，对于她，那个男人就是她的全部，怎么跟那个男人打交道不能不费一番心思。有些爱，不得不精心算计。

“对了，我明天要去一下多伦多，有点儿急事。你怎么样，是不是要跟我一起去？”郑逸群道。

乌梅皱皱眉头问："你来之前没有这个行程啊？是刘岳平叫你去的吧？”

郑逸群不能撒谎，点点头。乌梅用一种非常经典的沉默回答他，郑逸群忽然有某种恐惧，莫名的恐惧。

“这样吧，你叫那个人到温哥华来，我怕你出去被人注意反而不好，你看怎么样？”乌梅看着郑逸群，口气像是商量，但是又有一种命令的感觉。

“好吧，我去联系一下。”

郑逸群走到客厅的休闲区，这里摆着几把藤椅，他坐下来，拨通了彭日光的电话，谁知他没接。郑逸群放下电话，想等一下回拨，但电话马上就响了，他一看，还是刚才那个号码，他接起来，彭日光说："不好意思，手机可能不安全。”

郑逸群把乌梅的意思跟彭日光说了一下，他嗯了一声说："我跟岳平商量一下，回头给你电话。”

郑逸群收了线，坐在那里静等，此时，他不想走到乌梅那里去，不想看她那张苦瓜脸。

谁知，乌梅自己却站起身，走了过来。郑逸群没看她，眼睛看着窗外，夜色很深，海湾里只有几许灯火。

乌梅在郑逸群旁边坐下来，轻声说："对不起，你是不是觉得我很自私？”

郑逸群面无表情地回答："怎么敢？现在一切事情不都要围绕你来做吗？”

乌梅轻声道："逸群哥，我知道刘岳平叫你去多伦多肯定有重要的事情，可是，你要知道，我不敢保证对方的人有没有跟到温哥华来，如果跟来了，我们的一举一动不可能不被对方发现。你想啊，你自己去了多伦多，你见了什么人，他们能不知道？回头一查，你这不是给刘岳平添麻烦吗？再说了，他已经答应了，尽量帮你们解决一些困难，所以，你们也不要动作太多。动作越多破绽越多，懂吗？”

“嗯，有道理。”郑逸群转过头，看着对面这个美丽且复杂的女人。

“逸群哥，我知道，这次为了我，你遇到了很多的麻烦。别的不说，光是这些天你没怎么跟女朋友通话，我就知道你们之间到底怎么回事了。凭一个女人的直觉，她现在一定误会很深，所以，我现在想早点儿回去，你跟她好好谈谈。”乌梅柔和而诚恳地说。

郑逸群叹口气："我现在感觉很不好，她现在跟我说话很平静。凭我对她的了解，这样的平静绝对是不正常的。”

“所以啊，我们就要抓紧时间回去。你快点儿跟那个Bess谈，明天刘岳平的人来了你也能知道问题是不是棘手，如果不棘手，我们最迟大后天就飞回去。”

“你也急着回去吗？”郑逸群问。

乌梅看着郑逸群说：“我必须得回去，当面跟宣萱解释，如果事情搞得不可收拾，我罪过就大了。”

乌梅隔桌伸过手，握住了郑逸群的手。郑逸群将手轻轻抽回来，然后淡淡地说：“算了，已经这样了，认命吧。”

乌梅正想说什么，郑逸群的电话响了，是彭日光，他告诉郑逸群，来人大约明天傍晚到温哥华，见面地点就在刘岳平的别墅。郑逸群回答：“知道了。”

彭日光道：“提醒你一下，你和来人谈话的时候最好叫乌梅回避一下，他们有可能认识。”

明白。郑逸群收了线，然后，他平静了一下，对乌梅说：“明天傍晚有人来，你回避一下。”

乌梅点点头：“我明白。”

“那好，休息吧。”郑逸群站起身来。

“逸群哥，我想问一句，你心里除了宣萱就没有过别的女孩子吗？”乌梅忽然问。

郑逸群反问：“怎么了？”

乌梅看着他，忽然垂下眼帘说：“算了，算我白问。”

回到房间，郑逸群赶紧打开微博，他想看看有没有关于自己和乌梅的消息，还好，还是伦敦那些事情。难道真的安全了？可越是安全的环境越可能蕴含着巨大的危险。他看看几个窗子的窗帘，拉得紧紧的，他也只开了台灯，这样应该不会引起别人的注意吧？

郑逸群打开信箱，发现里面什么都没有。他给刘岳平移动硬盘里的信箱是发过邮件的，难道两个人都没发现？按理说不能啊。他现在很想倒时差睡觉，他发了个信息给宣萱：你在干吗啊？宣萱没回复。郑逸群算算时间，应该是在接待客人吧。他只能这样安慰自己，如果宣萱与顾云飞真的在一起了，难道一切就不可挽回了？他关上电脑，冲了凉，躺在床上，脑子里却是狂风暴雨。

回想这些天发生的种种事情，他觉得冲击力太大了，一个接一个，几乎承受不住了。不过，现在有一点他是看明白了，欧升达与楚之洋的撤退只是第一波，接下来肯定还有第二波，甚至第三波。肯定不是经济的原因，仅仅是上面那些人之间的斗法吗？风暴之下安有完卵？看来，自己是要先撤了，不能等到敌军要破城了自己才想离开，那样的话，可能无法脱身了。

想了一阵子，他拨通了尹诗双的电话，谁知，她的电话处于秘书台状态，拨她办公室电话，一直没人接。

或许是太累了，或许是脑子里太乱了，渐渐地，郑逸群陷入一种半睡半醒的状态。最近他一直会有这种状态，俱乐部的保健医生说这是亚健康状态，需要调整。迷迷糊糊中，电话响了，他接起来，是伊涛。他告诉郑逸群，他已经来到苏南，事情正在处理中，潘文林的家属也来了，被安置在一个宾馆里，警察初步判定是酒驾。

郑逸群心里产生少许安慰，觉得事情不至于像翁林志说的那么严重，于是就说："你自己少出面，这些事叫安妮的那些关系来协调，明白吗？"

"我知道，我只是幕后协调，前面的事都由这边的总经理关剑和安妮的弟弟安然来处理。"

"需要俱乐部帮忙你尽管开口，这里的资源你随时可用。"郑逸群躺在床上，望着天花板，天花板忽远忽近，有时清晰有时模糊。

"我知道，有事我会跟你及时沟通的。"伊涛回答。

"对方有什么要求吗？"郑逸群问。

"酒驾，还能有什么要求？"

"对了，你与常在俱乐部里出现的那个叫林娜的女人熟吗？"郑逸群忽然问。

"认识啊，她在国内搞高速公路投资，据说跟安妮的老公薛冰关系很不一般。我订婚仪式那天她还来了，你怎么问起她来了？"

"没什么，就是问问。"郑逸群明白了，林娜跟薛冰应该有什么，不然，她不会死盯着安妮。

放下伊涛的电话，郑逸群忽然觉得还是哪里不对。到底哪里不对呢？他百思不得其解。想了半天，他忽然打了个冷战，这事儿如果像翁林志所猜测的那样，薛冰应该是知情者啊。可问题是，他们为什么要这样做？潘文林究竟掌握了什么？他忽然想起了安妮叫自己带给潘文林的东西，那是什么？会不会给自己惹麻烦？他纠结了半天觉得不会，即使是安妮真的做了那事，现在潘文林死了，谁又会提及这件事？

手机响了，是毛英华，他告诉郑逸群，那两幅张大千的画已经收到了，今晚刘力刚就会把画送出去，然后他们连夜回鹏城。

"怎么这么急？"

"我也不大清楚，一个半小时后我们出发，办完事直接去机场。对了，卡怎么办？没花多少钱。"

"先放你那里吧，回去以后你去库珀的工地看看，如果有什么事帮着协调一下，伊涛去苏南办事去了。"

"他刚才有打电话给我，我那时还不知道什么时候能回去，所以也没说太多。这样，明天上午我就去看看。对了，你什么时候回国？"

“还不知道，这边办事至少要两三天，回去还要十多个小时，怎么着也得周末了。”

“嗯，回来聚聚，我有很多话要跟你说。”毛英华收了线。

郑逸群心情有些怅然，刘力刚此次北京之行不管怎么样都与自己关系密切，他出事，刘岳平自然在劫难逃，自己跟刘岳平关系如此密切，难说不会受到牵连。一旦受到牵连，那就不会是小事情。

宣萱没回信息，尹诗双也没回电话，她们难道在一起？出海了？

郑逸群重新躺在床上，眼睛看着天花板，努力使自己睡着，可是，越是想睡越是睡不着，人啊，真是怪。他正在那里跟大脑作着斗争，电话又响了，他拿起来看了一下，居然是乐枫教授办公室的电话。他接起来，乐枫那典雅而极富文化底蕴的声音传来：“郑总，真不好意思，听说你在温哥华，这么晚打电话给你有些不礼貌。”

“乐教授怎么这么客气，有事请吩咐。”郑逸群坐起来。

“是这样，关于我叫你帮忙在佛罗里达买的那套房子的事情，我想请你亲自去一次那里。最近我跟升达都太忙，我这边有几个课题要同时上报，他那边又要处理很多重要的事情，而沈宾阳也要急着回香港办一些事情，你看？”

“这么急吗？”郑逸群有点儿奇怪。

乐枫沉吟了片刻说：“我也不瞒你，升达最近有可能会隐退。他如果留在国内，恐怕会一时不适应，所以我想尽快让他换一个环境。”

“是这样啊，可我这次是跟乌梅一起出来的，无法单独去佛罗里达。”郑逸群回答。

“是这样，我跟升达也买了一架飞机，就是在加拿大制造的，这两天正要飞回香港，所以，如果方便的话，能不能请你邀请乌梅小姐一起顺便去一下佛罗里达，你看怎么样？拜托了！”乐枫语气舒缓，很有修养。

“这个我不好贸然答应，我需要明早跟乌梅商量一下才能回复您，她现在睡了。”

“那好，我等你消息。我衷心希望你能去，我和升达都非常相信你的品位。”乐枫的语气很恳切。

乐枫如此着急在佛罗里达买房子，看样子欧升达那边是要有大的变动了。至于沈宾阳刚把欧广群的房子买下就着急回去，郑逸群更不意外，如果是升达地产要有重大的股权变动，怎么能少了沈宾阳这个证券高手？买房对于沈宾阳那是小事，在股票市场上驰骋那才是他的强项。

“谢谢乐教授的信任，我争取。”郑逸群谨慎地回答。

“还有，明天你有空吗？”

“怎么，乐教授有事吩咐逸群去做吗？”郑逸群问。

“如果你有时间，请代我去看一个朋友。你认识的，就是涵涵小姐，她也住温哥华。”乐枫慢声细语地说。

“乐教授，很不好意思，你应该知道，我这次陪乌梅出来，行动多有不便，单独行动恐怕会引起些无端猜测。”郑逸群忽然明白了，那天晚上的那番话不是针对尹诗双，应该是针对涵涵的。

“那好吧，我不难为郑总了，我等你的消息，如果能去，我叫飞行员跟你联系。”乐枫没再坚持。

收了线，郑逸群脑子里大约画出了一个路线图，欧升达和冷鸿海当初怎么化干戈为玉帛，最重要的因素就是郭正余的参与，在这里面涵涵一定是起了很大的作用，可郭正余那么牛的人会买一个演员的账吗？郑逸群想起了一个传言，那就是涵涵跟阿萨有某种说不清道不明的关系，如果是阿萨在里面有什么作用，那一切就顺理成章了。而涉及阿萨，那么欧升达和楚之洋的股份被收购，人家的目的也就是冲着阿萨去的。至于那天晚上郭正余为什么急着去见乌梅男朋友，或许是觉得阿萨有危险，想找个新靠山。当然，还应该有些别的交易，那些都不是很重要了。

现在，问题很明显，阿萨知道自己的对手很强，他必须向乌梅男朋友靠拢。如果直接通过欧升达，乌梅男朋友必有防范，毕竟欧升达现在在别人的枪口之下，乌梅男朋友应该不会答应与阿萨联手。但是，翁林志这些隐形富豪则不同，他们虽然也在阿萨的羽翼之下，但是毕竟没有引起阿萨对手的注意，所以，叫他们来做什么，相对是安全的。关于这一点，乌梅男朋友一定是经过缜密盘算的。

现在按理说，阿萨他们有了示好的行为，乌梅男朋友本身也是因为出身的问题或者是政治考量不可能不跟阿萨联手，可是，目前似乎出了点儿岔子，安妮这事儿有点儿对乌梅男朋友这边不利，乌梅似乎很恼火。这事儿乌梅男朋友会怎么反应？事情越来越有意思了。

至于刘力刚，他明显是阿萨那边的人，不然人家不会打击他，这也是向阿萨发难行动的一部分。但他明显也受着乌梅男朋友的青睐。至少有一点郑逸群可以肯定，下大雨的那天晚上，朱振瑞去岛上跟乌梅男朋友谈话，内容应该主要是怎么帮刘力刚过关。朱振瑞是乌梅男朋友的同学，他们是一条战线上的，那是毫无疑义的。他保刘力刚既有政治上的考量也有自身的考量，毕竟刘力刚真出事对他自己也不利。

这样一想，乌梅跟自己承诺的，尽量保全自己跟刘岳平也不是空穴来风，应该是在那个风雨之夜，她听到了自己男朋友与朱振瑞的某些谈话。

只是关于涵涵，古梦柏提她，乐枫也提她。这是怎么回事？唉，有什么大不了的，无非是欧升达跟她有一腿。这年头，哪个地产商没有几个情人啊？！

郑逸群这么一思考，他的心情忽然不那么糟糕了，人也渐渐疲倦起来，不知不觉，他被一阵巨大的疲倦吞没了。

等他再一次醒来，发现电话正在响，是尹诗双，他接起来，尹诗双问：“你在睡觉？”

郑逸群嗯了一声，道："几点了？"

"按我这边时间算，你那里应该是早上八点半吧。"尹诗双道。

"哎哟，这一觉睡得还真香。"郑逸群坐起来，走到窗前，拉开窗帘，天空还是乌云密布，他有点儿不满地说，"温哥华是以天气好闻名的，怎么我来了就是阴天。"

尹诗双讥讽道："那是因为老天爷看你不顺眼。对了，昨天你给我发的那个名单都是些什么人？"

"我不知道，那是你姐叫我发的，要不你问问她？"郑逸群伸了个懒腰。

"算了，我回头叫别人查查就行了。对了，有个事情有点儿怪，那个王汉荣在俱乐部住了不少日子了，整天游游逛逛，就像没事儿人一样。我心里总有点儿打鼓，觉得他似乎有什么阴谋。他是不是还想再把俱乐部关了啊？"

郑逸群笑了，讽刺道："你这不是闲吃萝卜淡操心吗？反正你也是要离开的人了，关不关俱乐部跟你有关系吗？"

"你这人啊，冷血啊，怎么跟俱乐部一点儿感情都没有啊？"

郑逸群听到"感情"二字，忽然想起宣萱，他问："对了，你不是说回去要跟宣萱谈谈，谈得怎么样？"

尹诗双略微沉默了一下，回答："我跟她谈了，说仅仅是做戏而已，希望她不要当真。她说她理解，不会放在心上的。"

"真的？她真这么说的？"

"是的。"尹诗双回答。

"你确定？"

"确定。"

或许宣萱真的理解自己，她现在不跟自己说什么，也许是生气自己事先不跟她打招呼。想到这里，郑逸群心里有了少许的安慰。但是，他马上想起了个问题，问尹诗双："对了，云落的父母还在俱乐部吗？"

"在啊，怎么啦？"尹诗双问。

"你派人注意一下，他们平时跟王汉荣有接触没有。"

"不能吧，他们是邻居，可不是一个阶级，王汉荣那么屌，能搭理从内蒙古来的老百姓吗？"

"你就叫人注意一下就行了。"

尹诗双显得有点儿不以为然地说："行，我知道了。"

刘岳平说找人调查一下云落和王建辉，有结果没有？这样的小事又不好问他，还是回去再说吧。

"有个事我想跟你沟通一下，昨天乐枫教授给我打电话，叫我去见见涵涵小姐，我以跟你姐在一起不方便拒绝了。”

尹诗双沉默了一下，道：“你做得很好。她叫你去看涵涵是假，看看涵涵的儿子是真。”

“涵涵也生了小孩，怎么一点儿消息都没有？”

“是的，涵涵到了加拿大也生了个孩子，乐教授一直怀疑是欧董的。他们全家还到温哥华住过一段时间，就跟涵涵小姐住一起，可她也没抓到什么证据。”

“你觉得涵涵小姐的小孩是欧董的吗？”

“这次在伦敦我私下问过他，可是他不承认。”尹诗双回答。然后，她很感慨地说，“其实，是谁的并不重要。涵涵小姐现在自己生活，也不需要谁的帮助。只是，这些对于乐教授来说确实很重要。”

“也是，对于她来说，家庭至高无上，欧董就是她的全部。”郑逸群有感而发。

“没有女人不在乎男人与其他女人的交往，即便是乐教授。况且，这个孩子如果真的是欧董的，那么涉及的东西就不仅仅是财产那么简单的问题了。”

“对了，乐教授叫我去佛罗里达帮她买房子。”郑逸群道。

“这事儿我知道，是欧董要把沈宾阳从美国叫回来的时候我建议的。”尹诗双气定神闲地说。

“你不是有什么阴谋吧？”

“有你个鸟阴谋。”尹诗双啪地挂了电话。

郑逸群有些发愣，这个尹诗双怎么忽然变得如此粗鲁？一点儿都不淑女。

郑逸群走下楼，发现厨房里有人，他走过去，发现乌梅正穿得像个大厨似的在做饭。郑逸群拿起手机咔嚓了几下，乌梅听见后回头嫣然一笑说：“将来不唱歌了我去开个餐馆如何？”

郑逸群耸耸肩说：“你开餐馆？门还不被挤破了？”

“有没有那么夸张啊？”乌梅颇有些得意地笑着。女人都喜欢被恭维，乌梅也不例外。

“做了什么好吃的？”

“你看吧。”乌梅向厨房中间的操作台努努嘴，郑逸群走过去，发现上面有四个小菜，炝长豆角、炝圆白菜、咸蛋、西红柿炒蛋。乌梅在锅里煮着粥，另一个锅里不知道是什么。

“不错啊，这里居然有咸蛋。”郑逸群伸手要去拿，乌梅喝道：“洗手去。”

郑逸群调皮地吐吐舌头，乖乖地去洗了脸，回来坐到操作台前说：“咱们就在这里吃吧，不要去餐厅了。”

“行啊，锅里的馒头也好了。”乌梅快活地说。

“你会蒸馒头？”

乌梅边掀开锅边说：“哪里啊，是冰箱里的半成品。那个姓路的男孩子准备的食物够一个排吃半年，什么都有。”

郑逸群知道路由没少准备东西，至于说一个排吃半年那的确太夸张了。

两个人在吃饭的时候，郑逸群简单地说了一下乐枫电话中所透露的意思。乌梅一直没说什么，默默地吃着饭。等到郑逸群说完了，她夹了一只馒头给郑逸群道："去一下那里也行，不过，我一直有个疑问，他们为什么要在佛罗里达买房子，而且这么急？"

"我也不清楚。"

乌梅有点儿讥讽地说："你不是不清楚，是很清楚吧？"

"我知道什么？"

"好吧，我替你说吧，是不是欧升达要隐退？"

"是的，乐教授跟我说欧董打算隐退，专门做慈善。"

"就这么多？"乌梅的眼神开始变得锐利。

"呃，还有，诗双将出任董事长。"郑逸群觉得没有必要再隐瞒下去了，于是老老实实地回答。

乌梅不满地哼了一声说："不知死活。"

郑逸群赶紧给乌梅夹了点儿菜说："也许这不是诗双的意思，是欧董的意思。"

乌梅慢慢地咀嚼着，道："我知道是欧升达的意思，我提醒过诗双不要答应他。谁知道，她不知道吃错什么药了，你没看这两天我不搭理她吗？"

"算了，不要太计较，都是形势所逼嘛。"郑逸群开解道。

"你看着吧，欧升达过几天还会有更劲爆的行动。"乌梅道。

郑逸群问："什么劲爆的行动？辞去董事长还不劲爆吗？"

"嗯，不说这些烦心的事情了，有些事过些天你就知道了。对了，Bess今天约你了吗？"

"没约，但我想她今天会来找我，你要知道，她对这事儿是很着急的。"郑逸群道。

"抓紧时间谈，签完了马上飞佛罗里达。"

郑逸群吃着咸蛋问："那里风光不错，要不要多待一两天？"

"会不会耽误你的事？"

郑逸群微微一笑："一两天也不会发生地震。"

"那好，在那里住两天。"乌梅放下筷子，然后说，"初步定在后天走，你安排吧。"

郑逸群嗯了一声，也放下筷子说："你收拾吧，我去安排。"

郑逸群走到客厅，先给乐枫发了个信息，告诉她自己可以去，然后拨了一下宣萱的电话，还好这次她接了，郑逸群问："那个给欧董买房子的经纪人在佛罗里达找的房子在哪儿？"

宣萱回答："都在棕榈滩，怎么啦？"

郑逸群说："这样，你安排一下，我和乌梅要去那里替欧升达看房子，然后从那里直接回国。”

宣萱平平淡淡地说：“嗯，回头我把酒店订好，还是套房吗？”

“是的，要最好的，不过这次你还要加订几间房，是飞行员和空姐的。我们要从那边直接回国，只是机组人员的配备我不知道，具体情况等一下你打电话问一下乐枫教授。”

宣萱道：“我知道了，订好了我发邮件给你。”

“你想我了吗？”郑逸群问。

宣萱淡淡地说：“别闹，我在工作。”说完，挂了电话。郑逸群有点儿尴尬，他像小偷一样回头看看，身边一个人也没有。世界上，唯独骗不了的，是自己的心。

Bess 的电话打了过来，她问：“郑总，吃早餐了吗？”

“吃过了。”

“这样，我带你去看一下那套房子。”

郑逸群嗯了一声：“行，你把你准备的合同带着。”

Bess 快活地说：“好的。”

郑逸群收了线，走回厨房，乌梅正在收拾，郑逸群说：“佛罗里达那边正在安排。不过，Bess 刚才打电话过来，等下要接我出去谈一谈。看样子中午不一定能回来，你要不要和我一起去？”

乌梅边收拾边说：“这种场合我去不合适，显得掉价。你去你的，中午我自己随便吃点儿什么就好。”

“要不要我叫路由回来，不然你一个人太孤单？”

“也好，你叫他带两个同学回来，我正好想听听年轻人的想法。”

“行，我去安排。”郑逸群拿起电话，马上拨通了路由的电话。路由一听非常高兴，说自己一会儿就回来。

“你带的人一定要非常了解，你应该知道这里面的利害。”

路由笑道：“放心吧，我又不是小孩子。”

Bess 今天开的车很一般，而她自己也是穿了一身户外装。

看着郑逸群的眼神，Bess 解释道：“是这样，下午我们有个野营，我没时间回去换衣服，所以，今天一大早我就穿上了，省得费事。”

郑逸群叹口气说：“就是晚上有事，不然的话，我很想参加你们的活动。”

“你也喜欢户外运动吗？”Bess 问。

“还行吧，有一阵子很迷恋，现在没时间了。”

“对了，翁总安排我给你女朋友买了两件礼物，我已经安排人以你的名义快递给她了。”

“干吗那么客气？”郑逸群感觉有点儿不好意思。

Bess淡淡一笑：“翁总说你这次出来没时间也没机会给女朋友买东西，又闹了这么大的风波，应该的。”

有的人成功不是偶然的，他们不会遗漏每一个细节。细节决定成败，翁林志天生具备成功的素质。

车子已经驶入了温哥华西区，别看这里只是一个住宅区，街景可是让人心旷神怡，道路两旁排着粗壮的枫树，茂密的金黄色枫叶在阴沉的天空下有某种独特的美，有如衣食无忧的贵妇，不争不抢、不急不躁，悠然雅致地领略每一刻的光景。

街上几乎看不到人，更看不到车，郑逸群叹息道：“在这里要是没车可是寸步难行啊。”

Bess笑了一下说：“你觉得在这里住的人可能没车吗？”

说话间，车子已经在一栋石头建筑的院子里停下。经过大门的时候郑逸群注意到，这个院子前面有一个低矮漂亮的花岗岩门柱，上面还有黑色大理石门牌号。

Bess介绍说：“温哥华房子的前院不许用围墙挡住，必须是敞开的。”

郑逸群问：“为什么？”

Bess回答说：“或许政府认为各家各户的门前绿化也是城市景观的一部分。这样一来，各家各户就得把自家前院装点得尽量整齐漂亮，毫无遮挡地供过往的行人观赏。虽然这部分土地是私人领地，但是如果房主在前院乱堆杂物、晾晒衣物，或是不修剪草坪，是要受到政府处罚的。”

两人下了车，有一个华人妇女迎上来，对Bess热情地说：“Bess小姐好。”Bess嗯了一声说：“花姐，这是郑先生。”

“郑先生好！”花姐礼貌地打着招呼。这是一个看起来很有修养的人，怎么会给别人做用人？郑逸群有点儿好奇，就跟花姐聊了两句。谁知道，这一聊他大吃一惊，原来花姐居然也是鹏城人，是温哥华的新移民，原来还是鹏城大学的老师，再问认不认识乐枫，花姐笑道：“那是我们学校的名人，谁不认识？好的课题她都能拿到，我们连毛都没有。”话里话外透露着很多无奈。也是，在大学里，谁能拿到课题费谁就牛。

再聊几句，才知道花姐移民完全是因为孩子的教育问题。公婆卖了鹏城的房子移民到温哥华，老公找了个电气工程师的工作，花姐则因为是学政治的，在这里完全用不上，加上孩子的关系，才找了这份工作。好在这栋房子平时没什么人住，花姐一家人就住在这里，他们自己的房子则租给了两个学生。

一进门，一个龇牙咧嘴的怪物把郑逸群吓了一跳，定睛一看才知道，那是一个印第安图腾。看到郑逸群的表情，Bess笑了，她告诉郑逸群，在温哥华岛上可以看到很多图腾柱，也分布着很多印第安保留地。

郑逸群感慨道：“我真想亲眼看看它们长什么模样。”

虽然从外面看这是老式英国式建筑，但是翁林志对其进行了改造，客厅是挑空的，很有空间感。

有两个厨房，一个开放式的，一个封闭式的。不过，郑逸群对那个大大的壁炉很感兴趣，如果在冬天来温哥华，跟宣萱一起吃过晚饭，自己在这里读书，宣萱做她喜欢的事，那该多么温馨啊。房子有五间卧室，三间在楼上，两间在楼下，花姐一家住在楼下。温哥华的室内颜色很少做成纯白色，而多采用红色、灰色和黄色。这栋房子的卧室颜色都不同，但家私风格都差不多，是很欧化的样式，都是实木。加拿大不缺木材，更不缺名贵的木材。

在一层的后部也有一个家庭厅，这是自家人读书、聊天的地方，从这里望出去，可以看到后院的景色。

“看看后院吧。”花姐说。

三个人走出后门，与前院不同，后院是封闭的，隐私性很强。花姐介绍说：“温哥华四季如春，环境舒适，很适宜户外活动，如果有人来，可以在这里搞派对。”

郑逸群耸耸肩，道：“偏偏我来这几天是阴天。”

后院还有个硕大的游泳池，花姐介绍说这游泳池是带着冲浪设备的。

“怎么样？”Bess 问。

“不错，不错。”郑逸群回答。

“那好，回头我叫律师过来，你把跟你相关的法律手续签了，翁总那边的等他回来再签。”

“这么简单？”郑逸群问。

“是的，按理说应该去律师楼的，但翁总的事情，律师肯定会直接来做的。我们回客厅坐吧。”

回到客厅，两个人坐下来，花姐送上来茉莉花茶。Bess 拿出事先准备的合同开始和郑逸群谈乌梅的事情。郑逸群自然知道怎么控制谈话的氛围，先说了乌梅男朋友的难处，再延伸到乌梅自己处境的微妙，话里话外让 Bess 体会到自己在里里外外做工作所付出的心血。话到关键处，他还煽情几句，搞得 Bess 几次都有些眼泪汪汪的。

生活其实就是一部章回小说，每一章都有各自的起始、高潮、平淡、低潮和收尾。你要把生活写得精彩，你就要知道这小说里都需要什么元素。翁林志送了自己这么一份大礼，自己不能让翁林志觉得这礼送得不值。

谈到深情处，Bess 忽然说了一句：“看来，欧升达向阿萨推荐你陪乌梅出来是最英明的选择。”

Bess 是随口一说，可郑逸群却忽然明白了许多。自己跟欧升达的关系并不密切，欧升达没有必要向阿萨这样的人推荐自己。这一切应该都是尹诗双的工作，她叫自己出来陪乌梅，除了自己这个乌梅前夫的身份以外，自己的口风严也是尹诗双能够信任的。尹诗双让自己出来，在某种程度上讲也是不让自己在俱乐部的某些事情上掺和过深。俱乐部里的水太深，搞不好就会踏入哪个无底洞，再想出来那就难了。

尤其是李铁牛这件事，只是现在看起来风平浪静了。尹诗双叫他出来，交由古梦柏来处理，这不能不说是将自己从泥潭里拉出来。最重要的，这是一次肥差，跟乌梅出来，有人想送乌梅点儿什么必然也会让自己沾点儿油水。在这点上，尹诗双肯定有所考量。

郑逸群没接着Bess的话说下去，那样显得自己浅薄，而是对合同中的几个细节提出了自己的看法，当然，他的口气是，如果不这样乌梅会怎么样。这样说话既显出自己对乌梅的了解，又抬高了乌梅的身价。

Bess当即表示，只要是乌梅提出要求一定会满足，于是，她用随身携带的电脑修改了合同。

郑逸群好奇地问："你不用跟翁总、林总商量一下吗？"

Bess头也不抬地回答："不用。"

这个细节叫郑逸群对她的身份有所怀疑，难道她真的如她自己所说，只是想尽快促成这笔生意，改变自己的人生吗？郑逸群在脑子里迅速回忆了一下最近自己跟这个女人所有的交往过程，特别是有翁林志在场的时候翁林志对Bess的态度。他惊讶地发现，翁林志对Bess的态度根本不是上级对一个工作人员的态度，而是平等，很多时候甚至是对她所说的每一句话都不加限制。郑逸群越发觉得Bess不是一个普通的工作人员，那么，她是什么身份呢？

电话响了，他拿起来看了看，是罗小可的。他站起来，走到后面的家庭厅，接起来。罗小可问："你在哪儿？"

"我在加拿大。"

"你够神秘的，真想旧梦重圆啊？"

"你关心这个干什么？你还是把自己的问题解决了吧。怎么着？还单着呢？不然的话，报个名去那个黄河工商学院钓只水鱼？"郑逸群嘴不让人。

罗小可哼了一声说："我单不单跟你没什么关系，你也捞不着。俺这叫低调，低调是一种智慧。至于说到水鱼，天底下哪有那么傻的水鱼叫我钓？跟你说个事儿，我参加了钱小小的派对，你猜怎么着？她说她要进军房地产。"

"进军房地产，她宣布计划了吗？"郑逸群问。

"没有，不过，在酒会的中间，古梦柏跟我说他要在鹏城搞个酒庄。"

郑逸群觉得有点儿不可思议地说："有点儿意思，那地是周浩的，他难道跟周浩还有合作？周惜雪难道不恨他？"

"你说到周惜雪，事情可是有点儿意思，听说她要结婚了。"罗小可说。

“这么快？”郑逸群更是想不通了，这都是怎么回事儿啊？古梦柏踹了周惜雪，却跟周浩在一起搞酒庄。周惜雪曾经那么爱古梦柏，为他不惜色诱楚之洋，却突然要嫁人了，而且嫁的还是刚认识不久的林晓伟。

“是啊，世界不是怪，而是发展太快。”罗小可嘿嘿地笑着。

郑逸群颇有些无奈地说：“生活真的没有边界，就跟孙悟空一样，不管你变化有多少，终究还是一只猴子。”

“也是，就连欧升达和楚之洋都要在人家面前投降，作为小人物的我们，面对生活又能做出怎样的反抗？”

“咦，你打电话不是要跟我自怨自艾吧？”

“唉，是这样，安妮心情不好，叫我回美国陪陪她。这不，我正在收拾衣服。我其实知道你去了温哥华，就想问问咱们能不能见个面。”

郑逸群心里忽然一动：“机会倒是有，可不知道你的时间怎么安排。”

罗小可问：“你那边怎么安排？”

郑逸群回答：“我可能后天要去棕榈滩。”

“是吗？回头我看看有没有时间，过去看看你。”

“行啊，就是你旅途劳累，去棕榈滩要马不停蹄啊。”

“我想想办法。”罗小可道。

“好啊，期待能见面。”郑逸群收了线。他的心里真的是充满了期待，不过不是期待罗小可，而是另外一个人。

不过，有个问题罗小可今天没有提，那就是上次她说钱小小担任了香港一个公司的董事，哪个公司？会不会是中阳股份呢？

郑逸群走回房间，发现有个英姿勃发的白种男人正站在那里跟Bess谈话。看见郑逸群走过来，Bess介绍说这是律师Vincent。Vincent的名字很好听，是个沉静如艺术品般的男人。他伸出手跟郑逸群握握手，问声好，有点儿口音，一问才知道他是魁北克人，从小跟讲法语的孩子在一起上学，难怪。

Vincent拿出文件，郑逸群看了一下，惊讶地发现上面写的是购买。他问Bess是怎么回事，Bess把他拉到一边，告诉他，考虑到安全，这栋房子以转让的形式过户，回头翁林志会通过安全手段把等价的购房款和税款打到郑逸群的账户上，再由郑逸群把钱打给翁林志。郑逸群懂了，没说什么，走回来在一系列文件上签了字。

Vincent检查了一下文件，发现没有什么问题，说自己有事先走了。Bess对郑逸群道：“中午了，我们吃饭吧，今天我们吃中餐。”

花姐是客家人，做的菜都是客家菜，有咸菜焖猪肉、酿茄子、盐焗鸡、红糟排骨、咸鱼蒸肉饼和一个清炒白菜。

Bess 说自己晚上还有事就不喝酒了，郑逸群说那我也不喝了，于是，花姐给二人盛上饭。

郑逸群吃了好多天西餐,有些腻了,遇到这么好吃的东西可是放开了吃,连吃了两碗。

“你觉得乌梅小姐会同意咱们现在的合同条款吗？”

郑逸群将注意力放在食物上，道：“我做做工作吧，应该问题不大。”

“那明天能签合同吗？”Bess 迫切地看着郑逸群。

郑逸群矜持地回答：“我也没什么把握。”

其实，乌梅这边也很急，只是，为了叫对方心理平衡，还是要沉着。

快到天黑的时候，郑逸群接到了一个电话，是一个温柔的女声，有些熟悉但又不敢肯定是谁，她说：“郑总，我下飞机了，马上赶到你那里去。”

郑逸群道：“好的，有车在机场等你，你拨通我发给你的电话就好了。”

“待会儿见。”女声柔和地说。一个让人如沐春风的声音会给人良好的印象。

郑逸群走到后院，乌梅正跟路由带来的几个年轻人烧烤，见郑逸群走出来，乌梅站起身来，走过来问：“怎么，客人要到了？”

郑逸群点点头说：“大约半小时后到，你们几个尽量不要到前面去，不方便。”

“我猜，这个人一定认识我。”乌梅笑吟吟地说。

“或许吧，你们玩好。”郑逸群转身走回客厅。

他拿起 iPad 查看了一下信箱，那两个人还是没有回信，倒是宣萱发来一封邮件，告诉郑逸群，她已经订了棕榈滩的丽思卡尔顿酒店。

郑逸群回复宣萱说收到，然后又写了几句甜言蜜语，他希望这样的话能让她感动。

路由走过来问：“等下客人来了要不要吃饭？”

郑逸群想了想：“看情况要吃饭，你去准备点儿吧。”

路由点点头，进了厨房。郑逸群向山下望着，天已经渐渐黑了，门口的草地也变暗了，只有远处的海湾还透着一点儿亮光。都说温哥华是阳光之城，也许，一年中少有的几天阴天全被自己赶上了。

终于，一辆车从山下开过来，郑逸群知道那一定是客人。果然，车停在了门口，车上下来的是一个衣着时尚的女人，郑逸群定睛一看，发现自己认识，那正是刘岳平的大学同学，龙海股份总经理陈瑾的太太尤乐梅。

只见她的发型做得低调而随意，穿着一条黑色的窄裙，裙摆下有一些蓝色的装饰，上身是一件无袖的淡蓝色貂皮衣，手上提着一个黑色布包，看不出是什么牌子。除了这个黑色布包，她还带了一个公文袋，里面不知道装的是什么。她脚上是一双配有貂绒的鞋子，白白的小腿没有穿丝袜，显出十足的性感。

“尤小姐好。”郑逸群微笑着打着招呼。

尤乐梅优雅地回答：“郑总，没想到我们会在这里见面吧？”

“是啊，非常难得。”郑逸群道，然后伸出手，请尤乐梅进门。尤乐梅从他身边经过，一股难以形容的香味扑面而来。

坐在沙发上，尤乐梅习惯性地将手放在膝盖上，姿势很淑女。郑逸群问：“喝什么？”

“喝茶吧，几个小时了，在飞机上一直喝饮料。”

郑逸群走到一边烧水，附和道：“也是，欧美的航班上没有茶。”

“怎么样，这里住着还行吧？我选的房子。”

“原来是尤小姐选的房子啊，我说怎么这么有品位。”郑逸群适时地恭维了一句。

“哦，这是岳平叫我选的，当时我选了好几处。对了，你可能不知道，这个隔壁就是高峰的房子。”尤乐梅指着右边，那边的密林深处有一栋石头大屋。

“原来是这样啊。”郑逸群不禁大吃一惊。高峰是国内出名的贪官，原来是个银行行长，带着巨款跑到这里，他是加拿大公民，国内通过正当的程序要引渡他，这个程序所需时间肯定不短，他还请了加拿大最顶尖的律师来辩护，估计拖上十年八年的绝对没有问题。”

“你怎么在多伦多？”郑逸群开始洗茶杯。

“哦，跟陈瑾冷战呢。”尤乐梅不舒不缓地说。

“为什么呀？”郑逸群故意问，其实，他知道为什么，就在前几天他还看见了周洁。

“你得了，你别跟我装糊涂了，刘岳平跟我说了，你认识那个周洁。”尤乐梅似乎并不生气，斜睨着郑逸群。

“怎么，你还要跟陈瑾来真的啊？”郑逸群端着水壶走到茶几边，坐在尤乐梅旁边开始沏茶。

尤乐梅身体笔直，优雅地回答：“我是想跟他来真的，可是他肯吗？你要知道，我也是龙海股份的股东，另外我也是他妻子，合法夫妻，如果离婚，他的日子可就难了，你说他肯吗？”

“就这么一直耗着？”郑逸群问，他把一杯热腾腾的茶递给尤乐梅。

尤乐梅接过茶，但是并不喝，眼神有些飘移地说：“也不一定，假如换个思路呢？”

“怎么换思路？”

“你有没有想过收购华昌股份，或者是收购龙海股份？”尤乐梅眼神复杂地看着郑逸群。

“你什么意思？”

尤乐梅微微一笑说：“华昌股份不是要收购中海信吗？如果中海信先发制人收购了华昌股份呢？”

“这个事情我没想过，岳平有这个意思吗？”郑逸群问。

“他现在自顾不暇，哪有心思想这个。”尤乐梅似乎有点儿失望。

郑逸群打着哈哈说：“这个事情我没想过，我对并购这种事也不是很感兴趣。再说，什么华昌股份，是干什么的我根本都不知道，收购过来做什么？”

尤乐梅喝口茶，然后把茶杯放下说：“你如果不釜底抽薪，我估计你和腾大股份的章艾很难阻止华昌机械的收购行动，毕竟舒欣榄给九方科技的林晓伟提出的条件是让他占有华昌机械的股份。你要知道，发动机一直是九方科技的软肋，如果用中海信的股份换来华昌机械的股份，进而在发动机问题上不受他人控制，这对林晓伟来说简直是梦寐以求的。”

“那就成全他好了。”郑逸群不动声色地回答。他现在有些吃不准尤乐梅来的目的了，刘岳平叫自己去多伦多看她，就是为了听她的这个建议？

尤乐梅没再继续这个话题，她淡淡地叹口气说：“唉，不说这些了，我也只是一个建议。我来是想跟你谈另一个问题，乌梅不会突然进来吧？”

“你认识乌梅？”

尤乐梅轻轻一笑：“我倒是跟她没打过什么交道，可她是大明星，又是你的前妻，你们最近又要破镜重圆，我们小市民自然要关心关心啦。”

“没事，她跟几个大学生在谈事情，对了，一起吃晚饭吧。”

尤乐梅摇摇头说：“不了，等下我还要到温西去见朋友，我们还是抓紧谈正事吧。是这样，岳平在多伦多有两家商场，原来一直是我的一个亲戚帮着管理的，资产在国内一个朋友的名下。前几天刘岳平跟我说，要把商场过户给你，这是一些法律文件，你看看，回头我带律师过来把它们签了。”说着，她把那个公文袋递给郑逸群，“你回头看看吧。”

郑逸群忽然明白了，为什么刘岳平给的那两个信箱一直没有回信，其中一个信箱就管理着这两家商场，他清楚地记得，其中一家商场就在北多伦多。原来，尤乐梅就是其中一个信箱的联络人啊。

“他还说什么了？”

“他说，万一他有什么不测，不要试图搭救他，如果有其他因素参与，他可能更麻烦。”尤乐梅面似平静，但还是透露出一种难以掩饰的焦虑。

郑逸群很想问一下尤乐梅为什么不过户给她自己，但话到唇边又咽了下去，他们这样做肯定有他们的道理，自己何必问那么多呢。

“另外，这里面还有两套多伦多湖边房子的资料，也一并过户给你。”尤乐梅道。

“准备怎么过户？”

“如果是赠与的话，只付一点儿手续费就可以，但将来出售会产生很大的费用。所以，刘岳平建议你购买，反正都是左手倒右手的事情，到时候律师会跟你细谈的。”

郑逸群点点头："我明白了，还有别的事吗？"

尤乐梅嗯了一声说："没别的事了，对了，明天去见律师最好不要让乌梅知道。"

"嗯，我知道。"郑逸群点点头。

尤乐梅走了，望着她坐的车灯光消失在一片树林后面，郑逸群忽然觉得刘岳平把尤乐梅掌握的一些资产转移到自己这里来绝对不是件简单的事情，这里面一定有什么说道。要么是尤乐梅那里被陈瑾发现了什么，要么是有关部门盯上了尤乐梅。如果是后者，刘岳平的做法也是一种冒险。自己这里就一定安全吗？刘岳平难道就不怕自己有一天忽然背叛他吗？他当然不怕，他手里一定控制着自己的另外一些东西。这是一种危险的游戏，既然玩了，那就得继续玩下去，只要自己不破坏游戏规则。

郑逸群忽然听到后面有声音，他回头一看，是路由，他问："客人怎么走了？"

"嗯，客人有事。"

"可是，我准备了不少吃的啊。"路由有些惋惜地说。

"你们吃吧，对了，回头告诉乌梅小姐，我先上楼了。"

"嗯。"路由听话地点点头。

郑逸群拎起尤乐梅放在茶几上的公文袋，上了楼，然后关上门，把公文袋丢在写字台上，然后躺在床上，仰望着天花板，心情无比沉重。

他忽然起身看着那个公文袋，恍惚中，他觉得那就是一颗定时炸弹，随时有可能将自己炸得粉身碎骨。一股强大的寒意从他的尾椎骨处升起，直冲头顶，他几乎被冻僵！

有人敲门，他走过去开了门，是乌梅。她脸色绯红，明显有点儿微醺，她靠在门边问："客人走啦？"

"走了。"

"你的脸色很难看，怎么啦？"

郑逸群尽量平复着自己的心情说："没什么，这样，跟你说个事，明天上午我还要跟Bess确认一下合同中的一些条款，如果没有问题，晚上我带她来签合同。"

乌梅随意地挥了一下手说："你随便吧，我是听路由说你看起来心情不好，来看看。你真的没事儿？刚才来的是谁啊？"

"哦，刘岳平的同学，你不是认识周洁吗？周洁男朋友的老婆。"郑逸群回答。

"尤乐梅？我知道这个人，也是罗小可的同学嘛。罗小可似乎对她有点儿不感冒啊。"乌梅歪着头看着郑逸群说。

郑逸群忽然明白刘岳平不让乌梅和尤乐梅见面的原因了，是不想叫罗小可知道，于是，他嘱咐了一句："这事儿你可别跟罗小可说啊。"

乌梅不屑地说："知道，地下情，见不得光。怎么，你就叫我这么站在这里？"

"路由呢？"说着，郑逸群侧开身体让出一条路。

乌梅走进房间，坐在窗前的写字台旁说：“他们在收拾残局，等下就直接走了。你别说，他们都很喜欢我的歌。”

郑逸群倒了杯水给她，说：“那当然，也不看看你是谁？”

乌梅瞪了郑逸群一眼，骂道：“狗嘴里吐不出象牙。”

“你怎么知道我的嘴里吐不出象牙？”郑逸群给乌梅下了个套儿。

“我当然知道。”刚说到这里，乌梅忽然明白了，站起来就用粉拳招呼郑逸群，郑逸群被逼到角落，结结实实地挨了几下。郑逸群正想反抗，电话忽然响了，他看看屏幕，发现居然是邓禹非，他接起来，邓禹非告诉他，王大庆的问题快了，组织部门已经对王大庆进行了考核，估计很快就会公示。

郑逸群笑道：“恭喜，恭喜。”

邓禹非呵呵地笑着说：“还不到庆功的时候，我先跟你汇报一下。对了，中海信那边的事你要有所准备，收购邀约随时可能发出。钱进跟我说，志在必得。”

“呵呵，那好啊，欢迎。”

邓禹非呵呵地笑着说：“你好像很有信心啊，不过，你放心，我虽然参与中阳股份通过华昌股份收购中海信，但我只是奉命行事，希望你能理解。”

“理解，理解。”郑逸群笑道。

“大庆这事儿我一定会记住你这个情的，放心。”邓禹非严肃地说。

“行了，瑞林的朋友，就不要客气了。”郑逸群客气道。

收了线，郑逸群发现乌梅正用一种奇怪的眼神看着他，她问：“你为什么对我们姐妹这么好？”乌梅忽然严肃起来。

“没什么，哥们儿嘛。”郑逸群觉得乌梅这话有些问题，他简单地回答。她喝多了，此时任何回答都要谨慎。

“哥们儿？我不希望你这样简单地回答我。你应该用男人的方式跟我说话。”乌梅的脸色有些冷峻。

“你别这样，回去睡觉吧。”郑逸群觉得自己的身体有些僵硬，他干巴巴地回答。

乌梅没再说话，冷冷地看着他，双臂环在一起。整个房间的空气顿时凝结。

良久，乌梅走上前，双眼凝视着郑逸群，一字一句地说：“哥们儿，我不会叫别人伤害你，但是，请你记住，你也不要伤害别人。”

“我有伤害别人吗？”郑逸群几乎不敢与乌梅对视，乌梅的眼里似乎有一把利剑。

“你自己心里清楚，你根本不知道你在等谁。”乌梅用手指点点郑逸群的胸口，转身离开了。

手机上有一条信息：你最近可能有些麻烦，凡事要小心。是周洁发来的。她知道些什么？郑逸群很想问问，想来想去还是放弃了。

◉ 第七章　棕榈滩畔

棕榈滩的丽思卡尔顿酒店是一群土黄色的英式建筑，位于Lantana海滩上，距离Palm Beach国际机场很近，建筑虽然有些过时，却是低调中透着奢华。郑逸群在全世界住过许多丽思卡尔顿酒店，但这家还是第一次入住。酒店分几栋楼，都是相互连通的。机组人员被安排在与郑逸群和乌梅相邻的一栋楼里，这样的安排主要是为了照顾到郑逸群和乌梅的私密。

这是一个海景套房，有独立的阳台，向下可以看到游泳池，室内的修饰也还算过得去，有布艺的沙发，但比起郑逸群住过的其他套房来说，还是有些偏小，而且是单卧。也不知道宣萱是怎么订的，看来郑逸群晚上得住沙发了。好在那个沙发很宽大，睡两个晚上应该没什么问题。

刚刚安顿好，经纪人就打来电话，要接他去看房子，郑逸群征求了一下乌梅的意见，乌梅说飞行了好几个小时有些累，于是，郑逸群就独自走到了大堂。这次他有点儿无所谓，即使是狗仔队发现他一个人在看房子，也无伤大雅。

经纪人是个台湾女人，叫廖梅，一脸阳光，开着一部硕大的皮卡。郑逸群坐上车，觉得视线特别好，于是笑道："廖小姐怎么开了这么一部车？"

廖梅笑道："实用，皮卡并不是土逼的小货车，它不但是生产工具，还是生活工具、休闲工具。"

"很拉风。"郑逸群将手伸出窗外，海风很强劲，路上也没什么车。

"按你们的要求，我选了两座房子，一座九百四十多平方米，一座九百一十多平方米，都是无敌海景，相距也不远。"廖梅介绍道。

"都看看吧。"郑逸群道。

那座九百四十多平方米的房子据说是一个著名金融家的，他因为金融海啸破产了。这座豪宅能够俯瞰大部分海滩美景，还拥有五十多米长的私人码头和一个硕大的无边界游泳池，室内空间超大。整栋建筑是墨西哥风格，曲径通幽的园景，既有小桥流水的池景，也有波澜壮阔的海景。

整栋房子的五个卧室都配有浴室。室内的布置很有品位，办公室和客厅摆放着瓷器花瓶和木质屏风等。

郑逸群边拍照边问：“对方开价是多少？”

经纪人回答：“一千两百八十万美金。”

“嗯，我知道了。我们去看看另一座吧。”

“好的。”廖梅灿烂地笑着。

廖梅开着那辆皮卡在两边种满椰子树的路上不紧不慢地走着，郑逸群看着两边的街景不由得说：“这里叫什么棕榈滩啊，不如叫椰子岛。”

廖梅说：“你看，这沿海岸线上的别墅一幢比一幢漂亮，那些有钱又有品位的人喜欢在这里花尽心思。这些人有的是钱，他们要做的只是花钱。有人说棕榈滩是美国人想要寻找的堡垒，真是绝妙的比喻。”

郑逸群轻轻地摇摇头，没说什么。他继续用手机拍照，然后及时用微信传给乐枫。

“本来我在罗德岱堡也找了一栋，跟那个沈小姐联系后，她说买家不喜欢那里，就算了。”

“那里有很多游艇是吧？”郑逸群问。

“是的，那里号称美国的威尼斯，世界游艇之都，在那里可以饱览豪华游艇和海景豪宅。”

车停在一栋灰屋顶白色墙壁的别墅前面，院墙很矮，草坪修剪得很整齐，院子里有三株长得歪歪扭扭的椰子树，这让郑逸群很是好奇，这椰子树长得笔直的常见，长得歪歪扭扭的还真不常见。房子同样有私家码头，码头上停着一艘帆船，看得出来，主人是位航海爱好者。再往远处就是大海。

正要往院子里走，郑逸群的电话响了，是尤乐梅。昨天郑逸群去她朋友那里签了一批法律文件，她说她回多伦多了，今天又打电话，难道是出了什么差错？郑逸群接起来，尤乐梅问：“你到佛罗里达了？”

“是的，已经忙了一会儿了。”

“你说，岳平能够安然渡过这次危机吗？”

“怎么啦，尤小姐？”郑逸群觉得尤乐梅的话问得很唐突。

“我刚才做了个梦，梦见他在一个黑屋子里喊我救他。他的问题到底严重不严重？我又不敢打电话给他，所以，想问问你。”尤乐梅似乎心有余悸地说。情爱的世界简单却又复杂，幸福而忧伤，人们乐此不疲却又惶恐不安。

郑逸群不知道刘岳平曾经跟她说了什么，说轻了可能会让尤乐梅觉得刘岳平是在吓唬她，叫她把手里掌握的资源交出来；说重了，到时候万一刘岳平没什么事，她会觉得自己人品有问题。于是，郑逸群略微思索了一下，回答："他放弃了政治前途，这本身就说明问题很严重，但因为他放弃了前途，或许别人会放他一马。"

"不懂。"

"就是说，战略上要藐视敌人，战术上要重视敌人。"

"需要我做什么吗？"

"我想岳平现在这么做可能就是为了更好地保护你，也许他已经做好了最坏的准备。"

"要是那样，他真的太委屈自己了。"

郑逸群忽然觉得自己很卑鄙，刘岳平不一定深爱这个女人，这个时候自己还给她吃迷魂药，简直是没有人性。

"不好意思，我还有事，改日再聊。"郑逸群匆匆地收了线，他不能再继续下去了，他的良知告诉自己再让这个女人迷茫是不道德的。

这座房子比刚才那座小一些，却是新建不久，廖梅介绍说这是一个时尚界大亨的房子，最近他出了些经济问题，所以要出售。

这栋房子有四个卧室，四个卧室都有独立的卫浴，另外还有内景厅堂、家庭影院和恒温游泳池。此外，还有一个多功能厅、一个游戏室、五个仆人房，还有一个可以容纳六辆汽车的停车库。关键是，这栋房子还附属了一个长一百二十米的私家海滩，比刚才那栋房子的海滩大了足足十五米。设计也是非常现代化的，比起这座房子，刘岳平的那栋就显得有些相对保守了。这栋房子里的时尚元素非常多，所有电器都是最新的产品，有的甚至是市面上很少见到的，不知道主人是在哪里搜罗来的。而且，房子的后院很大，有一个造型别致的小房子，走下去是一个可以盛放一千五百瓶葡萄酒的酒窖。

郑逸群边看边拍照，通过微信传给乐枫，乐枫那边似乎很忙，只是偶尔评价一下：不错。

一个电话打了进来，是罗小可的，她问："你到了吗？"

"到了，你在哪里啊？"

"我正在去机场的路上，等下我跟安妮会坐她的飞机到棕榈滩，房间我们已经通过宣萱订好了。"

"几点到？"郑逸群问。

"不出意外的话，会在四个小时以后到。稍微有点儿晚，会不会不方便？"

"没事，我们一起吃晚饭吧。"

郑逸群有点儿暗自窃喜，他其实希望安妮能来，因为有些事情他能在跟安妮的谈话中得到答案。当然，他不会直接问安妮什么，只要谈话的时候能得到一些信息就足矣了。聪明的人不用多说就会明白一切，愚蠢的人你跟他说了一切他也不一定明白。

两个人开始回酒店，廖梅问："感觉怎么样？这个报价比那座大的贵一些，因为附送一艘游艇。"

"各有千秋，回头我跟买家汇报一下情况，然后再联系你。"

"那好，我把你送回去就回迈阿密了，你如果有事就打电话给我，我很快就到。"

郑逸群回到酒店，发现乌梅并不在房间里，打她电话，发现她电话在卧室里面响着，她干吗去了？郑逸群觉得有点儿累，于是，进入洗手间冲了个凉。郑逸群走出来，换上了一身相对休闲的衣服。他看看自己带来的一个运动包，里面带的换洗衣服应该够了。在棕榈滩，你可能买不到一件普通的运动衫，最低的选择也得是开司米质地的，可一件开司米运动服要九百美元以上，女裤最少也要一千美元一条。郑逸群和乌梅的行李在飞机上没带下来，他们都只是带了少量的换洗衣服。

桌子上放着酒店赠送的果盘，乌梅吃了一些，但并没有破坏整体造型。郑逸群吃了一片橙子，香甜无比。郑逸群刚想喝杯茶，电话响了，是乐枫，她有点儿不好意思地说："郑总，不好意思，刚才正在做一个实验，不能中断。"

"你总这么熬夜啊，对皮肤不好。"

乐枫打了个哈欠说："也不是总熬夜，我都是老婆子了，不在乎什么皮肤好不好。对了，你觉得哪栋比较好？"

"前一栋大，景色开阔，价格也比较适中；后一栋比较现代化，适合年轻人居住。"

"那好，就都买了吧。"

"什么？乐教授，你可要想清楚，这样的房子，管家、保姆、园丁要有一个班吧，而美国的人工贵，你也是知道的。两栋房子的维持费用，还有房产税，那可不是闹着玩儿的。"

乐枫柔和地回答："我知道，另外一栋适当的时候我要送给欧文达——升达他弟弟。以前呢，我们总是希望他自立，对他有些苛刻。但现在他经过在远志科技园这两年的锻炼，逐渐成熟了，也是升达地产的小股东了，作为哥嫂应该给他一些东西了。他现在在办理移民，没办好之前，我不想让他有什么多余的想法。这样，回头你叫经纪人跟欧广群联系，所有法律手续叫他去办。"

"我知道了，我这就打电话给经纪人。"

"郑总辛苦了。对了，公司最近可能有些重大事情要公布，你买点儿升达地产的股票吧。"乐枫的声音叫人感到非常的舒服。

"谢谢乐教授。"郑逸群回答。乐枫的提醒不算是涉嫌非法交易。是啊，需要买点儿升达地产的股票，一旦郭正余收购新华达的消息公布，升达地产的股票会上涨的。乐枫提醒自己，这也算是给自己的福利吧。于是，他发了封邮件给自己在香港股票行的经纪人，叫他这几天悄悄买一点儿升达地产的H股。这是个机会，一般人难以得到，但他同时也明白，这种机会其实破坏了社会公平。可是，社会有绝对的公平吗？

“郑总，问你个问题。不过，我很怕唐突。”乐枫忽然问。

“乐教授但说无妨。”

“你喜欢尹诗双吗？”

郑逸群不知道她为什么这样问，有点儿疑惑，难道她怀疑尹诗双与欧升达之间有什么关系？出于保护尹诗双的角度，他回答：“如果我没有女朋友，也许我会寻找机会。”

乐枫宽厚地笑笑：“你们这些年轻人啊，就是不知道自己应该要什么。你看，你要是到了我们这个年龄，如果出现遗憾就不好了。”

“乐教授与欧董的婚姻那是整个鹏城的典范。”郑逸群道。

“难说，说不定哪天我跟升达离了呢。好了，好好珍惜自己的现在。”乐枫语气轻松地说。

郑逸群收了线，打电话给廖梅，告诉她两栋都买了，廖梅有点儿不可思议，高兴得不得了。郑逸群很能理解，一下子成交两栋别墅，她的佣金一定不少。

郑逸群对她的笑容印象深刻，那是一种发自内心的笑容，正如这佛罗里达的阳光。

郑逸群打开 iPad 看看微博，发现还是没有关于自己和乌梅的新闻，难道真的把他们甩掉了？

可能是坐了半天的飞机有些疲劳，郑逸群忽然觉得有点儿累，于是他靠在沙发上，慢慢地迷糊了。忽然他觉得宣萱从门口走进来，站在他面前冷冷地说：“戏演得不错嘛。”

郑逸群回答：“没办法，这就是生活嘛。”

“生活，我问你，你是不是喜欢她们两姐妹中的某一个？”宣萱非常严肃地问。

“没有啊！”

“没有？你不要骗我了。生活有的时候很疯狂，你追逐那些无法拥有的，却放弃那些你最需要的。”宣萱的面孔变得有些模糊。

“真的没有。”郑逸群大声地说。

“世界上唯独骗不了的，是自己的心。你真的让我很失望。”宣萱道。

“真的不是，真的不是。”郑逸群焦虑地喊着，想用力去拉宣萱，谁知却一下子扑空了。他醒了，眼前是洒满阳光的酒店客厅，眼前的陌生感，让他半天缓不过神来。自己真的在潜意识里喜欢尹诗双或者乌梅吗？郑逸群从来没想过，但他现在意识到，自己可能是在逃避。逃避就像创可贴，虽然掩饰住了伤口，但心却依然在痛。

他发了一会儿呆，马上骂了自己一句：不要玩火啊，这两姐妹是你这样的屌丝能高攀的吗？

一个电话，是彭日光的那个座机，郑逸群接起来，彭日光对他说，章艾加盟百慕大离岸公司的事情已经办好，正在办理与星海公司之间的一些股权问题。郑逸群嗯了一声，回答："我知道了。"

彭日光忽然说："有个事情岳平叫我通知你一下，他的离职手续已经办完了，他现在正准备带许家大小姐去澳洲旅游。"

"旅游？"郑逸群觉得刘岳平的这个动作有点儿大，如果他现在被调查，他一定属于内控，是不可能出境的。

"是的，不过能否成行还未可知。"彭日光回答，"另外，岳平叫我转告你，云落小孩的父亲就是王建辉。"

"当真？"

"岳平是这样说的。"

"嗯，我知道了。"郑逸群收了线。

这个消息并不令郑逸群意外，甚至是在意料之中，只是王建辉通过上次的事情，跟俱乐部的关系有些微妙。那么在李铁牛的这件事上，王建辉父子是敌是友？郑逸群走到窗口，下面是一个蓝宝石一般的游泳池，池边有一些太阳伞，有一些美女或躺或卧，活色生香。再往前看，前面是酒店专属海滩，海滩上有一些帐篷，可能是因为阳光太炽烈，那里的人并不多。间或有一两艘快艇从海边掠过，一切祥和而虚幻。

郑逸群忽然明白了，欧升达为什么要选择这里作为自己的隐居之地，这里给人的感觉有种与世无争的超脱。至于乐枫那边，估计还有个私心，这里距离涵涵也就是王楚红比较远，他要用距离让自己的丈夫远离那对母子。涵涵的孩子会是欧升达的吗？郑逸群摇摇头，心想自己可真够八卦的。

他看看表，罗小可和安妮应该在两个小时后到达。乌梅哪里去了？虽说到了棕榈滩，相对来说比较安全，那她也不能乱跑啊？正在望着大海发呆，电话又响了，他拿起来一看居然是云落，这个时候国内应该是凌晨，她还没睡？郑逸群接起来，云落似乎有些慵懒，问了一声："点嘛？"

"在发呆。怎么，你在干吗？是睡了，还是刚起床？"

云落温和地回答："哦，我刚跟雯晓研究完剧本，准备睡觉，忽然想起我们的大投资商，准备跟你汇报一下工作。"

"有什么可汇报的，你们做你们的事情就行了，结算的时候是赚是亏你跟我说一声就行了。"郑逸群不以为然地说。

"你这也不像个商人啊。"

"总想着自己，不站在别人的角度思考，那怎么合作？"

"你那么痛快地就投给我了，你就那么有自信？"

郑逸群眯起眼睛看着远方，太阳依旧炽烈，海面上有许多闪光，就像金子在发光。他说:“我们认识时间也不短了，我很欣赏你的性格。你能在这么短的时间内成功转型，肯定有你的过人之处，比如你对题材的把握，对市场的敏感。”

云落忽然沉默了，半晌，她吸了一下鼻子说：“第一次有人从这个角度来看我，别人都是用异样的眼神看我，嘴上不说，但我从他们眼里能读出他们心里的疑问，你背后的男人是谁？对了，你怎么不问我背后的男人是谁？”

郑逸群没想到云落会这样问，他忽然灵机一动，说：“其实，我早就从徐总的眼神里看出来了。”

“你从他眼神里看出什么来了？”

“友情。”

“唉，你真的是很敏锐，他真不是孩子的父亲。”

“他，不，孩子的父亲对你好吗？”

“还行，我们是契约情人，他需要儿子，我需要资源，就这么简单。”

“连孩子都生了，没有一点儿感情？”郑逸群问。

“感情肯定有，但不是爱情。”

“渴望爱情？需不需要我给你介绍一个？”

“算了，现在我身边要是有男人，他敢杀人。不说这个了，有个事儿我得提醒你一下，昨晚我们一起吃饭，他跟一个人打电话涉及了你，说什么调查的事情。”

郑逸群脑子顿时咣的一声，心想:怎么搞的？对刘岳平的调查难道到了公安这边？不过，他却尽量镇静地问：“他跟什么人打电话你知道吗？”

“不清楚，好像是他手下的什么人。你要知道，我从不问他工作的事，他这个人很敏感的。他这个电话也没说几句，我假装没在意而已。”

“明白了，谢谢。”郑逸群的感谢是发自内心的。

“不客气，我不觉得你是什么无恶不作的犯罪分子，调查什么呀？”云落满不在乎地说。

“云总，感谢你对逸群的信任，但是伴君如伴虎，你要小心啊。”

云落乖巧地回答：“我知道，不说了，挂了。”不过，她马上又说，“对了，你现在可是鹏城饭桌上的主要话题呢，最近几天有点儿沉闷，是不是给我们来段新戏啊。”

“打住，你这是怕我不死是不是？”

云落怪笑了两声，收了线。然而，郑逸群却平静不下来了，公安局在调查自己，他们是奉了谁的命令？郑逸群仔细地回忆了一下自己在国内的一些经济行为，处理得不敢说是天衣无缝，估计他们也很难找到什么破绽。

但是，这里面有个问题，调查自己，那就一定在调查别人，别人会不会出纰漏？

想起那晚在影视基地刘岳平后来的态度，恐怕纰漏已经被有关部门抓住了。不过，他还是有些侥幸，因为官场利益链错综复杂，从村、乡、县、市到省，既得利益者捆绑在一起，一荣俱荣、一损俱损、官官相卫、层层互保。如果刘岳平出事那就是刘力刚出事，刘力刚出事那就不一定是谁出事了。所以，这事儿很可能会被摆平。

郑逸群向大海望去，尽管背着阳光，但依旧刺眼。谋者不露，是谁在下棋？注视着万里无云的天空，郑逸群陷入深深的烦恼。忽然，有人在他肩上拍了一下，他回头一看，原来是乌梅。只见她穿着一套很有热带风格的衣服，上身是无领红色黑花衬衫，下身是白色紧身七分裤，显得很清爽。

“干吗去了，不带电话？”郑逸群问。

“哦，忘带了，我去下面游泳了。对了，你看我这套衣服怎么样？”乌梅转了个圈。

“不错。”郑逸群很想责怪乌梅，话到唇边却咽了下去。

“我买了一套给你，情侣套装，你去试试。”乌梅指指沙发，那里有一个袋子。

郑逸群打开，是一套跟乌梅一样颜色的衣服，他走进里间换上，很适合，也很舒适。他走出来问：“游泳的感觉怎么样？”

乌梅有些不满地回答：“游泳池里人太多，海滩又太狭窄，有很多石头，几乎没有沙，我没有游多大一会儿。”

“罗小可和安妮来了，我们要晚一点儿才吃饭。”

“哦，也好，我正好睡一下。”乌梅看不出是高兴还是不高兴，转身进了房间，然后关上了门。郑逸群在沙发上坐下，发现乌梅换下的衣服和自己换下的衣服都在沙发上，于是，他叫来服务员，交代拿去洗。郑逸群忽然想起了什么，打了个电话给欧升达的机长，叫他们晚一点儿过来与安妮的机组人员一起吃饭。让机组跟机组在一起，他们自己会找乐子的。

他这样安排还有另外一层意思，那就是让安妮和罗小可可以放心地与自己和乌梅谈事情。

关于自己被调查的事情应该没必要与刘岳平沟通，这是预料之中的。此时需要静待还是主动出击？这事需要跟蔡文昭沟通一下，叫他侧面跟公安局局长袁步升打探一下。只是，怎么跟他说这事儿？郑逸群想了半天，觉得还是让尹诗双出面为好，于是，他发了个信息给尹诗双，叫她去做一下蔡文昭的工作。尹诗双没有回复，估计此时已经睡了。

看看表，距离罗小可和安妮落地还有一段时间，卧室的房门紧紧地关着，乌梅应该是在睡觉，郑逸群将手机放在茶几上，仰面躺在沙发上，默默发呆。

这边的事大致清楚了，乌梅男朋友与阿萨结成了联盟；欧升达与郭正余结成经济共同体，并且脱离公众的视线；刘力刚正在风口浪尖上，但按他目前的处境，无论是朱振瑞还是乌梅男朋友乃至阿萨，都不想他出事，估计很有可能涉险过关。如果他过关，即使刘岳平出事，也会被画一条线，处理到某个程度即止。这样的话，自己这边即使受到冲击那也是有限的。至于对手那边，自己虽然看不清他们要做什么，但他们一定会有下一步动作的。他们会怎么出牌？会有杀手锏吗？

想了半天，他感觉到头疼，就打开手机，上了微博，发现有人这样说："佛说，苦非苦，乐非乐，只是一时的执念而已。执于一念，将受困于一念；一念放下，会自在于心间。物随心转，境由心造，烦恼皆由心生。有些人，有些事，是可遇不可求的，强求只有痛苦。"是啊，自己也好，刘岳平也罢，所有的危险和痛苦不都是来源于执念吗？既然这样，为什么不能放宽心态，顺其自然，让自己拥有一颗安闲自在的心，保持豁达的心态，不让自己活得那么累？

房门突然开了，乌梅走了出来，她化了精致的妆，衣服还是刚才那一套，看见郑逸群躺着，她嘴里啧了一声："可怜啊，有人要睡沙发了，怎么不叫你那小美人给订个家庭套房呢？"

郑逸群没起身，看着手里的手机说："也许是没有了吧。"

"你就没想过她是有意的？"乌梅似笑非笑地问。

"她要是有意的，那就是把我往火坑里推。如果被你男朋友发现，他还不杀了我。"郑逸群将脚跷起来，很不在意地摇了两下。

"哎，问你个问题，假如那时候你跟宣萱没谈恋爱，我、诗双和罗小可都说喜欢你，你会跟我们当中的谁谈恋爱？"乌梅在郑逸群脚边的椅子上坐下。

郑逸群没想太多，就随意地说："你吧，首先排除了，你太有名气，跟你在一起不安全。至于她俩嘛，没想过，诗双是我领导，罗小可是我财神爷，似乎都不适合谈恋爱。"

"所以，你选了个不沾政治也不沾商业的宣萱？"乌梅平和地问。

"没那么想，我只是觉得她很可爱。"郑逸群的脚停止了摇晃，他忽然觉得有点儿不对劲，忽地坐起来，看着乌梅问，"你什么意思？"

乌梅一副无辜的样子说："没意思啊，你紧张什么？心里有鬼啊？"

"切，有什么鬼？你别阴阳怪气的。"郑逸群黑着脸说。

乌梅嘿嘿两声："你说，罗小可跟过来干吗？要不要我给你俩撮合一下？"

"你难道想在罗小可面前承认咱们是在演戏？你是不是觉得翁林志和秦晓知道咱们的关系，安妮就一定知道，安妮知道罗小可就一定知道吗？"

"也是啊，她俩还真不一定知道。"乌梅似乎恍然大悟地点着头。看到乌梅如此表情，郑逸群突然明白尹诗双说乌梅很单纯是怎么回事了。她是有时清醒有时糊涂，这就是不成熟的表现。

郑逸群严肃地说："你呀，别在他们面前忘乎所以，什么都说。翁林志和秦晓那是什么人？那都是嘴巴严得不能再严的人，他们非常清楚这里面的厉害，怎么会把你的事轻易对别人说？他们之所以能闷声发大财，那是有诀窍的。他们跟安妮不同，安妮跟薛冰那是什么关系？翁林志他们具备这种优势吗？不具备。所以，办事才谨慎。而安妮则不同，她跟薛冰虽然在婚姻上有问题，但在经济上没问题，所以，有时候就有恃无恐。我提醒你一下，你知道薛冰是哪条战线上的人，但安妮却不一定知道你知道。所以，这次我们的聚会你最好还是扮演好你自己的角色。"

"你别这么严肃好不好？"乌梅有点儿被郑逸群的表情吓着了。

郑逸群更加严肃地说："我告诉你，这两个女人可不是吃干饭的，我们的一举一动都会让她们起疑，你自己怎么做你要心里有个数儿。"

"嗯，我知道了。"乌梅有点儿怯生生地说。

"你要明白翁林志不只是给阿萨他们捞钱的，还要替阿萨他们往上头送钱。谁没有几个替自己送钱的老板啊。你想想这样的人口风不严，怎么能得到信任？"

"我知道了，我错了。"乌梅一个劲儿地点头，颇有点儿后怕的架势。

看到她的表情，郑逸群心里有点儿不忍，道："其实，也没必要做什么，放松就好。"

"我会的。"

"尤其是跟安妮说话，咱们尽量不要提潘文林，明白吗？在跟别人说话之前，先想想如果别人跟你说同样的话，你会有什么感受。"

"嗯！"乌梅忽然变得很乖巧。

郑逸群没再说什么，心累到一定程度，连生气和计较的力气都没有了。

吃饭的地儿是罗小可订的，并不在丽思卡尔顿里面。用罗小可的话来说，她对棕榈滩的熟悉程度就像她熟悉曼哈顿一样。是的，郑逸群一点儿也不怀疑，棕榈滩上住满富人，作为罗蒙投资的高管，这里必定有许多他们的客户，罗小可经常来棕榈滩，熟悉这里是正常的。

郑逸群和乌梅穿着情侣装站在大堂里，这里人不多，但也会招来各式各样的目光。尽管旁边有一些布艺椅子，但二人并没有坐，而是站在一面玻璃墙的旁边。乌梅轻轻地拉着郑逸群的手，不时深情地望着郑逸群。郑逸群虽然知道这是演戏，但还是浑身不自在。

"为什么要站在这里？"郑逸群低声问。

"你不觉得这里视野很好，如果有人偷偷拍照，会被我们立即发现吗？"

"你觉得他们会跟踪到这里来吗？"

"难说，对方也不是一般的人，手段多，不得不防啊。"

"难道咱们的戏就这么一直演下去吗？"

"对不起，其实我也不想这样。你要知道，在中国，利用男女关系来打击对手是最好的手段之一。现在，你也好，他也罢，都处在风雨中，大家要团结，共同渡过这个难关才好。"

郑逸群努力地笑笑说："我知道。"

正说着，他看见罗小可和安妮说说笑笑地走过来，后面跟着一个帅气的男人，看穿戴是酒店工作人员。郑逸群向她们挥了挥手，然后低声对乌梅说："放松些。"

两个女人远远地就指着郑逸群和乌梅笑，走到跟前，罗小可看着乌梅说："你是真不怕绯闻啊。"

乌梅嘿嘿地笑着说："我是死猪不怕开水烫。"

罗小可回头对安妮道："你看，我说吧，他们这脸比猪皮还厚。"

安妮温柔地跟郑逸群和乌梅打了招呼，并不多说什么。她今天穿着一件黑白条纹的圆领衬衫，配一条明黄色的裙子，显得特别小清新，时髦而有范儿。至于罗小可，则是香奈儿高级手工坊系列白色套装，显得整个人特别职业。

乌梅问罗小可："你带我们去哪儿吃饭？"

罗小可招手叫来那男人说："你把车叫过来。"

男人礼貌地伸出手说："请。"

四个人走出大堂，一辆老式的劳斯莱斯幻影停在面前，几个人上了车，罗小可说了个地方，穿制服的司机没说什么就轻踏油门，车像一艘游艇，转弯滑上了海滨大道。三个女人谈着一些八卦，但都没提到晏雯晓和伊涛。车子开得不快，郑逸群注意到路边有很多白色的休闲椅，但几乎没有游人。休闲椅前面是一道矮墙，可能是防浪的吧。再往前就是大海，纯净得就像一块玉，与湛蓝的天空相映成趣。

罗小可订的餐馆就在海边的移动白色公寓旁边，是一栋单层房子，样式很墨西哥化，却不是墨西哥餐馆，而是一家中餐馆。房子的屋顶是用粗大的木架做的，除了挂几盏灯，未加任何装饰。窗子是上面带圆拱的落地窗，外面就是大海，景色奇美。餐馆的老板是个四十多岁的鹏城人，面色黝黑但眸子里却有深深的文化底蕴，话里话外听得出来，跟罗小可很熟悉。

罗小可把乌梅介绍给老板，老板高兴得不得了，连声说："荣幸，荣幸。"

大家坐下来，这里是一个角落，左右都是落地窗，空间也很大。罗小可问："今天都有什么好吃的？"

"巧了，今天刚进了石蟹和鲷鱼，另外还有鲯鳅鱼。"老板殷勤地介绍道。

罗小可点点头说："那好，你亲自下厨。乌梅小姐来了，你一定要露两手，其余的菜你看着安排吧。"

“好嘞。正好我这里还有上好的卡罗琳冰酒，等下拿给各位尝尝。”老板笑吟吟地下去了。

看着老板的背影，郑逸群皱皱眉头，道：“怎么感觉这老板不像是做生意的，气质很是不一般。”

罗小可压低声音道：“他就是黎世阁啊。”

啊！不仅是郑逸群，就连乌梅和安妮都大吃一惊。黎世阁，这可是无人不知的名字啊。他令中国一家重工企业在美国成功上市，却因为得罪了国内某高官被迫出走美国，然后在美国与国内的地方政府打官司。结果美国法院驳回了黎世阁的起诉，理由是美国法院无管辖权。也就是说，黎世阁已经失去了那家企业。

“他怎么会在这里开一家这样的餐馆？按理说，他那么大的资产，即使失去了对企业的控制，他也不至于如此啊？”郑逸群不解地问。

“哦，这个我不知道，听说他把公司交给儿子打理，自己不涉足商界了。”罗小可回答。

“也许是心灰意懒了吧？”乌梅说。

安妮摇着头，叹息着说：“说到他，我也是知道一些，就在他出走美国之前，还在跟苏南市的领导谈在苏南设厂的问题。那时候，薛冰还是市长，跟他接触不少呢，只是我没有见过他。如今居然在这里遇到他，还开了餐馆，一个商业奇才难道就这么沉寂下去了？”

“还是不说了，这些神神秘秘的事儿谁是谁非咱们怎么能知道。”乌梅在一边说。

“也是，别在这里议论人家了，不好。”郑逸群收拢了笑容，然后看着罗小可问，“你整天这么飞来飞去的，不累吗？”

“累，可是又能怎么样，没老公，自己得给自己赚饭钱啊。”罗小可板着脸回答。

“别这么说，这是逼着你成长。”郑逸群道。

罗小可冷笑道：“少当道德家。”

服务员送上四个冷碟，都是一些小杂螺、小海鱼什么的，也就是在中餐馆才能看到这些，美国人是不吃这些东西的。

“小可，你打算找个什么样的老公？”乌梅问。

罗小可想了想回答：“难以选择啊，找正在创业的老公，相当于VC风险投资，回报慢，风险大，你不仅要参与管理，共同打拼，而且要参与风险控制，但一旦成功，你永远是控股股东，回报率巨大；找干爹嫁富二代相当于PE私募投资，见效快，风险小，但他们不会给你管理权，搞好了也就是个没话语权的小股东，随时会被素质高的PE取代。”

乌梅摇摇头，看着安妮说：“你看看，这还真不好找。”

正说着，服务员送上来一大盘刺生，上面是一种鱼肉，半透明的，在下午的阳光下折射出五彩缤纷的光泽，这就是鲷鱼。同时上来的还有冰镇的加拿大冰酒。

“哇，真的不错。”乌梅夸张地双手合十，赞叹道。

“鲷鱼，号称鱼中之王。”郑逸群介绍道。

安妮夹了一块鱼肉，蘸了蘸红叶酱，咀嚼了几口，说:“这个黎世阁，做生意一流，做菜也一流。”

罗小可给大家倒上酒，说：“喝点儿冰酒吧，人家可说这是液体海洛因呢。”

“感觉挺甜的，有点儿像北京的桂花酒。”乌梅评价道。

罗小可淡淡地笑笑说：“可比桂花酒贵多了，我们喝的这款，至少卖六百加元。”

郑逸群感觉差不多了，忽然问:“小可，你不是说有可能离开罗蒙投资做风投吗？”

罗小可扭头看看安妮，说：“嗯，公司已经注册好了，安妮姐是大股东，我就是干杂活的。”

“原来是这样啊，你俩在一起那可是最佳组合啊。”郑逸群端起酒杯跟安妮和罗小可分别碰了一下。

“真正的最佳组合是你们啊，看看，郎才女貌，真叫人羡慕。”

“安妮姐过奖了。”乌梅羞涩地看了郑逸群一眼，脸色绯红起来。

“你俩感情很好，当时怎么离婚了？”安妮问。

“保密。”郑逸群不想继续这个话题，因为他怕乌梅的回答会引起对面两个女人的怀疑。

“不是传言中的那样吧？”罗小可看着乌梅，半开玩笑地问。

乌梅看了一眼郑逸群说：“其实，主要原因就是他睡觉打呼噜，搞得我失眠。”

罗小可一副不相信的表情，看着郑逸群说：“不会吧？帅哥也打呼噜？”

服务员送上来鲯鳅鱼，是烤的，但是汁液保持得很好，有淡淡的葡萄酒的味道。这是一种不含脂肪且味道清甜的鱼，口感很好。

罗小可接着问：“乌梅姐，你别敷衍我，你跟我说，那阵子你是不是走神了？凭我对逸群哥的了解，他是不会乱来的。”

“你这是偏见，你这就给我定罪了？不要做有罪推定啊。”乌梅看着罗小可，给郑逸群切了一块鲯鳅鱼。

“我知道就问不出真相，哎，你俩怎么回事儿？是不是要破镜重圆啊？”罗小可用一种充满疑问的眼神看着乌梅。

乌梅耸耸肩：“我是想啊，关键是人家有新欢。我人老珠黄的，人家不喜欢了。”

郑逸群心里很满意乌梅这个说法，这样一说，左右都能解释清楚。他相信，罗小可和安妮来棕榈滩绝对不是探讨他跟乌梅的情感问题，而是有其他目的的。

“是这样吗？”罗小可态度不明地看着郑逸群。

郑逸群端起酒杯，对罗小可说：“你别听她瞎说，来，不谈这个了，喝酒。”

服务员送上来满满一大盆香辣石蟹，红澄澄的，下面还有个酒精炉，不断冒着热气。

“有的人啊，就像这香辣蟹，一红就死。”乌梅边吃蟹边说。

“你好像是话里有话啊，你说谁呢？”罗小可问。

“没说谁。”乌梅认真地吃着蟹。

郑逸群的电话响了，他拿起来一看，是伊涛，他接起来，伊涛疲倦地说：“搞定了，我正在回鹏城的路上。”

“怎么处理的？”

“警方给出了正式结论：酒驾，追尾。对方也就没再追究了。”

郑逸群看了一眼安妮，对方正在认真地吃蟹，他问：“我跟安妮小姐在一起，要不要跟她说话？”

伊涛迟疑了一下说：“好吧。”

郑逸群把电话递给安妮，安妮赶紧用桌子上的湿巾擦擦手，接了过去。伊涛那边不知道说了什么，安妮只有应答声，脸上也没有什么表情，看不出她的喜怒哀乐。安妮听了一会儿电话，终于说：“那好，就这样吧，你回去好好安慰一下雯晓。”

安妮把电话还给郑逸群，郑逸群问：“怎么？”

安妮淡淡地说：“我叫他回去好好安慰一下雯晓，他们毕竟是同学。”

罗小可在旁边插了一句：“这个潘文林，怎么搞的？以为国内的高速公路是国外的啊，居然敢飙车。”

安妮叹口气说：“唉，这人啊，烂泥扶不上墙。本来我是想让他做点儿事情，在苏南以建影视基地的名义圈块地，然后给他点儿股份，好让他有个稳定的收入。这个人啊，不能给他钱，给他钱，没几天就花没了。给他点儿股份，按时分红也能解决他的收入问题。谁知道，本性不改，居然酒后飙车。”

“那现在影视基地的事你还搞不搞了？”乌梅问。

“怎么不搞？只是潘文林出事了，恐怕得放一放。对了，郑总，听说你有投资雯晓和云落的戏，有没有兴趣，咱们一起来搞？”

郑逸群看了一眼乌梅，她没什么表情，于是，不动声色地反问：“安妮小姐准备怎么搞？”

“这样，苏南市是一个革命老区，我们以抗战为题材，拍一部宣传苏南城市历史的戏，正赶上现在苏南也很想在文化改革上有所作为，想宣传一下城市的形象。因此，拿块地，建个影视城应该不成问题。”

“有想法，不过，这事儿你为什么不叫雯晓参与呢？”

安妮轻呷一口冰酒说："是这样，雯晓目标太大，她前一阶段的麻烦现在还未完全消除，所以，叫她出面很可能会惹出其他不必要的麻烦。"

"明白了，安妮小姐这个建议很好，我会认真考虑的。"郑逸群回答。

"祝二位合作愉快。"罗小可不失时机地端起杯。

几个人喝了一杯，相互说了些合作愉快之类的客套话。郑逸群忽然问罗小可："对了，钱小小说她要进军房地产，没说是新注册公司还是以她香港做董事的那个公司做平台？"

"哦，听说是收购了鹏城的一个小房地产公司。"

"什么公司？"

"具体没问，听说与马公子的妹妹，还有天明市市长刘玉峰的老婆马如新有什么关系。但奇怪的是，我打电话问马如新，她却矢口否认，说自己跟钱小小没什么关系。"

郑逸群知道罗小可与马如新认识，有一阵子据说马如新还想收购库珀，但后来不知道为什么不了了之了。

他正想着，乌梅忽然问："不是说刘玉峰要当天明市的市委书记吗？"

罗小可冷笑着说："能正常过关就不错了，这几天他正在风口浪尖上。"

"怎么啦？"郑逸群问。

罗小可耸耸肩，回答："哦，他们市里搞强拆，有市民跳楼，结果在微博上闹得很大，有人搜出了他的照片，他不仅有爱马仕的腰带，还有名牌表。他现在正四处灭火呢。"

郑逸群忽然想到翁林志他们说要有个新闻，难道说的就是这个？他看了一眼乌梅，乌梅似乎没什么反应。郑逸群稍微有点儿明白了，应该是乌梅男朋友想安排人去天明市，而刘玉峰又是个障碍，所以，搬开他是必需的。而这件事从体制内来办可能会引起别人的非议，如果剑走偏锋，从其他的渠道来处理，那么一切就显得顺理成章了。

政治是残酷的，尤其是到了某一个层次，几乎就是你死我活。

安妮在一边说了一句："这些内地的官员啊，总是过于在乎这些奢侈品。"

乌梅慢慢悠悠地说了一句："你没听说，世界上绝大多数的名牌奢侈品都卖到内地了。"

"还说人家，看看你的项链，没几万美元下不来吧？"罗小可在旁边阴了乌梅一句。

乌梅冷笑一声，反唇相讥说："我这项链有人送，不像你，没人送。"

罗小可看着郑逸群问："你送的？"

其实，这项链是翁林志送的，既然乌梅这样说肯定有她的深意，于是，郑逸群笑笑，回答："我不参与你俩的争端，我保持中立。"

"狡猾。"罗小可瞪了他一眼。

安妮在一边友好地笑着，问乌梅："你们什么时候复婚啊？"

乌梅叹口气："哪那么容易，那个宣萱小姐可不是容易说话的人。"

"郑逸群，你不要吃着锅里的看着碗里的。"罗小可转眼就站到乌梅一边了。

郑逸群赶紧摆手说："你们不要把目标对着我啊，我可是无辜的。"

罗小可冷笑着，嘲讽道："你俩都无辜，责任在我们，安妮姐，咱俩喝酒，不理他们。"

服务员又送上来一盘子烤牡蛎，罗小可介绍说这是产自佛罗里达西北部阿巴拉契科拉的牡蛎。大家品了一下，肉质非常肥厚，汁多，并无什么腥味。

"佛罗里达这里没有什么特殊的风味吗？"乌梅问。

罗小可回答："有啊，我已经安排了，明天我们吃加勒比菜。今天没去是因为那个餐馆不大，有些东西需要提前准备。"

郑逸群在一边说："无论到哪里，有熟悉的人总是能了解到更多的风土人情。谢谢小可了，你要是不来，我与乌梅可能就在丽思卡尔顿里面的那些餐馆吃了，既贵又没什么特色。"

"等下不忙了，我叫黎世阁跟大家坐坐，他这个人很和善。"罗小可道。

"小可，刚才说到你要与安妮姐成立个风投公司，主要做什么？"乌梅忽然问。

罗小可伸手拿了只蟹子，跷着手指开始剥，看得出来，应该很烫，她剥得很小心，直到拨开了蟹壳她才回答："我们主要做 VC。"

"哦，具体有什么打算？"

"是这样，我打算辞职以后，把以前被罗蒙投资淘汰的客户再筛选一下，找出一些有独特价值的公司进行投资。"

"有些不是你故意淘汰的吧？"乌梅半开玩笑地问。

罗小可皱皱眉头，回答："你把我看成什么人了，我可是很有职业道德的。"

郑逸群觉得气氛有点儿不对，赶紧打圆场说："乌梅跟你开玩笑呢。"

罗小可白了他一眼，讥讽道："你是她什么人啊，替她说话？"

"朋友，朋友。"郑逸群有点儿尴尬，赶紧解释。

罗小可看着乌梅说："你看，他说跟你是朋友。"

乌梅伸手打了一下郑逸群，娇嗔地说："闭嘴。"

安妮捅了一下罗小可说："你别得理不饶人，挤对人家郑总干吗？"

"一对狗男女。"罗小可说。

"不理她，我们喝酒。"乌梅举起杯，对安妮说。

罗小可在一边也举起杯说："敢不理我！"三个女人表情各异地喝了酒，但是看得出来，没人真生气。

郑逸群忽然意识到，如果罗小可真的辞职了，自己每年从她那里得到的数量可观的佣金将不复存在。不过，郑逸群并不觉得十分惋惜，自己也可能要离开俱乐部这个平台了，以后很难再给罗小可提供什么有用的信息了。天下没有不散的筵席，看来，自己与罗小可的合作也到曲终人散的时候了。

郑逸群的手机上忽然来了个信息，是毛英华的，他说：怎么又流窜到佛罗里达去了？

郑逸群回复：你怎么知道？

毛英华说：你看看微博。

郑逸群赶紧用手机上了微博，发现除了自己与乌梅在大堂穿情侣装的画面，还有乌梅单独游泳的画面。还好，没有太多的东西。他把手机递给乌梅，乌梅看看，摇摇头道："真是神出鬼没啊。"然后，她把手机递给了罗小可说，"我看啊，你俩最好明天赶紧离开，我们也离开，这些狗仔队太神了，他们怎么知道我会来这里？"

罗小可无言地看了看，递给安妮说："尽管没有我俩的照片，估计也已经被拍摄下来了。"

安妮看了两眼，不屑地说："拍下来能怎么样，我们和乌梅又没有绯闻，更没有经济来往，最多是闺蜜。"她把手机递回给郑逸群道，"你跟乌梅在一起也真不容易，时刻暴露在公众的视线之下，一点儿隐私也没有。"

郑逸群勉强地笑笑，他心里充满狐疑，按理说应该把狗仔队甩开了，为什么到这里又出现了？他怀疑这是乌梅有意为之。她下午出去没带电话，也许就是计划的一部分。已经有了绯闻，还要继续炒作吗？她的最终目的是什么？

因为有了狗仔队的事情，几个女人开始声讨狗仔队的恶行，郑逸群觉得有些无聊，向窗外望去，太阳快落山了，远方的海上有条船驶过，由于太远，看不清是什么船。海的近处，有几点白帆，棕榈滩有钱人多，帆船运动是他们喜欢的运动之一。郑逸群忽然有了想退休的感觉，如果自己找一个类似的地方，从此不问世事那该有多好啊！

可是，自己掌握着刘岳平这么大的资产，能退休吗？即使退休，自己又跟谁在一起享受人生？周朝华说宣萱已经答应了顾云飞，这是他听到的误传还是真有此事？尹诗双答应自己要做宣萱的工作，这两天怎么总是避而不谈？宣萱现在跟自己说话总是冷冰冰的，难道她真的已经变心了？

有一种挣扎就是对未来没有控制感，这种感觉有时候很难让人释怀。几个女人正聊着，黎世阁走了过来，微笑着问罗小可："小可，味道怎么样？"

罗小可指指郑逸群说："这是专家，你得问他。"

郑逸群赶紧起身，伸出手，谦逊地说："黎先生请坐。"

黎世阁坐下，罗小可给他倒上酒，几个人开始聊天，当黎世阁听说郑逸群是鹏城那个俱乐部的副总时，居然说："哦，那里我很熟，十年以前，我是那里的第一批股东会员，我跟冷鸿海、蹇君博、郭正余、王光玉他们都很熟。那块地最早还是我从村里买的呢。”

“失敬失敬，这事儿我还真不知道，我来得比较晚。”郑逸群赶紧站起来向黎世阁拱拱手。

黎世阁淡淡地笑着说：“其实，搞那个俱乐部最早还不是我的主意，是冷鸿海的主意。那时候我们一群朋友经常到那个山上玩儿，那里有一栋我的房子，就是后来一号别墅那个地方，原来的房子早拆了。那时候，我喜欢做菜，他们就经常跑到我这里混饭吃，久而久之就说要搞个俱乐部，就这么着，大家出钱搞了那个俱乐部。谁知道，天不遂人愿，俱乐部还没开始营业，我就跑路走人了。你们也知道，俱乐部里有犯罪记录的人是不能成为会员的，在国内，我是被政府抓过的人，因此也就不能成为会员了。后来，冷鸿海给了我一笔钱，把那块地的钱付了，那时候也正赶上我走麦城，就靠那笔钱坚持了一段时间。”

“原来是这样啊，难怪我没听说黎先生是原始会员。黎先生，我敬你一杯，我干了，你随意。”郑逸群站起来，毕恭毕敬地敬了黎世阁一杯，然后一饮而尽。黎世阁也不含糊，也干了。

黎世阁接着说：“你在俱乐部没听说过我还有个原因，那就是我不让他们提到我，成为那个地方人们的话题那是很危险的事情。这一点，古梦柏控制得很好。”他说这话的时候表情淡然，颇有些波澜不惊的姿态。

郑逸群不知道他与古梦柏是什么关系，也不好很唐突地问，于是说了一句：“古梦柏可能又要回俱乐部做总经理了。”

“是吗？他这个人啊，就是功利心太强。我听说当时他离开是因为跟别人大战了一场，怎么又想吃回头草了？”

“嗯，黎先生最近没见过他吗？”郑逸群显得很随意，却是故意发问。

黎世阁摇摇头：“我有很多年没见过他了，我不是很喜欢他。”

安妮在一边忽然端起杯，对黎世阁说：“黎先生，我敬你一杯。我自我介绍一下，我叫安妮，是薛冰的太太，我听他提起过你。”

“哦，是薛书记的夫人啊，久仰久仰，前年薛书记到洛杉矶，有人安排我跟他见面，但是不巧，当时我在百慕大办事，没见成。这样，我敬夫人一杯。”黎世阁站起来，双手捧杯，敬了安妮一杯。

郑逸群注意到，黎世阁称安妮为夫人，这个细节很重要，说明他跟薛冰的关系很微妙。

郑逸群看着对面的罗小可，她正在饶有兴趣地看着黎世阁和安妮喝酒，她是个心思缜密的女人，做事也有她自己的逻辑和目的。黎世阁和安妮喝完了酒，开始闲聊，郑逸群在旁边听着，慢慢地听出了一些子丑寅卯，当年把黎世阁逼出国的人与薛冰也是政敌，不过那个人的级别比薛冰要高。郑逸群在那里看了乌梅一眼，她脸色很平静，也在默默地听着黎世阁和安妮的对话。

郑逸群心里暗暗地想，那人同薛冰是政敌，而薛冰又属于乌梅男朋友这个阵营，也就是说，那人应该也是乌梅男朋友的对手。那么，他是不是马公子、彭公主、钱进、钱小小这群人的后台呢？黎世阁和安妮一直没说那人的名字，可能是因为敏感。对于他们这个层次的人来说，有些话相互明白就行了，不用说得那么透。凭感觉，郑逸群还是大致猜出了那个人是谁。那人正是一个风起云涌的人物，据说很有前途。不过，他没听说过乌梅男朋友与他有什么矛盾，相反，有时候在俱乐部听一些政坛八卦的时候，有人还说他们是朋友。这就像打牌，打牌其实是一个不断加入信息推理的过程，每时每刻都要权衡赢利或损失的比率，仿佛做着复杂的计算题。胜利不仅建立在信息分析与研究的基础上，往往还受到逻辑思维、牌局对手，有时甚至是纯粹的运气等因素的影响。因此，外界说他们是朋友，实际上他们不一定是朋友。

郑逸群用眼睛的余光扫视了一下乌梅，她依旧显得很安静，仪态也保持得很好，就像是在参加什么重要的会议。难道她听不出来这里面的利害？不可能。

黎世阁同安妮聊了一会儿薛冰，忽然转过头来对乌梅说："乌梅小姐，我要敬你一杯，你可是我的偶像呢，我这里有很多你的专辑呢。"

乌梅脸上马上绽放出灿烂的花朵，甚至看起来有些娇羞，她意味深长地说:"是吗？"

黎世阁认真地说:"是的。"然后他一招手，有服务员走了过来，拿了一堆乌梅的碟，黎世阁笑容可掬地说，"乌梅小姐，麻烦你给我签个字吧。"

"好啊！"乌梅显得很高兴，服务员递上签字笔，她开始签字。不过，郑逸群发现了个细节，黎世阁这些碟的封套都很新，不像是常听的。他心里稍微有点儿明白了，他看看罗小可，罗小可正在低头看着手机上的信息，表情严肃。这一切应该都是罗小可的安排，罗小可的行事风格还是有她独特的一方面的。

乌梅签了好一阵子才把那些碟签完，然后，她与黎世阁喝了两杯，谈的话题却很一般，都是演艺圈子里的一些趣闻，无伤大雅。郑逸群当然明白这是怎么回事，这是黎世阁在控制谈话的内容。

从表面上看，黎世阁好像真的不问国内的事情了，但郑逸群从他的话里行间能听出来，他依旧很关心那里发生的一切。这点郑逸群很能理解，如果他的资产真的被剥夺的话，那么，他心里是不会服气的，会对那个高官充满仇恨，不会有任何的宽容。

"对了，黎先生，你很熟悉钱穆里吧？"罗小可忽然问。

"哦，我们是老朋友了。"

"怎样的老朋友？"罗小可又问。

"我们原来是同事，都在银行，当时他还算我的上级，后来不在一起工作了，分别担任不同的职务。有一阵子我们重新在一起工作，他管业务，我管党务。再后来，我下海了，企业在美国上市前后，他还帮了很大的忙。再后来你们就知道了，他旗帜鲜明地站在了另一边。”

“你现在恨他吗？”罗小可问。

黎世阁摇摇头说：“他就那样，永远跟领导站在一起，永远跟组织保持一致。”

“你们现在还有来往吗？”

“我们又没什么个人恩怨，怎么不来往？有时候他来美国，我会亲自做两个菜给他吃。”

罗小可有意无意地向郑逸群这边扫视了一眼，郑逸群忽然明白了，他赶紧说：“黎先生，古梦柏现在正跟钱穆里的孙女钱小小谈恋爱。”

“哦，会有这样的事情？”黎世阁似乎很惊讶。

“是的！”

“我见过那孩子，穿得很花哨，她怎么看上了古梦柏？门不当户不对嘛。钱穆里这人我知道，门第观念很重的，他怎么会同意孙女和古梦柏来往？”黎世阁眉宇间渐渐紧蹙起来。

“那么，钱进你熟吗？”罗小可又问。

“当然，原来我们是一个级别，后来我提拔了，他还不高兴了好一阵子呢。不过，现在他的级别也不低了。你怎么提起他？”

“是这样的，古梦柏的前女友叫周惜雪，钱进把她介绍给鹏城一个年轻企业家了，而且最近听说他还要在资本市场上有一系列动作。”罗小可介绍道。

黎世阁皱起眉头问：“他要有动作？他那个人我太了解了，开拓性不强，守业一流，所谓的系列动作恐怕也是执行别人的命令吧？”

“是执行钱穆里的命令吗？”罗小可问。

黎世阁皱起眉头，思索片刻，回答：“不像，钱穆里已经处于半退休状态，不会再有什么进取心，应该不是他。”

“是你的那个敌人吗？”

“也不会，他现在位高权重，这点儿小事应该不在他眼里。如果跟他有关系，可能也是底下人做的。”

“明白了。”罗小可点着头，有意无意地看了郑逸群一眼。

郑逸群心里颇为感激，他明白罗小可这样问的目的，这是要给自己提供一些信息，好让自己在这番你死我活的争斗中能占据有利位置。但是，同时他也相信，罗小可的目的不完全在此，她来佛罗里达一定还有别的目的。

于是，他举起杯，对三个女人说：“来，我们共同敬黎先生一杯。”

几个女人纷纷跟黎世阁碰杯，叮叮当当的就像是演奏着什么悦耳的音乐。

“黎先生跟北油的邓禹非熟悉吗？”郑逸群忽然问了个在心里盘桓许久的问题。

黎世阁摇摇头，回答：“不是很熟，见过面，那时候钱进负责他们那里的业务，我负责党务接触不多。对了，他俩在香港有个公司，就是中阳股份，实际上就是他们个人的小金库，赚了是他们自己的，亏了是国家的。”

“他们这么做，香港证监会和廉政公署不会有反应吗？”

“他们早都吃透了香港的法律，再说，大部分业务都在内地，有些事情香港证监会和廉政公署也很难抓住什么把柄，除非是有什么掌握着他们的绝对机密的人举报。”

罗小可又看了郑逸群一眼，这回，郑逸群大致明白了罗小可与黎世阁这番谈话的目的所在了。是的，釜底抽薪。回头到鹏城应该马上跟刘岳平谈谈这事，这不失为一个好办法。

“黎先生现在在国内还有投资吗？”

黎世阁摇摇头：“我现在不再与国内打交道了，倒是我那个犬子还有些生意，不过都是些小生意，主要都是通过别人来做。毕竟他也有些担心，因为我的缘故，有些人会故技重演。”

黎世阁说这话的时候，郑逸群注意到，安妮的眼睛忽然亮了一下。罗小可在一旁不失时机地说：“我和安妮姐成立了个风投公司，专门做 VC，如果黎公子有兴趣，我们可以合作。当然，也可以做别的，比如说，在苏南开发点儿房地产什么的。”

“可以考虑啊，回头我叫他跟你联系，他应该有你电话。”黎世阁平和地回答。

服务员走过来，在黎世阁耳边说了几句什么，黎世阁点点头，对大伙儿说：“失陪，你们聊。”然后，跟着服务员走了。虽然他是年近六十的人了，但行动依旧敏捷。

望着黎世阁的背影消失在一扇中式屏风后面，安妮感叹道：“真是个高人啊。”

“是啊，就凭他能有心在这里开个餐馆，还能亲自下厨，这就不是一般人能做到的，隐忍，很能隐忍。”乌梅叹息道。

“隐忍和克制，一旦做到了，一切都可以云淡风轻。”郑逸群在一旁道。

“你刚才怎么没问问冷鸿海、郭正余他们现在的想法？他和他们应该是一直有来往的。”罗小可问郑逸群。

“欲速则不达啊！失之坦然，得之淡然，争其必然，顺其自然。”

“有没有想过整合一下资源？”罗小可忽然问。

“你的意思？”郑逸群反问。

“是这样的，中海信目前面对强敌，伊涛的库珀现在做的事情跟中海信有某种重叠的部分，你看可不可以整合一下，大家抱团取暖，这样别人就不敢轻易动中海信了。”

郑逸群的心里不由得动了一下，罗小可的建议不是没有道理，如果中海信和库珀联合起来，对方的收购成本会很大，很可能会望而却步。这也是不战而屈人之兵的一个好办法。

“但是，伊涛肯吗？”

“我可以试着做一下他的工作。”安妮在旁边似乎很随意地插了一句。

“建议倒是不错，只是你们知道，中海信的事情还要经过章艾和林晓伟，所以，我不敢说有没有可能。”

“这样，章艾那边你来沟通，林晓伟这边，我从上面想想办法。”安妮平和地说。

郑逸群皱皱眉问：“给他压力吗？林晓伟不一定吃这一套。”

“两手都要硬。”安妮似乎很自信。

“我回头先跟章艾沟通一下，看看有没有可能性，然后我们再从长计议，好吗？”

安妮端起杯，对郑逸群说：“希望有好消息。”

谁知，乌梅在一边却说了一句：“这事儿也不一定是好事儿。”

安妮问：“怎么不是好事儿呢？”

“你们合并了以后，以谁为主呢？”

“当然是按股份说话了。”

乌梅冷笑着说：“我看这事儿十有八九要成为马歇尔计划，林晓伟和章艾谁肯失去话语权？”

“试试吧，没准儿他们会同意呢。”郑逸群打着圆场。乌梅撇撇嘴，一脸的不屑。

郑逸群向窗外看看，天色渐暗。一个电话打进来，又是乐枫，郑逸群看看，站起身来，走到了一边，接起来问：“乐教授，有事啊？”

“是这样的，我刚刚跟欧广群通了电话，他说有些法律上的东西还是叫我亲自签字的好。对了，忘了跟你说了，那房子是写我的名字。你知道，升达现在很不方便，写我的名字会避免一些不必要的麻烦。我想问你一下，你们什么时候返回，到时候我叫律师跟你们同机过来。我没时间去，只能叫律师过来。”乐枫语气平和，透出很好的修养。

“原定是后天，不过，这边情况有变，我看看情况，然后我们再沟通好吗？”

“好的，我先跟律师打个招呼，叫他作好随时出发的准备。”乐枫收了线。

乐枫叫律师跟自己同机回去，应该不是欧广群那边的问题，而是欧升达着急办理手续，看来时间很紧迫。这是一场涉及了很多人的牌局，哪张牌先出，哪张牌后出，这都是有严格的程序的，否则，一招出错，满盘皆输。欧升达在这场牌局里一定是重要的一张牌，这张牌要出了，那就证明很快就要到摊牌的时候了。那么，刘力刚那张牌怎么打？刘岳平这个小卒子会不会被牺牲掉？自己又会不会受到冲击？郑逸群不敢往下想。此时，他很想停下脚步，但自己根本不是一个自由的人。不过，在佛罗里达买房写的是乐枫的名字，这多多少少也让郑逸群有点儿意外。人家是夫妻，用谁的名字买房又有什么关系？

郑逸群走回座位，乌梅正在摆弄手机，见他回来，头也不抬地说："你打个电话给机长，叫他马上申请航线，我们明早就走。"

"怎么这么急？我安排了明天中午吃加勒比风味大餐啊。"罗小可惊诧地问。

乌梅把手机收起来说："没什么，我可不想被这些狗仔队跟着，说不上他们会编出什么离奇的新闻来呢。"

郑逸群走到一边，先打了电话给乐枫，说自己明早就回国，然后又通知机长申请航线。乌梅的举动很不寻常，在香港和伦敦，被拍了那么多照片她也没如此紧张，看来这里面一定有什么重要的事。乌梅尽管表现得很平静，但情绪一定受影响了。

他安排好了一切，正要往回走，电话忽然响了，他一看，正是蔡文昭："你在佛罗里达？"

"是的，明早回国，因为时差的问题，后天下午应该到香港。"

"那正好，晚上无论如何我们要见个面，有重要的事情跟你说。"

"嗯，我到了就给你电话。"

既然明晚就能见到蔡文昭，就没必要让尹诗双找他了，于是郑逸群发了个信息给尹诗双，说自己明晚回去。这回尹诗双马上就回复了：收到。

他想了想又发了条信息给宣萱，说自己明天回鹏城，宣萱没回复，难道是还没起床？郑逸群回到座位上，他发现黎世阁也回来了，正与安妮谈话。郑逸群在乌梅身边坐下，点点头，示意已经搞定了。

乌梅没说话，继续听黎世阁向安妮讲他当年的事情，尽管郑逸群是从半路上听的，但还是隐约地知道了一些端倪，原来那个人当时要黎世阁做一件他不愿意做的事情，对方才恼羞成怒的。至于什么事情，黎世阁没说太多，但安妮不住地点头，说明她清楚里面的一些内幕。罗小可偶尔也插一两句，郑逸群听出来，她是有意在引导整个谈话的方向。宣萱一直没有回复，郑逸群心里的期待渐渐落空，寂寞感油然而生。

忽然，他们的谈话里提到了一个名字——钱小小。黎世阁说："钱穆里从小就喜欢这孩子，吃穿用都是按贵族的标准。对了，刚才别人打电话给我，我顺便问了一下钱小小的近况，他们告诉我，她现在很幸福。这下子钱穆里应该放心了。"

罗小可在一边道："我也听说，她现在是中阳股份的非执行董事，而这个职位居然是她通过向中阳股份提供建议而得到的。"

黎世阁淡淡地笑了一下："那她这个职位没有通过严格的任命程序，也就是说大家互相有合作的意愿，就涉及怎么挂名。钱小小挂非执行董事，我的理解是，这个头衔就像国内的名誉会长，所以她并不从中阳股份领工资，双方只是一种松散型的合作模式。”

郑逸群明白，中阳股份对中海信的收购应该是为了配合钱小小，这里面隐藏了他们之间的什么秘密，邓禹非之所以没对自己说，估计连他自己也不是十分清楚。

安妮同黎世阁的谈话范围很广泛，郑逸群忽然明白了一点，她不仅仅是个妇随夫荣的官太太，更是一个杰出的商人，只不过她更多的是将公共利益转化为私人利益。这人与人之间的差距怎么这么大？郑逸群一时有点儿神伤，人生的痛苦常源于这种比较。罗小可今天组织的这场聚会，真是一箭多雕，既能让自己理清某些人物关系，避免损失，也让黎世阁与安妮搭上线，同乌梅认识，甚至还有可能会暗自促成乌梅与安妮之间的某种交易，当然还有生意本身，拉到黎世阁对她新公司的投资，可能的话让中海信和库珀形成联盟。她是一个生意天才，不仅掌握了国际上最领先的经营理念，还熟稔国情，假以时日，定能创造出自己的天地。

自己现在掌握着刘岳平的一些固定资产和生意，除了要经营下去，也有一个保值增值的任务，可不可以与罗小可合作？但当他看到安妮，马上又打消了这个念头。他总觉得这个安妮不那么靠谱。

罗小可又问：“钱小小她们这样做算不算违规呢？”

“这个要看怎么操作。举个例子，一旦像你刚才所说的中阳股份收购郑总的中海信成功，他们将来也可能通过某种形式的置换，将其变成钱小小自己的资产。当然，这一切要通过公开透明的程序才行。”

“明白了，中阳股份只是个工具。”罗小可点点头。

郑逸群自然明白这个是可行的，但说起来容易，做起来就难了，这绝对不是正常商业行为能做到的，需要权力的介入。可是，那权力来自哪儿？钱穆里的权力肯定不足以支持完成这种交易，那么，黎世阁得罪的那人呢？应该可以。可是，这次乌梅男朋友和阿萨要对付的就是他吗？不像啊？

其实，郑逸群明白，现在关心斗争的对手是谁已经没有意义了，重要的是刘岳平安全，自己安全。当然，他也希望尹诗双安全，俱乐部安全。罗小可、安妮和黎世阁继续聊着，郑逸群忽然注意到，这个店一直没有其他的客人。他很奇怪，装修得这么好的店，味道也是一流，居然没有客人？

黎世阁是个很儒雅的人，说到商业总是能引经据典，如果不是罗小可问什么，他一般谈的都是一些商道经验。忽然，黎世阁转头对乌梅说：“乌梅小姐，来，我敬你一杯。”

乌梅微笑着说：“还是我敬黎先生。”

两个人客客气气地干了一杯，黎世阁说：“我一直很仰慕乌梅小姐，乌梅小姐以后如果在美国有什么需要黎某帮忙的尽管吩咐。”

听起来黎世阁这句话像是客套话，可郑逸群觉得他话里有话。黎世阁目前虽然在国内没有什么生意了，但他的人脉还在，他不可能对国内一无所知。乌梅这次跟自己出来，目的就是制造绯闻，堵住国内某些人的嘴。国内那些传言难道黎世阁没有听说过？他今天有意地只以乌梅崇拜者的身份出现，应该是有目的的，郑逸群大致也能猜得出来。

他正想着，一个陌生的电话打进来，他走到一边接起来。来电者有点儿伦敦口音，他自我介绍说是欧升达的律师，刚才已经跟机长联系上了，准备跟郑逸群一起飞香港。郑逸群嗯了一声说："知道了。"

他想了想，发了个信息给乐枫，说一切安排好了，就等航线了。乐枫很快回复：辛苦。

郑逸群能想象得到欧升达那边有多紧张，一边要跟郭正余换股，一方面要安排隐退的问题，一方面还要把自己的生活安排好。而这所有的一切都只是一个目的：避险。不过有一个问题总在郑逸群的脑海里萦绕：楚之洋最近怎么没有什么大动静？难道他那边安全了？相对于吃政策饭的房地产行业，做通信设备的楚之洋是安全的，但绝对安全吗？他那个妹夫梅津最近在政界顺风顺水，或许对楚之洋是个相对的保护吧。

欧升达的隐退应该是个不得不为的行动，这是一个巨大的计划的一部分，既有政治上的考量也有商业上的考量，郑逸群现在明白了一点，欧升达的隐退一定也有阿萨的因素，这是在给他建立防火墙。

郑逸群环视了一下餐馆，依旧是空空荡荡，只有他们一桌客人。郑逸群走回座位，罗小可半开玩笑地说："你好像很忙啊。"

郑逸群有些不好意思地说："对不起各位，一直在安排回程的事情，有些小忙。"

"郑总颇有点儿当年古梦柏的风范，事无巨细。"黎世阁的口气明显有赞赏的成分。

"黎先生如果有什么事需要逸群效劳的尽管吩咐，逸群一定效犬马之劳。"

"肯定少不了麻烦郑总，我就先谢过了。"

"今天就到此为止吧，早点儿回去，明天还要回鹏城。"乌梅不失时机地提出告辞。

"那好，欢迎各位再到棕榈滩的时候来小店坐坐。"黎世阁友好地跟大家告别，态度就像是一个老大哥。

在门口等车的时候，郑逸群注意到饭店门口挂了个牌子，英文意思是包场，原来如此。

回到酒店，下了车，罗小可对郑逸群说："我想跟你谈谈。"

郑逸群正想回答，乌梅在一边道："什么事情那么重要？不要谈了，省得狗仔队生是非。"

罗小可似乎很不高兴，抢白道："大歌星，你也太霸道了，我们怎么就不能谈谈了？好歹我们还算是生意伙伴，谈谈又怎么啦？你别那么自私，这个世界不是非要围着你转的。”

“你……”乌梅脸上有些愠色，霎时变得铁青。

安妮赶紧在一边打圆场：“这样，我们一起在大堂里坐几分钟，然后我和乌梅去购物。你俩在这里谈，等你们谈得差不多了，发信息给我们，我们回来分别上楼。”

“这……”乌梅有些犹豫。

“也好，安妮小姐的主意确实不错。来，我们坐坐吧。”郑逸群道。

四个人走到窗边，找了个僻静的地方坐下，乌梅看着罗小可说：“你就是事多，有事干吗刚才不在餐馆说，非要回酒店，不知道这里人多嘴杂吗？”

罗小可反唇相讥道：“餐馆如果方便我干吗要在这里谈？你别老那么自我好不好？我跟郑逸群是生意伙伴，就是在一起谈事情，也不至于有什么绯闻吧？”

安妮赶紧息事宁人地说：“还是少说几句吧，别叫外人看出什么来。”

“也是，喝点儿什么吧？”郑逸群也打着圆场。

“随便。”乌梅挺直腰杆坐着，颇有点儿仪态万方的感觉，但是，脸色却不大好。于是，郑逸群叫了几杯美式咖啡，几个人像模像样地喝着。坐了一会儿，安妮拉着乌梅走了，望着两个人的背影，罗小可皱皱眉头问：“你真要跟她复婚啊，宣萱怎么办？”

“不要谈这些事了，你要跟我谈什么？”

罗小可忽然变得很严肃，盯着郑逸群问：“你知道自己的处境吗？”

“大致知道。”

“你就不怕人家把你当成一块抹布一样丢掉？”

“那又能怎么办，命运没掌握在自己手里。对于那些人来说，我就是夜壶，有用就用一下，没用就避之不及。”

罗小可听了郑逸群这话，微微摇摇头说：“我不知道你跟我那个老同学之间到底有什么事情，但我在北京可是听说你和他都很危险。”

“我知道，鹏城公安局正在调查我，估计也在调查他。”

罗小可表情凝重地看着郑逸群说：“不仅如此，还有别的部门。”

“我能感觉得到。”

“以前我以为你和刘岳平只是朋友，现在看来，不然。否则不会在调查他的时候还调查你。”

“你还听说什么啦？”

“我知道的多了，你想知道什么？”

“其实到现在，有些事我不想知道了，知道了反而是一种负担，甚至是一种痛苦。”

“你倒是想得开啊，不过，我听到了另外一件事，我想应该跟你说一下，希望你有个心理准备。”

“什么事情？”

罗小可犹豫了一下，终于说：“宣萱和尹诗双前两天在办公室吵架了，吵得很凶。我听说这两天宣萱和尹诗双基本上不说话，而且已经提出了辞职。”

“什么？我怎么不知道？她俩谁也没跟我说啊。”郑逸群这回是真的被震住了。

“我想，我不跟你说，她俩恐怕都不会跟你说。”罗小可眼神复杂地看着郑逸群。

“为什么？”

“你难道不知道吗？”

郑逸群心里忽然一紧，问：“难道宣萱真的跟别人有什么啦？”

“这个事情你回去自己跟她求证吧。”罗小可右手按在郑逸群左手手背上，手指轻轻弹了两下。

郑逸群忽然觉得有种尖锐的东西在自己的心里划过，他甚至能感觉到一股热流从心脏流出。看来这次伦敦之行对宣萱的伤害是致命的。她现在到底是怎么想的，自己跟她的事情还有挽回的可能吗？

不过，有个疑问马上接踵而来，尹诗双为什么也跟自己隐瞒这件事？她不是答应自己做宣萱的工作吗，怎么会跟宣萱吵架？

“喂，你没什么吧？”罗小可问。

“没什么。”

“你和乌梅在外面秀甜蜜，怎么看起来你倒很委屈？”罗小可疑惑地问。

罗小可的话提醒了郑逸群，自己恐怕有点儿失态，怎么会在她面前流露出真情实感？罗小可是什么人？除了是自己的好朋友，她还是一个精明的商人，一切细节都很难逃过她的眼睛，自己一定要注意，不能被她发现什么破绽。

于是，他勉强地笑笑说：“你不懂。”

罗小可讥讽道：“我是不懂你们这些臭男人。你这边没什么，人家宣萱那边会怎么想？人家怎么面对周围的目光？你还假惺惺地难受。你难受什么？简直就是坏人。”罗小可这一番话就像连珠炮，砰砰砰地把郑逸群打得哑口无言。

“随你怎么说吧。”郑逸群无奈地回答，他不想解释，也无从解释。

“不过，有个事情我也许能帮上你，如果你们之间有什么不好处理的事情，我不妨在这里帮你处理一下。”罗小可认真地说。

“我这里没什么需要处理的。”

“狗咬吕洞宾，我还能举报你啊。”

“真的没什么，不过以后如果有需要的话合作还是有机会的，毕竟这么多年我从你那里没少拿佣金。对了，我还有个疑问：彭公主跟钱小小的关系到底怎么样呢？”

“你觉得还有必要去关心这个问题吗？他们相互之间的配合已经说明了问题。”

“嗯，也是，我明白了。”

“我问你一个问题，你觉得刘岳平和许家大小姐还能继续下去吗？”罗小可忽然问。

“你为什么问到了这个问题？”

“没什么，我就觉得他跟许家大小姐这种政商联姻不会维持很久。”

“你不会是贼心不死吧？”郑逸群打趣道。

“说什么呢，你又不是不知道，他的脑子里全是那个娇滴滴的尤乐梅。陈瑾现在可是疯了一样，要把刘岳平扳倒呢。”

“我知道。”

“还有件事，我不知道你感不感兴趣？”

“说。”郑逸群看着罗小可，觉得现在她脸上的线条柔和了不少。

“听说这两天李铁牛在北京活动得很频繁。”

“哦？他去了北京？”这个消息叫郑逸群感到有些意外。

“这个消息你应该通知一下尹诗双，我觉得这事儿绝对跟他内弟的事情有关系。”罗小可关切地说。

“我知道了，李铁牛这是玩什么呢？”郑逸群马上拿出手机，把这个消息发给了尹诗双。尹诗双那边马上就回复了：收到。她那边似乎很忙。

郑逸群放下电话，抬头看看罗小可，她正凝视着自己，郑逸群问：“你看什么？”

罗小可忽然问：“你怎么看爱情？”

“爱情是一场关于缘分的游戏。”

“可是，我怎么觉得你与乌梅不是很合适呢？”

“你想当替补啊？”郑逸群反唇相讥。

“我不是想当你的替补，我是觉得，你倒是跟她妹妹有些共同语言。”罗小可脸上带着一丝隐隐约约的笑意。

“你可拉倒吧，还嫌事情不够乱啊。”郑逸群耸耸肩。

“好了，我就不说什么了，有些事情你好自为之吧，就是不要落入别人的陷阱就好。作为朋友，作为生意伙伴，我不想你死无葬身之地。”罗小可拿起电话，拨了个号码说，“你们在哪儿？哦，回来吧，我们谈完了。”

郑逸群知道她是打给安妮，他也严肃起来说：“不过，我也提醒你，跟安妮这样的女人合作要有分寸。关于潘文林的死，是有些疑点的。”

罗小可点点头：“我知道，在法律上我会有一些避险措施的。不好的事情总是会发生的，你怎么对待它决定了你的出路。”

“有些事情你最好多个心眼儿，你是职业经理人，人家是有权有势的人，做事的时候和你的角度不一样，明白吗？”郑逸群关切地说。

“我明白，我不会离政治太近的。你就是个教训，我怎么会重蹈你的覆辙？”

“那就好，祝你创业顺利。”郑逸群伸出手跟罗小可握了握，他感觉罗小可的手使劲地回应着他，或许这是一种决心。

“谢谢。”罗小可报以一个灿烂的微笑。

“生活不是单行线，此路不通赶紧拐弯啊。”

“那还要你提醒啊，放心！”

回到房间，乌梅进房间冲凉去了，郑逸群赶紧看微博，发现乌梅和安妮购物的照片有两张。此外，天明市市长刘玉峰的问题却似乎越来越麻烦，现在不仅有网友在关注他的衣着，甚至发现他有不少名表。而且，有人鉴定出了品牌，除了劳力士、宝玑、江诗丹顿，甚至还有爱彼和朗格。这件事是翁林志他们发起的吗？他们应该没有这么大的能量，一定有政治上的配合，不然，怎么会没有对消息的屏蔽？

郑逸群想了半天，心里有些压抑，拨了一下宣萱的电话，她接起来问:“有事啊？”

“你好吗？”

“还行。怎么，有事啊？”宣萱的语气很平淡。

“我明天回鹏城，后天中午会到。”

“哦，我知道了。”

“最近你怎么对我这么冷淡？”

“是吗？跟以前一样啊。”

郑逸群很想把他最近听到的消息一股脑儿说出来，但是话到唇边，他却生生地咽了下去，他说：“那就好。”不过，他顿了一下，“你真的没把我这次的事情当真？”

“你当真了吗？”宣萱反问。

“没当真就好。对了，有个快递你收到了吗？”郑逸群想起翁林志安排的礼物，于是问。

“还没有，是什么？”

郑逸群一时有点儿语塞，他也不知道Bess给宣萱寄的是什么，于是就含糊地说：“收到你就知道了。”

“哦，还跟我打哑谜。这样吧，我还有事，见面再说。”宣萱收了线。

郑逸群赶紧给Bess发信息，问她给宣萱寄的是什么礼物，Bess回复说是两件首饰，都是瑞士设计师Mr. Rene. Lauper的作品。这个设计师很有名，翁林志居然送了这么贵重的礼物，再加上那套房子，这次的收获太大了。如果放在别人身上，一定会非常高兴，但是对于郑逸群来说，这些东西却像是沉重的大山，压得他透不过气来。

郑逸群明白，自己除了与刘岳平属于生命共同体以外，跟乌梅恐怕也算是属于这种关系了，而且，经过这次的所谓绯闻，恐怕在相当长的一段时间内，自己还要保持这种角色。这对于宣萱是很不公平的，她需要正常的爱情、正常的生活，如果她真的答应了顾云飞，自己还是放手吧。

这个念头一出现，郑逸群发现自己被自己吓了一跳，他细细想一想，这才发现这种想法可能在他心里已经产生很久了，只是自己不敢面对罢了。

正想着，门忽然开了，乌梅穿着一身很清凉的短睡衣走出来，长长的大腿很性感。郑逸群板着脸说："你别穿成这样好不好，万一我兽性大发怎么办？"

乌梅在他旁边的沙发上坐下来说："如果你兽性不大发，你就是禽兽不如。"

"你别逼我啊，我可不是好人。"郑逸群不屑地说。

乌梅白了他一眼说："我就没觉得你是好人。"

"不是好人你还让我跟你演戏？"

"以后不演戏了，来真的怎么样？"乌梅看着郑逸群，表情有点儿奇怪。

"你得了，我还想多活些日子呢。"郑逸群靠在沙发背上，全身放松。

乌梅身体向郑逸群这边倾斜，认真地说："我是说真的，最近狗仔队跟得紧，而且有背景。回到国内，情况也不会好到哪里去，所以，我们应该考虑结婚。"

"你得了，你这个说法简直扯淡，跟我结婚？你男朋友还不杀了我。"郑逸群望着天花板，那里有个漂亮的吊灯。

"不，不会的，这正是他的建议。他建议我们结婚。"看乌梅的表情，不像是开玩笑。

"别开玩笑了，我们结婚以后怎么办？他跟我分享……"郑逸群觉得这个建议纯属扯淡。

"这有什么不可以呢？"

"我受到的教育不允许我这样做。"郑逸群坐起来，严肃地说。

乌梅叹口气说："我的传统意识也不允许我这样做，但目前这种情况下，我们必须抱团取暖。你跟我结婚，是帮助他解套儿，而他在没有闲言碎语的情况下，完全可以大胆地保护你跟刘岳平。你看，这不是一举两得吗？此外，他还说了，如果有必要，我们可以生属于我们自己的孩子。"

"我必须这样做吗？"郑逸群心里明白乌梅的潜台词是什么。

"你这是什么话，这不是命令，是跟你商量。"乌梅轻声说，态度温柔。

郑逸群心里非常明白自己现在应该怎么选择，这也是没办法的选择。蔡文昭要跟自己谈谈，百分之九十九是因为公安局调查自己的事情。如果自己拒绝了乌梅的建议，公安局那边认真起来，自己这边一定是凶多吉少。可是，自己要是答应了，宣萱那边又怎么办？虽然听说她答应了顾云飞，但那毕竟只是传言而已。

"我这边的难度不光是我跟刘岳平的事，还涉及宣萱，我不能做对不起她的事啊。"

郑逸群无力地说。

“这个事情我们有所考虑，两个解决办法：一、你们可以继续保持这种关系，但是要秘密；二、彻底分手，给她一定的补偿。”乌梅顿了一下，继续说，“这样显得有些不近人情，甚至有些残酷，但是从综合的角度考虑，这是最可行的办法。你考虑一下，仔细权衡一下，好吗？”

郑逸群闭上眼睛，他此时感觉很悲哀，自己走到今天这一步，怪谁呢？一切的一切都是自己的错，怪不得别人。百分之一的错误导致百分之百的失败，这话是谁说的？简直是真理。他无力地回答：“我知道。”

“你放心，如果我们结了婚，我不会高高在上的，我会做一个好妻子的。”乌梅低声低气地说。

“算了，别说这些了，让我静一静。”郑逸群的心里翻江倒海，非常难受。

“好吧，我不烦你了，早点儿休息吧。”乌梅站起身来，走回了卧室。郑逸群注意到，她没有关门。郑逸群知道这意味着什么，但他没有勇气跟进去。

这是一出不知道谁是编剧、谁是导演的戏，他甚至不知道接下来的剧情，他唯一能做到的，就是接着把戏演下去。郑逸群相信，即使是这次出发前，乌梅和她男朋友也不一定有让自己与乌梅真结婚的想法。可又是什么刺激了他们呢？自己现在又能怎么样？不按照他们的来，失去了保护，连宣萱都可能被牵连。想起宣萱，他心里又是一阵剧痛。

没办法，人生就是一场赌局，下对注，赢一次；跟对人，赢一世。

◉ 第八章　鹏城迷雾

飞机因加油而在夏威夷停留的时候，乌梅要去见个人，她没叫郑逸群跟着，郑逸群担心地问："会不会被狗仔队发现？"

乌梅冷笑着，轻蔑地说："狗仔队要是再跟着，那可就是自己给自己找麻烦了。"

郑逸群不知道她要见什么人，不过，看她的表情应该是很重要的人物。

乌梅去见人的时候，郑逸群跟欧升达的律师聊了一会儿，因为他的口音问题，郑逸群有点儿不习惯，也就不再聊了。

他一直想狗仔队的问题，或许那不是狗仔队。这些人是怎么知道乌梅和自己要到棕榈滩的？对方应该是投入了巨大的人力和物力，就是想找出乌梅和自己的破绽。看样子乌梅很紧张，不然不会提出结婚的打算。有些事都是逼出来的，包括他们这样手眼通天的人也绝对不会例外，他们也随时面对着重重危险。

他有些疲倦，在飞机的床上眯了一会儿，中间有个信息进来，他看了一下，发现是彭日光，他说刘岳平今天准备出境被拒。郑逸群知道刘岳平要做这件事，没想到他真的已经被内控了。

自己现在就是他的司库，怎么办？如果答应了乌梅会不会就安全了？如果能安全，甚至可以让刘岳平也安全，有些牺牲也是必需的。必要的时候低得下头，关键时候才抬得起头。

可是，宣萱那边怎么办？如果她真的跟顾云飞有什么，自己还能减少点儿内疚；如果她跟顾云飞没有那种关系，自己岂不是要做恶人？郑逸群越发觉得自己是个没良心的小人，是一个从头烂到脚的坏人。

他正躺在床上谴责着自己，一个电话打了进来，居然是周洁。他接起来，周洁问："你还在美国？"

郑逸群打趣道："你不关心你的陈瑾，关心我干什么？"

"你以为我就一定要和陈瑾有个结果吗？难道我就没有一点儿更高的追求？"周

洁切了一声。

“你又勾搭上哪个大佬了？不是北京那个于司长吧？”

周洁笑了：“于司长那样的可以利用，陈瑾这样的也不能放弃不是？”

“两边下注，狡猾。”

周洁忽然变了口气，一本正经地说：“得了，不和你开玩笑了，跟你说个事。刚才我跟陈瑾、舒欣榄他们吃饭，他们一直说一个事情，我觉得很重要，还是让你知道的好。他们说，冷鸿海和郭正余似乎也要把股份转让出去。”

“要转给谁？怎么这么快？”

“听说是分别转给马公子和彭公主。”

转给马公子郑逸群并不意外，转给彭公主就有点儿不大寻常了，这个彭公主看起来很活跃，其实是没什么太大实力的，她有能力吃下郭正余的股份吗？不过，郑逸群想了一会儿，忽然明白了，她没实力，一定是有人有实力啊。

“你在听吗？”周洁问。

“在听，周洁，谢谢你。”

“哎，郑总，帮我个小忙呗？”周洁忽然说。

“只要我能帮的一定尽力。”

“是这样，听说你投资了晏雯晓和云落的戏，跟她们说说，给我个角色呗。”

“你怎么不跟徐欣然说，你们那么熟？”

“你真是的，章总是我的财神，我怎么敢去招惹她老公？”

郑逸群笑了：“行，我跟她俩说，不过不一定成啊。”

周洁开心地说：“只要能跟雯晓配戏，多少片酬都无所谓。要是成了，我好好报答你。”周洁的话暗示得很清楚，郑逸群含含糊糊地说“我试试吧”，然后收了线。

难怪欧升达这么急着要在佛罗里达买房子，原来情况这么紧急啊。不过，他还是有点儿想不明白，中阳股份对中海信的收购邀约怎么还没来？或许，对方觉得刘岳平可以拿下了，用不着再走收购中海信这步棋了。很奇怪，这两天尹诗双一直没有与自己通电话，她在忙什么？于是，他发了个信息给尹诗双：忙吗？

等了足足有五分钟，尹诗双回复：有事，晚上见面再谈。

当飞机再一次翱翔在太平洋上空，进入平飞状态时，脸色一直铁青的乌梅对郑逸群说：“走，到后面休息区，我有话跟你说。”

郑逸群点点头，跟着乌梅穿过一个过道走到后面的休息区，这里有一张床和一张沙发。乌梅坐在床上，郑逸群坐在沙发上，顺手将休息区和前半部分之间的一个软帘拉上。

郑逸群问："怎么啦？"

乌梅长长地叹口气说："唉，刚才我去见朋友，他跟我说刘岳平今天试图出境。这样很不好，有可能会引发其他的行动。"

"他这样是有点儿草率，行动会马上开始吗？"

"因为他的身份问题，行动会很谨慎，幸好是可靠的人处理这件事，可以压一压，但再发生类似的事情就很难控制得住了。"

"我知道，回去以后我会让他知道利害的。"

"回头你到了鹏城找个时间把我那个小岛处理了。"

"为什么？"

"这些东西都是麻烦。我就在北京和上海各留一套房子，别的东西都处理了，回头你想办法帮我把财产都转移到美国。我和孩子都是美国籍，转移这些东西的时候恐怕还要防着有关部门，特别是要注意美国的一些法律。明白吗？"

"明白，回头我有时间就处理这些事情。"

"逸群，可能你没有意识到，我们现在必须达成统一的战线，这不是我和他自私，这里也涉及你那边的麻烦。换而言之，即使你现在决意不接受我们的建议，但目前的环境，你一旦出事，也会牵连我们，所以，我们必须保证你的安全。但是，从你那边来看，你此时需要渡过这个难关，否则的话，一切归零不说，还有更大的麻烦。"

"嗯，我明白目前的问题。可你要知道，我跟宣萱这么长时间，我不能不给她一个交代。我是个男人，不能不负责任。"

"两个人之间的感情就像织毛衣，建立的时候一针一线，小心而漫长；拆除的时候只要轻轻一拉，一切就毁了。"

"我并不觉得我们现在有什么感情。"

"我知道啊，所以我们才要从现在开始培养感情啊。"

"别说这个了，烦。"郑逸群把头靠在沙发背上，闭上眼睛。

"要不，你躺床上？"乌梅的声音从发动机的噪音里传来，似乎很遥远。

郑逸群闭着眼睛答道："得，我可不想生米煮成熟饭。"

乌梅用脚狠狠地踢了他一下说："想得美。"

飞机在香港机场降落的时候天已经黑了。走出机场，郑逸群发现来接他的只有俱乐部的一个司机，而乌梅却由一个面色黝黑留着平头的年轻人接走了。同机来的律师被欧升达公司的沈宾阳接走了。郑逸群很想问问沈宾阳关于郭正余和欧升达换股的问题，但觉得那样会叫人家觉得自己多事，所以，简单寒暄几句，然后分了手。

车子向鹏城方向行驶，路上车不多，但有雾，速度一直不快。这雾很浓，甚至能看出它在流动。

他发了个信息给宣萱和蔡文昭，说自己回来了，宣萱回复：晚上见。还是冷冰冰的。郑逸群的心里越发空虚。不久蔡文昭也回复说：一会儿俱乐部见。

郑逸群本来很想按约定的暗号让宣萱通知刘岳平见面，但考虑到宣萱那边情况不明，他还是打电话叫徐新阳通知刘岳平俱乐部有讲座。隔了一会儿，徐新阳回复说刘岳平要晚一点儿才能到。

随手打开微博，自己跟乌梅的事似乎没人关心了，倒是刘玉峰的事情铺天盖地。郑逸群越发怀疑这就是翁林志所说的消息，但是他没有证据，也只能是怀疑而已。

回到俱乐部，郑逸群叫司机把自己的行李送到家里去，然后马上去找尹诗双，谁知道，她正埋在一大堆文件里面签字，见郑逸群进来，只是抬抬头说："你坐一下，我还有几份文件要签，签完再说话。"郑逸群注意到，她的脸色有点儿不好。

郑逸群在尹诗双办公室的沙发上坐下，他惊讶地发现，那里摆着一份从食堂打来的快餐，但是没有吃，于是他问："晚上没吃饭啊？"

"那是中午的。"

郑逸群摇摇头，走到门口，招呼对面综合部的一个职员过来把东西收走，然后吩咐他再给尹诗双打一份饭。

尹诗双还在忙着，郑逸群开始泡茶，这是上好的碧螺春，他尝了一口，很清爽。

"她回岛上去了？"尹诗双低着头问，很明显，她在问乌梅的去向。

"不清楚，有人来接乌梅小姐，没说去哪里。"

尹诗双嗯了一声，继续低头签署文件。

职员送进来一份饭，一碗清爽的阳春面和一碟小咸菜。郑逸群低声说："谢谢。"

职员低声道："她吃完了你赶紧叫她睡觉，一天一夜没合眼了。"

尹诗双一天一夜没合眼？这个消息让郑逸群大吃一惊。这是怎么回事？

他挥挥手，职员退了出去。他在那里看着尹诗双，她表情严肃，脸色有点儿憔悴。

过了好一会儿，尹诗双停下笔，伸伸懒腰，前后左右晃晃脖子，伸手在颈部肩部按了几下。郑逸群看着她问："怎么把自己弄成这样？"

尹诗双咧嘴笑笑："交代工作呗。从明天开始，古梦柏就要介入了，他担任总顾问，我开始辅助他的工作。"

"这么快，我说你这两天怎么不跟我通电话。"

尹诗双显得有点儿无力地将头向后仰着说："我只是不想让你多参与一些问题，参与多了，麻烦就多。我无所谓，多一件事少一件事没什么。"

"我需要现在就辞职吗？"

尹诗双坐直身体，在那堆文件里找了一会儿，拿出一个夹子，递给郑逸群说："看看吧，所有关于补偿、保险的条款都是按最高的标准，我已经签好字了，你签了，我就报到管理委员会，估计很快就会批下来。”

郑逸群接过来，大致看看，觉得没什么，于是刷刷地就签了字。尹诗双接过去，道：“我的和宣萱的已经办完了。宣萱在跟古总派来的人做交接，估计得晚一点儿才有时间。”

“我想问你个问题，你跟宣萱谈得怎么样？我怎么感觉她现在对我越来越冷淡了。”

尹诗双的脸色忽然变得很严肃，她沉默了片刻，指着对面的椅子说：“坐吧。”

郑逸群感到了一种巨大的不安。

“我们吵了一架。”尹诗双平静地说。

“为什么？”

“为你。”

“原因？”

“原因还是等一下叫她自己跟你谈吧，不过，你恐怕要有一定的精神准备。她这次辞职不是因为我们，而是因为她要改变自己的人生了。”

“是吗？就这么个理由？”

尹诗双摇摇头，关切地看着郑逸群说：“原因应该很复杂，你还是自己跟她谈吧。不过，我觉得她已经下了决心，很难改变了。”

“都是我的错。”郑逸群现在觉得心里一片空白。

“你也用不着自责，对了，这几天乌梅不接我电话是怎么回事？”

“一直没接你电话？”

“打她电话，总是不通，她不是把我屏蔽了吧？”

郑逸群心里明白，乌梅的确是把尹诗双屏蔽了，但他装着糊涂说：“不能吧？”

“你没跟她说我要出任升达地产董事长的事吧？”

郑逸群摇摇头：“我肯定没说，但我想她已经知道了。”

“所以她就不接我的电话，对吧？”

“这是你们姐妹之间的事情，我不好问。”

尹诗双不屑地说：“我们姐妹的事？好像你是局外人一样。对了，最近这事儿闹得沸沸扬扬的，她没说怎么收场？”

“她倒是想了个方案，不过有点儿难度。”

“什么方案？不是要跟你又演假结婚的戏吧？要是那样的话，你跟宣萱可就真的没戏了。”

“你觉得这次宣萱很坚决吗？”

“不坚决我能和她吵架吗？算了，有些话传来传去的不好，你还是跟她谈吧。”

“唉，你姐也不容易，风光的人，背后全是沧桑。不过，你刚才猜对了，她这次提出结婚，不过不是假结婚，是真结婚。她甚至说，他那个男朋友允许我们生自己的孩子。”

“不会吧，她居然想出这样的建议，疯了吧？”尹诗双显得很激动，几乎跳起来。

“她说是他们两个人的意思。”

尹诗双正要说什么，郑逸群的电话响了，是蔡文昭，他说：“我到了，不过我们只有很短的时间，等下我还有事。”

“这样吧，你去潮州街的大夫第，我马上就到。”

“谁啊？”尹诗双问。

“蔡文昭，我要跟他谈点儿事，等下回来。”

尹诗双点点头：“对了，我听说李珊珊的妹妹最近在那个黄河工商学院上学，搭上了个很重要的人物，你侧面打听一下楚大少妹夫梅津的提拔问题，他有可能知道。”

“看情况吧，回头再聊。”逸群站起身来就要走。

“等一下，”尹诗双忽然叫住了郑逸群，郑逸群扭头看着她，尹诗双犹豫了一下说，“遇到宣萱，千万要冷静。她也不容易，一旦她作了什么选择，你要尊重她，不要激动。”

去大夫第的一路上都是雾，电瓶车开得很慢，郑逸群向海上望去，完全看不到大海。

郑逸群走进大夫第，穿过院子向正厅走去，大夫第天井里养了一池白莲，为幽静的庭院增添了几分禅意。郑逸群走进房间，蔡文昭向主管挥挥手，主管会意地退了出去，随手带上了门。蔡文昭今天穿着很正式，看样子是从单位直接赶过来的。见主管关上了门，他开门见山地说：“两个事情，一个好事，一个坏事。先听哪个？”

“先说坏事吧，最近我也没听到什么好事。”郑逸群伸手要泡茶，蔡文昭拦住他说：“来不及了，我等下要回市委，我在这里只能坐二十分钟。”

“行，我不客气了。”

“李铁牛要进常委。”

“他最近在北京就是在活动这事，这也是某种较量的结果吧？”

“是的，下月就换届，他进常委对朱书记是个钳制，对刘力刚那就是威胁了。你知道，刘力刚是在鹏城起家的，这个过程中肯定有一些问题，这些把柄很可能会被人家抓住。他进了常委，对刘力刚一定不利。”

“明白。”郑逸群点点头。

“跟你透露一个事情，王汉荣、李铁牛、王建辉和市人大主任张忠煌现在还是想把俱乐部彻底关闭，借口就不用说了，还是黄、赌、毒，这次又多了一条，涉黑。他们找了不少你们过去处理过的问题，据说有个记者写了很多资料。”

郑逸群一下子想起那个富二代张绍杰的前女朋友朱咪咪的那个所谓私人摄影师。这么多年他一直没消息，因为当时他拿了俱乐部一笔钱，而且给他录了像，按理说他不能再生事了，现在他又在搞事，一定是有人对他做了什么承诺。

“这个记者我知道。”

“这件事你们一定要加以重视。”

“明白。”他现在明白了，王汉荣来这里哪里是休假，分明是来搜集黑材料的，王建辉居然也参与其中，好在自己现在手里有他一个把柄。

“那好，接着说个好事。关于你的调查停止了，有人打了招呼。”

“刘岳平呢？”

“他的还没结束，而且有加强的迹象。现在就看各方面的角力了，如果刘力刚的位置不受影响，对他的调查早晚要停止；但如果刘力刚调任闲职，问题就不好说了。”

“明白。”郑逸群点点头，然后显得很随意地说，“对了，我这次在加拿大听到了不少关于楚大少妹夫梅津的传闻，说他在政治上要有大的进步。”

“哦，他有可能调任咱们省常务副省长。”

“咱们省不是有常务副省长吗？”

“也可能出现双常务。好了，不聊了，我走了。对了，我替姗姗谢谢你，费心了。”

郑逸群淡淡一笑：“应该的，兄弟之间客气什么。”

“对了，还有个事情，据说是欧升达跟他太太的感情出了些问题。”

“是吗？怎么可能？”蔡文昭这话叫郑逸群感到有些突兀。

“我也不大清楚，是有人跟朱书记汇报情况时我听到的。你知道，升达地产是市里的纳税大户，对行业有举足轻重的影响。关于他的事情，朱书记肯定关心了。”

“我还是觉得没可能，他们刚在美国买了房子啊。”

蔡文昭没继续解释，道：“有一种策略叫借势而出，有一种态度叫顺势而为。”说完，挥挥手走了。

蔡文昭是坐一辆普通的天籁走的，他为什么要坐这样一部车？欧升达跟乐枫的感情出了问题？从乐枫的电话里没听出什么啊。

郑逸群正打算返回尹诗双的办公室，刘岳平忽然说他已经到了，郑逸群说：“你来大夫第吧。”

郑逸群叫服务员泡上三十年的普洱，坐在那里静静地等着刘岳平。郑逸群浅尝一点儿，尔后一饮而尽，那种滑顺顿时充满了口腔，入喉之后苦涩顿时化作了甘甜。这段时间以来的所有辛苦也会变成甘甜吗？

他推开窗，一股浓雾涌进来，湿漉漉的，他只好又把窗子关上，今天的雾怎么这么大！

刘岳平很快就走了进来，他今天穿得很休闲，显得很年轻。

“这么急着见我？”。

“你目前很危险。”郑逸群严肃地说。

“我知道，不过有个好消息，那就是听说对你的调查停止了。”

郑逸群给刘岳平倒上茶说：“你的消息很灵通啊。”

“知己知彼嘛。”刘岳平端起茶，细细地品着，然后点点头，“好茶。”

“加拿大那边的事情已经安排好了，放心吧。只不过，你后来给我的移动硬盘里，另外一个人还没和我联系。”

刘岳平淡淡地回答：“你看着办吧，我现在最关心的就是中海信这边，很奇怪，他们的消息散布得很早，却一直没有什么实际的动作。至于你说到的另外一个人，他不会跟你联系了。”

“他出事了吗？”

“没有，只是我对他说不要再跟你有联系了。”

“明白了，不过有个事情，我不知道怎么理解。刚才我看到了蔡文昭，他说楚大少的妹夫梅津有可能到咱们省里做常务副省长。”

刘岳平嘿嘿一笑，回答：“我也有所耳闻，这对我们来说是机会，明白吗？这就是各安排各的人，既可以理解为互不让步，也可以理解为相互妥协。”

“也就是说，既是危机也可能是机会，对吗？”

“至少有一点，楚大少的妹夫不是敌人。你恐怕也知道李铁牛的事情了吧，下个月市里开会，他可能进常委，这是对方对老爷子的一种掣肘。”

“他一直游离于核心之外，怎么忽然间变得炙手可热？”

“只是现在他有利用价值，另外，王汉荣和张忠煌一直也不属于对手的核心圈，因此，这次他很可能是表达了效忠的意思。”

“为了进步，居然可以做人家的打手。”郑逸群忽然觉得有点儿可笑。

刘岳平不屑地说：“他就像一只充满恐惧的小鸟，落到哪个枝头都觉得不安全，所以，要不停地跳来跳去。放心，这样的人人家也就是利用一下，不会真重视他的。”

郑逸群喝了杯茶说：“我明白，但是老爷子也不要太轻视他，有时候这样的人起的作用是真正的敌人也做不到的。”

“我知道，这次调查我的人有很多与他在省政协工作时认识的那群人有直接关系。人派下来，他在旁边添添油，别人的印象就不同。”

“我想起来了，他小舅子出事之前，他在这里接待过省公安厅的刘副厅长和北京的于司长。”郑逸群忽然明白了什么。

“我找人打听了，这两个人就是调查我们的主要人物。你这边他们中止调查了，据说是有人给他们打招呼了。你知道是什么人吗？”

“大概能知道。对了，乌梅提出要跟我结婚。”

“你答应了？”

“还没有，我还没见到宣萱。”

刘岳平喝了口茶说：“我前两天遇到顾云飞，他说他要娶宣萱。我告诫他不要同逸群大哥抢女朋友，否则我对他不客气。”

“我觉得我和宣萱恐怕完了。”

“怎么，你怕顾云飞了？”

“不是怕不怕的问题，我是觉得不能总把宣萱至于不安全之中，这对她来说不公平。”

“能在一起不容易，已经选定的人就不要随便放手。”

“有时候，许多人被情绪控制，只敢抓住而不敢放弃。但是，不放弃有时候是一种不负责的表现。”

“你现在确定要跟乌梅结婚？”

“人随时要认命，因为是人。”

刘岳平默默地看着郑逸群，良久才说：“这世界很公平，你想要最好的，就一定会给你最痛的。能闯过去，你就是赢家；闯不过去，那就乖乖退回去做个普通人吧。可是，你能回得去吗？”

“唉，想想挺对不起宣萱的。”郑逸群无限感慨地说。

“实际上，站在我的角度看，恐怕你对不起的女人还不止宣萱。”刘岳平眼神复杂地看着郑逸群。

“你什么意思？”

“没什么意思，无论你做什么我都能理解，这是你为我做出的牺牲。逸群，认识你这个朋友是我一生的幸运，有一点你放心，不管我未来的命运如何，只要我有机会活着再遇见你，我们还是朋友。”

“什么死啊活啊的？”

“没什么，就是说咱们这辈子做朋友值得。”刘岳平抬起手臂看看表，说，“我还有事，走了。”

走到门口，他忽然转身说：“哦，老爷子叫我谢谢你，你真有办事能力，一下子弄了两幅张大千的画。”

“谢我什么，那是乌梅男朋友从通衢市美术馆调出来的，你以为我真有那么神通啊？”

“原来是这么回事啊。”刘岳平的脸上忽然抽动了一下。

“乌梅跟我说，他们会尽力保护你我的。”

“一个男人如果总需要别人保护，那他也太悲哀了。”刘岳平的眼神有些恍惚，但马上就平静下来，对郑逸群挥挥手说，“你忙吧，我走了。”

郑逸群叫了他一下，有点儿犹豫地说：“要不，我想想办法，你通过特殊的渠道出去？”

“偷渡？”刘岳平看着他，然后摇摇头说，“那样会害死很多人的。”

“那怎么办？坐以待毙？”

刘岳平脸上忽然绽放出快乐的花朵，轻松地道：“放心，会有办法解决问题的。”

望着刘岳平开着一辆半新不旧的广本离去，郑逸群半天想不明白，他所说的有办法是什么办法。

郑逸群正想去找尹诗双，他的电话忽然响了，居然是卢宇，他接起来，卢宇问：“你回来了？”

郑逸群嗯了一声，回答：“回来了。”

“我在十一号别墅的清吧，想跟你聊个事情。”

“重要吗？要是不是很重要就明天吧，我今天刚回来，事情不少。”

“你还是来一会儿吧，不需要很长时间，有些信息可能对你有用。”

“我马上就到。”

清吧今天人不多，背景音乐是美国蓝调，卢宇坐在一个角落，面前放着两杯鸡尾酒。郑逸群问：“你挺浪漫啊，一个人泡吧？”

卢宇淡淡地笑笑说：“喏，还有太太，她不方便听我们谈话，去精品店逛去了。”

“你娶了那么一个如花似玉的女人，悠着点儿。”郑逸群把罗小可介绍给卢宇，使他成功上市，并且收购了康乾盛的优秀网，卢宇对郑逸群一直很感谢，当然，他的回报是可观的。不过，最令人感到欣慰的是，两个人成了朋友。每当两个人闲聊的时候，想起当初卢宇的宝贝女儿卢顺娟要嫁给郑逸群的时候，卢宇还经常以丈人自居，总会招致郑逸群的激烈反击。

“有你这么跟丈人说话的吗？”

“滚，有话快说，等下我还有事。”

卢宇四下看了一下，有点儿神秘地说：“我今天从北京回来，有人传说，市委常委组织部部长张梦阁要调任天明市任市委书记。”

“当真？”郑逸群有点儿吃惊。

“应该是比较准确的。”

“没听说是谁来接任吗？”郑逸群问。他猜想不大可能是李铁牛，因为他当区委书记的时间太短，组织上不可能让一个区的主官更换得过于频繁。

“还不清楚，估计最大的可能就是空降。不过，另一个消息你恐怕是要紧张了。”

“怎么啦？你别吓我啊，我心脏不好。”郑逸群不知道为什么，在卢宇的眼睛里读出了某种恐惧。

“你是不是和一个叫安妮的女人很熟？”

“一般，她是晏雯晓的闺蜜。”

卢宇神秘地一笑，低声说：“一般个屁，有人在微博上认出她和你的乌梅一起购物，能是一般关系？”

“逛逛街怎么啦？”

“你可能还不知道，前些天苏南市发生一起车祸，死者是原来她包养的小白脸，官方的结论是醉驾。家属也接受了这个结论，并且拿到了一笔封口费。可是这两天家属拿到了死者事先留下的证据，说自己一旦有生命危险就是安妮干的。”卢宇神秘地说。

“居然有这样的事情？”郑逸群表面显得满不在乎，实际上心里盘桓着翁林志那天在西温哥华所说的话，然后道，“你说这些都是她的事情，跟我有关系吗？”

“有没有关系你自己权衡吧。据说死者家属已经通过李铁牛，把资料转给了北京的什么人。”卢宇低声道。

“这事儿怎么和李铁牛掺和到一起了？”郑逸群皱起眉头。

“具体怎么联系的我不知道，北京那边的朋友分析，这个李铁牛可能是觉得王汉荣和鹏城人大主任张忠煌不足以保护他，他需要有新的靠山才这么活跃的吧。还有，有人传言，那天早上他司机之所以要冒着危险下山，实际上是去接公安厅刘副厅长的亲戚。据说他们在莞城也要办一个你们这样的俱乐部。”

“这样的俱乐部？他们居然对这个有兴趣？”

“据说建议是刘副厅长提出来的，要整合资源。”

郑逸群耸耸肩，有些无所谓地说：“搞就搞呗，估计很难在短时间内超越这里，这里的硬件就不说了，光是软件就不是一年两年能完善的。”

“这个时代是一个浮躁的时代，很多人都是这样。对了，这里股权变动了以后似乎并没有太大的变化啊。”

“不变正是变化的一种。听没听说过一个段子，老和尚问小和尚：‘如果你前进一步是死，后退一步则亡，你该怎么办？’小和尚毫不犹豫地说：‘我往旁边去。’人生路上遭遇进退两难的境况时，换个角度思考，也许就会明白：路的旁边还是路。”

“好像有点儿明白了。”

“谢谢兄弟跟我说了这么多，过几天如果你发现这里有什么变化可不要吃惊哦。”

卢宇似乎感觉到了什么，道："你可不可以跟我透露一点儿？"

"没什么大不了的，该吃吃该喝喝。所有的开始，其实都只是一个写好了的结局。"

卢宇默默地看着他，很想说什么，但是终于没说，只是摇摇头。

郑逸群再见到尹诗双的时候，是在办公楼的前面，尹诗双披着一件橘黄色的塑料雨衣，就像是刚参加完一次漂流归来。

"怎么穿成这样？"

"去水疗会所检查一下新的激流勇进项目。算了，别上去了，我们在路边的椅子上坐一下吧。"

两个人在办公楼前面路边的一张椅子上坐下，椅子有点儿湿漉漉的，尹诗双把雨衣铺在上面。郑逸群道："我来俱乐部这么多年，还是第一次遇到这么大的雾呢。"

"是啊，很奇怪。你出去了这么长时间，都干什么了？"尹诗双看着郑逸群，眼眸清澈。

于是，郑逸群把自己刚才见到蔡文昭、刘岳平和卢宇，以及跟各自的谈话详细地说了一下。

"王汉荣、张忠煌、王建辉他们几个还想对俱乐部做手脚？"

"是的。"

尹诗双看看天道："这还真是一件好事。你看啊，咱们这边的人都撤了，古梦柏来接管，这是不是可以让我们坐在城头看风景？"

"我也是百思不得其解，他们看似是一伙儿的，难道相互不沟通吗？"

"我觉得刘岳平分析得对，王汉荣他们不是核心圈，谁与谁什么关系他们自己恐怕也未必清楚。"

"不能吧，王汉荣老奸巨猾，政治敏锐性非常强，不能看不透吧。"郑逸群还是觉得事情有些吊诡。

"现在有些事情同王汉荣那个时代不一样了，现在大家都在拼经济，人与人之间如果有什么经济关系会暴露在旁人面前吗？如果两个人之间有经济关系，没准儿在政治上还要唱唱反调呢。王汉荣习惯了意识形态方面的分析，这些方面不一定能跟上形势。"

"我觉得你可能是过于乐观了。"郑逸群不无担心地说。

尹诗双耸耸肩，显得满不在意地说："乐不乐观的，有些事情我们也没必要去过分操心。反正你我也要离开了，坐山观虎斗也不是一件坏事。"

"你好像对俱乐部一点儿都不留恋啊。"

尹诗双转过头来，看着郑逸群说："你这话说错了，我不是不留恋，我是对这个平台的失去感到遗憾。别的不说，就说咱们俩吧，在这里七八年，一个抗日战争都过去了。人生有几个七八年？我们青春最美好的时光都留在这里了，能不留恋？我们只是小人物，改变不了别的，但我们可以有选择地向某个方向推它一把。”

“有点儿爱之深、恨之切的意思啊。”

尹诗双正想说什么，她的电话忽然响了，她接起来，对方不知道说了什么，她腾地站起来，声音几乎撕裂：“什么？刘岳平？”

郑逸群从来没见过她如此震惊，脸上的肌肉几乎完全移动了位置。一个靓丽端庄的女人瞬间变成了一个魔兽世界里的女巫。

“我马上就到。”尹诗双短促地回答，然后转身喊，“保安。”

有保安跑过来，尹诗双吩咐道：“叫司机，有紧急任务。”

保安跑远了，尹诗双转过身，脸色惨白，嘴唇抖个不停，道：“刘岳平出事了。”

刘岳平的车在大雾中与同向的一辆货柜车相撞，当场起火燃烧，根本无法抢救，现场异常惨烈。刘岳平的车烧得只剩下一个架子，货柜车的半边也完全焚毁。

警察拉起了警戒线，未经允许不得进入。郑逸群和尹诗双站在警戒圈外，这里站着一些人，听他们说话的口气，绝大多数是附近的居民和工厂的工人，但是有几个明显是消息灵通的记者。郑逸群低声对尹诗双说：“不要说话，很多人是记者。”

尹诗双点点头，极力控制着自己，郑逸群用手轻轻地揽着她的肩头，明显地感到，她抖得像一片风中的落叶。

现场的雾气还是很大，能见度不超过五十米。即便如此，郑逸群还是远远地看到袁步升和王建辉都亲临现场，而且一个个表情严峻。

又过了一会儿，一辆考斯特驶来，下来的是市委书记朱振瑞和秘书蔡文昭，后面跟着几个人，郑逸群认得出，都是常委，其中就包括常委组织部部长张梦阁。

不过，刘力刚并没有出现在现场。尹诗双低声问：“他爸怎么没来？”

“一定是考虑到他的身体，怕他受刺激。”

“生命啊，太脆弱了，怎么会这样？”

郑逸群的心就像被一只大手紧紧地攥着，完全不能跳动。他感觉呼吸困难，整个人都悬在半空，地面似乎不存在。无数的问题冲进他的脑海，在里面驰骋激荡，就像是一部美国的西部大片，野牛在旷野上疾驰而过，留下滚滚的尘土，遮天蔽日，让人看不清方向。

中间他接到彭日光的电话，彭日光说自己现在正在陪许赛雁，不能到现场。郑逸群简单地跟他说了一下现场的情况，彭日光叹口气说:“我能想象到是一种怎样的景象，现在许家大小姐已经昏厥两次了。你要知道，她的一切太顺了，很难接受这样的现实。”

郑逸群很奇怪，从发生车祸到现在也不过两个小时，彭律师怎么这么快就赶到了许家，难道他今晚住在鹏城？

不知道过了多久，那辆考斯特开走了，临走之前，郑逸群注意到蔡文昭有意无意地向自己这边看了一眼，微微点了一下头。他什么意思？

王建辉应该是早发现郑逸群和尹诗双了，朱振瑞的车开走以后，他跟袁步升汇报了几句，指指郑逸群这边，袁步升点点头。王建辉径直走到他们面前，示意负责警戒的警察叫郑逸群和尹诗双走进警戒线里面。

郑逸群揽着尹诗双的肩头走进去，尹诗双还是有些战栗。

王建辉看了两人一眼说："我知道你们很熟，所以我跟你们透露一点，应该只是个偶然、意外。"

尹诗双声音发颤地问："真的？"

王建辉点点头："从现场的种种证据看就是能见度不好，速度稍快所致。"

"我可以证明，他今天没喝酒。"

"这个还不好说，一切要等检验结果出来。"然后他问尹诗双，"老爷子在你们那里住得还好吧？这两天我也没去看他。"

"还好。"

"那就多谢了。"王建辉点点头，然后对在不远处站着的一个警察说，"收队。"

现场的警车开始撤退，郑逸群对尹诗双道："走吧。"

两个人一回头，惊讶地发现宣萱和顾云飞正站在离他们不远的地方冷冷地看着他们。郑逸群一惊，下意识地松开手，尹诗双也有些紧张，对宣萱说："宣萱！"

宣萱扭头对顾云飞说："我们走吧。"

郑逸群叫了她一声："宣萱。"

宣萱回过头说："明天上午十点，我跟你谈谈。"说完，头也不回地钻进顾云飞的兰博基尼，急驰而去。

郑逸群赶紧拨打宣萱的电话，她坚决不接，后来干脆关了机。于是，他拨打顾云飞的电话，顾云飞接了，他说："你们的事情自己谈，我现在忙着去刘岳平父母家里。"

"他父母家在哪儿？"

"不方便说，这时候，他父母更需要的是安静。"

不过，这句话忽然提醒了郑逸群，这个时候自己去刘岳平家的确不合适。于是，他也没再坚持。他转过身来，发现尹诗双正蹲在护栏边，双手抱在一起，显得很是无助。他上前扶起她，轻声说："走吧。"

回俱乐部的一路上，尹诗双都是默默无言，她无力地靠在郑逸群的肩头，就像一只小猫。在郑逸群的印象里，尹诗双一直是个有主见、精干、自信的女人，他第一次看到，她原来还有现在的一面。女人伪装坚强，是怕暴露软弱；女人暴露软弱，只是因为忧伤。

这期间，伊涛和毛英华都打来电话，询问刘岳平的事情，郑逸群只是简单地告诉他们，人已经没了。两个人的反应不一样，伊涛是长长的叹息，毛英华却怀疑这起车祸是有人故意制造的。郑逸群脑子里很乱，也不知道毛英华的分析是不是有道理，他的心一会儿在顾云飞的车里，一会儿回到现实，总之很凌乱。

回到办公室，郑逸群抽空给另一个信箱发了一封邮件，告诉他刘岳平已经出事了，对方依旧没有回复。郑逸群觉得很不可思议，对方是什么人？怎么一直不回复？

现在，郑逸群陷入了一种两难，刘岳平在自己这里有这么多资产，别人知道吗？谁知道？最后怎么来处理这些资产？郑逸群相信，这事儿一定是个麻烦，如果自己动一点儿私心，搞不好会给自己带来更大的麻烦，甚至是生命危险。

怎么办呢？痛苦是由心而生，故也要由心而灭。

他给尤乐梅和罗小可都发了个信息，尽量用最平和的口吻，告诉了她们刘岳平的死讯。这两个信息都是他必须发的，刘岳平之于两个人都具有超乎寻常的意义。谁知道，等了一会儿，两个女人居然都没有回复。

郑逸群走到隔壁尹诗双的办公室，她现在似乎已经平静下来了，正在电脑上写着什么。见他进来，尹诗双道：“你坐一下，我马上就好。”

郑逸群嗯了一声，在沙发上坐下来。他用手机上了微博，想看看有没有关于刘岳平的消息，说来也真怪，一切悄无声息。现场有记者，应该会有人发信息的。不过，他再想想就明白了，有袁步升、王建辉在现场，说明这不是一起普通的车祸，记者应该不敢乱发的，这就是一种威慑。

Bess 发来一个信息，她告诉郑逸群，关于那套房子，翁林志已经签署了法律文件，其他部分正在完善中。

郑逸群回复：收到。

谁知 Bess 马上就发了一条：关于我个人的承诺，一旦项目开始，马上兑现。

其实，他对 Bess 所做的承诺不感兴趣。郑逸群不是一个缺钱的人，而是一个钱太多的人。今天刘岳平的突然离世，让他忽然醒悟了，美好的事物毕竟只绚烂一时，最终得到的仅是平淡和真实。人一生的努力到底是为了什么？钱？生不带来死不带去。尊严？尊严都是相对的，你在得到别人仰慕的时候，你同样也需要付出更多的代价。

刘岳平几个小时之前还在和自己喝茶，现在却去了一个自己永远也无法同他对话的世界，他生前费尽心思搞到的那些资产，有什么意义呢？

尹诗双终于忙完了，她关了机，然后走过来，坐在郑逸群的对面，严肃地问：“刘岳平出事了，接下来你打算怎么办？”

郑逸群知道她问的是自己跟刘岳平之间的那些秘密，他说："能怎么办？把手里的事情做好，等待呗。"

尹诗双点点头："你这样做很对，刘岳平虽然不在了，有些事情还是有人会处理的。千万要记住，这个时代，你必须做好你的本职，不能忘乎所以。"

"明白，我知道。"

"对了，刚才我们有些话还没谈完，我们继续吧。关于我姐的问题，你现在到底是怎么考虑的？"

"怎么考虑，我的想法还重要吗？"

"你为什么要这样说？难道你以为是我姐给你设了个套儿？"

"我没这样理解，只是照目前情况的发展，可能不得不走这一步了。"

尹诗双长长地呼出一口气，显得有些愧疚地说："既然你这样想，今天正好又让宣萱误会了，有些话我就跟你明说吧。她一直怀疑我与你有什么事情，一直对我耿耿于怀。这次我回来，想跟她谈谈，结果，她不分青红皂白就说我和乌梅联合做套儿。"

"我知道她可能是对你有点儿想法，但不至于这么不讲道理啊。这里面应该还有些别的误会吧？"郑逸群看着尹诗双，她没有化妆，脸色显得很黯淡。

尹诗双眉头紧锁："我跟她谈了一次，她有些不理智。再加上这次她辞职，越发感觉难以沟通。本来我是想让你们自己谈谈的，现在来看，我恐怕要给你打打预防针。她最近与顾云飞打得火热，看起来有点儿难舍难分了。"

"你跟她谈这事儿了吗？"

"谈了，她说她已经答应了顾云飞。她说她要找一个爱她的男人，一个有安全感的男人，一个纯粹的男人，顾云飞正是这样的男人。"尹诗双抬头看着郑逸群，冷静地回答。

"他们同居了？"

"应该还没到那一步吧，你应该了解宣萱的。"

"如果她误会了，就这么误会下去吧，让她恨我吧。"郑逸群叹口气道。

"你就打算这么放弃了？"

"不放弃又能怎么办？难道我这边同你姐结婚，那边跟她保持恋爱关系？如果那样的话，我一对不起她，二也对不起乌梅。"

"你现在似乎有点儿赴汤蹈火的意思啊。"尹诗双道。郑逸群知道她话里有话，但是懒得分析。

"命，一切都是命。不早了，休息吧。"郑逸群看看表。

"等一下，你急什么？我有话还没说完。"尹诗双指了指沙发，刚站起来的郑逸群只好重新坐下来。"你是不是打算和章艾一起反收购？"尹诗双又问。

“应该可能性不大了，原因很简单，对方的矛头直对刘岳平，他现在人没了，对方的收购也没有意义了。”

“嗯，有可能。可是，经历了这件事，你们觉得同林晓伟还有合作的可能性吗？”

“肯定是很难了，这不仅仅涉及商业本身，还涉及政治、诚信等。”

“你有没有想过，你跟章艾溢价收购中海信，然后让林晓伟拿到一笔钱去开发他梦寐已久的发动机技术，或者是让他购买华昌机械的技术？”

“这个事情恐怕也不是现在应该想的。”

“发生了这么大的事情，以后有什么打算吗？”

郑逸群觉得她这话不像是随便问的，略微思考一下，回答：“这个还真不好回答，有些东西不是我能决定的。如果是必须同你姐结婚，我想，可能我会把手里的一些东西慢慢地处理掉，然后和她去国外住。如果她需要在国内露露面，我再陪她回来。以后也不会在这里做什么生意了。我累了，想休息一阵子。”

“恐怕不是你想的这么简单，你恐怕还要在国内常露露面的好。对了，问你个问题，你一定要正面回答我。”

“你问吧。”

尹诗双的表情变得很凝重：“你对我们姐妹如此态度，到底是为了什么？”

“这个问题你姐也问过我。”

“你当时怎么回答的？”

“我说，因为咱们是哥们儿。”

尹诗双皱皱眉头，目光凌厉地问：“哥们儿？你一直把我当哥们儿？”

郑逸群被她的态度吓了一跳，不禁脱口而出，回答：“其实也不是。”

“也不是什么？”

郑逸群几乎被逼到了死角，现在不能回旋。好在罗小可的电话挽救了她，罗小可告诉她，自己刚才正在开会，她详细地问了一下刘岳平的事情，觉得不是意外。

郑逸群问：“为什么？”

“我说不上来，直觉。”

“你觉得这里面有对手的因素吗？”

“不好说。对了，我已经向罗蒙投资正式提出了辞职，离职已经指日可待了。”

“嗯，我知道了。”郑逸群收了线。

罗小可为什么会觉得刘岳平的死不是意外？她的理由是什么？罗小可没有明白地说自己的理由，可能是因为她旁边有人，一定是安妮。两起车祸，会有什么共同点，或者是内在联系？这个念头让郑逸群吓了一大跳，不能吧？

郑逸群转过头，发现尹诗双还在默默地看着他，那种眼神很锐利，他觉得有些发毛，于是问："你看着我干吗？"

"你自己不知道吗？我就想听你说一句实话。"

"你别咄咄逼人好不好？"

"让你说句真话就这么难吗？"

"你为什么要在这个时候问这个问题？你要知道，刘岳平刚走，我回答这个问题有点儿不合时宜。"

"正是因为今天情况特殊，我觉得有些问题我才要问清楚才好。"

郑逸群心一狠，道："这么着吧，你和我说你今天问这个问题，是不是有什么目的？"

尹诗双点点头："按目前这种情况，你想隐退，到国外去隐居，这种可能不大，你根本做不成翁林志、秦晓那样的隐形富豪。既然这样，你就要有个像样的身份。不能像有些人，挂着各种公司的董事游走于各地，人家一看就知道是怎么回事。所以，我想你应该有一个像样的职位。"

"这和我同你姐的关系有关吗？"

"当然，这是个前提。"

"为什么要这样？你这样问话我觉得有某种交易的感觉。"

尹诗双的脸上没有一点儿柔和之色，她道："这是紧急程序，因为我们要权衡利弊。所以，有些话我必须告诉你，我才能知道该怎么处理。"

郑逸群沉默了，他非常明白自己这番话会产生怎样的效果，他真的纠结了。

良久，他叹口气说："有时候，话不是一句两句能说清的。比如说咱们两个在一起时间长了，有一些相互之间的默契和信赖是正常的。如果说我对你和你姐有没有某种想法，这就很难定义了。很多时候我们之间所处的位置不同，因此，看问题的角度会有很大的不同。那么，即便是有些什么想法，那恐怕也是瞬间的事情。因为，距离。"

尹诗双默默地看着郑逸群，脸色冷峻。空气顿时紧张起来，郑逸群的呼吸有些困难。

忽然，郑逸群的手机上有个信息，提示他有一封邮件，如果是往日，他就放过去了，找时间再看了，可是这条信息却提示：你的一个重要朋友给你发来一封邮件。

刘岳平的邮件？怎么回事？

郑逸群赶紧打开邮件，这是一个从来没有使用过的邮箱，一封不太长的信出现在他的眼前。这是一封用定时发送功能发来的邮件。

逸群：

我人生中最值得信任的朋友，当你看到这封信的时候，我应该已经不在人间了。请原谅，我不能再陪你喝酒，再陪你赏月，再陪你议论女人了，我太累，想去休息一下了。

你与我相识的时间不长，但很快就能够交心，能够相互信任，这同你的优秀人格是分不开的。这两年和你在一起，我学会了很多做事的方法和做人的道理。这一点，我毋庸多言。

关于我的离去，我不想说太多，我只想说一句：我走了，别人就安全了。

我唯一担心的就是这么几件事，我只能交代给我最信任的你：一、关于资产的问题，你全盘打理，到了必要的时候，会有人跟你联系，你给他二分之一就行，剩下的你自行处理。二、许家的公司，一切后续的事情我已经叫彭律师处理好了，不必担心许家会有什么麻烦。三、常去看看我的父母，但不要提钱的问题，他们知道我有些资产，但不知道具体数目，别吓着他们。尤其是我父亲，他一直努力想做个清官。我做的事情有些得到了他的默许，但他不知道具体的做法，还有些事情他根本就不知道。你要知道，玩政治没有强大的经济支撑是不行的，我一直想以此让我父亲有更多展示他政治抱负的机会，现在看来我不能再为他服务了。四、这次的斗争很激烈，可以说是你死我活，这些天你在国外，我们无法沟通。我分析了一下，我如果恋战，最后的结局不好收场；我如果痛下决心，那么一切都到此为止了，我父亲也会有一个好的结局。五、未尽事宜：（一）将加拿大的那套房子送给许赛雁，一些法律文件我已经签给了彭律师，你就不用插手了。（二）我最担心的就是尤乐梅，她与我之间的关系有些复杂，但我们之间的感情是毋庸置疑的。如果她和陈瑾真的离婚了，你就把加拿大的商场送给她；如果不离婚，千万不要送，那样会有麻烦的。（三）关于你，你已经被中止调查了，至少暂时没有危险了，但千万不要掉以轻心。我的两个朋友张安钊和姚平原都会在未来的日子里帮助并扶持你的。但最近一段时间内，他们不会主动与你联系。所以，你要独自度过一段艰难的时光。

逸群，别了，人生最快乐的就是能有你这样的知己，有你的陪伴，我那段战战兢兢的日子显得是那样微不足道。

不要为我忧伤，不要为我难过。人生没有如果，只有后果和结果。我脱离了这个苦海，应该是一件高兴的事啊！来，笑一个。

你最好的知心朋友　刘岳平

郑逸群关了信箱，抬起头，发现尹诗双正以一种非常奇怪的目光看着他，他不晓得发生了什么事，结果发现自己已经是满脸泪水。

“你怎么啦？”

郑逸群摇摇头，完全不能呼吸，身体忽然变得难以控制，手脚冰凉，浑身冒汗，几乎无法呼吸。尹诗双走过来，摸摸他的头。他用颤抖的手擦了擦脸，可泪水就像是滔滔洪水奔流直下，他的手根本阻挡不住。

“来擦擦！”郑逸群觉得尹诗双的声音从很遥远的地方传来，接着一叠很柔软的纸巾贴上了他的眼眶，那是尹诗双正在温柔地替他擦拭泪水。郑逸群很想坐直身体，自己来擦眼泪，但一种巨大的哀伤叫他无法自制。

尹诗双端了一杯水，轻声说：“喝点儿水吧。”

郑逸群不想让尹诗双喂自己喝水，就自己接过杯子，谁知道手却完全无力，水一下子洒在裤子上。尹诗双可能是怕他烫到，赶紧用纸巾帮他擦。

就在这时，门口发出了一声巨响，郑逸群听尹诗双道：“宣萱，你回来了。”

宣萱冷笑着，咬牙切齿地说：“碍你们事儿了，是不是我回来的不是时候啊？”

“宣萱，你别误会，他只是有点儿情绪不好。”尹诗双解释道，并且站起身来。

郑逸群用尽全身的力气支撑着自己，跟宣萱打着招呼：“你回来了。”

宣萱冷冷地看着他，讥讽道：“你的戏份够多的，演技也不错嘛。”

郑逸群努力地想站起来，但是失败了，于是他招招手说：“你过来，我跟你解释。”

“解释什么？没必要解释了。喏，这是你房子的钥匙。”宣萱把一串钥匙丢在茶几上，然后转身就走，走了两步，她转过头说，“对了，你那艘游艇的相关手续回头我叫律师跟你联系。”

说完，她转身就走，尹诗双追上去，想拉住，被她使劲地甩开，只听她愤怒地喊道：“闪开！骗子。”

然后，郑逸群听到走廊里一阵高跟鞋的声音渐渐远去。

“对不起，没想到搞成这个样子。”尹诗双满脸歉疚，摊开手，显得很无奈。

郑逸群叹口气，低头看看自己的裤子，一片狼藉。他摇摇头说：“随她去吧，这样的结果比我告诉她我的选择，与她生离死别要好。有时候，我也觉得自己做的都不是什么人事儿，她恨我是正常的。”

“你这算是告诉我你放弃了还是决定了？”尹诗双冷静地问。

“二者兼而有之吧，不好意思，我得回去了，这个样子叫别人看见有损你的清誉。”郑逸群试图站起来，也真怪，刚才被宣萱那么一惊，现在居然没事了，一下子就站了起来。

尹诗双一步一步地走上前来，看着郑逸群，表情严肃地说：“我不在乎别人毁我的名誉，但是，我在乎你对我的态度。”

郑逸群想逃，尹诗双拉住他说：“这时候你还想怎么样？这样，我先投降了吧。其实，我一直对你有好感，只是以前你老躲着我，我也放不下身段，眼看着你和宣萱越走越近，自己却嫉妒得要死。”

郑逸群一愣：“你说什么？”

“你记得有一次我喝多了，对你哭的事儿吧？我多希望你明白，可你就是不明白。”

尹诗双提醒道。

“我当然记得，还在我身上弄了好多口红，搞得我向宣萱解释了好几次。”郑逸群想把手轻轻地从尹诗双手里抽出来，但她反而攥得更紧了。

“那时候的我太好面子了，以后我要学会温柔。”

郑逸群使劲将自己的手抽出来，然后对尹诗双说：“你坐下，我有话问你。”

尹诗双坐下来，显得很乖，道：“你想问什么？”

“至于你为什么不选择那些富商高官男星，偏偏看上我这个打工仔的事情我就不问了。总之，你有你的道理。我只想问一个问题：你刚才说这是紧急程序，因为你们要权衡利弊。所以，有些话你必须通过我，你才能知道该怎么处理。这话是什么意思？”

“你为我们姐妹所做的事，我们心里是清楚的，绝对不是一个哥们儿这个借口就能搪塞的。可是，我要知道，你到底是喜欢我还是我姐。”

郑逸群苦笑着说：“你这是逼着我做恶人啊，我刚才已经对不起宣萱了，你现在明知道我会和你姐结婚，为什么还要苦苦地逼我呢？”

郑逸群话音刚落，尹诗双的脸忽然黑下来，他有点儿紧张地问：“你想做什么啊？”

谁知，尹诗双的脸忽然变得阳光灿烂，笑道：“那我就知道怎么做了。”

“你什么意思？”郑逸群不解地问。

“这事儿就好解决了，你和我姐正常结婚，因为我是她妹妹，我们可以住在一起。这样她男朋友也不会担心什么了，这不是两全其美的事？”

“打住，我说我喜欢你了吗？”

谁知，尹诗双却显得并不在意地道：“即使是你以前逃避了，现在我们可以重新开始嘛。放心，我不会逼你的。不过，你这么一说，有一个巨大的难题就迎刃而解了。你应该知道，我这次其实是代我姐进的升达地产，如果现在你进升达地产，你现在拥有的股份将来在离婚的时候转给我姐，外界就以为那是离婚财产分割的一部分，一切不就变得顺理成章了吗？我一直想给你安排一个合适的职位，显然董事长这个位置更能吸引你。况且，在未来的某个时间段，你就是同我姐离婚了，不再担任升达地产的董事长，重新开始创业，你目前的一些资产不是也可以解释得通吗？至于说我，就更简单了，我还有些积蓄，我收购你在中海信的股份，然后同章艾换股，换成影视基地那边的股份。接下来，影视基地跟俱乐部这边终止合作合同，我来经营那边，你觉得我的经营水平会不会比古梦柏差？你对不起宣萱，那么，就由我们一起来弥补好吗？”

不能不说，郑逸群被她这个安排打动了，这样安排的确很合理，甚至可以说很完美。

郑逸群手机上有一条信息：尤乐梅在多伦多服毒自杀。是罗小可发来的。

没有残酷而美丽的死亡，谁敢说爱情永恒？

郑逸群在心里暗自祝福着刘岳平和尤乐梅，泪水却再也抑制不住了。

“怎么啦？”

“尤乐梅自杀了。”

“唉，人生，这就是人生。他们终于可以在天堂相见了。”

郑逸群感到难以呼吸，今晚一连串的变故叫他无法承受。

“对了，还有个事我要通知你，你在上任之前要有所准备。欧升达离婚了。”

“什么？”郑逸群看着尹诗双，一时反应不过来。

“是这样，欧升达已经跟乐枫教授离婚了。过一段时间，会有人像八卦一样在微博上揭秘。”

“究竟是怎么回事？乐教授证实了欧董和涵涵的事情？”

“不，跟那种事情无关。实际上，这是一个巨大的计划的一部分。过一段时间，会有人炒作欧董离婚的事情，会炒作他认识了个明星，然后为了爱情离婚，而且是净身出户。”

“他是真的离婚吗？”郑逸群问。

尹诗双郑重地点点头：“是真的，现在一切手续均已办好。不过，你应该明白，这无关感情，只关乎安全。”

郑逸群想了一阵子，道：“如果我没猜错，这是为了避免引起政商界的地震，也是为了安全转移资产，对吗？我再问一个问题，他认识的明星会是涵涵吗？”

“不会，涵涵太敏感，搞不好会惹出其他的麻烦，甚至可能会引发政商两界大地震。应该是个稍微有点儿名气的小明星，模样过得去，有些绯闻，这样容易引起关注。”

“明白了，要拿捏一个度。既要让别人知道他净身出户这个事实，又以爱情的名义。高，实在是高！”

“好了，我们不说这个了，我们一起去岛上，和我姐谈我们的计划。”

◉ 尾　声

两个月以后。

郑逸群和乌梅在影视基地举行了一场场面盛大的婚礼。此时，他的身份已经是升达地产的董事长了，而尹诗双也如期拥有了影视基地的股份。

在尹诗双的强烈反对下，乌梅没有卖掉那个岛，他们三人就住在那里。那里的确是个好地方，安静、隐秘，他们之间的秘密很难被外人所知。尹诗双这样的考虑是对的，住在任何一个在公众视线内的地方，都有可能被别人发现这个秘密。

在这两个月里，发生的事情太多了。先是冷鸿海、郭正余双双转让了自己在俱乐部的一些股份，然后，蹇君博等一批老会员相继退出。古梦柏留用了包括徐新阳在内的俱乐部不多的中层干部，自己则从全国各地请了一些高端管理人才，据说要把俱乐部这种模式在全国复制。钱小小开始开发周浩在宝山区的那个酒庄项目，她高调地说要在那里复制俱乐部模式。这下子，本来是一个神秘的俱乐部，居然开始被外人所知了，出现两次记者混进去拍摄的情况。

晏雯晓和云落的戏也开拍了，地点就在鹏城，不过因为是时装戏，很少有外景，只有一些棚内戏在影视基地拍摄。不过，演员大多数都住在影视基地，因为尹诗双给了剧组一个比较大的折扣。

林晓伟把自己的股份卖给了腾大的章艾，拿到了一笔可观的资金，在距库珀新园区不远的地方开始建设自己的研发中心。周惜雪接受了九方科技的销售总监职务，开始全世界飞来飞去。不过，据一些熟悉他们的人反映，他们的感情还真是不错，这让一直不看好他们前景的郑逸群颇有些意外。

今天的婚礼场面宏大，由云落的公司一手策划，来宾除了以前俱乐部的一些老股东会员、非股东会员外，还包括北京的一些要员、国视的耿总，以及歌唱界、影视界的重要人物悉数到场。在云落的策划下，整个婚礼中的很多项目都由一些公司赞助，也就是说，不仅整个婚礼的一些开销，比如说亲友团包机、住宿、饮食等不用郑逸群和乌梅买单，可能还略有盈余。

翁林志、秦晓、安妮这几个人都没有参加这个婚礼。隐形富豪之所以隐形就是因为他们从来不出现在公众场合。安妮有点儿例外，偶尔出席一些活动，但知道她是隐形富豪的人并不多。不过，就在婚礼之前，林娜神秘地对郑逸群说了一句："苏南最近要有大响动。"郑逸群想问问究竟，她却不说。郑逸群有些担心，会是安妮要出事吗？如果安妮出了事，会不会引起连锁反应？

欧升达、楚之洋都来参加了乌梅的婚礼，特别是欧升达，他是同乐枫从佛罗里达特地飞回来的。就在他回来的前一周，他获得了加拿大总督颁发的爵位。在这次婚礼上，他和郭正余都特意戴上了勋章。现在，关于他已经跟乐枫离婚的消息还不为外人所知，在外人的眼里，他们还是一对恩爱的夫妻，经营家庭的楷模。

罗小可也来了，跟她一起来的有张安钊和姚平原，郑逸群过去跟他们聊了一会儿。张安钊把他拉到一边，低声说："岳平离开之前分别发了邮件给我和平原，要我们照顾你，你放心吧，你那边有什么事情我们尽力而为。"郑逸群没说什么，跟他握握手，此时无声胜有声。

出人意料的是，Bess带了一个庞大的团队来参加婚礼，因为她事先说过，她们要在这个婚礼上宣布乌梅全球系列演出的消息。

来宾摩肩接踵，红男绿女，煞是热闹。不过，郑逸群特别希望宣萱和顾云飞能来。尽管在此前一周，他们两个已经结婚了，但郑逸群觉得宣萱还是没有原谅自己。就在他心里焦虑的时候，忽然看见一身职业装的尹诗双急匆匆地向他走来，给他使了个眼色。郑逸群会意地走到一边，尹诗双环视四周，发现并没有人注意他们，低声说："据可靠消息，王建辉带着公安干警强行查封了俱乐部。"